在艺术化与现实化之间
——李健吾的文学批评

ZAI YISHUHUA YU XIANSHIHUA ZHI JIAN
——LI JIANWU DE WENXUE PIPING

张新赞 ◎ 著

知识产权出版社
全国百佳图书出版单位

图书在版编目（CIP）数据

在艺术化与现实化之间：李健吾的文学批评／张新赞著．—北京：知识产权出版社，2014.6
ISBN 978-7-5130-2777-9

Ⅰ.①在… Ⅱ.①张… Ⅲ.①文艺评论－世界 Ⅳ.①I106

中国版本图书馆 CIP 数据核字（2014）第 123295 号

责任编辑：罗　慧　　　　　　责任校对：董志英
封面设计：张　冀　　　　　　责任出版：刘译文

在艺术化与现实化之间
——李健吾的文学批评
张新赞　著

出版发行：知识产权出版社 有限责任公司	网　　址：http://www.ipph.cn
社　　址：北京市海淀区马甸南村 1 号	邮　　编：100088
责编电话：010-82000860 转 8345	责编邮箱：luohui@cnipr.com
发行电话：010-82000860 转 8101/8102	发行传真：010-82000893/82005070/82000270
印　　刷：北京科信印刷有限公司	经　　销：各大网上书店、新华书店及相关专业书店
开　　本：880mm×1230mm　1/32	印　　张：14.25
版　　次：2014 年 6 月第一版	印　　次：2014 年 6 月第一次印刷
字　　数：315 千字	定　　价：46.00 元
ISBN 978-7-5130-2777-9	

出版权专有　侵权必究
如有印装质量问题，本社负责调换。

我们的批评家不唯具有书本的知识,美赏的能力,了解的透彻,更要具有语言文字的知识。他要以身作则,文笔必须说的过去。所以有时我们谈笑,以为我们今日理想的批评家,在他自身和一切以外,应该合有鲁迅或岂明的文笔,赵元任的语言,李锦熙的文法,然后才真说的上什么批评。

——刘西渭:《现代中国需要的文学批评家》,载《大公报》"文艺副刊"第 128 期,1934 年 12 月 15 日

序 一

（叩探批评家的心灵）

  7年前，也就是2007年，当张新赞前往我那时任教的北京师范大学文学院，报考文艺学专业文艺美学方向博士生时，我对这位长相帅气、谈吐敏捷而又为人朴实的毕业于河南大学的中原男儿，是抱有莫大期许的。这一方面是由于他自己确实展示出学术发展潜力，另一方面则是由于他攻读硕士时的两位老师所唤起的想象：一位是耿占春教授，另一位是刘恪教授。诗人兼诗论家的耿占春教授应当可以向他输入浪漫诗情及灵性，作家兼文论家及书痴的刘恪教授应当可以提前引领他走上文学理论原著阅读与理性思辨的道路。一身吸纳如此两大高手上乘武功的青年才俊，能不让人对其前途充满想象和期待？

  如今，已毕业并到北京工商大学任教四载的张新赞博士，终于要出版他当年的博士论文的修改稿了，让我写几句话。这自然是无法推辞的。

  当年的新赞的确是带着旺盛的理论热情和学术发展愿望北上北师大求学的。寒窗苦读中，他对李健吾文学批评的特色深感兴趣，提出想作为博士论文选题。我想李健吾其人其文虽说喜爱的人不少，但真正能匹配的学术研究论著还是不多，应当有更深入的探究出现。同时，新赞选择这位批评家去作研究，也应该符合他个人的理论思辨与艺术体验兼擅的兴趣和特长，所以，我当即支持他走下去。从此的两年多时间里，新赞走上了探究李健吾的艰苦道路。他不仅把现在能找到的有关李健吾先生的著述都认真阅读了好几遍，而且还多次跑图书馆查阅有关书刊，还走访研究名家，从而在资料占有上不惜花费力气，为论文的撰写和材料支持打下了基础。

但新赞真正提笔写起来时，遭遇的困难却不少。因为，按照现代性学位体制的要求，博士论文是必须有创新或新发现的。写文学批评家李健吾的学者已经不少了，到了他这里怎么才能创新呢？如果说，李健吾的文学批评的长处在于，他总是能把自己对文艺作品的新体验和新发现以艺术化的文笔倾泻而出（无论被他评论的文艺作品其艺术成就如何），传达给读者，唤起他们相通的艺术感受，给他们带来意料之外而又情理之中的新收获，那么，新赞的李健吾研究就必须进而正面回答如下问题：李健吾文学批评的独特魅力究竟来自何处？难道仅仅是由于他的纯艺术体验或者他的生花妙笔？

新赞在这部书里当然分析了李健吾的艺术体验及其文笔之精妙，这毋庸置疑。但我以为，他的真正用力处及分析之精妙处并不在此，而是在于，他透过李健吾的笔尖，让我们看到其中流溢出的独特的批评家的心灵或精神。这一点可能正是此书的最独到之处。记得1999年下半年，我在多伦多大学访学时，在那里任教的谢明教授曾向我推荐过一部论述英国18～19世纪著名批评家赫兹列特（William Hazlitt，1778～1830）的著作，这就是大卫·布鲁姆维奇的《赫兹列特：一个批评家的心灵》（David Bromwich：*Hazlitt*：*The Mind of a Critic*，Oxford：Oxford University Press，1983）。谢明教授告诉我，此前的赫兹列特可能不那么有名，但该书却很有水平，让人对赫兹列特及其时代的文学批评状况刮目相看。其秘诀就是，对批评家与他的时代予以相互阐释。该书的突出特色就在于，借这位批评家的活动及其贡献而阐述那个激动人心而又颇为复杂的文学批评时代，同时又借那个时代的风起云涌的文学批评状况而阐释赫兹列特本人。这样的批评家与时代语境之间形成相互阐释的境界，确实令人向往。我当即从多伦多大学图书馆书库里找来这部著作翻看，感觉谢明教授言之有理，这样的范本及其展现的治学经验确实值得借鉴。多年后，当新赟面对李健吾时，我想到了这个范本。于是，建议新赟首先认真研究这部书的特点和建树，然后自己尝试找到把握李健吾的"批评家的心灵"的独特门径。

新赟确实这样努力地去实践了，尽管限于时间和其他原因，这样的努力本来还可更进一步的。新赟尽力把李健吾还原到他的时代语境的天空下，又让时代语境尽力凸显李健吾的辉煌与独特，从而勾勒出置身于特定的现代语境中的李健吾的批评家的心灵。他提供给我们的结论是："我们活生生地看到了一位艺术家，一位批评家的心灵在现实与艺术之间不断挣扎的精神过程。李健吾好似哈姆雷特，不断忧郁地自问：'艺术，还是现实（人生）？这是个问题！'躲进象牙塔之中，彻底去做一名唯美家？还是一名不问世事的隐士？如周作人？道德伦理的良知让李健吾不会这样，也不甘心如此。放弃艺术的理想，把艺术作为现实的宣传或者谋生的手段？艺术的良心又时时敲击着他。他只有挣扎。双手紧紧抓住艺术，双脚牢牢扎根于生命与现实的土地上。"新赟让我们感受到的，并非人们想象中的一颗纯净而无杂质的艺术家心灵，也非单纯的"为艺术而艺术"的唯美主义超脱者梦呓，而是一颗在痛苦中挣扎不已的真正的批评家的心灵。这种良知的痛苦挣扎，才真正能够激发读者的心灵深处的共鸣。

新赞还尽力分析了李健吾之所以如此痛苦的原因，这就是20世纪中国现实与中国现代艺术之间的巨大反差所带来的别无选择情境下的个人焦虑。"李健吾的一生是充满矛盾和困惑的一生，是在为艺术与为现实之间不断挣扎的一生，这一切都造就了一位批评家在现代中国的存在"。我想这样的观察是可以成立的，尽管还可以继续深挖下去，还可以同其他同时代文学批评人物及美学人物等加以深入比较，在比较中更深入地揭示李健吾和他的时代的多样性及复杂性。

这部书从当代文学批评语境的需要出发，把反思的焦点进一步对准中国现代文学批评界的未来出路，是独特慧眼的。李健吾虽然早已离我们而去，但他的意义却仍有启迪价值。新赞清醒地指出了今天研究李健吾的意义："而今天，他的存在具有某种象征意义，中国需要这样的批评家。"我们今天所处的时代毕竟已不同于李健吾的时代了，但是，我们仍然面临一些彼此相通的社会、文化及艺术问题的困扰，诸如艺术与现实、精神与物质、心灵与自然、个人与社会等。只要这些问题依然给我们以悬而未决之感，甚至依然给我们以巨大的困扰，那么，李健吾在艺术与现实之间挣扎和痛苦一生的燃烧的心灵，就永不会过时。在这个意义上，我们依然需要这位批评家的颤动不息的心灵，它会借艺术品的鉴赏而发出时代需要的呐喊！

这部书应当是新赞的第一部个人著作，对中国现代批评家中的翘楚之一的李健吾作了扎实的分析和中肯的评价，值得祝贺。我当然有理由期待下一部，以及更多，因为，新赞正值令人羡慕的做学问的年华，他不仅应当满足于超越过去的自我，更应当自觉地和不遗余力地去抵达他未来的不只我一人在期待的自我。

是为序。

王一川

2014 年 6 月 6 日

序 二

（印　　象）

　　我和新赞各自行走在不同的两条命运线上，一不小心便在古老的河南大学交叉了。2004年，我从北京去那个古老的校园，大礼堂及其中轴线两侧古香古色的民国建筑带一庭花园，新赞便在那个花丛中读书。我代占春给研究生上班讲过一学期课，说的是叙述学和文化研究，想必新赞也就在其中。发生印象的第一件事：新赞做了文艺学中心的守门人，居然有人翻栏杆把他放在桌子上的文艺学名著悉数偷走。新赞痛悔不绝，带着我去看了现场，这真是件啼笑皆非的事。

　　新赞为人和谐有礼，外形清朗，给了我良好的印象，于是接触多起来。后来他作昆德拉研究，我便把我使用过的的昆德拉的材料给他，特别是我那个三万多字的《缓慢》评论，使用的是感性碎片文体。在河南大学，是不会有人那么写评论的，他们承继的是一个做资料的传统，我特意叮嘱了他。研究生毕业后我就推荐他考王一川的博士。在北京这样一个城市里打开新天地绝非易事，即便读博也费周章，但新赞最终还是如愿以偿，成为一川的弟子。后来便是我常和一川讨论他的事情了，一是学习，二是工作安排，再就是每个学期假日返京我带他逛书店。有一天，我同他远征西洪泰庄，步行去书库购买《中国现代文学百家》丛书，共淘了38本，居然是二折，捆成一大包让新赞扛着。我们环绕丰台区，步行了10多里地。回到石景山古城时，我突然发现不是我带新赞了，而是新赞引领我在北京各种书店钩沉探微了。

新赞要做博士论文了。有一个很巧的渊源，那年高兴让我写写郭宏安，他写了一本有关日内瓦学派形式主义的研究著作。我在日内瓦问题的闲暇之外，把韦勒克的《近代文学批评史》读了其中四本，并为吴义勤先生写了一篇小文，苦苦地奋斗20天，文章写了16000多字，几乎把郭先生的书也都浏览了一遍。我在年轻的时候只知道刘西渭，特别喜欢的是他的文章声情并茂，文势流畅。郭宏安做了他的弟子，由我来写郭宏安这也是一种间接的缘分。新赞研究李健吾，我就顺势让他联系郭宏安，至于他后来再找到韩石山，从韩石山到山西运城及李健吾家人，那是新赞心智的一种追寻，把文章从史传中勾出来，经过秘传的过滤，探索另一个灵魂的隐表，或者从文字的缝隙里去探究索隐，这就是新赞的另一套秘传知识了。因为有一川兄的序文在，便省略了我在文本中的精细批评，我只是顺着新赞的书一鼓作气地谈下去。此书采用叙述式，对健吾的为文为人是描写式夹有一些点断的评议；李健吾治的是印象式评论，新赞对健吾也采用类似的印象主义的评论，于是这本书乃是印象之印象的评论。于是，本书有它的气脉与风格，因此我们从这样的句子里："诗歌是一种力量，对内，可以是一个人的生命的锋刃；对外，对一个国家，一个民族，诗歌也可以是一种力量。""像任何写作过程一样，由纷零的印象到坚固的表达，由朦胧的印象到清晰明显的条例。……他总是以一个创作家的身份向读者揭示精神创造的过程。"可以看出李健吾与新赞的双重身影。文章其实有理性的评论与感性的写法两种手段，从根脉与心智来说，新赞倒是挺适合李健吾的批评风格，这就出现了一个问题，他师传王一川，而一川的文脉风格是精准细腻的逻辑分析方法，难怪始初一川多次跟我说新赞不适合作理论研究。新赞确实缺乏那种逻辑实证的语言，或者说不善于概念、判断、推理的简洁的分析语言。但是新赞的惊人的感性直觉判断和以"气"与"情"相结合的文势组成了他批评文体的优势。

论文的另一个特色可以说是材料与结构。在论文背后所做的资料工作不可谓不细，不可谓不深入，把李健吾一生的著述编撰成年谱订成三大册，找到了李健吾的弟子、亲人，掌握第一手传记材料，这种史传工作也是一种批评方法，确保了立论的基石和准确性。文本的结构是因人而设的，核心词：李健吾批评，结构：从源流开始——建立标准——文体——批评方式——批评责难——超越自我。六个局部都服从他的命题逻辑，整体感很强。这个结构的特色建立的是一个比较评论，即李健吾不同时期的比较、不同批评家的比较、不同观念的比较、不同文类的比较、不同问题的比较。结构是什么？是文本的关联系统。新赞文本局部和整体之间没有任何多余的东西（评析句子有多余的）。其评论个性一直是辩护式的，流露出个性的偏爱，同时也包括文风。这个文本的四个附录非常有特色，这里其实暗藏了另一个角度的批评，一方面是实话实说的访谈，另一方面是资料集成，使整个文本有了一个附文式结构，这种粘附是结构的另一视角，所谓结构的第三只眼。它的力量不是在史料，而是在资料中无意识流露。总结一句，本书乃是李健吾批评评传。在这个基础上，每个章节还可以独立成为一个大论文，形成百万言的大论文集。

不是我偷懒，为了避免和一川文章重合，我谈另外两个问题。其一，新赞论文的问题意识不是太强。问题意识首要的是找到命题症结及语境中的严密叩问，"为什么"才是索源的核心。例如，对印象主义评论的辩护是没有力量的，我们不如把它作为一个问题讨论，直指问题的核心：我们对理论观念很难信任了，因为概念预设，所以我们相信文本中经验材料直接给予的心理印记，这种可感直接从事实中进入体验，开启我们的思维程式。问题不是印象主义行不行，而在于是否真正使用了自我限定的印象主义。新赞在讨论时也以游移的态度批评了印象主义的某些方面，这样你再来论证李健吾的印象主义批评就没有力量了。所以印象主义要在洛克哲学中找到根本。它为什么在20世纪以前那么重要？为什么成为自由人文主义批评的主要方法？这不是轻易可否认的。新赞要尽量使自己的"文本越是变成问题性，表达文本的解决方案就越具体化为表述这种问题性，后者开辟了多元阐释的可能性，而多元阐释相当于异彩纷呈的可能的回答"（梅耶：《论问题学》，第223页）。顺便说到其二，关于文章的写法，我并不是说本书有问题，而是我们写文章应有的元素，或者说基本素质。文章的观点与材料不是难事，为什么？因为你只要确定对象，这一切都会有的，也可以视为文章的预设，而我认为更重要的是"气"与"情"的统一，具体化三个方面：一真实诚恳；二血性肝胆；三深情韵调。米歇尔·梅耶认为是三个基本概念：性情、罗格斯、情感。真是一切文章的底蕴，是一个写文章的前提。我强调血性肝胆，是与中国传统文论的"气"有关。这"气"很广，才气、骨气、气质、气势都包括在内。"气"还决定了文体风格,如果文章无"气"便是死文章。"肝胆"表明文章有担当,我说的话,生死皆由我负责,秉直而言便有力量。因为文章是对他者的叙述,感人是第一位的,所以必须以情动人,又入韵调的味道,这才有了一流的文章。米歇尔·梅耶强调了逻各斯,实际强调观念的力量。我们说话要有理有据,这样才能立于不败之地。说点写文章的话是希望引起新赞的注意。

我把新赞交给一川时,希望他带出一个人才。某天,一川说,我把新赞还给你啊,你在北京,人老了,得有一个给你跑路的。我们共同努力安顿好新赞,也就安顿好我们自己,就这样一直以来新赞成了我们的"心病"。新赞不负众望,教学和研究都做得不错。我是非常自私地关照他,阳光透来照在我的沙发上,我看看那些耀眼金柱,我又看到新赞在光线下奔跑。我们要来管他吗?他一直都在自由地奔跑,他是独立的,现在我放心了。余下是我的等待:他成为一棵大树。西方的墓葬,通常有四个人肩着棺木放入墓穴。我已经选好了我的两个抬棺人:新赞,沈念。还差两个抬棺人,怎么办?余下的还是耐心地等待。

好在新赞已经给李健吾做了一次新的抬棺人。

刘恪

2014年5月19日,北京古城

目　　录

导论：批评的批评 ································· 1
第一章　批评的思想渊源 ························· 19
　一、李健吾与西方文艺思想 ····················· 21
　二、李健吾与中国传统思想 ····················· 65
第二章　批评的标准与关注的重心 ················· 93
　一、批评的标准 ······························· 95
　二、关注的重心 ······························ 111
第三章　文学批评的文体特色 ···················· 125
　一、文学批评体式的现代性转变 ················ 127
　二、论证体式与诗化体式的交相辉映 ············ 145
　三、哪一种随笔？ ···························· 183
第四章　批评的境界：作为人生存在方式的文学批评 ··· 203
　一、现代中国需要的文学批评家 ················ 206
　二、批评是一门独立的艺术 ···················· 221
第五章　批评遭遇的困境 ························ 233
　一、"刘西渭先生的苦恼" ····················· 235
　二、刘西渭的愤怒——从文学批评到社会批评 ····· 245
　三、咀华记余犹忆芬 ·························· 267
第六章　超越派别的批评家 ······················ 273
　一、同中见异——"京派"中的李健吾 ··········· 275

二、异中有同——李健吾与左翼批评家 ………… 286
  三、"刘西渭学派" …………………………………… 295
结语 批评家的心灵——在艺术与现实之间的挣扎 …… 301
附录 …………………………………………………………… 313
  附录一：韩石山先生谈李健吾 ……………………… 315
  附录二：郭宏安先生谈李健吾 ……………………… 330
  附录三：李健吾与"曦社"及《熠火》 …………… 343
  附录四：李健吾作品原刊目录索引 ………………… 360
主要参考文献 ……………………………………………… 399
后记 …………………………………………………………… 429

导论：批评的批评

还是一名中学生时，李健吾就开始了文学活动，他和好友创办了文学社团"曦社"，并发行刊物《爝火》，在"曦社"的简章里就提出要"批评社员作品""批评外界的著作。"李健吾的创作和批评是相伴而行的。就目前笔者所掌握的材料看，早期文坛对李健吾文学活动的反响，还只是朋友们一些关于他文章风格的只言片语。如滕沁华在发表于1928年12月16日《文学周报》上的文章中提到："我常常比较的说'先艾的作品的好处，是文笔清丽，健吾的好处是体裁奇特'。"[1]"体裁奇特"，这应是今天能见到的关于李健吾文学风格最早的评价，也是对他批评文字的风格的一种概括性评论。

作为批评家，李健吾的正式登场应该是1935年《福楼拜评传》的出版。

《福楼拜评传》写作期间，其中一些章节曾在当时的刊物发表。1934年1月1日《文学季刊》创刊号，发表李健吾《包法利夫人》(《福楼拜评传》的第二章)长篇论文，引起当时北平文化界人士的注意。如从未谋面的林徽因看到这篇

---

[1] 滕沁华："三卷新作"，载《文学周报》第7卷第23期，1928年12月16日。

文章后，写信邀请李健吾进入"太太客厅"，❶这封信后来丢失，想必里面有对李健吾学术成绩的肯定，只是今天看不到了。《福楼拜评传》出版后，有两篇书评值得重视，一篇是常风的，发表在1936年4月27日《国闻周报》第13卷第16期，一篇是著名的法国文学研究家吴达元，刊于1936年第11卷第4期的《清华大学学报》。常风指出："评传原不是任何人可以率尔操觚，作评传所需的识见与学识也不是可以急就的。"因为评传不是去简单叙述作者生平、介绍作品梗概，高水准的评传需要"更深一层探索作品的意义"，"所以在我们的出版界已有了若干作家评传与作家研究的现在，我们对于这本新刊的《福楼拜评传》仍不能不推它为一部开山的书"。❷吴达元也高度肯定《福楼拜评传》的学术价值："国人研究外国作家很少有系统和长年工作的毅力，所以从来没有研究一个作家的巨著出现，有之自李健吾先生的《福楼拜评传》始。"❸

1935年，批评家刘西渭❹与作者巴金围绕关于《爱情三部曲》的来回辩难，当时也有处于旁观者角色的第三方给出

---

❶ 李健吾说："对我生活最有影响的是我在创刊号上发表的论文《包法利夫人》。这篇论文引起一些文化界知名人士的注意。从未谋面的林徽音女士看后，给我写过一封长信，约我到梁家见见面。……她那封长信我一直保留着，后来在日本宪兵队逮捕我的时候，可能在骚乱中丢失了。"李健吾："忆西谛"，载《收获》1981年第4期。

❷ 常风："《福楼拜评传》（书评）"，载《国闻周报》第13卷第16期，1936年4月27日。

❸ 吴达元："李健吾《福楼拜评传》（书评）"，载《清华大学学报》1936年第11卷第4期。

❹ 1934年8月29日李健吾在《大公报》文艺副刊上发表《伍译的名家小说选》第一次使用"刘西渭"的笔名。

了自己的意见。如1936年《每月文艺》上发表署名"海流"的文章《刘西渭与巴金》,作者认为:"站在艺术的立场说起来,创作一本小说难,批评一本小说尤其难;我们更进一步说,产生一本伟大的作品,自有它伟大的价值存在,同样,产生一篇伟大的批评,也有着它伟大价值!"作者不偏不倚,认为作家可以有自己"自白"的必要,可是"除了阐明自己以外,再要多说些别的什么话,似乎是多余的或者说过分的"。❶ 这样的评价,无论对作家巴金还是批评家刘西渭都算公允。

当然,对李健吾文学批评原则最为认可的还是来自朱光潜、萧乾、沈从文等"京派"同行。1936年,李健吾与卞之琳在《大公报·文艺》就《鱼目集》展开了又一场"批评"与"反批评"及"再批评"的论争。李健吾处处坚持批评的独立与尊严,捍卫批评家的自主地位。这也引起了朱光潜的共鸣:"刘西渭有权力用他的特殊看法去看《鱼目集》,刘西渭先生没有了解他的心事;而我们一般读者呢,尽管各人都自信能了解《鱼目集》,爱好它或者嫌恶它,但是终于是第二个以至于第几个刘西渭先生,彼此各不相谋。世界有这许多纷歧差异,所以它无限,所以它有趣;每篇书评和每部文艺作品一样,都是这'无限'的某一片面的摄影。"❷ 不仅如此,朱光潜在主编《文学杂志》时称许李健吾的书评:"书评成为艺术时,就是没有读过所评的书,还可以把书评当作一篇好文章读。书评成为文学批评时,所评

---

❶ 海流:"刘西渭与巴金",载《每月文艺》1936年第2期。
❷ 朱光潜:"谈书评",《大公报·文艺》第190期,1936年8月2日。

的作品在它的同类的地位被确定,而同时这类作品所有的风格技巧问题也得到一种看法。刘西渭的《读〈里门拾记〉》庶几近之。"❶ 此外,萧乾、沈从文都曾在不同场合对李健吾的书评表达过赞许之意。可以说作为批评家的刘西渭从他的京派文人集团内部,获得过很高的评价。

事实上也有恶评。1936 年,李健吾的《咀华集》由上海文化生活出版社出版,不久招来左翼人士欧阳文辅的"棒喝":"印象主义是垂死了的腐败的理论,刘西渭先生则是旧社会的支持者!是腐败理论的宣教师!"❷ 但像欧阳文辅这样的粗暴批判,毕竟是少数。

1945 年之后,有两篇重要的批评文章,一篇是郭天闻的《李健吾论》,这也是笔者在搜集材料过程中发现的 1949 年前唯一关于李健吾的比较系统的作家论;另一篇是少若(吴小如笔名)的关于《咀华集》和《咀华二集》的一篇书评,这是 1949 年前,第一篇关于李健吾两部批评文集的书评。

郭天闻的《李健吾论》侧重论述了李健吾的法国文学研究和话剧艺术,以及李健吾在日伪时期战斗不屈的精神人格,并重点强调了"作品里人性的表现",这也是最早对李健吾作品中屡屡提及的"人性"作出讨论的文章。文章认为:"古今中外的伟大作家,其成功的最大条件,在对于人性的体验与理解。作品里若没有人性的影子,还成什么'东

---

❶ 朱光潜:"《文学杂志》编辑后记",载《文学杂志》第 1 卷第 2 期,1947 年 6 月 10 日。
❷ 欧阳文辅:"略评刘西渭先生的《咀华集》——印象主义的文艺批评",载《光明》第 2 卷第 11 期,1937 年 5 月 10 日。

西'。"❶ 郭文认为李健吾的作品中充满"人情味",在于"他对人性体验之切,理解之深,非常人所能及"。这固然是在说李健吾的话剧,其实也是在谈李健吾的文学观、批评观,对我们理解李健吾的批评思想不无帮助。

吴小如《〈咀华集〉〈咀华二集〉》的书评写于1947年11月,刊在1948年3月的《文学杂志》第2卷第10期。文章开篇名义,指明李健吾的这两本批评集在文坛上的地位:

第一,它是我们这三十年来文坛上,属于批评部门的头一个宁馨儿。前此,没有人这样旗帜鲜明步伐整饬地作过;后此,也很难得有更胜于《咀华集》的佳制。复次,两本《咀华集》建立了若干文学理论,发挥了不少创作经验,积作者的心得——心得,照古人的意思,应该算作不传之秘的东西——而成为后来治文学者的借镜与轨范,也是它们"不刊"的主因。末了,我们还应该亟为揄扬的(有些人已经特别注意到这一点)乃是两本《咀华集》本身的文字。那一篇篇琳琅璀璨的文章,便足以成为第一流的文艺作品。

吴小如还把李健吾批评时用的"极科学的勘察和顶清澈的关照"方法,称为"欣赏的考据"。"我尤爱他对一本作品下批评时,用缜密流畅的笔致'曲绘心得'的所在。那不独可以启发读者的智慧,滋润读者的心灵,而且最能帮助读者懂得如何欣赏作品。加上作者的感情纯挚,文思空灵,笔力沉着,陈义高远,再配上他那不亢不卑的丰度,成竹在胸

---

❶ 郭天闻:"李健吾论",载《上海文化》第6期,1946年7月1日。

的见识，犀利中肯的眼光，和妥帖自然的词藻……"文章的最后，吴小如充满期待："我更翘企于这位不以本来面目示人的刘西渭先生，踵武这已经口碑载道的成绩，作更进一步的开拓与探讨，使中国的文学批评在《文心雕龙》、《诗品》之外，（无疑的，更在那些品头论足的诗话体之上！）重建一座新门户，另呈一副新姿态。"❶

如果联系1949年之后，特别是20世纪80年代以来对李健吾两本《咀华集》的批评，就会发现后人的不少评说都没有能超出吴小如的这篇评论触及的几个主题。第一，给予李健吾文学批评以批评史的定位，并且看到了中国传统诗文评的现代"新姿态"；第二，两部《咀华集》从作者的创作心得、批评实践中生发出"理论"；第三，指明李健吾批评的文体特色，是一篇有讲求风格的华美富丽的批评文字，批评与创作平等；第四，是科学与诗的完美结合的"欣赏的考据"。另外，吴小如的文章通篇没有出现所谓"印象主义"的批评之类的术语，但奇怪的是，后人一谈到李健吾的批评，就难免去用"印象主义"（或中国化的印象主义等）的"帽子"给他戴上。

1950～1979年，大陆学界几乎遗忘了李健吾，李健吾消失在各类文学史、批评史中。为数不多的评论文字，有1953年王瑶的《新文学史稿》中提到李健吾的剧作。但李健吾有时候作为被批判的对象出现。

1957年，福楼拜的《包法利夫人》成书100年

---

❶ 少若（吴小如）："《咀华集》《咀华二集》"，载《文学杂志》第2卷第10期。

(1857～1957)，李健吾在《文学研究》上发表一篇长达 3 万字的雄文《科学对法兰西十九世纪现实主义小说艺术的影响——纪念"包法利夫人"成书百年（1857～1957）》。❶ 此文立足"科学与艺术"之间的关系，相当详细地考察了 18 世纪以来，科学知识的发展对文学和艺术产生的影响，尤其是对小说艺术的影响。李健吾认为 19 世纪法国小说家大部分都受过科学的影响。科学的真实，保证了小说中"幻象"的真实。福楼拜和左拉的不同之处在于，后者死死抱住科学，最后却伤害了自己的文学和理论，福楼拜吸收科学的成果，却没有走偏自己的艺术道路。科学在福楼拜那里是文学"质量"的保证，科学不是艺术，只是工具。应该说这是一篇理论公允、实事求是的研究论文，不料却成为同一个研究所的另外几位学者的批判材料。先有一篇《对〈科学对法兰西十九世纪现实主义小说艺术的影响〉的意见》，❷ 不久又有一篇《评李健吾先生的〈科学对法兰西十九世纪现实主义小说艺术的影响〉》，站在"阶级立场"上斥责李健吾在学术上一方面是没有抛弃"资产阶级学者老一套的错误"，另一方面，"还没有真正相信马克思主义是真理，还没有认真地学习马克思主义，平时的学习，也只停留在字句的表面，而没有深入地体会马克思主义的精神"，最后认为李健吾的根

---

❶ 李健吾："科学对法兰西十九世纪现实主义小说艺术的影响——纪念'包法利夫人'成书百年（1857～1957）"，载《文学研究》1957 年第 4 期。

❷ 杨耀民、陈燊、董衡："对《科学对法兰西十九世纪现实主义小说艺术的影响》的意见"，载《文学研究》1958 年第 2 期。

本错误在于"世界观与立场问题"。❶ 这两篇以极"左"的观点,对李健吾的《科学对法兰西十九世纪现实主义小说艺术的影响》一文"全盘否定"。与20世纪30年代欧阳文辅对《咀华集》的批判相比,有过之而无不及。欧阳文辅尚且肯定《咀华集》的作者在"批评方法上能用'比较'的说明,能用综合的认识对作品而不流于支离割裂的弊病,则是很可取法的"。❷ 可见给李健吾带来麻烦的不仅有他的《咀华集》,还有他另外的更加学术化的文学批评和文学研究,而这部分也是被目前研究者忽略的。

另外,20世纪60年代,还有左翼戏剧研究者陈瘦竹对李健吾文章《戏剧的特征》❸ 一文批评——《历史唯物主义与戏剧——论李健吾同志所谓"经济制约对戏剧的影响"》,认为李健吾的"不仅混淆了戏剧艺术所需要的经济条件和艺术上层建筑所依赖的经济基础两个根本不同的概念,而且由于过分强调所谓经济制约,认为富裕使戏剧发展和贫困使戏剧衰亡,这种说法就未免带有机械的经济决定论的色彩"。❹ 今天看来,陈瘦竹的文章带有浓厚的庸俗社会学的色彩,忽略了艺术样式兴衰变化的内在规律,过度强调所谓历史唯物主义。

联系1949年后文学界长期以来左翼思潮居于主导地位的

---

❶ 陈燊:"评李健吾先生的《科学对法兰西十九世纪现实主义小说艺术的影响》",载《文学研究》1958年第4期。

❷ 欧阳文辅:"略评刘西渭先生的《咀华集》——印象主义的文艺批评",载《光明》第2卷第11期。

❸ 李健吾:"戏剧的特征",载《文学评论》1963年第2期。

❹ 陈瘦竹:"历史唯物主义与戏剧——论李健吾同志所谓'经济制约对戏剧的影响'",载《江海学刊》1964年第5期。

状况，就不难理解为什么会出现这种情况。和李健吾命运一样的，还有沈从文等作家。

与内地学界不同的是，远在香港的司马长风先生在他的三卷本《中国新文学史》中，对李健吾推崇备至，无论是对李健吾的小说、剧作，还是散文、批评文章都有很高的评价。司马长风认为："三十年代的中国，有五大批评家，他们是周作人、朱光潜、朱自清、李长之和刘西渭，其中以刘西渭的成就最高。他有周作人的渊博，但更为明通；他有朱自清的温柔敦厚，但更为圆融无碍；他有朱光潜的融会中西，但更为圆熟；他有李长之的洒脱豁朗，但更有深度……再进一步说，没有刘西渭，三十年代的文学批评几乎等于零。"❶ 这样的评价可谓高矣。

海外汉学界对李健吾的关注很少，对李健吾文学批评更是完全忽视。如英国汉学家波拉德有《李健吾与中国现代戏剧》❷，德国汉学家顾彬在新近出版的《二十世纪中国文学史》中，也把李健吾归入"京派"作家，却只字未提他的批

---

❶ 司马长风：《中国新文学史（中卷）》，香港昭明出版社1978年再版本，第248页。

❷ ［英］波拉德在《李健吾与中国现代戏剧》认为李健吾的戏剧写作方式与同时代的很多剧作家不同："那些反映重大问题之作往往以生活作为思想的材料，而李健吾则是从对生活的感受中来形成思想。"他进而分析（李健吾的戏剧）："没有写丰功伟绩和崇高精神，人性在他看来是'平凡'的，但平凡并不意味着没有特色，而是指它不超乎我们的预料范围之外。所以其人物不是公众的代言人，其情绪是与个人相关的，他们也很少像代言人那样夸夸其谈。……不应以作家是否致力于公共事物来判断作品的价值。即使危机四伏，也不应该取消个人生活情趣及与个人相关的东西。个人生活领域也能成为严肃思考的对象，李健吾就将这种思考贯注其中。"这样的评价，对认识李健吾的批评思想也有重要的参考价值，特别是李健吾"从对生活的感受中"形成自己的思想，相当精辟。张林杰编译，载《文学研究参考》1988年第3期。

评。顾彬引用美国汉学家耿德华（Edward Mansfied Gunn）的观点说："李健吾以一种乡愁情绪歌颂北京城的西北角（海淀、清华大学、颐和园和西山），但他的名气更多地来自他的戏剧和对福楼拜作品的翻译。"❶不难看出，海外汉学家的关注点在李健吾的戏剧和翻译方面，李健吾的文学批评未被提及。

大陆"文革"结束后，尤其是改革开放以来，李健吾重新走入研究者的视野。尤其1982年11月24日，李健吾逝世后，关于李健吾批评的研究逐渐多起来。先有邓牛顿《关于李健吾的现代文学评论》❷一文，开篇即说"文学评论，应该是一门独立的艺术"，并从三个方面概括李健吾两部《咀华集》的特点：一是"坚持从艺术美学角度分析作品的成败得失"；二是"实事求是的文艺批评原则"；三是"宽广的美学视野"。邓文高度肯定了李健吾文学批评的美学价值。

再有郭宏安的《读〈福楼拜评传〉——为怀念我敬爱的老师李健吾先生而作》，以及张大明和唐湜分别为《李健吾文学评论选》写的书评：《批评本身是一种艺术——读〈李健吾文学评论选〉》《含英咀华——读〈李健吾文学评论选〉》两篇文章。

郭宏安作为李健吾所带的首届（也是唯一一届）三名硕士研究生之一，这篇文章高度评价了《福楼拜评传》："这本

---

❶ ［德］顾彬：《二十世纪中国文学史》，范劲等译，华东师范大学出版社2008年版，第146页。

❷ 邓牛顿："关于李健吾的现代文学评论"，载《晋阳学刊》1983年第2期。

书出自一位二十八九岁的青年之手,除了那热情洋溢的笔调还散发着青春的气息之外,行文的果断,立论的斩截,征引的繁富,却分明透着批评大家的气魄。……《评传》是富有文采的,不是那种浓得化不开的艳丽,而是清澈,是淡雅,像一道澄澈的溪水,直流到读者的心里。"❶

张大明文章认为李健吾批评有几个值得今人借鉴的优点:知识的广博、比较的方法、思维与眼界的开阔、文笔放得开、非学究式的批评方式、重视风格等诸多方面。❷

唐湜追忆了自己与李健吾的交往情况:"我曾经入迷于他的两卷文学评论《咀华集》,由他的评论而走向沈从文、何其芳、陆蠡、卞之琳、李广田们的丰盈多采的散文与诗;而且,反过来又以一种抒情的散文的风格学习着写《咀华》那样的评论。可我那有刘西渭的渊博?不过是掇拾一点他的牙慧。"❸ 这或许是唐湜先生的自谦,但可以看到的是,李健吾的批评华章如何影响了一个后起的批评家。

20世纪80年代以来的这些关于李健吾文学批评的研究,多少带有"拨乱反正"的意味,很多问题还没有深入,有待进一步予以专业化、学术化的考察。在这之后,学者刘锋杰的研究值得注意,他的《李健吾文学批评初论》❹,以及专著

---

❶ 郭宏安:"读《福楼拜评传》——为怀念我敬爱的老师李健吾先生而作",载《读书》1983年第2期。

❷ 张大明:"批评本身是一种艺术——读《李健吾文学评论选》",载《读书》1983年第10期。

❸ 唐湜:"含英咀华——读《李健吾文学评论选》",载《读书》1984年第3期。

❹ 刘锋杰:"李健吾文学批评初论",载《安徽师范大学学报(人文社会科学版)》1985年第2期。

《中国现代六大批评家》,使关于李健吾文学批评的研究逐渐深入。之后,还有温儒敏的《中国现代文学批评史教程》、周海波《中国现代文学批评史论》、许道明《中国现代文学批评史新编》、黄键《京派批评研究》等著作中,都列专章对李健吾进行研究。

刘锋杰在《中国现代六大批评家》书中,把周作人、茅盾、梁实秋、李健吾、胡风、周扬列为中国现代文学批评史上六种不同的批评范式:周作人代表着"人的文学",茅盾代表着"人生文学",李健吾代表"纯美文学",梁实秋代表"古典文学",周扬代表"政治文学"。❶ 刘锋杰这样的分类是有他的道理的。同时,刘锋杰坚持与研究对象"平等对话",以"同情被研究对象,理解被研究对象的研究心态"来进行研究。在刘锋杰此书的第三章"李健吾"专章中,将李健吾的文学观界定为"纯美的文学特征",而刘锋杰下面的论述似乎有自相矛盾之处,即一方面认为李健吾是具有"为艺术而艺术"的纯美的文学观,同时又不能不承认在李健吾的批评中存在矛盾性的两种尺度:艺术的和人生(人性、时代)的尺度。❷ 只是刘锋杰的在书中的主调还是"纯美的文学观",并没有深入分析李健吾的批评观念和批评标准中这种矛盾性的存在。

黄键《京派文学批评研究》第八章"李健吾:悖论与张力中自我提升",认为:"李健吾的批评观念中存在着一个二

---

❶ 刘锋杰:《中国现代六大批评家》,安徽文艺出版社1995年版,第26页。

❷ 刘锋杰:《中国现代六大批评家》,安徽文艺出版社1995年版,第182页、第188页。

极悖论，一方面以自我个性为批评的依据，另一方面又想甩脱个性达到公正。"❶ 这一看法虽有合理处，但问题在于，李健吾不仅仅是在"个性"与"公正"之间挣扎，而且还不得不面对艺术标准与社会现实（时代、道德伦理）之间的紧张关系，既体现在他的批评观念中，也体现在他的批评实践中。进一步说，李健吾一生的文学研究，都交织着一种艺术化与现实化之间的深刻矛盾，而在这两者之间的挣扎，成就了李健吾的文学创作和批评的主要特色。

温儒敏《中国现代文学批评史教程》第六章为"李健吾的印象主义批评"。从标题可以看出，温儒敏还是把李健吾归入"印象主义批评"一类，在文中又分析了李健吾印象批评与唯美主义思潮之间的关联。同时，温儒敏把李健吾的批评文体界定为"随笔性的批评文体"。❷

周海波《中国现代文学批评史论》第十章为"李健吾与随笔体批评"。周海波除沿用一般所言"灵魂探险""随笔文体"之外，比较重要的是点到了李健吾批评与人生境界的关系。他认为在李健吾那里，"文学批评首先是一种人生方式，是如同创作家一样，通过文学批评进行灵魂的探索，是批评家通过特定的方式而寻找到的一种人生"。❸ 这样的认识无论是刘锋杰还是温儒敏，以及许道明的《中国现代文学批

---

❶ 黄键：《京派文学批评研究》，生活·读书·新知三联书店2002年版，第201页。

❷ 温儒敏：《中国现代文学批评史教程》，北京大学出版社2002年版，第125～147页。关于李健吾的部分曾以《批评作为渡河之筏捕鱼之筌——论李健吾的随笔性批评文体》为题发表过，载《天津社会科学》1994年第4期。

❸ 周海波：《中国现代文学批评史论》，上海人民出版社2002年版，第267页。

评史新编》，都没有把李健吾这一特点指出来。限于篇幅和体例，周海波并没有深入考察李健吾的文学批评所追求的境界问题。在李健吾看来，文学批评的艺术化，也是人生艺术化和艺术化的人生互相交融的表现。这也是本书要深入讨论的问题之一。

特别要提到的是韩石山的《李健吾传》（北岳文艺出版社1996年初版，山西人民出版社2006年再版）。这是目前李健吾研究中的唯一一部专著，材料翔实，言必有据，文笔生动，以李健吾的求学、留学、教学、研究为主线，再现给读者一位活生生的李健吾。其中对李健吾的文学批评也多有涉及，评价甚高。

综上，目前的李健吾文学批评研究可以总结出以下几点：

（1）在资料上使用上，目前关于李健吾的文学批评研究，所依据的材料，基本上都仅仅限于他目前出版的《咀华集》《咀华二集》，以及两本批评选《李健吾文学评论选》（宁夏人民版1983年版）和《李健吾批评文集》（珠海出版社1999年版）。后两本书，所选主要是《咀华集》《咀华二集》里的篇目，只是另选入少量《咀华集》《咀华二集》以外的篇目。这种原因主要是李健吾发表的文章，没有再次结集出版，更没有"李健吾文集"或"李健吾全集"的出版。

（2）研究者多看到他的中国文学批评部分，忽略或淡化其与外国文学批评部分的内在联系。要知道，李健吾的一个重要角色是法国文学研究者、翻译者，这也是李健吾本人相当认可的一个角色,❶ 同时,李健吾的批评思想中外国文艺思潮是一个极其重要的部分。况且,目前新发现的《咀华二集》1942年1月的初版本,与1947年4月的再版本有很大差异。初版的《咀华二集》不仅仅有中国文学的部分,还包括李健吾评论莫里哀、波德莱尔、福楼拜、巴尔扎克的文字。❷ 这表明:李健吾的"咀华篇章"包括两部分:中国文学部分和外国文学部分。在研究李健吾的文学批评时,理应把他的外国文学批评部分也算进来,并且对两者作整体上的关照。

(3)目前的李健吾文学批评研究中,存在"纯美论"的简化倾向。比如,几乎所有关于李健吾的研究者都认为李健吾的批评是"印象式"的、"鉴赏式"的、"纯美"的或"随笔体"的批评。如果说一个"随笔体"就能涵盖李健吾所有的批评,那么周作人、鲁迅、朱自清、沈从文、林语堂的批评……单就文体看,不也是"随笔体"吗?李健吾的批

---

❶ 如1945年抗战胜利后,夏衍与李健吾首次在上海会面,夏衍问:"你的本行是什么?"李健吾回答:"翻译和研究法国文学。"夏衍:"忆健吾",载《文艺研究》1984年第6期。

❷ 魏东:"被遗忘的《咀华二集》初版本",载《中国现代文学研究丛刊》2008年第6期。这篇文章详细比较了两个版本的《咀华二集》在具体篇目上的异同。可以说《咀华二集》初版本的发现,对推进李健吾研究有很大的帮助。《咀华二集》初版本署名"李健吾"而不是像《咀华集》那样署名"刘西渭"。初版本的《咀华二集》分为甲、乙、丙、丁四类。甲类:《朱大枬》、《芦焚》、《叶紫》、《夏衍》、附录《关于现实》;乙类:《悭吝人》、《福楼拜书简》、《欧贞妮·葛郎代》、《恶之华》;丙类:《旧小说的歧途》、《韩昌黎〈画记〉》、《曹雪芹〈哭花词〉》、《假如我是》、《个人主义》、《情欲信》、《关于鲁迅》、《致宗岱书》、《序华铃诗》。书中有中外古今的作家作品分析,有理论探讨,有批评家之间的辩驳。应该说初版本的《咀华二集》比再版本在内容上多了很多,可见李健吾的"咀华篇章"本就内容广泛。

评体式的"个性"何在？即便同样是"随笔体"，也各个不同，具有自己的个性。就像无法用"豪放"与"婉约"涵盖所有的宋词一样，我们无法用一个"随笔体"或者"科学论证"来归纳所有的文学批评的风格体式。再者，李健吾本人从来不认可这种说法，而且这本身也不符合李健吾文学批评的具体实际。李健吾除《咀华集》《咀华二集》外，还有大量的外国文学（包括文艺理论）研究、戏剧评论等。它们具有某种系统性和学理性，如他的巴尔扎克研究、司汤达研究、莫里哀研究以及法国17世纪古典文艺理论研究等。这一系列学术性研究，在笔者看来，都可以纳入李健吾文学批评的范围。此外，还有李健吾为自己或别人著作所写的一些序、跋、后记等，甚至在编辑刊物的时候的"编余"等都可以视为关于文学批评的精当言辞。目前这些方面的资料，还没引起研究者的注意或足够重视，本书尝试在此方面作出初步努力。

基于以上存在的问题，本书的研究集中在以下几个方面：

（1）重新整合现有的材料。资料准备上，本书的原则是要"一个猛子扎到底"，最大可能地搜集第一手的材料。从搜集李健吾发表文章的原始期刊、报纸、作品集起，把李健吾生前发表的批评文章、著作中的序跋，再版的或没有再版的进行重新梳理。在查阅大量民国期刊资料的基础上，整理出"李健吾作品原刊目录"索引，同时整理了三册李健吾批评文章的资料长编（约50万字），尽力找到有关理解文献的最初发表处、最早的版本。此外，一些再版的版本或选集等也在本书的参考范围内。把李健吾所有关于文学的研究，包括中国文学部分和外国文学部分，都纳入"文学批评"的研究范围。❶ 李健吾虽然也有少量专门的理论文章，但他的文学研究基本都是在评论具体作家、作品中进行的。从另一角度看，理论与批评在近代社会之前本是一体的，"无论在中国古代还是西方17世纪之前，文学理论也就是文学批评，两者并无截然分别。孔子的诗学直接地对《诗经》的批评，刘勰的《文心雕龙》也是针对具体文学现象而发；在西方，亚里士多德的《诗学》主要是对希腊悲剧的批评"。❷

这就是说广义的"文学批评"应该包括"批评"与"理论"两部分。那么李健吾的批评文章，就内容上看，主要是针对中外具体的作家、作品、思潮运动、流派嬗变的考察研究；从批评对象的体裁看，包括小说批评、诗歌批评、散文批评、戏剧批评；从形式看，有专著、单篇论文、系列论文、序跋、书信、对话、附注、编辑余谈等。这样，本书所说的"文学批评"就主要指17世纪之前，文学批评与文学理论"混沌一体"的状态。这样既符合李健吾文学研究的实际，也是对批评与理论一体化传统在某种意义上的回归。当然，本书在论证时，也针对具体问题有所侧重，有所取舍。还不能忽略的是，李健吾本人作为创作家的成就。他在戏剧、小说、散文，以及少量诗歌创作实践也成为本书写作时的重要参照。当然，这并不是说，整合后的所有材料都能用上，决定材料的使用的不在材料本身，而在写作者分析材料

---

❶ 上面提到的2008年李健吾《咀华二集》初版本的发现，也有力地支持了本书的这种划分。

❷ 王一川："理论的批评化"，见《杂语沟通》，湖北教育出版社2000版，第217页。

的眼光。

（2）新材料的发现。搜集材料的过程中，不断有新材料的发现，特别是李健吾1949年之前的作品，包括早期清华时期发表的童话、诗歌、戏剧，以及1936～1947年重要的文学批评、社会批评文章。

（3）廓清李健吾李健吾批评思想中的几个关键问题。一是他的批评思想来源的问题，尤其是其批评思想与现代主义文艺思潮的关系问题；二是他的批评文体，总体上呈现为诗化体式与科学论证体式的交融与辉映；三是从根本上弄清了李健吾批评（所谓印象主义批评）所持守的"标准"问题；四是深入阐发李健吾批评的境界、遭遇的困境，及对困境的超越，并分析其原因。

第一章

批评的思想渊源

> 我梦想抓住属于中国的一切，完美无间地放进一个舶来的造型的形体。
>
> ——李健吾：《以身作则》后记，文化生活出版社1936年版

如果说一个批评家的批评体式、批评风格，还仅仅属于批评的"形式"的话，那么就有必要通过形式进入更加实质性的内容层面。但是内容与形式从来就不是分开的，正如李健吾自己所言，"我不明白内容和形式怎样分开。……形式和内容不可析离，犹如皮与肉之不可揭开"。❶ 李健吾的批评体式之所以呈现出如此颜面，与他的批评标准和批评所关注的重心分不开。李健吾的批评标准与尺度，是他的文学观，批评观在批评中体现，所以就有必要探讨李健吾的文艺思想渊源，考察他思想的脉络走向，注重考察中外古今文艺思想在李健吾批评中的各种表现形式。

一、李健吾与西方文艺思想

李健吾的思想大致可分为三个时期：1925～1936年，1937～1948年，1949～1982年。这样划分并非严格按照历史或者批评家本人年龄阶段，而是根据李健吾思想在艺术化

---

❶ 刘西渭："九十九度中——林徽因女士作"，载《大公报·小公园》，1935年8月18日。

和现实化之间的起伏嬗变来划分的。

中学时代的李健吾,正值五四"新文化运动"不久,很多社会问题和各种流行的思潮在这个文学少年的心中激荡:"在我这小小的脑壳,起伏着多少社会问题,从克鲁泡特金一直到伊卜生,从刘师复一直到达尔文,不等想出第二句,踏下第二步,便一声发狂的呼啸,把思维截成无数有声有色的惊叹符号。"❶ 李健吾从一开始就有着现实关怀精神。只是这些当时很时髦的思想还远远没有在李健吾心灵中扎根,各种思想观念如繁花过目,只是给他留下了肤浅的印象。

1925 年,李健吾从北师大附中考入清华大学中文系,1927 年在朱自清先生建议下转到清华大学外文系,念法文、英文。这是李健吾系统学习西方文艺思想的开始。1931~1933 年,他留学法国,进一步深造。李健吾熟悉西方文艺思潮,特别是 19 世纪以来的各种文艺思想,尤其是以标榜"为艺术而艺术"的唯美主义、象征主义、未来派、达达派等。❷ 在他经常征引的西方作家、理论家当中就有佩特、王尔德、戈蒂耶、爱伦·坡、波德莱尔(或译鲍德莱耳)、兰波、马拉美、瓦莱里,等等。然而还有一位法国作家,对李健吾是头等重要的,他不仅是李健吾穷毕生精力去翻译、研究的对象,更重要的是李健吾的文艺思想深深受到他的影响,他就是法国作家福楼拜。

笔者认为,西方文艺思想对李健吾思想的影响至少可从

---

❶ 李健吾:《母亲的梦(跋)》,文化生活出版社 1936 年版,第 2~3 页。
❷ 1935 年李健吾为郑振铎、傅东华主编的《文学百题》(上海,生活书店 1935 年版)写了两篇文章:《什么是达达派》和《什么是立体派》,文中可以看出李健吾对西方先锋文艺思潮的稔熟。

以下几个方面考察：第一是19世纪后半叶的唯美主义思潮；第二是西方（主要是欧洲）现实主义文学精神；第三是20世西方现代主义文学思潮。这样的分类只是一种研究的方便，思想的潮流往往是汇在一起。一个人的思想往往是极其复杂隐秘的，有表面显现的激流，有暗中涌动的漩涡。所以，心灵对外界思想的接受，不是"物理"式的机械相加，它应该是如流水漫过土地，汲取的同时又流走许多，并非"全盘接受"。这个过程更像一个生物学上的"杂交"。因此，在研究一个人的思想的时候，通常面临不少困难：一方面要看他说出来的部分，在作品中表现出来的部分；另一方面还要看那些作者本人没有说出来，其实隐藏其中的思想的脉络。故而，考察一个人的思想构成不应是"化学家"式的提纯、萃取、分析，而应是一个类似"侦探"工作，抓住思想的"表征物"，仔细察看思想留下的蛛丝马迹，综合各个方面，小心得出结论。

　　以上所说的几点，几乎都可以在一个人身上体现出来，那就是福楼拜。福楼拜是李健吾文艺思想的一个"结点"、一个关键因素，理解李健吾首先得弄明白福楼拜的美学思想和文学思想。首先，福楼拜是一个"为艺术而艺术"的信徒，以福楼拜为线索，还有他同时代的波德莱尔、戈蒂耶、佩特、王尔德等唯美主义者的文艺思想值得追寻。其次，福楼拜还被后人尊为现实主义的文学大师，小说的写法在他那里发生了一个根本性的改变。李健吾受福楼拜、巴尔扎克、雨果等法国作家的影响是巨大的。再次，李健吾对西方现代主义文学思潮的理解，在他的《福楼拜评传》等不少著述中都有体现，就是说，李健吾不仅仅把福楼拜等作家作为他的研究对象，而是在研读的过程中，实实在在接受了他们美学与艺术的观念，汲取了他们的思想营养。

（一）现代主义文艺思潮的影响

起源于欧洲的唯美主义（或译审美主义），在20世纪20年代末30年代初的中国，曾经被广泛传播。以王尔德为主要代表的唯美主义作家、批评家被大量介绍到中国，"甚至呈现出一片繁荣兴旺的局面"。❶根据学者研究，在当时的中国，这股唯美—颓废主义文学思潮，大致分布于三个群体："重情趣的唯美—颓废主义者，以北京文坛为中心；重官能的唯美—颓废主义者，以上海文坛为中心；介于二者之间的则是一些'颓废的象征主义（穆木天语）'。"❷应该说这样的划分是有道理的。以北京文坛为例，当时的周作人、朱自清、俞平伯，以及创造社的郭沫若、成仿吾、郁达夫等人都曾倾心过这股强大的唯美—颓废主义文学思潮，只是后来发生了分化，各自走向不同的道路。

李健吾从小学到清华大学毕业，一直生活在北京，清华时期做了朱自清的学生，在精神气质上受到周作人、鲁迅等人的感染，后留学法国，游历欧洲各国。这股思潮也曾影响过李健吾，并在他的思想中留下清晰的印迹。晚年，李健吾回顾自己走过的翻译道路："我最早的翻译似乎是和朱自清老师合译的《为诗而诗》。根据季镇淮先生的年谱，时间是

---

❶ 解志熙：《美的偏至——中国现代唯美—颓废主义文学思潮研究》，上海文艺出版社1997年版，第81页。此书第一章比较详细地研究了20世纪初期唯美主义在中国的传播情况。

❷ 解志熙：《美的偏至——中国现代唯美—颓废主义文学思潮研究》，上海文艺出版社1997年版，第81页。

1927年11月5日，发表在《一般》第3卷第3期上。作者是谁，我已经忘记了。季先生也没有提起。当时我已经转到清华大学的外国语文系读书。我受到十九世纪末各种文学流派的影响。"❶ 李健吾转入外文系，是因朱自清先生的建议。进入清华外文系后，李健吾接受了19世纪各种文学思潮（不仅仅是19世纪末的），如唯美主义、象征主义、现实主义，等等。阅读外文著作，自然而然就会想到去翻译这些作品。李健吾以不太确定的口吻说他最早的翻译是《为诗而诗》，就笔者所掌握的资料看，在李健吾刚进入清华大学时，1925年就发表了几篇翻译的作品（见本书"附录四：李健吾作品原刊目录索引"）。这也是能看到的最早的李健吾翻译作品。《为诗而诗》发表在1927年11月5日、1928年4月5日的《一般》第3卷第3号、第4卷第4号上。这也是他"为艺术而艺术"思想在翻译上的一个反映。

李健吾对批评的一些基本观念，如批评是一门独立的艺术、批评无处不在、批评是杰作产生的必要条件等，都是直接来源于王尔德。另外，李健吾的批评刚在文坛出现的时候，是被人归入法郎士（后译为法朗士）"印象批评"之列的，而法郎士的印象主义批评，其实是唯美主义的一个变

---

❶ 李健吾："我走过的翻译道路"，原刊《大学生丛刊》1982年第3期，后收入王寿兰编：《当代文学翻译百家谈》，北京大学出版社1989年版。其实何止李健吾自己呢？连后来倒向古典人文主义的梁实秋，介绍王尔德也是不遗余力的，初到美国时准备把王尔德作为自己的研究对象，并作了一篇关于王尔德的专题论文交给白璧德。再如，清华读书时期（1930～1934年）的季羡林也曾发现自己的兴趣是"倾向象征的唯美的方面的"，喜欢德国的荷尔德林，法国的梵乐希、鲍德莱尔、英国的贝克莱、济慈。季羡林：《清华园日记》，辽宁美术出版社2002年版，第58页。

相,它是一种"享乐"式的批评。而李健吾在接受这一思想时,已经有所抛弃,这一点前文已经谈到。李健吾的批评可以说是印象主义的,但是这种印象主义已经是一种"条例化"之后的批评,在欣赏的同时,有科学的分析、详细的考据。唯美主义给了李健吾一种艺术的"匠心",一种真诚的"为艺术而艺术"的坚定态度,无论是他的创作还是批评,或是翻译都可以看出来。本章将在李健吾对福楼拜的思想接受一节中,重点考察他的艺术至上的观念与现实主义的精神。

这里,还应该注意到,李健吾对法国象征主义的文艺思潮的批判性接受,以及象征主义诗学在他的批评中的具体表现。

从他早期的批评著述就能发现,李健吾常常援引波德莱尔等人的作品作为比较论证的材料。如他在《福楼拜评传》中翻译过一段波德莱尔的《契合》:"自然是座庙,柱子却是活的,有时说着模糊的话;行人走过征象的树林,接受它们亲媚的注视。"李健吾在此的目的,是想说明福氏与波德莱尔一样都对自然抱着相好无间的态度:"自然不是现在才有,但是自来不曾真实。真实的只有看法,和从看法而生的艺术的幻象。所以照相虽然相似,不如油画逼真,唯其照相缺乏风格,或者性灵的作用。风格是观看事物的一种绝对样式,犹如文笔之于主旨,无所谓丑,无所谓美,我们应该从我们的周围看出书来。"❶

---

❶ 李健吾:《福楼拜评传》,广西师范大学出版社2007年版,第298~299页。着重号为原文所有。

李健吾对波德莱尔是非常了解的。1939 年,他为林枫敂翻译的《恶之花》(全译本)❶ 写过一篇序言,发表在当时的《宇宙风》上。李健吾在这篇书评中指出:

鲍德莱耳把一个新天地给我们,这新天地在我们之内,而不在我们之外。他不是作恶,他是一个弱者,一个时时在反抗,反抗不成功,流放于下污的精神游离者;他是犯戒。他歌唱的只是他犯戒的实录。我们爱他;爱他感觉的锐敏,痛苦的真切,呼吁的深沉。浪漫主义是一个老东西,只有他,他带来的是现代的,是繁复的,是合于现代的人性的。我们不妨读一下缪塞(Musset)的哀歌,就知道二者之间的距离有多远,远到他们属于两个间隔的世纪。所以,纪德(Gide)说"鲍德莱耳的统治没有终结,才在开始",并不过分,因为"现代"是永远的,"犯戒"是可能的……❷

李健吾看到了波德莱尔的来路,他属于浪漫主义的新枝,是浪漫主义诗歌在现代开出的一朵"恶之花"。仅仅早生波德莱尔 11 年的法国诗人缪塞,在诗歌艺术上完全与波德莱尔两个时代。波德莱尔代表了一个时代的结束,同时他

---

❶ 林枫敂翻译的《恶之华》是从英文翻译的,不过是全译。如果不错,这应该是中国第一次把波德莱尔的《恶之花》全部翻译过来。只可惜,直到现在也没有出版。"文革"结束后,李健吾曾帮忙多方联系出版,未果。林芷茵:"记林枫敂在'孤岛'期间的文学活动",载《社会科学》1983 年第 1 期。林枫敂所译波德莱尔部分诗,在新中国成立后鲜有发表,笔者仅见过一首《信天翁》,载《山西师大学报(社会科学版)》,1980 年第 3 期。

❷ 李健吾:"鲍德莱耳(林译《恶之华》序)",载《宇宙风》第 84 期,1939 年 11 月 16 日。此文后收入 1942 年《咀华二集》初版本。

在开启了"现代"诗歌的门径,这最重要的是因为他的一切都属于"现代"!从感觉到形式。李健吾进一步分析道:

> 不和现代诗人一样,他有一个坚定的形式的观念。他是现代"散文诗"的创始者,他的诗的形式,所表现于《恶之华》的,其技巧不下于任何古典制作,也许比起来,还要算他真正古典。因为他的经典是布瓦鲁的《诗艺》,因为他有所会心于其中精湛的道理。……物质文明复杂化了我们的世界,也复杂化了我们的心。鲍德莱耳便是这新的现实的第一诗人。
>
> …………
>
> 1857年,是现代文学的枢纽。在这一年《包法利夫人》和世人相见,立刻被官方检举,送到法院惩处,理由是伤风败俗,毁谤宗教道德。……同年6月《包法利夫人》一波方平,《恶之华》跟踪问世,8月20日,波德莱耳和他的诗歌一同拘在法院受审。……但是法律拦不住,一切拦不住。《包法利夫人》给现代小说打下根基,《恶之华》给现代诗歌揭开幔幕:叛徒胜利了。就影响和内涵而言,诗歌方面的《包法利夫人》显然超过小说方面的《包法利夫人》。它的成就没有国界可以限制。❶

---

❶ 李健吾:"鲍德莱耳(林译《恶之华》序)",载《宇宙风》第84期,1939年11月16日。在《福楼拜评传》中,李健吾说过同样的话:"如果《恶之华》转变近代诗歌的趋势,《包法利夫人》却立下近代小说的格式;而且这是第一次,一部通常看不起的小说,第一次,把小说升入艺术的高贵的国度。"只不过两次比较各有所侧重。李健吾:《福楼拜评传》,广西师范大学出版社2007年版,第318页。

李健吾把波德莱尔的《恶之花》与福楼拜的《包法利夫人》并举，肯定它们各自在近代文学史上的奠基之作的意义。不仅波德莱尔，对其他法国诗人，如保罗·瓦莱里（或译梵乐希）、兰波（栾保），李健吾也有专门的批评文章。1936 年瓦莱里刚刚出版《瓦莱里文存》第 3 卷，李健吾就写了一篇书评《梵乐希文存（Paul Valéry：Variéti Ⅰ. Ⅱ. Ⅲ.）》，发表在 1936 年第 2 期的《暨南学报》。一方面可见李健吾对法国自波德莱尔以后诗歌的关注，同时可见他出手很快，外国作家的著作刚刚出版，他就写了评论。这篇文章中，李健吾认为："梵乐希不仅是现代法国最大的诗人，而且象征法国诗运一个高潮的顶点。"❶ 同样是象征主义诗人，瓦莱里与兰波也不尽相同，李健吾批评的一个长处在于言之有物，通过细致分析，准确指出相同倾向的作家彼此的差异所在。如他这样评价兰波：

　　人类的奇迹，一个永久在反抗，寻觅而流浪的天才诗人，栾保（Arthur Rimbaud）。……在所有的象征主义的诗人之中，没有一个（甚至于鲍德莱耳也得让他一头）比得上他奇特而永久的影响。他用的是旧形式，然而装了一个全然崭新的现代的内容，甚至于现代也没有四五个人敢说了解他的诗歌。他不唯从下意识需求他的材料，而且有时从意义的蒙昧探求惊人的境界。……你会觉得这里面有一股力，一种勇不可当的破坏的想象，象一阵狂飙，把四面八方的事物卷在

---

❶ 李健吾："梵乐希文存（Paul Valéry：Variéti Ⅰ. Ⅱ. Ⅲ.）"，载《暨南学报》1936 年第 2 期。

一起，使你瞠目不知所云。❶

李健吾抓住了兰波的独特之处：一个不停反抗的疯狂的天才，更新象征主义诗歌的内容、无意识的"自动写作"方式、创造性（破坏性）的想象力，带来一种狂飙席卷一切的效果。

从上面李健吾对波德莱尔、瓦莱里、兰波等人的批评能够看出，他在诗歌批评的时候坚持"现代"这一尺度。或者说"现代性"的诗学思想被李健吾接受，成为他批评时的一个重要参照。但是李健吾并没有接受西方现代主义文学思潮中的颓废因素，因为他明白——正如他在批评何其芳的《画梦录》时就是说：（何其芳）"缺乏卞之琳先生的现代性，缺乏李广田先生的朴实，而气质上，却更其纯粹，更是诗的，更其近于十九世纪初叶。也就是这种诗人的气质，让我们读到他的散文，往往沉入多情的梦想。我们会忘记他是一个自觉的艺术家"。❷李健吾谈到"现代性"与文学的问题多用"现代"或"近代"代替，偶尔会明确地用"现代性"这个术语。但是重要的不是术语或者名词本身，而是李健吾批评中所体现出来的现代意识，或者用今天的话说，是文学的"审美现代性"问题。可贵的是，李健吾不光看到了这些诗人先锋、反叛、破戒的一面，更看到所有的"现代"都不是无源之水，无根之木，他们各个有自己的民族传统、古典

---

❶ 李健吾："什么是达达派"，见郑振铎、傅东华主编：《文学百题》，生活书店 1935 年初版，第 131～132 页。

❷ 刘西渭："读《画梦录》"，载《文季月刊》第 1 卷第 4 期，1936 年 9 月 1 日。

渊源。关于这一点，本书在下面的章节中还会涉及。

任何一种思想，在脱离它诞生的历史语境后，都难免发生某些变形、走样，在形形色色的接受者那里、在不同的民族文化传统中、在当时的社会历史中都可能产生变异，绝对意义上的思想"复制"是没有的。李健吾在对象征主义的诗学思想接受上，是非常清醒的，一是他没有选择当时流行于中国的唯美主义、象征主义作为自己学术研究的对象，而是选择了被称为现实主义的福楼拜；二是他自觉地去掉了唯美主义、象征主义中的"颓废"成份，因为他知道"一切走向精美的力量都藏着颓废的因子"。❶ 所以他说："象征主义在法国十九世纪是浪漫主义的一种反动，有它的必然性，可不就是任何其他国家的诗人的正常道路。"李健吾给出的判断是"中国这个时代还嫌雨果太少，马拉尔麦且慢慢些来罢"，因为时代不允许中国有太多曲折隐晦的象征主义。❷ 也就是说，中国文学，尤其是中国诗歌可以有象征主义的存在，却未必就是一条诗歌、诗人的正常道路。但象征主义的诗学思想，毕竟也是他文艺思想的一个来源。

对心理小说与意识流手法的重视。李健吾写过中国现代

---

❶ 刘西渭："新诗的演变"，载《大公报·小公园》第 1740 号，1935 年 7 月 20 日。

❷ 刘西渭："从生命到字，从字到诗"，见《中国新诗·黎明乐队（第 2 集）》，上海森林出版社 1948 年版。

李健吾此处的表述，是他美学思想的重要反映。在雨果与马拉美（或译马拉尔麦）之间，或者说在战斗的现实主义之间和隐晦"为艺术而艺术"的象征主义之间，李健吾的倾向是明显的。李健吾并非反对象征主义，每一种文学思潮的产生与传播都离不开具体的历史语境，有时间、地域的限制，一个人的思想选择也是逃不开这些限制。

文学史上第一部，也是唯一一部较多运用意识流手法的小说《心病》。在小说批评上，李健吾非常重视心理小说与意识流理论。这基于他对中国传统小说的一个判断"心理分析是中国小说自来一个付之阙如的现象"。为什么这样说？李健吾进一步分析原因："我们在传统上向来缺乏这种训练。我们有奇巧的情节的组合（例如所有的传奇），优美的叙述的文笔（例如《红楼梦》），然而我们把人生看得运命化，男女多是傀儡，或者类型，缺乏明显的个性，深致的内心的反应。我们的人物大部分在承受（作者和社会的要求），而不在自发地推动他们的行为。"❶ 李健吾的小说理论中，一个重要的方面，就是中国小说的"现代性"问题。20世纪30年代，无论是理论还是创作，文学批评界依然是致力于中国小说的现代化问题，什么样的小说才是中国的现代小说？批评家们一面清理中国旧小说的种种缺陷，一面给当时的文坛开出种种"药方"。李健吾指出传统中国小说缺乏心理描写，这明显是他借鉴了国外小说，尤其是法国小说的结果。李健吾不仅几乎翻译了福楼拜全部重要的作品，也翻译和精研过与福楼拜同时代的作家，如司汤达、巴尔扎克，甚至还翻译过一篇普鲁斯特的作品《春天的门限》。❷

---

❶ 李健吾："萧军论"，载《大公报·文艺副刊》（香港）第547期，1939年3月10日。此文分六部分，连载于第544～547期；550～551期。文中，李健吾把心理描写的成功与否作为小说是否有深度的一个标尺："心理的深致决定人物的刻画，同时也决定作品的精窳。这种工夫越下得深，一部小说越获致人物的凹凸，现实的普遍性也就越发吸收我们的同情。否则，我们看到的是作者的文章，是作者的独白，不是和人生一致的情理兼备的正常现象。"

❷ [法]浦鲁斯蒂（普鲁斯特）："春天的门限"，李健吾译，载《文学》第9卷第1号，1937年7月1日。

在《福楼拜评传》中李健吾谈到了法国作家普鲁斯特（或译浦鲁斯蒂）（李健吾估计在中国也是最早介绍普鲁斯特的人之一了），他说："在法国小说上，就特创而言，怕是福氏之后第一人。"❶ 同时李健吾还讨论了柏格森的哲学对普鲁斯特的影响，进而比较了福楼拜与普鲁斯特："不像福氏，浦鲁斯蒂应用心理的知识诠释观念：一个抽象的生命。然而不像浦鲁斯蒂，福氏更其注意外在的反映，从描写见出观念的活动。"❷ 李健吾借鉴外国小说经验、技巧，并且在批评的实践中将其体现出来。中国小说一直到今天，也没有内心独白小说的巨著出现，因为情节性（或者说故事）是中国传统小说的核心。在探索中国小说表现形式的现代性问题上，李健吾以自己的创作实绩和批评实践，重视心理因素在小说中的运用问题，体现了他沟通古今中西的意识。

李健吾的思想中还有一条十分隐秘的线索，那就是他与无政府主义思想的关系。关于这一点，李健吾自己极少主动谈到，在他的批评文章中也很少提到其他作家的无政府主义思想，故而今天的研究者也就基本无人从这个角度透视李健吾的思想。笔者认为，李健吾首先是了解无政府主义思想的，这有许多的明证可以拿来；其次，在他的作品和批评文章中都有流露，李健吾对无政府主义思想的是以"个人主义"的面目出现的；再次，表现在批评观念上，就是他对任何形式的对于作品的"权威"，无论是作者本人，还是批评家，或是读者，都十分怀疑。

---

❶ 李健吾：《福楼拜评传》，广西师范大学出版社2007年版，第283页。
❷ 同上书，第286页。

为了避免一种表面的猜测,这里的目的不在于给李健吾戴上一顶无政府主义的帽子,或者贴上一个标签,本书不下这种"定论",意义不大,只是想把无政府主义作为一种提示。但就是这点提示,也得需要相当的事实作为证据。

　　无政府主义作为一股思潮,像五四时代其他社会思潮一样,自清末传入中国以来,曾经风靡一时。无政府主义的基本主张是反对包括政府在内的一切权威,强调个体自由和平等,代表人物有法国的普鲁东、俄国的巴枯宁、克鲁泡特金等。刘师复是无政府主义思想在中国的鼓吹者,被称为"中国的普鲁东"。在刘师复的笔下无政府主义是这样一幅图景:"本自由平等博爱之真精神,以达于吾人所理想之无地主、无资本家、无首领、无官吏、无代表、无家长、无军队、无监狱、无警察、无裁判所、无法律、无宗教、无婚姻制度之社会。斯时也,社会上惟有互助之大义,惟有工作之丰乐。"❶ 这样绝对化的美好,无疑是个"乌托邦"。

　　20世纪20年代,正是无政府主义在中国如火如荼的时期。就像上面所引的李健吾回忆少年时代思想受社会问题和潮流在他脑海中变换的情形:"在我这小小的脑壳,起伏着多少社会问题,从克鲁泡特金一直到易卜生,从刘师复一直到达尔文……"这里提到了无政府主义、克鲁泡特金、刘师复;当然还有易卜生和达尔文。正是目前见到的资料中,李健吾唯一的一次主动提及自己接触过无政府主义思想。但是还有下面的几个基本事实,可说明这一点。

---

　　❶ 葛懋春:《无政府主义思想资料选(上册)》,北京大学出版社1984版,第305页。

第一，李健吾的父辈好友景梅九（两家是通家之好，李健吾以"景爸"相称），曾经参加辛亥革命，1911年创办《国风日报》，在20世纪20年代的《学汇》副刊上大力宣传无政府主义思想。这个时候，李健吾正在师大附中读书，他与塞先艾、朱大枏等人创办的刊物《爝火》在出版两期停刊后，将刊物转移到了景梅九主编的《国风日报》，出版《国风日报·爝火旬报》的副刊。这说明李健吾与主张无政府主义的景梅九其人、其刊都是密切接触的，不可能不了解无政府主义思想。

第二，李健吾中学时代就和当时留法中国学生中的无政府主义信仰者有密切的联系。笔者在一次查看北京《国风日报·学汇》时，发现了一则"特别启事"：

《工余》第十四期及第十五期均已出版了，每期定价五分，存书无多，购者从速。代派处：本社学会编辑部、高师附中李健吾。❶

《工余》杂志是留法中国学生于1922年10月在巴黎创刊的、以宣扬无政府主义为主的杂志。《工余》的编辑是谁呢？李卓，也就是李健吾的哥哥李卓吾（《工余》主编曾经是陈独秀的儿子陈延年，后来陈延年逐渐转向共产主义，编辑事务由李卓负责）。幸运的是，笔者在北京师范大学图书馆查到了1923年第十四、十六、十七期的《工余》杂志，三期均为手抄本。一个简单推想：在法国的哥哥李卓吾把每期的《工余》杂志寄给

---

❶ 《国风日报·学汇》第125期，1923年3月1日。《国风日报》先在北京办刊，后来转西安办刊。

国内景梅九和弟弟李健吾，让其代卖，并在景梅九主编的《国风日报·学汇》上刊登卖书广告。1923年李健吾17岁，哥哥李卓吾，加上《工余》，这又是一个直接明证。

第三，李健吾的好友（同时也是李卓吾法国留学的好友）巴金，是一位"克鲁泡特金"的信仰者。

但是，证明思想问题不是简单地列举事实，以上的事实只能说明李健吾很早就接触到了无政府主义思潮以及传播这股思潮的中国知识分子。"接触"某一种思想并非意味着就会"接受"，或者信仰一种思想，更不要说化为行动去实践。

那么，本书进一步从李健吾的作品和批评中来找思想的蛛丝马迹。

1946年刚刚创刊的《文艺复兴》杂志，刊载了李健吾的五幕喜剧《青春》，❶ 1948年文化生活出版社又出了单行本的《青春》。这出喜剧与以往李健吾喜剧的最大不同在于，一反西方经典的喜剧人物的"否定性"定义"喜剧总是摹仿比我们今天的人坏的人，悲剧总是摹仿比我们今天的人好的人"❷，塑造了"肯定性"的喜剧形象田喜儿。田喜儿是一个为了追求爱情，天不怕、地不怕，封建礼教、门第观念全不放在眼里，是一个蔑视权威（封建家长制度，这点和巴金小说一样）、勇敢争取自由的庄谐兼有的形象。有研究者认为："该剧语言比《梁允达》更醇厚；它对生活的设想是无政府主义的，以此揭示了权威的虚弱本质：权力如果受到蔑

---

❶ 李健吾："青春"（五幕喜剧），连载于《文艺复兴》第1卷第1~2期，1946年1月10日、2月15日。

❷ [古希腊] 亚里士多德：《诗学》，罗念生译，人民文学出版社1962年版，第8页。

视和否认，就是虚幻的。由此可以看到作者所表达的思想意义。"❶ 五四以来的新文化运动的一个重要思潮，是个体的解放、个性的张扬、个人主义的兴起，反抗包括帝王在内的各式权威成为新文化运动的目标之一，这也是为什么无政府主义会在中国大行其道的原因。

如果上面的话成立，本书就可以作进一步分析。李健吾的这种思想倾向，同时也反映在他对人性和人的认识上，如他认为："人性需要相当的限制，然而这相当的限制，却不应扩展成为帝王式的规律。道德是人性向上的坦白的流露，一种无在而无不在的精神饱满作用，却不就是道学。道学将礼和人生分面为二，形成互相攘夺统治权的丑态。这美丽的丑态又乃喜剧亲同己出的天下。"❷ 李健吾的戏剧写作透露了

---

❶ [英]波拉德："李健吾与中国现代戏剧"，张林杰编译，载《文学研究参考》1988年第3期。

❷ 李健吾：《以身作则》（后记），文化生活出版社1936年版，第151页。具体在批评中，他曾经在评叶紫的小说时引用《击壤歌》："日出而作，日入而息，凿井而饮，耕田而食，帝力于我何有哉！"李健吾认为这首短歌"表示快乐，也象征反抗，充满了独立自得的情绪。我们在这里听到一个黄金时代农人骄傲的自白"。这是没有任何政治依附的农夫的形象，是权力没有渗入的乐土。但是"帝力"还是出现在歌中，李健吾后来在另外一处也引用此短歌，并分析说："这里虽然不谈政治，政治性依旧不免浓厚，所幸他们全是古人，我无所用其担忧。"李健吾："说一叶知秋"，见《切梦刀》，文化生活出版社1948年版，第113页。李健吾没有说出来的意思相当明显，帝王对老百姓来说，并不构成必然的依附关系。还有更明确地写帝王与老百姓之间关系的《说帝王惑于朱紫》，李健吾认为"朱紫"本就是指"红"而已，帝王却偏偏称之为"朱紫"，难道老百姓和帝王看到的不一样，非也，这其中隐含着一种权力关系。"老实说了吧，古今中外，自来做帝王的都害着不轻的色盲症，惑于朱紫，一个字有两样颜色……老百姓说红因为看见红，眼口是一致的。帝王偏爱把'紫'占为己有，不料竟和老百姓的'红'是一个东西"。李健吾看到了字词所包含的帝王与老百姓之间巨大的不平等关系。

他的思想，李健吾所言的人性其实是和个人的解放联系在一起的，人性这里是具体人的"人性"，而不是抽象意义上的人性。人或者说人性需要限制，却不是帝王式的，这里面包含着民主和人本思想。如果结合近代以来的思想史变迁，应该能够看得更加清楚，"辛亥革命以后，政治上的王权解体了，社会结构中的宗法家族制度也摇摇欲坠。传统的社会秩序与心灵秩序危机同时爆发。五四对文化传统的激烈批判，不仅使儒家的规范伦理（三纲五常）崩盘，而且德性伦理（仁学世界观）也受到毁灭性的冲击。在这样的背景下，个人的意义究竟何在？另一方面，民国初年议会民主制实践的失败，使知识分子普遍对国家淡漠，晚清喧嚣一时的国家主义退潮。启蒙思想家们开始反思政治制度背后的正当性基础，重新将个人的独立自由平等视为最重要的价值"。❶

在这样的历史背景中，中国知识界很多人选择了无政府主义。那么无政府主义与个人主义是一种什么样的关系？曾经系统研究过中国近现代无政府主义的美国学者德里克，准确地指出："无政府主义归根结底是一种个人哲学。这种个人哲学与自由主义不同，它不是强调以自我为目的的个人主义，而是处于他或她的社会关系中的个人。"❷ 可见在"个人主义"的旗号下，可以聚集彼此相异的思想存在。那么李健吾如何理解"个人主义"呢？

李健吾1938年写过一篇《个人主义的面面观》。1938

---

❶ 纪霖："大我的消解——现代中国个人主义思潮的变迁"，见邓正来主编：《中国社会科学辑刊（总26期）》，复旦大学出版社2009年。

❷ ［美］阿里夫·德里克：《中国革命中的无政府主义》，孙宜学译，广西师范大学出版社2006年版，第80页。

年，上海沦陷，抗日战争是民族的最紧要的任务，个人与国家、个人与民族、个人与政府的关系成为一个焦点话题，不少报纸、杂志都展开过讨论。李健吾的这篇文章就发表在当时的《文汇报·世纪风》上。这篇文章是李健吾对文学上的个人主义看法的一个相当全面的表露。

第一，李健吾区分了两种个人主义，即表现在文学里面的情感的个人主义和实际日常生活中的个人主义。他认为，初期的浪漫主义是二者的合一。浪漫主义时期的个人主义是一种反抗的精神，尤其是对工业革命带来的后果的一种反抗，往往是英雄主义的代名词。

第二，李健吾认为："旧日的个人主义和今日的个人主义有一个绝大的差别：一个根据的是英雄主义的优越之感；一个根据的学术和社会经验综合起来的若干条例。同样是个人主义，有的利己，有的利他。"这样李健吾摈弃"唯我式"的利己的个人主义，而倾向于利他的个人主义。

第三，利他的个人主义，并不是说个体没有"自律"性。一个利他的个人主义在文学上不是把文学当做糊口的"职业"，而是当做为之献身的"事业"。所以判断一个作家，首先要看的是他的作品，"拿起他的作品来看，我们也先有一个共同的标准，就是文学就是文学，我们必须开始从它的本身推求它的价值"，而不是一个作家的政治立场或者阶级出身。

第四，作家个人参与社会有自觉的和不自觉的两种方式。巴尔扎克和福楼拜尽管痛恨他所处的时代和阶层，但是他们以自己的作品参与到人类的事业之中，"一种共同的人类的正义之感克服了偏见，甚至于各自的个人主义"。

第五，现在的作家大多是以自觉的方式参与到时代之中，那么应该怎样处理与社会、与时代的关系？李健吾认为："只要一个人不谄媚他当前的权势（个人，社会，政府，制度，等等），只要他为人类共有的高尚的理想活着，我们便把自由创造的权利给他。他晓得他在做什么。既然清醒，他应当有为而为；既然独立，他就不甘受人利用。时代和他有密切的关联，可是他不依附时代，群众和他有密切的关联，可是他不巴结群众。所以他不会变。如若变，仿佛鲁迅，他有他坚定的立场。他为人类的幸福活着，不是为某谁活着。这是真正的个人主义，也就不复是个人主义。"❶

此处李健吾用"人类的幸福"来认定作家的立场，这说明他所谓的"个人主义"其实是一种超越了国家、民族界限的"世界主义"，即自觉地把自己作为整个人类的一份子。这是五四新文化运动以来，中国知识分子思想中的"世界主义"的反映。学者张灏认为，"如何重建中国文化"是"五四"知识分子迫切而实际的中心课题，"五四"是爱国的民族主义运动，但是"五四新文化运动所反映的关怀并不纯粹只是民族主义，它尚有超民族主义的一面，这一面我们可以笼统地称为世界主义。世界主义与民族主义很不相同；民族主义是当时知识分子站在中国人的立场所感受到的，而世界

---

❶ 李健吾："个人主义的面面观"，载《文汇报·世纪风》1938年11月9日。此文后改为《个人主义》，收入《咀华二集》初版本。

主义则是当时的知识分子站在人类一分子的立场所感受到的"。❶

这样,李健吾所坚持的"个人主义"就具有丰富的现代意义,它既不是浪漫主义传统上的个人英雄主义,也不是不自觉的个人主义,现代的个人主义应当是自觉的。他明白对于社会的责任与义务,他寻求的是自我的道德自律、艺术的独立与时代之间的平衡。他反抗、战斗,但不是为某谁(个人、政党、制度……)。李健吾站在文学艺术的立场上谈个人主义,同时站在整个人类的立场上看作家的责任。这是小我与大我的统一,充分体现了李健吾的作为一名五四新文化运动后成长起来的批评家的自觉的"世界意识"。忠于自己、忠于艺术,也忠于人类,而艺术家的独立自主是第一位的,这是艺术家与艺术的尊严所在。谈到这里,给李健吾贴上"无政府主义"或者"个人主义"的标签似乎都不重要了。

李健吾不仅仅具有"世界意识",他同时也是一个民族主义者,尤其在文化上,这将在下面相关章节中还要分析。

(二)李健吾对福楼拜文艺思想的接受及在批评中的表现

1983年年初,《社会科学战线》杂志的编辑在一篇文章的"编后附记"中这样记载:"正当本文付梓之际,惊闻李健吾先生遽离人间,不胜哀戚,于此,谨对这位我们素所景

---

❶ 张灏:"五四的批评与肯定",见《张灏自选集》,上海教育出版社2002年版,第226~227页。张灏进而仔细地分析这种"世界主义"的所蕴含的两种意识:"首先,五四知识分子有感于中国是世界现代文明的一环,而现代文明有其主要发展趋向和历史潮流,因此认为中国应该认同这种趋向和潮流,才不愧为世界文明的一分子。这种想法,我们可以称之为'潮流意识'。"

仰的文学家、翻译家表示深切的缅怀与悼念。"❶ 这篇文章是李健吾的《〈包法利夫人〉作者的疏忽》,全文约 3000 字。如果没错的话,这应该是他公开发表的最后一篇关于福楼拜的研究文章。李健吾 1933 年留法归国后不久,即在《现代》发表《福楼拜的故乡(鲁昂—克洼塞)》❷,这是李健吾发表的第一篇关于福楼拜的研究文章——距离 1983 年已经整整 50 个年头了。若从他清华读书期间就接触福楼拜算起,那时间更长。福楼拜研究(包括翻译)贯穿了李健吾一生。

李健吾曾说:"《包法利夫人》原文是我读第三年法文读到的,教我法文的是美国人温德(Winter)先生。他现在高龄九十三岁了,还活得好好儿的。我跟他念了四年法文。后来我去法国留学,就是受了他教的这本书的影响,放弃了兰坡及其他法国象征派。我认为对中国有现实教益的,还是现实主义,而不是其他什么主义。自然,我也接受了一些福楼拜关于艺术的理论。"❸ 李健吾曾说自己留法期间"日夜研读福楼拜"❹,他毕生都在关注福楼拜。

20 世纪 30～40 年代的 20 多年间,是李健吾研究福楼拜的一个集中时段,这一时期发表的专题文章就有 20 多篇,其批评专著《福楼拜评传》1935 年由上海商务印书馆出版。另外他翻译出版了《福楼拜短篇小说集》(1936)、长篇小

---

❶ 载《社会科学战线》1983 年第 1 期,第 319 页。
❷ 载《现代》第 4 卷第 1 期,1933 年 11 月 1 日。
❸ 李健吾:"我走过的翻译道路",载《大学生(丛刊)》1982 年第 3 期。此文后收入《当代翻译百家谈》,北京大学出版社 1989 年版。
❹ 李健吾:"我有了祖国",载《解放日报》1950 年 10 月 8 日。此文后收入《李健吾散文选集》,百花文艺出版社 2004 年版。

说《圣安东的诱惑》（1937）、《包法利夫人》（1948）、《情感教育》（1948）。这些翻译的作品，已经占福楼拜所有作品的大部分，另外，李健吾还翻译了福楼拜的不少信札。

那么，李健吾为什么会选择19世纪法国作家福楼拜作为他的研究对象？对于这个问题，李健吾在不同时期的文章中，有大致相同的回答，或直接回答，或行文中旁及。比较直白的一次是1948年，有人问李健吾为什么喜欢福楼拜，并把他作为自己的一个长时间学术研究的对象时，李健吾这样说：

喜欢两个字重了些。我初到巴黎的时候，为自己挑选研究的对象，一个是象征主义的诗歌，那时在中国正风行，一个是现实主义的小说，我想了又想，放弃了象征主义，因为我觉得对于中国没有用处。记得在学校三年级法文班上读过《包法利夫人》，觉得作者严肃而又认真，态度和造诣全可借重，于是便决定研究他的作品。但是，我并不入迷。尤其是近年来，我的感情逐渐离他远了。我不是他的奴才，他的精华我吃了去，他的糟粕我丢还给他。他的精华到了我手里，当然仍旧成了糟粕，那怨我，不怨他。因为我恨中国人做事太写意，太三心二意，所以我捺下我的腻烦，老老实实把他的重要作品译了过来。❶

---

❶ 李健吾："拉杂说福楼拜——答一位不识者"，此文作于1948年（原刊何处不详），后收入《李健吾文学评论选》，宁夏人民出版社1983年版，第280页。

这段回答与李健吾1982年回顾自己翻译道路时,所言几乎完全一致。不难看出,李健吾选择福楼拜的原因主要是时代的需要,中国当时需要的是现实主义小说。中国自五四新文化运动以来,现实主义占据绝对主流的地位。按照李泽厚的观点:"'五四'运动包含两个性质不相同的运动,一个是新文化运动,一个是学生爱国反帝运动。"❶ 这两个运动有过相互促进的作用。身处半殖民地半封建的中国,反帝、反封建是知识分子的两大任务。在文学上,1921~1927年间,各种"问题小说""问题剧"不断出现,这也就不难理解,为什么少年李健吾会说在"小小的脑壳,起伏着多少社会问题"。一名外国作家,一种外国思想,在中国的知识分子眼里,首先要问的是"有没有用?"以及"有怎样的用?"这是时代的必然,李健吾的选择有难以逃脱的时代因素。李健吾没有把象征主义作为自己学术研究的专攻方向,但是放弃不等于彻底的冷落,李健吾对象征主义诗学还是非常关注的,关于李健吾和象征主义诗学的关系,在本书其他章节还会再论。

而李健吾所言"对中国有现实教益的,还是现实主义,而不是其他什么主义。自然,我也接受了一些福楼拜关于艺术的理论",那么人们要问的是福楼拜的艺术理论是什么样的?李健吾这里没有明说。我们知道,福楼拜从来不承认自己是"现实主义作家",相反的是他经常挂在嘴边的是"为艺术而艺术",就像李健吾在《福楼拜评传》的第八章"福

---

❶ 李泽厚:"救亡与启蒙的双重变奏",见《中国现代思想史》,东方出版社1987年版,第7页。

楼拜的宗教"所引福氏的话,"艺术永在,挂在热情当中,头上戴着他上帝的华冠,比人民伟大,比皇冕和帝王全伟大"。❶ 所以,如果认为李健吾仅仅从福楼拜那里得到了一些现实主义的"艺术理论",那就大错特错了。但这是不是李健吾在说谎呢?明明接受了福楼拜的"为艺术而艺术"的理论却不说?有明眼学者指出这"不全是说谎,只能说囿于时代的偏见,一种机警的躲闪。从全国解放到他去世,三十年间,无论政治的清明与暗昧,现实主义永远是个鲜亮的庇护"。韩石山先生进一步分析说,"李健吾从来是以'为艺术而艺术'自诩的",并以1958年李健吾作为自我思想检查的《自传》为佐证:"我在巴黎,补习法文半年,另外一年半载图书馆读书,研究现实主义小说家福楼拜。他的'为艺术而艺术'的主张对我起了很坏的作用。我在文艺理论上变成了一个客观主义者。"❷ 在中国,很长一个历史时期唯美主义或者"为艺术而艺术"的主张都带有某种"原罪",背负着沉重的道德包袱。如果再看他在不同历史时期关于这一问题的所言,就会更加清楚,如1936年说:

什么是我所崇拜的,如若不是艺术?这也许是一个日将就暮的犄角,做成我避难的蚌壳。然而那真正的公道在人世无处寻觅,未尝不在艺术的国度保存下来。我挣扎于富有意义的人生的极境。我接受唯有艺术可以完成的精神胜利。我

---

❶ 李健吾:《福楼拜评传》,广西师范大学出版社2007年版,第277页。
❷ 韩石山:《李健吾评传》,山西人民出版社2006年版,第78~79页。

用艺术和人生的参差，苦自揉搓我渺微的心灵。❶

1948年又说：

一般人笑骂我是"为艺术而艺术"，我向例一笑置之。不是骄傲，而是因为我相信艺术不容我多嘴。人人可以体会，这不是什么独得之秘。它近在眼前，远在千里，并不扑朔迷离，然而需要钻研体验。……一切是工具，人生是目的，艺术是理想化的人生。❷

1958年作为自我思想检查而写的《自传》中变成了一句带有自虐性的"'为艺术而艺术'的主张对我起了很坏的作用"。

可以看出，1936年所言才是一个正常的表述。李健吾像福楼拜一样是一个艺术的"崇拜者"，艺术就是李健吾的"宗教"。艺术中才有他寻觅的人生公道，艺术是他的"避难所"和心灵的慰藉，在人生无法实现的理想，在艺术中完成自己的"精神胜利"。这不由让人想起歌德那句名言："想逃避这个世界，没有比艺术更可靠的途径；要想同世界结合，也没有比艺术更可靠的途径。"

所以可以看出，李健吾一方面有一种关注现实的强烈精神，另一方面又是一个唯美主义者，主张并践行"为艺术而艺术"的理论，这两者互为表里，不可分开。艺术既是介入

---

❶ 李健吾：《以身作则》（后记），文化生活出版社1936年版。
❷ 李健吾：《使命（跋）》，文化生活出版社1948年版。

世界的方式，也是躲避世界的场所。简单地把李健吾归入现实主义的主流中，或者单方面强调他"为艺术而艺术"的主张都是不妥的，何况李健吾向来是反对以某种流行的主义来概括一个人、一种文学现象。❶ 我们应该综合他一生的文艺实践来考察他思想如何在这两者之间起伏变化的。

  李健吾与西方文艺思想的联系，一个重要来源地是他曾经留学过的法国，在法国的作家、理论家中，福楼拜又是第一重要的一位。《福楼拜评传》是他年轻时全面研读福楼拜的结晶，也是他艺术理论的奠基之作，更是李健吾批评生涯的一个辉煌的起点。在以后的文学批评中，福楼拜的文艺思想（已经化为李健吾自己的）处处成为他批评的参照。《福楼拜评传》中对福楼拜的评价，更多的时候是李健吾"夫子自道"。本书将进一步结合李健吾的福楼拜研究，特别是他的《福楼拜评传》，考察李健吾的文艺思想的来源问题。

  《福楼拜评传》目前共有三个版本：1935年12月上海商务印书馆版（初版）、1980年湖南人民出版社（修改版）、2007年广西师大出版社版。其中1980年版的内容，李健吾作了修改——加进了不少带有政治色彩的语句，此外插图和附录部分也有所变动，只要对照一下两个版本的目录，即可见。而2007年广西师大版的则是按照初版内容编排，另增柳鸣九先生的一篇序言《一部有生命的书评》，封底打出常风、郭宏安、韩石山三人对此书的几句评语作为广告。柳鸣

---

❶ 李健吾曾说："实际文学上任何主义也只是一种说明，而不是一种武器"，"任何主义不是一种执拗，到头都是一种方便"。刘西渭："答《鱼目集》作者——卞之琳先生"，载《大公报·文艺》第158期"星期特刊"，1936年6月7日。

九在这篇文章里充分肯定了李健吾《福楼拜评传》的学术价值,尤其是在"中国二十世纪涉外文化史上的地位与作用",因为即使有不少优秀富有才情的译介者,如梁宗岱、傅雷、黎烈文等,"然而,不可否认,他们对外国文化基本都停留在译介、引进的层面,而没有或很少进入系统的思考、学术研究的领域,其中只有李健吾一人向学术研究的高峰进发、攀登,并有了显著的业绩。他不仅是十九世纪现实主义大师福楼拜一系列文学作品的出色译介者,而且是一部有分量、有深度的学术著作《福楼拜评传》的作者,在今天,我们回顾二十世纪中国文化史时,竟然发现这部几乎可以说是中国三四十年代西学领域中唯一一部国人有独创性的学术力作,至少在外国文学研究领域,迄今仍无同类佳作出其右"。❶ 柳鸣九先生说的是实情。翻译和研究往往是两回事,偶尔翻译一部作品或一位艺术家的创作的译介者,却未必去真正深入地研究所翻译的对象。同样,研究一个外国作家,也未必会去搞译介。但是李健吾两样都做到了。

  福楼拜的作品很早就被介绍到中国来,最早可以追溯到1917年的《新青年》,20年代又有茅盾等人在《小说月报》的"法国文学研究"专号上刊文进行介绍,1927年上海商务印书馆就出版了李青崖翻译的《波华荔夫人传》(《包法利夫人》)。但是中国对福楼拜的研究却几乎是一片空白,仅有只言片语的评论,也往往把福楼拜与左拉归入所谓自然主义一派。李健吾的《福楼拜评传》弥补了中国福楼拜研究的

---

  ❶ 柳鸣九:"一部有生命的书——李健吾著《福楼拜评传》",见李健吾:《福楼拜评传》,广西师范大学出版社2007年版,第2~3页。

空白，柳鸣九说至今无同类佳作超越它，这评价是中肯的。其实早在1936年，法国文学研究家吴达元就曾准确地指出《福楼拜评传》的学术价值和意义："国人研究外国作家很少有系统和长年工作的毅力，所以从来没有研究一个作家的巨著出现，有之自李健吾先生的《福楼拜评传》始。"❶ 常风称《福楼拜评传》是"一部开山的书"。❷ 时至今日，70多年后，柳鸣九更能以一种清醒的历史目光打量这部有生命的学术著作："这本书是勤奋、学识与才华的结晶，而内在的原始发动，也许是一个青年学者喷发而出的创造性活力以及他对法兰西文学的倾慕与新鲜感。"❸ 历史的尘埃会淹没很多文学作品，就像很多学术著作被淹没一样，但时间也会让真正有品质的精神文化作品显现，留存下来。《福楼拜评传》就是这样一部著作。

如果说以上的评价都是从文化史或者文学批评史上进行定位的话，那么这些批评其实都和李健吾无关，都是外在的。应该看到，《福楼拜评传》奠定了李健吾对美、对艺术、对文学的一些基本看法，这些思想既是他对福楼拜等外国作家、理论家的梳理与总结，也构成了李健吾文艺思想的重要部分，成为他批评立论的基点，很多观念，终其一生李健吾都未发生多大改变。

---

❶ 吴达元："李健吾《福楼拜评传》（书评）"，载《清华大学学报》1936年第11卷第4期。
❷ 常风："《福楼拜评传》（书评）"，载《国闻周报》1936年第13卷第16期。
❸ 柳鸣九："一部有生命的书——李健吾著《福楼拜评传》"，见李健吾：《福楼拜评传》，广西师范大学出版社2007年版，第3页。

《福楼拜评传》1935年写就，当年年底出版，不包括序言，共八章："福楼拜""包法利夫人""萨朗宝""情感教育""圣·安东的诱惑""短篇小说集""布法与白居谢""福楼拜的宗教"，另有附录三个："福楼拜的故乡"、《十九世纪法国现实主义的文学运动》、《圣安东的诱惑》初稿。1933~1935年李健吾一边撰写，一边在当时的报刊如《现代》《大公报·文艺副刊》《学文》《文学季刊》等上面刊载。

　　"序"是全书内容的概要，对福楼拜作了相当精辟的艺术上的介绍："创作是他的生活，字句是他的悲欢离合，而艺术是他的整个生命。一切人生的刹那的现象形成他艺术的不朽。"进而把福楼拜与同时代的法国作家比较："司汤达深刻，巴尔扎克伟大，但是福楼拜，完美。巴尔扎克创造了一个世界，司汤达剖开了一个人的脏腑，而福楼拜告诉我们，一切由于相对的关联。他有他风格的理想，而每一部小说，基于主旨的不同，成功不同的风格的理想。"❶《福楼拜评传》注重的是福楼拜的思想和艺术理论的凸显、阐发，主要依据的材料是福楼拜的作品和大量福氏的信函。当然也谈福楼拜所处的时代风云，❷但是很少，李健吾紧紧抓住的是福楼拜的"性情"。

　　例如第一章"福楼拜"，李健吾此章中讲的是福楼拜性

---

❶ 李健吾：《福楼拜评传》，广西师范大学出版社2007年版，第2~3页。本书所引《福楼拜评传》的文字，同时参照了三个版本，而以2007年最新版为准，差异处会标出。

❷ 尽管李健吾在湖南人民出版社1980年版的《福楼拜评传》"写在新版之前"里说"缺一章专讲福楼拜的时代"，但笔者以为这不妨碍读者理解福楼拜，加上了未必能使全书增色——我们的文学史长时间以来几乎都是这样，却往往忽略的作品的艺术性和作家的艺术理论。

格的形成及其原因。研究一个作家及其创作，传记研究依然是文学（史）研究中的一种重要方法。李健吾首先从福楼拜的家庭影响开始讨论他的性格及其成因，福楼拜出身医生家庭，自小生活在医院环境中。李健吾把福楼拜的性格概括为几个特点：忧郁、早熟、医生人格、充满矛盾。❶李健吾重点阐释了福楼拜的"医生人格"，并进而讨论了福氏这一人格特征和创作之间的密切关系。在李健吾看来，作家和实际的人应该分开来看，在创作时他就是一个作家，谈论一个作家更多地要从他的作品出发，其他的都可以暂时撇开。通过福楼拜的性格，确切地说是作为作家的人格，我们更容易理解福楼拜在小说中表现出来的风格特征。李健吾分析《包法利夫人》时说："和一座山一样，在这样作品的后面，是作者深厚的性格。他绝不许书里有自己，这是说，他不愿意在他所创造的一群人里面，忽然露出一个不相干的人来，和读

---

❶ 李健吾说："福氏的忧郁，或者说的更深切些，好比表里想成，是遗传与环境共同的产物，而环境格外明显，易于令人一目了然，同时大地仿佛哲学的根据，房子便在上面打基。遗传如果是铁筋，环境攘有其他的一切。"见《福楼拜评传》，广西师大出版社2007年版，第9页。福氏的早熟，"对于深厚而易于感染的性情，一次印上去，再也洗不下来。耳目的濡染促成早熟的机缘"。见《福楼拜评传》，广西师大出版社2007年版，第10页。医生的人格：福楼拜性格相当克制、冷静。有人（如高莱女士）认为福楼拜是冷漠的"病态人格"，李健吾说："其实撇开了人，专就作家而论，我们宁可奉赠福氏一个医生的人格。好比一个医生，他藏起自己的情感生活，纯粹运用理智，追求一种不偏不倚的正确现象，做他下药的根据。"见《福楼拜评传》，广西师大出版社2007年版，第13页。充满矛盾："在福氏的性格上，好些特别的地方，反而成为一种习而不觉的矛盾。在赤子的热怀里，是全部情绪的汹涌，一下子奔流过去，或者一下子奔流回来，是整个生命的期许，全部灵魂的撼动。一切形成凿枘的参差。他赋有外形的美丽，同时具有永生的疾病；他生有魁梧的身体，同时里面布满了柔脆的神经。"见《福楼拜评传》，广西师大出版社2007年版，第19页。

者寒暄,刺人耳目。然而这不是说,作者能够和作品全然析离。一件作品之所以充实,就看作者有没有呕尽心血,于无形之中,将自己化进去。化进去,却不是把自己整个放进去。"❶ 这说明作者不在作品中露面,并非意味着作品里面没有作者的性情,恰恰是因为作者把自己的性情"化进去"了。

李健吾显然接受了福楼拜的这一创作原则,同时这也是批评时的一个重要美学原则。下面将结合李健吾的小说批评,看他所受到的西方文艺理论思想的影响如何在批评中具体表现出来。

李健吾的小说研究和小说批评,占据了他一生文艺研究的大部分。首先,李健吾是个小说创作者。中学时代,李健吾就在他们办的刊物《爝火》上,以"仲刚"的笔名,发表过童话《萤火虫》、短篇小说《母亲的心》。❷ 之后,1923~1945年,李健吾发表了大约40篇小说,大部分是短篇,也有中篇(如《一个兵和他的老婆》),一部长篇《心病》。其短篇《终条山的传说》,被鲁迅主编的《中国新文学大系·小说二集》收入(1935)。而李健吾的1931年连载于《妇女杂志》、1933年出版的长篇《心病》则是"中国现代小说史上唯一较多运用意识流技巧写成的长篇小说"。❸

---

❶ 李健吾:《福楼拜评传》,广西师范大学出版社2007年版,第57页。
❷ 仲刚:"萤火虫",载《爝火》创刊号,1923年2月10日。仲刚:"母亲的心",载《爝火》第2期,1923年7月1日。李健吾的其他小说,详见附录部分。
❸ 唐正序、陈厚诚主编:《20中国文学与西方现代主义思潮》,四川人民出版社1992年版,第374页。

内容与形式一体的文学观念。李健吾最早的一篇批评，是一篇关于小说的批评，韩石山说是《蹇先艾先生的〈朝雾〉——读后随话》，载1927年11月25日《清华文艺》第4期。❶ 其实，就笔者所掌握的材料看，李健吾最早的一篇批评是一个关于蹇先艾小说集《朝雾》的短评（说它是介绍性的文字也可），题目是"蹇先艾《朝雾》"，刊于《清华周刊》第28卷第3期，发刊于1927年10月7日，时间上比《清华文艺》上的早了一个多月，尽管简短，却说出了蹇先艾小说的精髓，全文不足百字：

这是一本短篇小说集，最近在北新书局出版。在近年文艺界中，青年努力之有成绩者，作者实在是最好的一位；他的笔锋完全幕在情绪的雾里，有一种雅丽的温柔的情调；而且不落于俗套。他是诗人，在这些小说里充满了诗意……

这篇短评，把小说作者蹇先艾放在整个文艺界来观察，认为他是"最好的一位"；在风格上，李健吾认为《朝雾》"雅丽温柔"，充满了"诗意"。如果纵观李健吾所有的文学批评，尤其是小说批评，能够看出，这篇评论虽短，却奠定了以后李健吾小说批评的一个重要基调：诗意。即李健吾心中的理想小说之一种，应该是充满诗意。那么什么是李健吾所说的"诗意"？在不久后刊于《清华文艺》上的评论上，李健吾谈到蹇先艾的小说："《朝雾》只是一种朝雾，朦胧的，清芬的。……这是留恋于过去底慰藉；这是诗。……除

---

❶ 蹇先艾：《朝雾》，北新书局1927年8月初版。

去少数几篇以外，这里头的文章只全是一种有小说形式的诗意的散文。"❶ 先不说这里暗含着一种对小说形式的不满——小说的"散文化"，缺乏作为小说的结构和取材，李健吾又一次使用了"诗意"二字。此处，笔者稍稍岔开，先看两篇评论对以后李健吾的小说批评的意义。

在这两篇（尤其是第二篇）对蹇先艾小说的批评中，李健吾谈到了小说的选材、结构，写短篇小说的技术，"情景的联合"，形式与内容的关系，人物性格，作者的文笔等诸多要素。李健吾都一一给出了自己的见解，如在有人推崇其中的一篇《狂喜之后》，李健吾却不以为然，认为这篇"太平常"，并且"选材不细"。李健吾看重的是《水葬》和《旧侣》。《水葬》前后的情景联合很好，"中心人物的性格活现着"，进而称赞蹇先艾的文笔"灵活"。但是李健吾对当时文坛的小说创作并不满意，主要原因在于：其一，许多所谓短篇小说其实是"篇幅较短的小说，或者是社会观察报告，或者是未经小说的精致化底散文"；其二，取材上，因为作者的观念中"缺欠普遍的永久性"，造成作者不知道如何去运用材料；其三，完全疏忽结构，尤其是形式，却错误地认为只要表现的内容丰富即可。李健吾认为小说的发展会被引向歧路，他说："我相信真的内容绝摘不掉好的形式，形式即内容。"

那么，李健吾所说的"诗意"是什么意思呢？它与小说中的内容与形式、情与景、作者与文本之间是什么关系呢？

---

❶ 李健吾："蹇先艾先生的《朝雾》——读后随话"，载《清华文艺》第4期，1927年11月25日。

笔者通过反复研读李健吾的批评文章，特别是其中有关中外小说的部分，发现李健吾这里所说的小说的"诗意"是指内容与形式的完美一体，情与景的和谐无间，作者的性情融于文本，化为无形，而不是在作品中直接表露自己的态度。因而，李健吾所说的"诗意"的小说意境，可以替换为另外一个词——"谐和"，即这些小说的要素在作者的笔下，呈现为一种艺术上的和谐、完美。这当然是一种比较高的艺术尺度，李健吾在批评福楼拜、沈从文、曹雪芹等的作品时，找到了他所渴求的小说文本，而这些小说的批评又构成了他批评经验的一部分，甚至成为一种准则与尺度（虽然李健吾一向反对为批评设置生硬的标准）。

1933年8月，李健吾留法归国后，撰写《福楼拜评传》的过程中，一些章节在当时报纸杂志上发表。1935年他发表了一篇《福楼拜的内容形体一致观》❶，这是一篇重要的文章，它专门讨论了福楼拜对小说的内容与形式的看法。李健吾认为："缺乏形体的东西，也不会有观念的存在。古人把形体比做一件外衣。但是这种人为的外在的形体，才缺乏真正的形体。实际形体是思想的肉，犹如思想是灵魂的肉，生命的肉。美的思想不会没有美的形体，美的形体不会没有美的思想。去掉了颜色，广袤，坚固，我们得到的只是一种空洞的抽象，一口气就可以吹散它的存在。形体好像思想的汗水，美凭借它的渗出，来到艺术的世界。"❷ 李健吾对福楼拜

---

❶ 李健吾："福楼拜的内容形体一致观"，载《文学季刊》第2卷第1期，1935年3月16日。此文后收入《福楼拜评传》第八章"福楼拜的宗教"。

❷ 李健吾："福楼拜的内容形体一致观"，载《文学季刊》第2卷第1期，1935年3月16日。

的阐释非常形象化，运用生命机体的比喻。李健吾的内容与形式一体的观念并非完全来自福楼拜，福楼拜只是其中的一个重要来源，另外，还有中国传统思想的影响。1939年，李健吾在一次演讲中说："孔子所谓'文质彬彬'，子贡所谓'文犹质也，质犹文也。虎豹之鞟，犹犬羊之鞟'（子贡这段话很少有人注意），这都是求内容形式的一致。现代人把文——形式——比作铠甲，还没有二千年前子贡说得适当，因为铠甲是能脱离人体的，而'鞟'则不能脱离虎豹之体。"❶

李健吾对形式与内容的看法，是中外古今文艺思想共同作用的结果。他的这种观念，非常坚固，自青年时代起，终其一生都没有根本的改变。从批评蹇先艾的小说《朝雾》开始，然后赴法系统研读福楼拜著作，归国后他对同时代人的著作如沈从文，对古代作品如《红楼梦》的评论，也是这种观点。下文进一步具体分析。

李健吾论福楼拜的历史小说《萨朗宝》："福氏是对的，我们不应该抛开内容谈形式，更不应该抛开形式谈内容。艺术的成就是一，是协和，是完整。"❷ 论林徽因的小说："我不明白内容和形式怎样分开。一件将军的铠甲只是铠甲，并不是将军：剥掉铠甲，将军照样呼吸。杀掉将军，铠甲依旧存在。这不是一个妥当的比喻。……所以铠甲不是形式，而是辞藻。形式和内容不可析离，犹如皮与肉之不可揭开。形

---

❶ 李健吾讲，文哲研究组纪纪录："文学批评的标准"，载1939年《文哲》（上海光华文哲研究组）第1卷6期。

❷ 李健吾：《福楼拜评传》，广西师范大学出版社2007年版，第133页。

式是基本的,决定的:辞藻,用得其当,增加美丽;否则过犹不及,傅粉涂红,名曰典雅,其实村俗。一个伟大的作家,企求的不是辞藻的效果,而是万象毕呈的完整的谐和。……一部作品和性情的谐和往往是完美的符志。"❶李健吾研究福楼拜的形式内容一体观,也是在谈自己对形式与内容的看法。

李健吾认为《包法利夫人》有几点引人注意:第一,是"人物与景物的进行一致"。李健吾拿巴尔扎克小说中的景物描写作为比较,巴尔扎克的小说在一开始就大段交代故事发生的地点,这样,实际造成了是故事与场景、人物与景物的离析。然而,在福楼拜的小说中,把人物与景物"揉合在一起",因为"性格和环境是相对的:没有环境的映衬,性格不会显亮,没有性格的活动,环境只是赘疣"。福楼拜不单独描写风景,为了写景而写景,如小说中对杨寺镇的描写,作者其实在暗示读者这个小镇是一个语言乏味、风景无聊的乡村。人物与景物揉合的另外一种形式是"作者描写的只限于他的人物的视线。他不会多告诉你一句",用今天流行的叙事学名词就是作者不再用上帝式"全知"的视角,改用"有限视角"去叙述故事。小说的这种转变是从福楼拜开始的。第二,《包法利夫人》同样引人注目的是,"全书不见作者出面"。这在今天,或在李健吾的时代,这已经不是什么新鲜的现象,但是李健吾以史家的眼光,准确地指出:"在《包法利夫人》问世以前,事情不是这样轻易。很少几部小

---

❶ 刘西渭:"《九十九度中》——林徽因女士作",载《大公报·小公园》1935年8月18日。

说不带说书的口气。司汤达充满了自我,巴尔扎克也喜欢插嘴,唯有福氏是一个自觉的艺术家"。李健吾引用福楼拜的话说"一个小说家,没有权利表现他的意见"。同时,"从作品中删去作者的意见,不是从作品删去作者的性情:这是一个极大的区别。《包法利夫人》第一次完成福氏的希望,完成巴尔扎克的希望,使小说进于艺术的高尚的境界"。此章的最后,李健吾对福楼拜这部小说在小说史上的贡献与地位,给出了几乎是不移的、一锤定音式的评价:"《包法利夫人》结束以往的小说,成就于它形式艺术的形式:它的出现是近代小说的一个转机。"❶ 这种小说上的转机涉及我们将要讨论的另外两个问题:作者与作品关系的问题,以及情与景之间的关系。

李健吾评《包法利夫人》,论及作者和作品的关系。他认为,小说中故事不重要,重要的是作者如何摆布他的故事。例如,福楼拜的《包法利夫人》来自一个几乎是"俗不可耐的故事",但是"故事并不重要,重要在作家的运用,在他别出心裁的安置。故事永久是故事,不会因为使用的次数过多而陈旧,而腐烂,而减色;对于艺术家,情趣集中在推陈出新的技术上"。❷ 作者处理故事时,一个重要方面就是作者性情与作品之间的关系。作者在作品中要不要显示自己?如果要,以怎样的方式?李健吾认为小说中作者是要有自己个性的存在的,这是一部作品区别于另一部作品的价值

---

❶ 本段中有关福楼拜《包法利夫人》的引文,均见《福楼拜评传》(第二章),广西师范大学出版社2007年版,第83~85页。

❷ 李健吾:《福楼拜评传》,广西师范大学出版社2007年版,第44页。

所在。同时，他还认为："艺术的成就便是在追求小我以外的永在而普遍的真实，作者自己也许包含在里面，然而仅仅是包含在里面。一件艺术品形成以后，作者便退出创作者的地位，消融在万头攒动的人生里面。"❶

小说中另一个重要的问题就是情与景的关系。关于这一点，李健吾几乎用相同的思路、类似的尺度分析了曹雪芹《红楼梦》中诗词对情景构成的作用，他拿《哭花词》（又名《葬花吟》）作为例子。

中国旧小说里面，有大量的诗词，这些诗词在小说作用怎样？高明的艺术家应该如何处置叙事小说与抒情诗词之间的关系？李健吾认为："曹雪芹正和我们一般的旧小说家相同，随时随地往小说里面安放诗词，尽量推呈他男女人物的才子佳人气氛，借以表现自己的才子佳人气氛，满足自己诗文两能的虚荣心理。所不同的是，他有天才。一切我们在庸俗小说中感到的恶浊的卖弄，一切值得高人雅士厌弃的意识作用，一切不为士大夫社会所知的自卑感觉，曹雪芹以他稀有的天才（禀赋和修养）化之于无形，不惟无害，反而有所为力于他所需要的情调，他雅致化了通常小说的俗浅。"❷

但是同样是安放诗词，曹雪芹的高明之处在于："他附加的诗词和他的人物的性格，环境与身世的相合。这不容易。"诗词在曹雪芹的《红楼梦》中不再是浅薄文人才情的卖弄，这些诗词"消溶在小说的波澜和人物的心性之

---

❶ 李健吾：《福楼拜评传》，广西师范大学出版社2007年版，第44页。
❷ 李健吾："曹雪芹的《哭花词》"，载《宇宙风》第100期，1940年6月1日。

中。……曹雪芹的诗词十九表达人物性格，思想核心"。李健吾进一步分析《哭花词》的插入"在小说行进上并不突兀，一种性格与环境的谐和中饱了它倔强的个性"。❶

故而，李健吾在此文中认为，曹雪芹是一个丰富的"人"和"文人"的完美结合，剔除了旧时文人把人生与作品分开的弊病，用"柔软的心灵吸收色相，熟练的艺术烘托人生"。其高明之处更在于"他从来不在他的小说出头露面……他要小说自己去帮自己解释"，这与福楼拜是多么一致。然而还有"（曹雪芹）不为描写而描写。他的描写永远是从书中人物的眼睛看出来的，不是作者特地写出来给读者看的。这正是现实主义艺术的另一艺术手腕，不浪费笔墨，顺着自然的程序，把事物摆在生活的表皮。然而得到的效果，并不止于表皮。外国小说家，真正体验到这里的哲理，正式表而出之的，只有法国十九世纪中叶的福楼拜"。到此，李健吾点出他写这篇分析《哭花词》的目的，曹雪芹与福楼拜的小说同属于现实主义，在创作的"哲理"方面又有很多可以沟通之处。

不难得出一个结论：一个高明的小说家应该是艺术家。"艺术家"在李健吾的文学批评中，是一个很高的准则，他不是随意使用，我们所能见到的他在以下作者的身上用过：福楼拜、曹雪芹、沈从文、何其芳等。艺术家意味着完美、谐和，这大致包括内容形式的和谐一体、性情与作品的谐和、情与景的谐和、人物与景物的谐和、作者与作品的谐

---

❶ 李健吾："曹雪芹的《哭花词》"，载《宇宙风》第100期，1940年6月1日。

和＝完美＝艺术，这时，作者是艺术家，而不仅仅是小说家。

李健吾在沈从文的小说《边城》中，找到了他理想的"诗意"境界，即谐和一体的艺术造诣，看到了一位作为艺术家的小说家，并把沈从文与福楼拜、巴尔扎克等作比较："唯其眼前论列的不仅仅是一个小说家，而且是一个艺术家。在今日小说独尊的时代，小说家其多如鲫的现代，我们不得不稍示区别，表示各个作家的造诣。这不是好坏的问题，而是性质的不同，例如巴尔扎克（Balzac）是个小说家，伟大的小说家，然而严格而论，不是一个艺术家，更遑论乎伟大的艺术家。为方便起见，我们甚至于可以说巴尔扎克是人的小说家，然而福楼拜，却是艺术家的小说家。前者是天真的，后者是自觉的。"李健吾认为，"沈从文先生便是这样一个渐渐走向自觉的艺术的小说家"，"然而与其说是诗人，作者才更是艺术家，因为说实话，在他制作之中，艺术家的自觉心是那真正的统治者。诗意来自材料或者作者的本质，而调理材料的，不是诗人，却是艺术家！他知道怎样调理他需要的分量。他能把丑恶的材料提炼成功一篇无瑕的玉石。他有美的感觉，可以从乱石堆发见可能的美丽。这也就是为什么，他的小说具有一种特殊的空气，现今中国任何作家所缺乏的一种舒适的呼吸"。所以，李健吾最后肯定道："《边城》便是这样一部 idyllic 杰作。这里一切是谐和，光与影的适度配置，什么样人生活在什么样空气里，一件艺术作品，正要叫人看不出是艺术的。一切准乎自然，而我们明白，在这种自然的气势之下，藏着一个艺术家的心力。细致，然而绝不琐碎；真实，然而绝不教训；风韵，然而绝不弄姿；美

丽，然而绝不做作。这不是一个大东西，然而这是一颗千古不磨的珠玉。"❶

《边城》中，一切都是谐和的、完美的；他是舒适、自由、自然的呼吸；各种元素恰到好处，浑然不见人工的痕迹，充溢着诗意。20世纪30年代，许多人极力批判沈从文的作品时，李健吾敢于并且精准地指出了《边城》的价值："一颗千古不磨的珠玉"，这在李健吾所有的小说批评中，是最高的评价。❷今天，《边城》早已成为文学的经典，再看李健吾30年代的评价，不能不为作者的眼光所折服。一位批评者，谈论过去的经典作家，不难，难的是谈论同时代的作品。即使如批评大家法国的圣伯夫在批评同时代的作家时，也每每看走眼，同时代的作家没有几个入他的法眼，然而真正的艺术品，以自己持久的魅力抗拒时间。

李健吾区别了"艺匠"与"艺术家"："小处着想是艺匠；艺术家所追求的，却是整个的谐合，永在的真理，普遍的情绪。"❸李健吾站在人类杰作的高处，来打量同时代的作

---

❶ 刘西渭："《边城》与《八骏图》"，载《文学季刊》第2卷第3期，1935年9月16日。

❷ 韩石山认为："这评价，不是高了低了的问题，而是石破天惊，将沈从文的小说艺术（注意，不仅是一篇《边城》或《八骏图》），做了一个时人绝难接受的界定。"《李健吾评传》，山西人民出版社2006年版，第118页。另外，刘锋杰也指出："在讨论到沈从文的创作时，李健吾是把沈从文的小说作为中国现代现代小说创作中的一种典范对待的。在李健吾所批评的作家中还没有人能够超过沈从文的评价。"刘锋杰：《中国现代六大批评家》，安徽文艺出版社1995年版，第180页。笔者按：刘锋杰先生的这里的说法大致不错，只是所谓"典范"是有来源的，这个来源就是以福楼拜为代表的诸多外国经典作家和作品。李健吾是在研究国外作家、作品的时候，逐步确立了自己的文学思想。比较中外文学的材料，就会相当清楚地观察到李健吾文艺思想的嬗变轨迹。

❸ 李健吾：《福楼拜评传》，广西师范大学出版社2007年版，第119页。

家,他看得很准。

李健吾的所说的诗意,也可以说是诗化,应该说,在他的小说思想中,有浓厚的浪漫色彩。但是这仅是李健吾文艺思想中的一面,在李健吾所批评的小说家中,除以沈从文为代表的带有浪漫主义的作家外,还有以茅盾、萧军、夏衍为代表的现实主义作家,尤其是左翼作家。下文将通过李健吾的批评实践(主要是小说)来考察李健吾的现实主义理论。

作品与现实的关系是文学理论中最为复杂的关系之一,这里主要借助李健吾对历史小说和历史剧以及相关作品的评论,来观察李健吾的现实主义文学思想。能够代表李健吾现实主义思想的主要是他的《福楼拜评传》,及论夏衍的剧作和萧军、路翎的小说的批评文章,另外一篇专门谈现实主义的《关于现实》。

李健吾在评论福楼拜历史小说《萨朗宝》时说:"小说注重想象,历史注重事实,这是一个轻易然而基本的区别。二者都叙事:历史的追求是真实,小说的理想是美丽。和一切的创作一样,彼此建筑在人生的经验上面。这就是说,无论是历史,无论是小说,全含有时间的成分:一个复活以往,从真实之中发现真理,一个随着天涯海角的想象的活动,揉合过去,现时和未来,从近似之中发现真理。但是史家也好,小说家也好,全活在各自创造的人物和环境里面。创造,又根据各自的性情。史家力求避免小说家的成就,然而小说家却一心同他亲近。"[1]

李健吾这里谈到历史与小说的异同:其一,都是叙事,

---

[1] 李健吾:《福楼拜评传》,广西师范大学出版社2007年版,第87页。

但理想不同;其二,均根据人生(性)经验;其三,同是在时间中展开的叙事;其四,追求真理,但方式不同,一靠真实的材料,一靠艺术的想象;其五,历史和小说都是创造性的精神实践活动。

李健吾这里没有谈历史的"客观"、小说的"主观",也没有用(也不可能用)今天流行的所谓"新历史主义"的分析方法。这不妨看做是一个学者、作家,在大量的文学实践活动中,凭借阅读经验、批评实践得出的关于历史与小说的真知灼见,这里面不是没有理论的成分。李健吾所说的历史和小说都追求真理,只是方式不同,让我们听到亚里士多德所言的"诗比历史更具有真实性"的回响。难能可贵的是,李健吾跳出了历史是客观、小说是主观的二分对立的窠臼,指出了它们的内在一致,甚至说"创造,又根据各自的性情"。不妨把解释扩大一些,李健吾所言的历史写作也要根据性情——这在当时不啻为一种极为先锋的观点。

上述李健吾对小说与历史、文学与虚构的看法,决定了他在批评中的态度和法则。他进而指出:

从艺术作品里面,我们可以看出社会的反映,但是多数人却偏重历史的知识,从外面判断作品的价值。所以认识一件作品,在他的社会与时代色彩以外应该先从作者身上着手:他的性情,他的环境,以及二者相成的创作的心境。❶

---

❶ 李健吾:"从《双城记》谈起",载《大公报·文艺副刊》第 33 期,1934 年 1 月 17 日。

他认为，衡量艺术品的不是外部的历史现实，现实不是批评的标尺，它只是其中的一个参照，就像虽然首先从作者入手，而作者也仅仅是其中一个维度，因为一位"过分自觉的批评家，看见同代的艺术作品，再也不敢武断一句是非。要从各方面推敲，他才说出一个比较的道理。不是绝对；因为一件作品，作者自己就容易扯一个糊涂，何况我们隔一层皮肤，隔若干年代"？❶ 这种从各个方面推敲、小心翼翼衡量作品价值的批评方法，是李健吾一贯的批评态度。他是一个谦虚的批评家，尽量避免批评中的绝对化倾向，尤其是避免把历史知识作为批评题材作品的唯一标尺。李健吾小说批评中始终面对的是作品自身，"与其扯些不相干的书本以外的议论，不如从书的本身看起；老实话：只是读书而已"。❷ 这是李健吾对历史小说批评的一些准则与尺度，同样，在他的剧评中，也能发现他一贯的思路，如他对夏衍历史剧《上海屋檐下》的批评即是如此。

二、李健吾与中国传统思想

（一）"仁者李健吾"

尽管李健吾受外国文艺思想影响很大，然而不要忘记，李健吾首先是一位中国人，血管里流着中国人的血液，中国

---

❶ 李健吾："从《双城记》谈起"，载《大公报·文艺副刊》第33期，1934年1月17日。
❷ 同上。

的文化心理与文化积淀，必定会从骨子里给予李健吾以深刻的影响。所以，面对如此一个批评家，必须从中西两种语境的交互作用中去理解，如学者所指出的那样："漠视西方学术文化对于现代中国文化所发生约深巨影响，固然是盲人瞎说，而轻视固有传统的力量，以及那种深刻得多的民族文化心理所凝集的潜能，同样是痴人说梦。"❶

而后人关注前辈学人，不外乎两方面：其人与其文。但是本书的研究对象李健吾已经逝去多年，他留下的只有文章和著作，所以本书进入李健吾作为一名作家、批评家的心灵深处，主要凭借的还是他的著述，同时，还有的就是他同时代朋友，以及后辈的纪念、回忆性文章。那么李健吾是一个什么样的人？笔者认为李健吾是一位具有传统儒家精神气质的现代知识分子。

李健吾眼中的孔子。一般认为，五四新文化运动是一个激烈的"反传统"的运动，为了给新学说腾出思想的空间，以孔子为代表的儒家思想成了被批判的主要对象。批判起因

---

❶ 许道明：《中国现代文学批评史新编》（导论），复旦大学出版社2002年版，第2页。

于不满,❶但是孔子总是以各种面目出现,"德先生来了,赛先生来了,克胡子来了……瞎眼睛的爱罗先珂来了,什么全来了,老得不能再老的夏禹变成虫子也来了,尊到不能再尊的孔丘换了一身素服也来了……"❷尽管封建复辟势力抬着孔子这座千年偶像四处为自己张目,我们看到的只是一个被利用殆尽的孔子、可怜又可悲的孔子,而不是真正的孔子。但李健吾本人在他的文章中,每当提到孔子的时候,总是充满了喜爱、同情与理解。

李健吾理解的孔子是作为个人的孔子,其喜爱之情溢于言表:"我从来不觉得孔夫子腐。我决不像有些思想激烈的人们,一口咬定这个老头子要不得。要不得的是后来的那些拿他做挡箭牌的道学先生,曲解、误解、妄解,影响所至,把一个富有趣味富有天机的好老头子,弄成一付阎罗面孔,害了两千年来的男男女女。"他认为孔子,不仅懂学问,还懂人生,有人情,有趣味。李健吾甚至说:"我假如是一个

---

❶ 正如李健吾自己所言:"'五四'运动由政治出发,归结却在一般的文化的觉醒,乃是'五四'的真正的光荣。'五四'学潮的结局是官吏认输。人民的胜利带给人民勇气。老百姓开始觉得求人不如求己,就在自己睡狮一般的身架里面,蕴藏着深厚的人性的可能性的宝藏。他们原先仅仅感到一个地方肿痛,治好了,有了求生的信心,他们这才发现自己全身都是斑斑点点的烂疮。和自己天天活在一起的妇女成了问题,嘴里天天说的话成了问题,笔底下天天写的字成了问题,天天行惯了的社会习俗成了问题,伺候旧制度传统的诗歌小说戏剧成了问题,没有力量接受医药的东西全成了问题,有什么不成其为问题的?思想体系成了问题,生活方式成了问题,从头到脚没有一个地方中眼。"李健吾:"悼'五四'",见《切梦刀》,文化生活出版社1948年版,第102~103页。

❷ 李健吾:"悼'五四'",见《切梦刀》,文化生活出版社1948年版,第103页。

摩登女郎,不打谎话,我真想嫁给他。"❶

李健吾称赞孔子是一位"最懂得'为人师'的哲学"的人。"我喜欢孔子。他不装假,他不拿矫,他不曾居高临下,以指导者自命发言,惶惶然象到了世界末日,汹汹然恨人之不尽如我。……教书在他正和生活一样平易。谦虚在这里和诚实只是一个东西。……他不好高骛远,也不爱说空话,有时候会说两句笑话,你可以嫌他缺乏想象力,做人太倔强,可是他懂人性,这就足够'为人师'的本钱了。教书在他进而成为一种艺术……没有比孔子离开汉儒宋儒的三家村孔学更远的了。他正是渥顿爵士 Sir Henry Wotton 所说的那种有谦德的人"。❷

一位"有谦德的人",是李健吾眼中的孔子形象,原初的孔子不是后来"三家村"儒学理解的孔子。然而,我们要说的是,李健吾本人也是一位"有谦德的人"。他的这篇《说人之患在好为人师》,讥讽的是那些以人类拯救者自居的不谦虚的指导者。这与书前面提到的他反对包括帝王在内的各式各样的"专制"人物和思想是一致的。李健吾把这种人比做一个火把:"以指导者自居的火把,往往不添油,照来照去,越照越黑,就只照见自己。有一天火把熄了,便什么

---

❶ 李健吾:"道不远人",载《青年界》(复刊号)"给青年特辑"第 1 卷第 1 期,1946 年 1 月 10 日。这篇文章是李健吾"孔子观"的全面表述,他认为"道不远人":"我们做学问要拿人做中心,文艺也是这样子。离开了人生,离开了现实,请问,什么地方是你自由的广大的天地?"而"孔夫子是一个可爱的教书先生,一个理想的万世师表。……《论语》那本至理名言的碎锦集,是我这样大人的枕头书,但是有谁捧到小学校宣讲,可就使我不寒而栗了。多扫人兴的专制办法呀。"把孔子作为一位可爱、可亲、可敬的"人",而不是一位道学先生、一位专制主义的代言人。

❷ 李健吾:"说人之患在好为人师",载《同代人文艺丛刊》1948 年第 1 期。

也没有照见。"❶ 因为他不谦虚，总是自满，其实是自我贫乏。谦虚，李健吾看来是一种人生态度，是面对一切时的态度，他在不同的场合、不同的文章中都谈到过这一点：作家的态度、批评家的态度、翻译者的态度，包括这里为人师的态度。关于他批评家的态度下面的第三章还要谈到。李健吾清华读书期间曾写《中国近十年文学界的翻译》，❷ 其中就提出翻译者的态度要"谦抑"，晚年更是总结一生的翻译经验，强调译者要谦虚："谦虚是好事。多向一些人请教，就有可能弥补自己的不足的。而且工具书总要配备一些才好。我的一些翻译，错误在所难免。有人加以指正，我总是欢迎的。但是是我不喜欢带着成见看书的人们。自以为是和成见，是翻译的绊脚石。"❸ 如果一般人是"艺高人胆大"，那么李健吾则是"艺高人谦虚"。

一位"有谦德的人"，是李健吾自己的人生写照，是一位知识分子的阔大胸怀。这种精神追求不难见出有中国传统文化的影响。在他逝世多年后，后辈学人谈起对他的印象："与李健吾稍有接触后，就能很容易地发现他是个重友谊、讲交情、崇义气的人，他乐于与人接近、与人亲和，与人建立和谐、愉悦、诚挚、善意的关系，即使是与跟他有年龄差距、有学养深浅不同、有地位悬殊的年轻人。在与他交往接触之中，你只会感到平易、亲切、随和、宽厚，而看不到那

---

❶ 李健吾："说人之患在好为人师"，载《同代人文艺丛刊》1948年第1期。

❷ 李健吾："中国近十年文学界的翻译"，载《认识周报》第1卷5期，1929年2月2日。

❸ 李健吾："我走过的翻译道路"，载《大学生丛刊》1982年第3期。

种名士或自视为名人的人身上常见的尊严、矜持、倨傲、冷峻、架势。他与人交谈的态度与语言风格都十分平实,甚至有点平民化、凡俗化,没有一星半点才智之士的风雅矫饰与文绉绉,但说起话来却兴高采烈、眉飞色舞,完全处于一种与对方坦诚相待的状态,一种"'设防'、'不保留'的状态……他与人交往时倒十分有涵养,从来不闲话家长里短,从不尖酸刻薄,从不非议影射他人,总之,是一个打起交道来只使人感到自然亲切、单纯朴实、厚道正直的人,不存在人际关系中常有的错综复杂,不存在任何可能的麻烦与后患……我想这大概是旁人乐于跟他交往的首要原因"。❶

柳鸣九先生用文字为我们描摹了一幅李健吾的生动画像:平易、亲切、随和、宽厚。本书第三章将论他的文章体式,笔者以为其中一个特点就是"亲切",是李健吾的文风,也是他的人格精神的展现。我们在这里可知道什么叫"文如

---

❶ 柳鸣九:"仁者李健吾",见《浪漫弹指间——我与法兰西文学》,河南文艺出版社2007年版,第48页。柳鸣九这篇两万多字的长文,深情回忆了他与李健吾交往的情况。李健吾的谦虚给他带来朋友:"他在同辈名人中朋友很多,多得使人感到惊奇,这在'翰林院'里的名家学者中是不多见的:既是名家嘛,总会有几分孤傲劲,自我格式难免有几分固定封闭,与他人也就难免会有几分'落落寡合',而且,更糟糕的是,'文人相轻',既已成为世间的一条定律,身为文人,岂能不受此命定?然而,李健吾似乎有点例外,他经常提到他这些老朋友:巴金、郑振铎、傅雷、陈占元,还有本单位的何其芳与钱锺书、杨绛夫妇,就像提到自己的家人一样自然、亲切、平常,没有炫耀,没有用心,完全自然而然,完全在一种和谐愉悦的心情之中,他似乎呼吸着空气一样呼吸着跟他们的友情,呼吸着对这友情的愉悦感……""他对自己的同辈、同行、同道,首先是充满了善意,他乐于承认他人,欣赏他人,赞扬他人,在整整二三十年中,我几乎从来没有从他口里听到他对同辈同行的任何刻意的贬损,而总有一些肯定的好话。"柳鸣九:"仁者李健吾",见《浪漫弹指间——我与法兰西文学》,河南文艺出版社2007年版,第48~50页。

其人""风格即人"的"文"和"人"的无间融和。我们可以模仿他对孔子的评价来评价他自己：李健吾是懂得人性的，他不好为人师，他不居高临下，他把谦虚视为做人为文的美德，谦谦君子，文质彬彬，仁者的形象留在后人心目中。

"文革"期间，李健吾的好友巴金、汝龙都受到很大冲击，生活困顿，精神苦闷。此种情况下，李健吾自己状况也并不好，但他不怕受连累，让自己的女儿捎钱给巴金，带稿费给汝龙。汝龙称赞李健吾"有一颗黄金般的心"，❶ 巴金也深以为然。在引用一段汝龙给自己的信后，巴金说："汝龙是少见的真挚的人，他一定没有忘记那十年间种种奇怪的遭遇。我也忘记不了许多事情，许多嘴脸，许多人的变化。象健吾那样的形象，我却很少看见。读了汝龙的信，我很激动。那十年中间我很少想到别人，见着熟人也故意躲开，说是怕连累别人，其实是害怕牵连自己。一方面自卑，一方面怕事，我不会象健吾那样在那种时候不顾自己去帮助人。"❷ 李健吾这样的品格，显示了他是一位重情义的人。在他的文章中，他多次提到福楼拜为照顾母亲，一辈子不肯成亲，为替自己的外甥女偿还债务，晚年变卖自己的房产，李健吾称赞福楼拜是一位"好人"。能够与朋友同甘共苦、患难与共，这样的人怎么会被人忘记呢？据学者回忆，1956 年曾经一次与李健吾谈起《三国演义》中关羽的形象问题，李健吾并不

---

❶ 巴金："病中"，载《运城文史资料·纪念李健吾专辑》1989 年第 1 辑（总第 8 辑），第 218 页。

❷ 巴金："掏一把出来"，载《运城文史资料·纪念李健吾专辑》1989 年第 1 辑（总第 8 辑），第 212~213 页。

以为关羽背叛过刘备是他的污点,恰恰相反,李健吾说:

我们中华民族,有一个很好的传统,人与人之间特别是亲友之间"重情意、讲义气",关羽在这方面是个典范。纵观《三国演义》全书,即可以看出关羽是忠义双全的人物。评价历史人物和当代人物都不能以一时一事论定。在这方面,老百姓有时比专家学者看得还全面。人民这方面的传统心理,也不要去否定。❶

李健吾的家乡运城(古称河东)解州(古称解梁),现实中被认为是关羽的故乡,至今仍保存着全国最大的关帝庙——解州关帝庙。李健吾出生的村庄,运城西曲马村的村口是一座占地面积巨大的舜帝陵。这种古风作为一种文化的无意识,无形之中进入了李健吾的心灵世界,成为他人格精神的一部分。早在中学时期,李健吾就表现出来一种勇于担当的侠士气概。与蹇先艾等人创办刊物《爝火》时,因为销路不好,出现了经济上的危机,蹇先艾后来回忆了当年他们办刊物的窘境:

不知道为什么竟推销不动了,出钱的几个社员也纷纷请求退出,于是我们的经济上便发生了很大的恐慌,印刷局屡次来向我们索取出二期的印刷费,我们总是借口拖延,后来听说他要投文向法院去控告我们的时候,才把大家骇坏了,

---

❶ 马靖云:"追忆李健吾先生",载《中国社会科学院院报》2002年8月16日。

李健吾先生慨然出来一力承当，答应徐徐地分期偿还，还找一家店铺担保，事情才算和平解决，我当时在同人中最穷，出的钱最少。❶

"慨然出来一人承当"，这是少年李健吾的行为，留给朋友的印象。这也就很容易理解，为什么朋友们说他有一颗"黄金般的心"。"重情意，讲义气"，也是李健吾自己的真实写照，是他作为一位批评家的人格境界。

李健吾与中国传统思想文化，在他的批评中的表现，也是本书要关注的重点之一，通过他的对新诗的批评，可看出他中国传统思想文化的积淀。

（二）"用心抓住中国语言文字"——新诗批评的民族化理想

李健吾的批评绝不是离开中国传统的"全盘西化"——而是相反，他的文字中处处透出中国气息、中国精神、中国气派。正如他在1936年所言：

我爱广大的自然和其中活动的各种不相同的人性。在这些活动里面，因为是一个中国人，我最感兴趣也最动衷肠的，便是深植于我四周的固有的品德。隔着现代五光十色的变动，我心想捞拾一把那最隐晦也最显明的传统的特征。我回避那不健康的名士的性灵，我害怕那不严肃的个性的发扬。我走上了一条险巇的栈道，一条未尝不是孤独的山道，

---

❶ 塞先艾："办刊物的失败"，见《乡谈集》，文通书局1947年再版本，第6~8页。

我或将永远陷于阴暗的角落，星光只有我贫瘠的理智和我小小的心……

我梦想抓住属于中国的一切，完美无间地放进一个舶来的造型的形体。❶

这是在他的戏剧创作，其实不仅仅是戏剧，他的批评中也有同一个梦想，要让西方的批评思想在中国落地扎根。这在他的戏剧改编、改译中有很多的体现，在他的批评中表现为对中国古典诗文评的资源的充分发掘，这里主要借助李健吾的新诗批评来看他对中国诗歌理论、文艺思想的创造性转化。

这里所说的李健吾的诗歌观念和批评实践，主要是指李健吾在20世纪20年代至1949年，关于中国新诗、诗人和外国诗歌、诗人的理论和批评实践，同时也包括他在主编一些文艺刊物时对诗歌的特别贡献。

李健吾最早对新诗的关注，迄今所能见到的记载是他在北师大附中读书时。据李健吾主编的"曦社"刊物《爝火》第一期的"社务报告"记载："（一九二二）十二月二十二日，开第三次常会，到社社员九人。讨论'新诗有无存在之价值？'双方据理雄辩，几乎讨论到两个小时尚无结果，只得留待着下期讨论。"❷ 可以说李健吾很早就开始关注文坛新诗的发展状况，这样的讨论也可看做李健吾对新诗批评实践的最初情形。在清华读书时，李健吾与朱自清合译过英国批

---

❶ 李健吾：《以身作则》（后记），文化生活出版社1936年版。
❷ 《爝火》创刊号"社务报告"，1923年2月10日。

评家布雷德利（A. C. Bradley）的《为诗而诗》。❶

李健吾不仅关注新诗的发展，而且自己也写诗。中学时代就在当时的《文学》（原《文学旬刊》，后来的《文学周报》）发表了一首《献给可爱的妈妈们》，❷清华时期，又以"川钊"等笔名创作了不少诗作，发表在当时的《晨报副镌》《现代评论》《认识周报》《骆驼草》《清华周刊》《清华文艺》等刊物上。李健吾在自己写诗的同时，也翻译国外诗人的作品和诗论，如英国诗人彭思（今译彭斯）（R. Burns）的《给一个老鼠》《杜康格瑞》等，美国诗人惠特曼的《草叶集》中的部分篇目如《献给失败的人们》；在李健吾其他文学批评写作中如《福楼拜评传》《咀华集》等文字中，有时为了论证和引用的需要，翻译过波德莱尔、兰波、瓦莱里、马拉美、布耶等外国诗人的作品。1937年"七七事变"后，蛰居上海，他还写过表达自己苦闷情怀的一首《对话》，发表在《大英夜报》"七月"副刊上；1938年，关于周作人在沦陷区的各种消息不断，李健吾写了一首《消息》，刊载在《文汇报》"世纪风"上。❸

纵观李健吾一生的文学创作，诗歌只占了很小一部分，与他的小说、戏剧比起来，可以说是微不足道，但是李健吾一生是热爱诗歌的一生，诗歌滋养了批评家的浪漫气质，增加了他的人生体验。李健吾关于新诗和外国诗歌的批评实

---

❶ A. C. Bradley："为诗而诗"，李健吾、朱佩弦译，载《一般》第3卷第3号、第4卷第4号，1927年11月5日、1928年4月5日。

❷ 李健吾："献给可爱的妈妈们（诗歌）"，载《文学》第103期，1923年12月31日。

❸ 以上具体见本书附录"李健吾作品原刊目录索引"。

践，在中国现代诗歌批评史上写下了放射光彩的批评篇章，此处关注的不是李健吾的诗歌创作，而是他对诗歌的见解，他诗歌批评活动。在讨论时，应以诗学的核心问题为入口，抓住其批评的关键词。

《新诗的演变》一文，是李健吾在20世纪30年代中期写的，刊载于1935年7月20日天津《大公报》"小公园"。在这篇两千字出头的文字中，李健吾抓住新诗运动的内在问题，从形式与内容的角度，清晰地梳理了新诗的发展和演变。

李健吾把新诗与散文相比，认为"与散文比较，诗的运气显然不佳。直到如今，形式和内容还是一般少壮诗人的磨难"。李健吾把新诗写作者分作如下几派：

其一，白话诗的初期，即"最初的新诗"，它的任务主要在"音律的破坏"——"废除整齐的韵律，尽量采用语言自然的节奏"；同时"扩大材料选择的范围，尽量从丑恶的人生提取美丽的诗意"。尽管是破坏，要解放，然而最后依然"寻不见形式，只好回到过去寻觅，于是曲，词，歌谣，甚至于白乐天的诗，都成为他们眼前的典式"。所以这最初的新诗仍旧"染有传统的色彩"。

其二，以徐志摩为代表的"新月派"，继续推进新诗运动。此派诗人一方面"有旧学做根基"，另一方面，"用外国的形式为依据"，主张新诗"要诗回到音乐，因为诗是音乐的"。李健吾认为，这是对前期新诗运动的"修正"，其功绩在于它"不仅仅在破坏，而且希期有所建设"；但李健吾又指出"这却形成颓废（不是道德上）的趋势"。

其三，和徐志摩一派"隐隐对立"的是另外一派——完全不顾形式,变本加厉超过早期对格律的破坏,希望另有所立的一派,以郭沫若和李金发为领袖。李健吾认为他们所努力的方向和代表的新诗风格差异很大:"一者要力,从中国自然的语气(短简)寻找所需要的形式;一者要深,从意象的联结,企望完成诗的使命。一者是宏大(主旨自然具有直接的关系),一者是纤丽;一者是流畅,一者是晦涩;一者是热情的,一者是涵蓄的。"但郭沫若"不等收获就走了开(或许他失却自信心,因为他最后的诗仍是粗窳的)";李金发因为"太不能把握中国的语言文字,有时甚至于意象隔着一层,令人感到过分浓厚的法国象征派诗人的气息,渐渐为人厌弃"。

其四,抓住了中国的语言文字,真正在"创造"的一派。这一派"和李金发先生具有相同的气质,然而他们属于不同的来源。一个显明的区别,是他们用心抓住中国语言文字,所谓表现的工具。一个尤其根本的区别,是这些年轻人不止模仿,或者改译,而且企图创造"。李健吾第一个提到的是戴望舒,但是李健吾认为"最有绚烂的前途的,却是几个纯粹自食其力的青年"。

已经有学者注意到,李健吾对新诗的认识的"与众不同之处,李健吾虽然也是从形式和内容方面着眼,"但最后落到'用心抓住中国语言文字'这一命题上来"。❶ 但笔者认为,李健吾谈新诗的文字,还有几篇更加深入、更加具体而细致地从中国语言文字的层面探讨新诗的表现问题,可见出

---

❶ 陈太胜:《象征主义与中国现代诗学》,北京大学出版社2005年版,第172页。

李健吾对新诗的批评侧重于创作论。一篇文章是他1940年写的《情欲信》❶，另一篇是1948年发表的《从生命到字，从字到诗》❷。

《情欲信》这篇文章中，李健吾探讨了新诗的"晦涩"和"明白清楚"问题，李健吾从作者表现与读者理解两个方面来讨论。在讨论作者如何表现的时，也是从内容与形式来谈的。

李健吾认为，"明白清楚"不是"绝对单纯"，人的经验和内心活动各个不同，有所限制，有所差异，所以意义的显与晦是相对的，进而李健吾指出，显与晦与作者的"表现方式"有关。这其实在谈"怎么写"的问题。李健吾并没有像一些论者，谈格律、音节等新诗的形式，而是从内容与形式一体的角度，从作家表现方式开始。李健吾细分了作者创作的几个阶段：第一，艺术家有没有经验；第二，他是否感到他的经验；第三，他有没有语言表达他的经验。他说："一个真诚的艺术家永远在表现自我。"而艺术家表现自我的工具是语言文字。李健吾借助中国古人对思想与形式、言辞与意义的思考，来论证他新诗表现方式的辩证关系。李健吾认为，孔子说"辞达而已矣"与另一个子曰"情欲信，辞欲巧"之间并不矛盾，而"情欲信"与"辞欲巧"也不是悖反的。"骤然一看，'辞达'和'辞欲巧'势不两立，截然代表两种倾向。这两种倾向，一者偏重内容，一者偏重形式，

---

❶ 李健吾："情欲信"，载《学生月刊》第1卷第5期，1940年5月15日。

❷ 刘西渭："从生命到字，从字到诗"，载《中国新诗·黎明乐队》第2集，上海森林出版社1948年版。

此起彼伏,蔚成中国文学传统。道统派以'辞达'自命,形式至上的在野派以'辞欲巧'自卫。他们从来没有想到犯了相同的毛病:断章取义"。在"辞达"与"辞欲巧"之间有一座可以沟通的桥——"情欲信"。他又说"情欲信"与"辞欲巧"不是平行的,两者"在措辞上是排偶,在意思上却是互相为用"。而"达"是标准,即内容和形式的密合无间,完美表达。所以,"明白清楚"与否不能成为新诗的标准,朱光潜于20世纪30年代在多篇文章中也表达过类似的看法。❶

李健吾这里的观点可概括为:思想(内容)、情、辞之间在创作上的辩证关系。辞"巧"不是一味追求修辞效果,它的根据是情"信",因为"'巧'不是外在的,而是内心压力之下的一种必然结果"。朱光潜也曾言:"诗是一种以语言文字为传达媒介的艺术。传达的必要起于诗人心中有话不能不说,要把自己所感到的说出来让旁人也能感到。"❷"不能不说"就是一种内心表达的冲动,一种内在"情"的激荡,寻求表达的形式——言辞。

李健吾进而把"信"解释为"诚",即《易经》所说"修辞立其诚"。这又回到了前面所说的艺术家的创作态度问题,"艺术家的真诚是表现的最大要求"。艺术家要想让读者相信,自己要相信,否则"自己不相信,或者不曾感到,希图别人相信,不过是江湖术士的戏法"。

---

❶ 朱光潜:"谈晦涩",载《新诗》第2卷第2期,1937年5月。后收入《朱光潜全集(第8卷)》,安徽教育出版社出版1993年版。

❷ 同上。

李健吾在这篇文章中，引证古典文艺理论家刘勰、陆机对创作过程的阐述，如《文心雕龙·神思》：

方其搦翰，气倍辞前；暨乎篇成，半折心始。何则？意翻空而易奇，言征实而难巧也。是以意授于思，言授于意，密则无际，疏则千里，或理在方寸，而求之域表；或义在咫尺，而思隔山河。

同时，《情欲信》一文中，李健吾还认为，显与晦的问题与读者的阅读经验也密切相关，第一，读者完全没有经验；第二，读者具有不完备的经验；第三，读者具有完全同样完备的经验；第四，读者具有更完备的经验。所以，可以看出，显与晦，要看是对谁说的，是作者还是读者。把"明白清楚"作为新诗的唯一标准等于"吩咐我们不消思考，不加择别，投降习惯的表现而已"。反过来，李健吾认为一个作家，他举例说如歌德、曹雪芹，其"辞达"未必符合任何人的"辞达"，"以一目了然冒明白清楚，是读者自掘坟墓"。一首好诗，在读者看来是"晦涩"的，在作者却可能是清楚明白的，因为他的内在经验经过想象、创造性表现，化为文字，凝固成言辞。其情"信"（诚），其辞"达"。李健吾甚至认为这样的"达"的言辞，往往只有一个，"表现只有一个，一个观念一个字"。福楼拜、司汤达无不是这样，因为"他们追求的不是表现，不是为表现而表现，而是为人生而表现，而是真诚，而是信"。

如果要对李健吾的这篇文章作一个总结，不妨用朱光潜

的话:"诚实是诗人的责任,努力求领悟是读者的责任!"❶

李健吾在讨论形式与内容、言辞与意义、经验与表现的时候,把中国语言文字的表现境界,放在一个很高的层次上来理解,甚至可以说是语言哲学的。他试图复活中国古典语言学中的思想源泉。他看到的语言文字也会"老化"、失去活力,乃至死去,"语言本身属于一种标志,往往最初象征具体的活跃的现象,时间过去,地域不同,渐渐失掉原始的生命力,变成一种习惯上接受的,富有惰性的,字典之中的摆设"。❷ 所以不仅诗歌、文学和艺术的语言都"不时需要灌输新血……它在旧有的组织之外,必须时时增加有力的新组织"。❸

李健吾的这个看法,在古罗马的贺拉斯那里我们听到了类似的声音:

在安排字句的时候,要考究,要小心,如果你安排得巧妙,家喻户晓的字便会取得新义,表达能够尽善尽美。万一你要表达的东西很深奥,必须用新字才能表明,那么你可以创造一些围着腰巾的克特古斯这类人所没有见过的字;这种自由,用得不过分,是可以允许的。这种新创造的字必须渊源于希腊,汲取时又必须有节制,才能为人所接受。……为什么卡图和恩纽斯的妙笔就可以丰富我们祖国的语言,为一

---

❶ 朱光潜:"谈晦涩",载《新诗》第2卷第2期,1937年5月。此文后收入《朱光潜全集(第8卷)》,安徽教育出版社出版1993年版。

❷ 李健吾:"情欲信",载《学生月刊》第1卷第5期,1940年5月15日。

❸ 同上。

些事物发明新的名称呢？（每个时代）创造出标志着本时代特点的字，自古已然，将来也永远如此。每当岁晚，林中的树叶发生变化，最老的树叶落到地上；文字也是如此，老一辈的消逝了，新生的字就像青年一样将会开花、茂盛。……我们的语言不论多么光辉优美，更难长存千古了。许多词汇已经衰亡了，但是将来又会复兴，现在人人崇尚的词汇，将来又会衰亡。❶

再看李健吾：

假定站在一个历史的观点，我们便发见几乎所有伟大的诗人，来在一个时期的开端露面。希腊的荷马，拉丁的斐尔吉，意大利的但丁，法兰西的七星诗派，英吉利的莎士比亚，甚至于中国的屈原，绝不因为言语猥杂生硬，作品流于贫瘠。言语是表现的第一难关……什么是元朝文学的精华？戏剧。什么是明朝文学的精华？戏剧，小说。什么是清朝文学的精华？小说。这绝不是前人梦想得到的一个评价。这里言语"猥杂生硬"，然而属于艺术。这里呈现的是人性企图解放一个理想的实现。等到一切，甚至于文学，用到不堪再用的时节，富有创造性的豪迈之士，便要寻找一个贴切的崭

---

❶〔古罗马〕贺拉斯：《诗艺》，杨周翰译，人民文学出版社1962年版，第139～140页。不仅贺拉斯，歌德也有类似的看法，他认为传统的语言不足以去表达新生事物和新的思想："一切语言都起源于切近的人类需要、人类工作活动以及一般人类思想情感。如果高明人一旦窥见自然界活动和力量的秘密，用传统的语言来表达这种远离寻常人事的对象就不够了。他要有一种精神的语言才足以表达出他所特有的那种知觉。"歌德：《歌德谈话录》，朱光潜译，人民文学出版社1978年版，第245页。

新的表现，宁可从"猥杂生硬"而丰富的字汇，别爬各自视为富有未来和生命的工具，来适应各自深厚的天赋。在这时，"猥杂生硬"，唯其富有可能，未经洗炼，才有洗炼的可能，达到一个艺术家所要求的特殊效果。在这时，你方好说言语创造诗人，虽然骨子里是：言语有待于应用来创造。

二者关联这样微妙，我们有时多看一眼历史，便会倒过这个公式，说做诗人创造言语。一种文字似已走到尽头，于是慧心慧眼的艺术家，潜下心，斗起胆，依着各自的性格，试用各自的经验（我几乎要再请感觉出山），实验一个新奇的组合。浦鲁斯蒂（M. Proust）批评福楼拜，说他最大的（或者唯一的）功绩，就是复活法兰西文字，把它没有的生命给它，帮它增多一个工作的可能。实际，浦鲁斯蒂，这伟大的现代小说家，不下于福楼拜，也在创造一份得心应手的言语。而且甚于福楼拜，同时带来了一个新的天地。

....

如今这少数的中国青年，正在运用各自的力量，调整他们"猥杂生硬"的言语。然而调整言语不是他们终极的目的。他们摔脱旧诗，未尝不也承继着民族自来的品德。……但是这里的文字那样单纯，情感那样凝练，诗面呈浮的是不在意，暗地却埋着说不尽的悲哀，我们唯有赞美诗人表现的经济或者精致，或者用个传统的字眼儿，把诗人归入我们民族的大流，说做含蓄，蕴藉。❶

---

❶ 刘西渭："鱼目集"，载《大公报·文艺》第 126 期"星期特刊"，1936 年 4 月 12 日。

这是一个批评家对新诗人在语言上的探索所取得成就的高度肯定，也是批评家本人在新诗理论上的可贵的阐释。这里的核心问题是：新诗语言与传统和现代的关系。一个时代有一个时代的语言表现，这一点李健吾说得非常明确："我们的生命已然跃进一个繁复的现代；我们需要一个繁复的情思同表现。"❶ 但是表现的现代性不是无所依凭，或者说完全抛弃中国传统的语言文字，恰恰相反，新诗的出路在于如何在传统的废墟上再生充满生命力的语言。扩大而言，中国诗歌之所以是中国诗歌，中国风格体现在何处？不是用外语表现中国人的情感，而是用中文，用中国的语言文字，这涉及文化的身份认同问题。新诗在接受欧风美雨洗礼的同时，还必须向中国的传统靠拢。卞之琳等新诗人的作品，让李健吾看到了传统文字在灰烬中"复燃"的可能。中国诗歌在追求现代化的过程中，如何处理与传统的关系，始终是一个绕不过去的问题。李健吾没有泛泛去谈格律、形式，而是抓住中国的语言文字。这是他新诗批评的一个关键词，也是一个核心问题。这是他一贯重视写作中"如何表现"的思想体现。

李健吾与贺拉斯一样，都看到了语言也有"生老病死"与"生生不息"的生命过程，看到了诗人在创造、发明语言，丰富民族语言方面的贡献。一个诗人，一名写作者，首先的自觉应该是对语言自身的自觉。中国新文学发展到今天，已经走过了百年的道路，这百年的道路也可以看做是中国作家语言探索的道路，只是这探索历尽艰难，因历史的原

---

❶ 刘西渭："鱼目集"，载《大公报·文艺》第126期"星期特刊"，1936年4月12日。

因而中断。直到 20 世纪 80 年代，才重新又有了语言方面自觉的探索，如小说家汪曾祺、贾平凹自觉对语言美的追求，诗人欧阳江河、任洪源对在诗歌中对汉字命运的思考，等等，无不表现了新时期中国作家在语言上的高度自觉。正像学者指出的那样："80 年代中期以来的中国文学正在努力从汉语中去寻求自身语言与传统相互激活的新的可能性。人们愈益清醒地认识到，传统的力量在于过去遗产在新的生存情境中的创造性激活，而这总是具体体现在汉语的创造性运用中。"❶ 这里，需要说明的是，这样的趋势并不新，它早在 20 世纪 30 年代就已经存在了，不仅有诗人走过的深深脚印，也有批评家阐释时留下的坚定步伐。

如果说《情欲信》这篇诗歌批评文章中，李健吾侧重从理论上谈了诗歌的显与晦、中国语言文字的表现力的话，那么《生命到字，从字到诗》❷ 中，李健吾则细致地揭示了什么是诗人、诗人与"字"是什么关系、诗人如何运用"字"。

"生命到字，从字到诗"，李健吾这里的批评的重心落在了诗歌的表现上，并且指出了表现的具体创作过程。

首先，诗人如手艺人。运用文字的是诗人，那么什么是诗人？李健吾心中的诗人是什么样子？"诗人先是人，先是一个寻常人，正如一位铁匠是人，正如一位教授是人，识字或者用字或者教字不就是享受优权的征记，正如铁匠用锤，木匠用刨，渔人用网，书家用线条和颜色，小说家用散文，

---

❶ 王一川："汉语与传统的力量"，见《杂语沟通》，河北教育出版社 2000 年版，第 104 页。
❷ 刘西渭："从生命到字，从字到诗"，见《中国新诗·黎明乐队（第二集）》，上海森林出版社 1948 年版。

诗人用韵语,职业上工具的差异不就等于生活上地位的高低。也正是这同一理由,诗人如若把生命和生命所必有的现象看做专利,似乎别人的工作都不和诗人有关,浅薄而又霸道,虚荣和传统是他仅有的护符"。这样其实就把诗人"去神秘化"了,诗人不再神秘,他也是手艺人,如工匠一样有自己的工具——中国的语言文字。

但诗人毕竟和工匠不同,李健吾认为诗人和木匠都可以对人生或人生的某一片段有所认识,这还不就是诗,诗重要的是还要有个"表现"问题——"表现本身是一种境界"。❶

李健吾劝告新诗人不要学旧时诗人的毛病"错把功夫当做禀赋"。表现必须是触动生命的表现,不是空无一物的辞藻,或者一泻而下的那种诗。

诗人无论如何"飘逸",却永远逃脱不了时代的范罩。感情不是诗,旺盛的感情和抽象的观念都不可能等于诗。李健吾引用梵乐希多次提及的故事,舞蹈大画家德嘎(Degas)告诉马拉美,他有许多美丽的观念想写成诗,可是写不出来,马拉美回答德嘎,说写诗不用观念。

同时,李健吾还指出,诗歌的表现不止于"苦闷",还有象征,因为"文学和艺术都有生命的象征的嫌疑"。但是李健吾并不是无条件地推崇象征主义,李健吾认为:"象征

---

❶ 李健吾说:"诗人必须和木匠一样认识体验所要表现的内容或者人生某一片段,然而仅止于认识体验,却不就是表现。""所有伟大的作品大都具有这种不朽的精神,跨越时代地域,引起无限而又多端的共鸣。但是表现本身对于诗人,另外还有两个目的,或者不如说做为了达到一种崇高的目的而生的两重功效。"刘西渭:"从生命到字,从字到诗",见《中国新诗·黎明乐队(第二集)》,上海森林出版社1948年版。

主义在法国十九世纪是浪漫主义的一种反动，有它的必然性，可不就是任何其他国家的诗人的正常道路。"李健吾给出的判断是"中国这个时代还嫌雨果太少，马拉尔麦且慢慢些来罢"。时代不允许中国有太多曲折隐晦的象征主义。

但是李健吾赞同马拉美对诗歌的看法，认为诗歌不是抽象观念，诗歌需要文字的表现，但仅仅有文字的表现还不够，因为《三字经》《百家姓》也是文字的作品，可它们不是诗。诗之所以为诗，还因为诗拿生命做底子。写诗运用字句不是玩弄手帕一类的小把戏，小把戏玩得再好，人们喝彩，"但是人家不感动"。在李健吾看来，好诗要能感动人，能让人爱你，"深深感到你生活在他们的生命之中，和他们的生活化做一个"。只有这样的诗，才具有持久的价值。

具体而言，李健吾指出，诗人不仅要认识人生、社会，还要认识他的表现工具本身——文字："看它们有多大的力量担当生命的寄托，有多大的容量承受生命的灌注。"表层的了解还不够，要更深入地理解，最后和你生命一体，"成为你的血肉的一部分"。诗歌的表现"顺利地、恰好地、圆满地形之于外，撼大地而有余：这是表现"。

李健吾认为诗歌对语言文字的要求比小说与戏剧都要高："诗人的工具是文字语言，他对于文字语言的要求比小说家高，因为他不铺叙，他要的只是精华，他要用最少的文字语言说出最多的话。也比剧作家高，因为剧作家另一半希望在演出上。"李健吾进一步引用歌德的话说："没有字就没有诗，如同没有生命就没有诗，因为字在最先和生命合成一个，最后又和诗合成一个。"这就是李健吾的诗歌创作辩证法。

1947年夏天，李健吾给青年诗人华铃（原名冯锦钊，笔名华铃、华琳等）写信，告诉自己对他诗歌的看法，也是从语言文字来谈的："你的热情就是一首好诗。但是，华琳，诗是写出来的，你写出来的诗却有时候不全就是好诗。你应当再往语言里揣摸，应当再往表现里揣摸。光只热情不足以成为诗。因为诗是写出来的，语言文字太有关系了。我这只是泛泛而言，就我的一般感觉而言，你的汪洋应当化为深厚。"❶ 李健吾指导年轻诗人写练，具体到"字"。重视字，不是追求修辞，修辞从来是和内在的表现一体的。而"诗是写出来的"此观点，能够听到法国象征主义马拉美等的诗歌主张对李健吾诗歌观念的影响，但这种影响已经化成了李健吾自己的思想主体。

李健吾曾经哀叹新诗"几乎成了一个发育不良的孤儿"，先天不足，后天营养匮乏。但同时他又指出新诗另外的可能的出路"从民间……从万千生命的感受摄取精英"，"一个有良心的诗人在我们这个苦难时代不能再在感情应酬之中呻吟"，因为——如上面李健吾所言——诗人永远逃脱不了时代的范罩。在诗歌中永久存在的两个自我，"一种是小我的，自我陶醉，或者自我解放，把郁积倾吐出来；一种是大我的，看似解放自己的精神，实际由于真切，由于不自私自利，由于深入他的时代，人类的幸福直接间接成为他的趋止，理想和现实交织在他的内心的活动"。❷ 早在 1938 年，他就曾建议诗人华铃说："希望你更扩大你的诗才，不要老

---

❶ 钦鸿辑："《李健吾致华铃书信九通》之二"，载《文教资料》1995 年第 6 期。

❷ 刘西渭："从生命到字，从字到诗"，见《中国新诗·黎明乐队（第二集）》，上海森林出版社 1948 年版。

在恋爱中间转圈子，转出杰作也好，否则索兴暂时放下它。生命也许没有恋爱热烈，然而究竟变化多，机会多。"❶ 时值抗战时期，上海沦陷，李健吾说这些话的时候，可以说是身同感受。诗人应该把自己的生命，放到整个民族的生命中去，融入千万人的生命中去，去感受，去体验。《为"诗人节"》中，李健吾呼吁：

让我们说一句大胆的话，写"旧诗"的人们，写"新诗"的人们，认真踏实在民间和传统之中寻找生命，认真踏实在语言和文字之间追求和谐，认真踏实在心灵和生活之间体会表现的适切，认真踏实去感受时代和民族的现实的教训，相信有一天会在一个顶点不期而遇的。❷

这可以看做李健吾诗歌理论的一段总结，是他诗歌理想的一个表达。

李健吾认为："新诗的意义就在：时代的生命以它的语言的力量在这里。怎样才能够活，光体验不够，光字也不够，光天才也不够，这是一种无间的谐和，诗人会道'一个

---

❶ 钦鸿辑："《李健吾致华铃书信九通》之一"，载《文教资料》1995年第6期。

❷ 李健吾："为'诗人节'"，载《文艺复兴》第1卷第5期，1946年6月1日。

生命，一首诗'。"❶ 生命诗学——这是李健吾对新诗作出的一个理论概括，也是他批评的落脚点。语言的活力来自生命的活力，所谓从生命到字，从字到诗，李健吾指出了"生命·字·诗"三者之间的整体和谐一致的关系。可以说，用心抓住中国的语言文字只是李健吾诗歌理论内涵一部分，而非全部。中国现代诗学的发展史上，生命诗学是一条重要线索，已经有学者进行了初步清理，并指出："生命诗学乃是以生命作为根基，从生命出发来思考和阐述诗的本质、作用乃至技术的一种诗歌理论。"❷

谈到生命诗学，尼采是一个源头。李健吾对尼采并不陌生，早在《福楼拜评传》中，他就引用尼采对于艺术的看法，并将尼采与福楼拜作比较。《福楼拜评传》一书的参考

---

❶ 刘西渭："从生命到字，从字到诗"，见《中国新诗·黎明乐队（第二集）》，上海森林出版社1948年版。具体到字句，是李健吾一贯的批评思想，在翻译上也是如此。比如他认为，翻译风格的安排就在具体的字句上："一个译本好由于传神。不是另外有神，神就在一字一句的巧妙运用上，独特的组织方式中，因为文学作品，到了表现上，主题就春雪一样融在一枝一叶里头。"李健吾："翻译笔谈"，载《翻译通报》1951年第2卷第5期。在《翻译笔谈》这篇文章中，他举例说，巴尔扎克的小说喜欢庞大的段落，长句多，造成一种雄伟的气魄，这是巴尔扎克的风格。如果像英文译本一样，把巴尔扎克的长句，拆分为小段落、短句子，这样就影响了真实的巴尔扎克。这样的翻译既不是忠于原著的，也没有再现原作的风格。

❷ 谭桂林："现代中国生命诗学的理论内涵与当代发展"，载《文学评论》2004年第6期。此文认为中国现代生命诗学及其当代发展存在如下轨迹："中国现代生命诗学是在20世纪的新文学运动中得以产生，并在20世纪中西文化的碰撞与交流中获得充实与发展。'五四'时期郭沫若、宗白华、田汉等在西方诗学影响下张扬起了生命诗学的旗帜，三四十年代胡风、冯至、唐湜等从不同的路向丰富与发展了生命诗学的内涵，到20世纪末，生命的无意识与神性被引入到中国诗学的思想体系中，这二者的融合为中国现代诗学的自我圆成提供了一个基本的理论架构。"这样的清理有自有作者的道理，但同时也忽略了不少诗论者的精彩言论，李健吾就是其中一个。

书目中就有尼采《偶像的黄昏》（法文版，正文中李健吾译为《木偶的黄昏》）。当然还有柏格森，李健吾在书中也不时引证。这说明李健吾所言的生命诗学并不是无源之水，至少可以从尼采等西方哲学家那里找到源头，如尼采曾言"艺术是生命的最高使命和生命本来的形而上活动"，❶ 以及所谓美就是人强大生命力在对象上的投射，等等。李健吾不仅在诗歌批评中，在其小说、散文批评时也经常体现出生命诗学的精神，如论塞先艾时说："一个作家努力从传统征取他的字汇，用来逐渐培养成他生命上怒放的花朵。"❷ 谈陆蠡的散文"什么是散文的结构？有时候我想，节奏两个字可以代替。节奏又从什么地方来？我想大概是从生命里来的罢。生命真纯，节奏美好。陆蠡的成就得力于他的璞石一般的心灵。"❸ 在他的两部《咀华集》以及其他的批评文章中"人性""人生""生命"是出现频率比较高的词语，可以说李健吾的批

---

❶ ［德］尼采：《悲剧的诞生》，周国平译，生活·读书·新知三联书店1986年版，第2页。其实李健吾受到尼采的影响是非常明显的，如尼采认为艺术和美是"外观的幻觉"，李健吾也认为美是"幻象（觉）"，如"时间的距离是一种幻觉，艺术同样是一种幻觉"（李健吾评夏衍《上海屋檐下》）；"在最高的艺术制作之中，要求和效果是一致的。到底是什么？有人说做幻觉（illusion）"（《关于现实》）；同时，应该还有来自福楼拜的启示，如在评价福楼拜时说："福楼拜的理论不容他喜爱摄影，他说他越爱本人，越像片，普通人所取于摄影的真实，其实一点不是真实。这不是艺术，艺术得到第一个性质同它的目的是幻象。依照福氏，幻象即美：'我仅仅相信一件东西永生，就是幻象的永生，幻象是真实的真实。此外一切不过是相对而已。'"（见《福楼拜评传》，广西师范大学出版社2007年版，第294页）；等等。在对美是什么的问题上，李健吾至少受到了尼采和福楼拜的影响。

❷ 刘西渭：《城下集——塞先艾先生作》，载《大公报·文艺》第157期，1936年6月5日。

❸ 刘西渭：《陆蠡的散文》，见《咀华二集》，文化生活出版社1947年版，第157~158页。

评中，有生命诗学的一维，尤其是他的诗歌批评。

一个生命，一首诗，在中国现当代诗学史的谱系上，我们可以看到很多人，如宗白华、郭沫若、冯至、唐湜……老诗人郑敏先生也是其中重要的一位。郑敏在《诗和生命》一文中动情地写道，"对于我，诗和生命之间划着相互转换的符号。所谓生命是人的神经思维肌肤对生活的强烈的感受，而诗人在这方面是超常的敏感的"，"由于诗和生命是这样密切的相关联，我在诗里往往寻找生命的强烈震波"。❶

---

❶ 郑敏："诗和生命"，见《诗歌与哲学是近邻》，北京大学出版社1999年版，第427~428页。

第二章

批评的标准与关注的重心

> 许多人以为我是"为艺术而艺术"的人,今天我要特别在这里向诸位说明我的立场,我要提出的标准有两点:人生经验和以往的杰作。
>
> ——李健吾:《文学批评的标准》

一、批评的标准

文学批评到底有没有标准?如果有,什么样的标准?纵观文学中外文学发展史,可以看出,文学是需要标准的。"批评"一词,古希腊文 criterium(κριτηριον)里本就是"判断的标准"的意思。❶ 一般说来,"标准"或者"尺度"意味着一种选择的依据,一种有所取舍的凭借。只是历代人们争论不休的是"怎样的标准",可以说这是一场已经打了很久、还将打下去的"批评标准的官司"。本章的重点是看批评家李健吾给出了怎样的答案。

(一)关于批评标准的"官司"

不少场合,人们在解释"文学是什么"的时候,常常把文学定义为"情感性"的艺术。如果这样定义成立的话,那么一些作家和批评家,像托尔斯泰,就拿"感染的程度"作为衡量艺术价值的"唯一标准"。托尔斯泰的观点是:"艺

---

❶ 罗念生、水建馥编:《古希腊语汉语词典》,商务印书馆2005年版,第482页。

感染性的深浅决定于下列三个条件：1）所传达的感情具有多大独立性；2）这种感情的传达有多么明晰；3）艺术家真挚程度如何，换言之，艺术家自己体验他所传达的那种感情的力量如何。"❶ 但情感是可以用一个刻度尺来衡量的吗？尽管托尔斯泰在第二点提出了情感传达的明晰性，明显是针对象征主义文学的，问题在于何谓"情感的明晰"？可以定义吗？只要有文学和艺术的地方，似乎就有争论，有官司要打。

中国古代有孔子对《诗经》的批评："诗三百，一言以蔽之，曰：思无邪。"又言："诗，可以兴，可以观，可以群，可以怨。迩之事父，远之事君；多识于鸟兽草木之名。"前一句是道德评价，后一句侧重诗歌的教育功能。这两者都蕴含"实用"的批评标准。老子尝言："信言不美，美言不信。"后世如荀子则说："凡言不合先王，不顺礼义，谓之奸言；虽辩，君子不听。"❷ 荀子的话可以说是比较早的在为文学批评"立法"，定下了批评的标准，也是从合乎礼法的角度去说的。汉代扬雄曰："威仪文辞，表也；德行忠信，里也。"❸ 这也是道德的尺度。刘勰在《文心雕龙·知音》提出"六观"——"一观位体，二观置辞，三观通变，四观奇

---

❶ ［俄］列夫·托尔斯泰：《艺术论》，丰陈宝译，人民文学出版社1958年版，第150页。
❷ 荀子："非相篇第五"，见《诸子集成（卷二）》，上海书店1986年版，第53页。
❸ 扬雄：《法言·重黎》，见《诸子集成（卷七）》，上海书店1986年版，第30页。

正，五观事义，六观宫商。斯术既形，则优劣见矣。"❶ 这是给读者提出了六条进入作品的视角，或者说定了六条批评的标准，刘勰的观点是形式内容并重。

　　古代西方，和中国古代类似，大多是从文艺作品的社会功能去讨论批评的标准问题。如柏拉图在其"理想国"中，就制定了标准来筛选（其实是排斥）理想国中不需要的诗和他们的作品，比如他说："愈美，就愈不宜于讲给要自由，宁死不做奴隶的青年人和成年人听。"❷ 美是自由的象征，对于统治阶层来说，美的作品不适合给"宁死不做奴隶"的人听。是否有利于理想国的统治成了诗歌批评的唯一标准。到了亚里士多德，就把诗歌的政治教化功能与审美尺度分开了："衡量诗和衡量社会道德正确与否，标准不一样；衡量诗和衡量其他艺术正确与否，标准也不一样。在诗里，错误分为两种：艺术本身的错误和偶然的错误。……而缺乏表现力，这是艺术本身的错误。"❸ 亚里士多德不仅把政治标准与诗的标准分别开来，而且把诗与其他艺术的衡量标准也分别看待，这显然比柏拉图进步不少。同时，从柏拉图和亚里士多德开始，西方文学批评史上，形成了两大批评标准：政治（社会、现实）的标准与美学（诗、艺术）的标准。前者侧重的是"真与善"的标准，后者在意的是"美"的尺度。

---

　　❶ 刘勰：《文心雕龙·知音》，范文澜注本，人民文学出版社1958年版，第715页。
　　❷ ［古希腊］柏拉图：《文艺对话录》，朱光潜译，人民文学出版社1962年版，第36页。
　　❸ ［古希腊］亚里士多德：《诗学》，罗念生译，人民文学出版社1962年版，第92页。

在艺术化与现实化之间——李健吾的文学批评

无论中国还是西方,都难以摆脱的是真、善、美这三个尺度。但是这样说也太笼统了,各个时代、各个民族、各个具体的诗人,彼此有差异性很大的表现形式,我们不能抽象地去谈批评的标准,必须结合具体的历史语境,尤其是在中国的社会历史语境。

文学批评需要一定的标准。鲁迅1928年在《文艺与革命》中说中国批评家所用的尺度有很多:"有英国美国尺,有德国尺,有俄国尺,又日本尺,自然又有中国尺,或者兼用各种尺。"❶ 1934年在《批评家的批评家》中又谈道:"我们曾经在文艺批评史上见过没有一定圈子的批评吗?都有的,或者是美的圈,或者是真实的圈,或者是前进的圈。没有一定圈子的批评家,那才是怪汉子呢。"❷ 这表明,任何批评者在批评的时候,都有一个或隐或现的"圈子",这里的圈子大的方面可以理解为批评者的知识背景、所在集团或阶层,小的方面就是他批评时运用的标准。

既然批评总是有标准的,那么需要怎样的标准?因为李健吾是20世纪的批评家,这里不能不从法国19世纪末产生的印象主义批评说起,因为印象主义批评曾经对20世纪初期的中国批评界影响很大,如周作人、叶公超、朱光潜、李

---

❶ 鲁迅:"文艺与革命",见《鲁迅全集(第4卷)》,人民文学出版社2005年版,第83页。

❷ 鲁迅:"批评家的批评家",见《鲁迅全集(第5卷)》,人民文学出版社2005年版,第449页。从此可见鲁迅不反对批评者所属某些"圈子",他反对的是把人套死的"圈子",把自己所认为正确的标准绝对化,这篇文章结尾鲁迅引用张献忠悬绳考秀才的典故:"先在两柱之间横系一条绳子,叫应考者走过去,太高的杀,太矮的也杀,于是杀光了蜀中的秀才。"鲁迅认为有标准的批评者不应是张献忠,评文的圈(标准)不是量人的绳。

健吾等都曾受到过其感染。印象主义批评兴起的原因在于对以布吕纳介（Brunetiere，李健吾常译为布雷地耶）为代表、"进化论式"的所谓科学的文学批评的反驳，代表人物有法郎士、勒麦特等。但是这种反驳，也有它矫枉过正之处——否定批评的标准。这基于他们对批评是什么的认识，印象主义批评家们认为作品是作者本人对世界的印象的纪录，而批评者的批评又是对作品的印象，所以批评家笔下的文章是"印象的印象"。这是一种明显有着怀疑主义倾向的批评派别，他们从其"祖师爷"蒙田的"我知道什么？"那里得到过不少启示。但是蒙田的话固然代表着一种谦虚，但也是一种怀疑的口吻。❶ 勒麦特描述印象主义批评家对作品飘忽无定、瞬息多变的阅读感受："我尝一度崇拜柯奈耶而鄙夷拉辛；今日我则崇拜拉辛而把柯奈耶看作几乎无足轻重了。睦舍（Musset）的诗尝一度使我狂喜，如今则不能复得那样的狂喜了。我尝有一段时间，耳中和目中充满微克忒器俄的音乐和魔术；如今则觉得微克忒器俄的灵魂对于我几乎

---

❶ 如勒麦特（Lemaitre）就言："我尝责备威斯先生（M. Weiss）说他是一个翻覆无定的批评家，说他的袋儿里没有藏着一根尺，用以测量心的作品——谁知这是我错怪了他，蒙旦（田）的得意的思想之一，便是说我们人是不能有确定的智识的，因为无论是物的方面，或心的方面，总决没有绝对不变的；有说我们人的精神作用和它的对象；是彼此牵涉在一种永远的迷雾里面的。我们自己是变化的，所以我们想象出一个在变化中的世界。且即使我们所观察的对象已被它的形式永远确定，而那反映这对象的心既然变化而殊异，那末除开那受印象的顷刻而外便绝对不能有责任了。"故而"所谓批评也者，无论它是独断的与否，无论它挂的是怎样的牌子，总都不外是阐发一件艺术作品在某一顷刻所给我们的印象，而那件艺术作品里面，则作者把自己某一时间由世界接受来的印象记录在那里。"勒美脱而（Lemaitre）："传统与嗜爱"，见［美］琉威松（Ludwing Lewisohn）编：《近世文学批评》，傅东华译，商务印书馆1928年版，第45页、第47页。

素昧平生的了。"❶

所以，印象主义的批评标准的虚无倾向是明显的，印象主义传入中国后，恶评总是多于好评，这与它对批评标准的模糊有直接关系。

（二）"参古以定法，望今而制奇"——李健吾文学批评的标准

一般说来，实证派的批评讲究的是材料的可靠、翔实，观点的客观，而印象派的批评在一般人看来是没有所谓的"标准"的，当时被认为是"右翼"文学阵营的，如梁实秋就指责印象主义批评说："印象主义最有效的实用是在文学批评方面。考西洋文学批评的方法，最根本的只有两个：一是判断的批评，一是赏鉴的批评。凡主张判断批评者必先承认文学有一客观的固定的普遍的标准，然后根据这个标准而衡量一切。凡主张赏鉴批评者必于自己性情嗜好之外不承认有任何固定的标准，故其批评文学只根据其一己之好恶。概括言之，前者是古典的，后者是浪漫的，前者是理性的，后者是感情的。印象批评乃是后者之一极端的例子。这一派的批评家，如英国的裴特，如法国的法朗士，他们不但没有客观的标准，除一己之性格外并无主观标准之可言。例如裴特评达文齐的'微笑'，他不评这幅图画的好坏及其所以好坏的缘故，他只是放情的发挥这幅图画在他心里勾引起来的情感的共鸣。……这种批评的根本错误，在于以批评为创作，

---

❶ 勒美脱而（Lemaitre）："传统与嗜爱"，见［美］琉威松（Ludwing Lewisohn）编：《近世文学批评》，傅东华译，商务印书馆1928年版，第46页。

以品味为天才。"❶

当然还有"左翼"批评者欧阳文辅对李健吾《咀华集》作出的"不科学"的判断，也含有对标准不明确的指责。无论"左翼"阵营的欧阳文辅还是"右翼"的梁实秋，他们大都认为印象批评没有标准可言。

今天看来，梁实秋等人所指责的印象主义批评"以批评为创作""无固定标准"，是有一定道理的。但是李健吾所理解的印象主义批评，与他们有根本的不同，因为李健吾的理解已经过改造和变形。李健吾本人也几乎从来不承认自己是所谓"印象主义批评"，这种说法多半来自外人。而梁实秋这里所区分"判断的"与"鉴赏的"，"理性的"和"感性的"批评，并把它们对立起来，认为凡是印象派的批评就是感性的、没有标准可言的，并以法郎士、裴特（佩特）为例来说明印象批评是如何的毫无标准，仅仅是一种"创作"。可以看出的是梁实秋认为批评应当是一门学问，批评不应是艺术。❷

李健吾的印象批评真的是毫无标准可言吗？答：否也。李健吾自有他的标准和批评的原则："什么是批评的标准？没有。如若有的话，不是别的，便是自我。拿自我做为创作的根据，不是新东西。但是拿自我做为批评的根据，即使不是一件新东西，却是一种新发展，这种发展的结局，就是批

---

❶ 梁实秋著，徐静波编：《梁实秋批评文集》，珠海出版社1998年版。此文原载《浪漫的与古典的》，新月书店1927年8月初版。

❷ 有趣的是，梁实秋同时也否认批评是"科学"的说法。这和"左翼"人士如欧阳文辅对李健吾批评的攻击"不科学"似乎又有所不同。

评的独立,犹如王尔德所宣告,批评本身是一种艺术。"❶

　　李健吾论证的逻辑是清晰的,即如果批评和创作的根据都是自我,都是表现,那么批评必定是独立的,而且是艺术。和梁实秋比起来,李健吾更注重的是批评的实践,空洞的理论与他无缘,他几乎从来不空谈理论,或抽象概念。不空谈理论不是说批评家没有自己的理论,只是他不是生硬地去拿作品来证明原理,又拿原理来说明作品。拿任何理论作为批评的"标准",往往不可避免地走向绝对化:"批评者绝不油滑,他有自己做人生现象解释的根据:这是一个复杂或者简单的有机的生存,这里活动的也许只是几个抽象的观念,然而抽象的观念却不就是他批评的标准。"❷不但创作时涉及是从观念出发,还是从具体事实出发的问题,文学批评也一样。从一个抽象的观念、术语、名词开始,去寻找文学事实,这样是非常容易的,就像现在很多叙事学的研究。而真正通过阅读作品,研究作家,然后有所归纳、有所总结的批评才是文学批评的正路。

　　李健吾看到了当时批评的弊病:"在我们没有了解一个作者以前,我们往往流于偏见——一种自命正统然而顽固的议论。这些高谈阔论和作者作品完全不生关联,因为作者创造他的作品,倾全灵魂以赴之,往往不是为了证明一种抽象的假定。一个批评家应当有理论(他合起学问与人生而思维的结果)。但是理论,是一种强有力的佐证,而不是唯一无

---

　　❶ 刘西渭:"自我和风格",载《大公报·文艺》第328期,1937年4月25日。此文集体讨论"书评是心灵的探险么?"

　　❷ 刘西渭:"《雾》《雨》与《电》——巴金的《爱情三部曲》",载《大公报·文艺》副刊第36期"星期特刊",1935年11月3日。

二的标准;一个批评家应当从中衡的人性追求高深,却不应当凭空架高,把一个不相干的同类硬扯上去。普通却是,最坏而且相反的例子,把一个作者由较高的地方揪下来,揪到批评者自己的淤泥坑里。他不奢求,也不妄许。"❶ 这是非常形象化的表述,让我们看到一个批评家应该如何去对待一部作品。

批评家虽然应该有自己的理论和标准,但是他的这些标准和理论不都是死的法规。因为他知道一个批评者稍不注意,显露的就是批评者本身的弱点,批评的就是自己,所以一个清醒的批评家会"永久在搜集材料,永久在证明或者修正自己的解释。他要公正,同时一种富有人性的同情,时时润泽他的智慧,不致公正陷于过分的干枯。……不应当尽用他自己来解释,因为自己不是最可靠的尺度;最可靠的尺度,在比照人类已往所有的杰作,用作者来解释他的出产"。❷

可见,李健吾所谓"自我"是批评的标准,绝不是"唯一"标准,他明白"自己不是最可靠的尺度"。批评在根据自我的同时,还要参照的就是人类以往的杰作,看到作者、作品与人类历史上的杰出的作家、作品到底贡献了什么。所以一个批评者的诠释是变动的,是相对的,不是绝对的,在此意义上说,批评者的写作永久处于"修改"状态的,批评者永远是一个"修正主义者"。他应该知道他的评论不是恒

---

❶ 刘西渭:"《边城》与《八骏图》",载《文学季刊》第 2 卷第 3 期,1935 年 9 月 16 日。

❷ 同上。

久不变的"定论",他的言论也不是永远的"正统",每一种评论都是对前一评论的改写或修正。在这一点上,李健吾是何等清醒!所以李健吾说一个批评者应该是"客观和主观全在他的度外,因为这里不是形而上的推论,而是肉眼肉脑的分析。罗斯金(Ruskin)指斥二者荒谬,以为'客观如此'与'主观如此'应当用'原本如此'与我'觉得如此'代替。我们不想指斥,但是我们以为最正常的,最鞭辟入里的,便最有道理"。❶

如果上述还不够明确的话,请看一篇李健吾的演讲。这是他 1939 年 5 月 7 日上午,在"孤岛"时期的上海《文哲》杂志研究组所作的一次公开讲演,题目就叫"文学批评的标准",这也是本书在写作过程中笔者新发现一份重要文献。李健吾说:

许多人以为我是"为艺术而艺术"的人,今天我要特别在这里向诸位说明我的立场,我要提出的标准有两点:

(一)人生经验:批评应该是独立的,有标准的;人生的色象是很复杂的,我们不可以用一个字去决定,文学批评也不是一句话可以说完。我们应该用人生的经验去了解,去体会,去批评作品。脱离了人生而注重技巧的作品——如六朝的许多的四六文——决不是好作品。福罗拜而虽然注重文笔,但是他是用文笔去表现人生的。艺术是以人生为根据

---

❶ 李健吾:"叶紫论",载《大公报·文艺》(香港)第 809~811 期,1940 年 4 月 1、3、5 日。此文后收入《咀华二集》,初版题为《叶紫》,《咀华二集》再版时改为《叶紫的小说》。

的；批评者的经验——实际的活想象的——如抵不住作者时他就不配批评。Brunetiere 以读者经验为人生的全部经验，法郎士批评他就在这一点。以人生经验为批评的标准我们必须活的广泛运用，它不是死的条件。

（二）杰作：以过去的杰作作为标准比抽象的条件好，因为杰作的创造是根据人生的经验；杰作是含有不可避免性的（Inevitableness）。Brunetiere 是一个最好的例子；但是这不是说批评家却要做书呆子，读者不过是人生经验很小的一部分。批评家不能被作品所吸了进去，而是要把作品吸过来。❶

对于这篇重要文章，至少可以作出如下分析。

第一，李健吾的批评标准是"活"的，不是"死"的。批评者要把学问与人生结合起来，学问是死的，人是活的。批评根据"人生经验"是指批评者的人生经验（直接的和间接的），他应该含有知识，学问和社会、人生的历练在内。学问在人生之内，而不是越过人生而独立存在。人生经验是具体的不是抽象的，是活的运用不是死的条件、僵硬的法

---

❶ 李健吾讲，文哲研究组纪录："文学批评的标准"，载《文哲》（上海光华文哲研究组）1939 年第 1 卷第 6 期。材料决定意义阐释的准确性与可靠性。目前的研究者，仅仅把目光放在两部《咀华集》上，这篇文章目前无人提到过。李健吾的一句"什么是批评的标准？没有。如若有的话，不是别的，便是自我"成了几乎所有研究李健吾批评的学者的分析依据。如许道明就认为，从李健吾这句话可以看出他是"以哲学相对主义为基础，在实践上反映了批评坚定性的匮乏，这是批评软弱的表现"。见许道明：《中国现代文学批评史新编》，复旦大学出版社 2002 年版，第 195 页。这样所有偏谬的解释，是没有全面理解李健吾造成的。

则。同时,还有人类以往的杰作,即经典作家的经典作品,这也是批评者的标准、根据。杰作只是参照,李健吾没有像布吕纳介(Brunetiere)那样,一味"尊古",厚古而薄今,李健吾是参照经典,去小心地对当下的作品给予评价。

第二,超越了主观与客观、政治与艺术的二元分立的批评标准划分,是共时与历时的统一。纯粹的主观也是批评的敌人,就像纯粹的客观一样,人生经验侧重批评者的主体性,已有的杰作构成批评的"公共舆论",形成客观性很强的"文学的共识"。同时,杰作的阅读经验也是人生经验的一部分,杰作是以往的人生经验在文学中的表现,这样李健吾提出的标准,就超越了主观与客观的二元分立。这种批评标准,还是共时性与历时性恰如其分地结合。批评者当下的人生经验,同时代的参照,是共时的标准;以往的杰作因为含有恒久的因素(必然性),是历史的积淀,是历时性的坐标。1939年在中国批评界,敢于坚持自我与文学本身(杰作)批评标准,需要相当的勇气。

第三,无论是人生经验,还是以往的杰作,这都是对批评者本人提出的要求。这是对批评家主体素养的一个要求,一个很高的目标。"批评者的经验——实际的活想象的——如抵不住作者时他就不配批评",从某种意义上看,"人生经验"应该含有对"杰作"的经验,即广博的文学知识素养(熟悉文学史和批评史及其他各门需要的社会科学、人文学科,甚至自然科学的知识),正如刘勰所言:"凡操千曲而后晓声,观千剑而后识器;故圆照之象,务先博观。阅乔岳以形培塿,酌沧波以喻畎浍,无私于轻重,不偏于憎爱,然后能平理若衡,照辞如镜矣。"❶只有这样,才是一个合格的批评家。在此一点上,李健吾与刘勰"英雄所见略同"。为什么李健吾说批评的过程是寻求一个灵魂与另一个灵魂的相遇,是读者经验与作家经验的弥合。为什么强调批评家的态度要谦虚、要不停地读书。为什么他敢于对当时沈从文的《边城》作出了"石破天惊"的评价,称之为"杰作"这都可以理解了。

第四,是具体的标准而不是抽象的。李健吾所提出的标准不像托尔斯泰所谓"情感的感染性"那样抽象,难以把握,而是非常具体,具体到知识、学问、人生、杰作,每一点都落在实处,其批评的标准具有很强的操作性。同时,李健吾所说的批评标准,是"柔软"的,不是外在的"坚硬"的度量。关于这一点,他在新中国成立后评小说《铺草》时说,不同意臧克家从"内容和形式统一"的角度指责作品,李健吾说:"量布用得着一管尺,可是量作品嘛,就是用皮尺也嫌不够柔。"❷

第五,"人生经验"与"杰作"两条标准,大致相当于"现实"(人生、人性、人的经验)与"艺术"的尺度。这是李健吾试图调和现实与艺术的一种努力,他既不想抛弃艺术的标准,又想兼顾现实。李健吾理解的现实是目的性的,

---

❶ 刘勰著,范文澜注:《文心雕龙·知音》,人民文学出版社1958年版,第714~715页。

❷ 李健吾:"读《铺草》",载《山东文艺》1950年第1卷第2期。此文中,李健吾认为用一种外在的"硬性"而抽象的标准去衡量作品,"那怕批评对了点,作者心里我怕也不会舒服的。他觉得你站在外头打量他,可是你没有象一匙白松糖,喝下去,爽辣辣的一直沁到他的肺腑"。

即任何社会现实总要归结为"人"这一目的。所谓"一切是工具，人生是目的"。❶ 这可以看做是文学研究会提出的"为人生而艺术"的延续。为人生不是要脱离现实，而是要与现实保持一定距离，京派批评家的"超然无执"决不是躲进象牙塔或者像后来的周作人那样走进苦雨斋，他们抱紧文学艺术，是为了抱紧理想化的人生这一最终的目的"现实"。

李健吾对批评标准的认识与京派另一位批评家朱光潜有不少相同之处。如朱光潜也不承认所谓的客观标准问题。朱光潜写过一篇专门讨论书评到底需不需要标准，需要什么样的标准的文章——《佛郎司和布鲁地耶的对话》，模拟印象主义批评家法郎士（佛郎司）与学院派批评家布雷地耶（布鲁地耶）的对话。朱光潜认为批评有标准，"不过文学上的标准绝对不是外在的"所谓的"客观的价值"，批评的标准是"内在"的自我，不是外在的某种理论，甚至也不是某一部杰作，杰作不能作为批评的标准，杰作至多是一种比照。❷ 李健吾在一篇文章中也对比过波德莱尔与布鲁地耶的不同："波德莱耳（Baudelaire）不要做批评家，他却真正在鉴赏；布雷地耶 Brunetiere 要做批评家，有时不免陷于执误：一个根据学问，一个根据人生。学问是死的，人生是活的；学问属于人生，不是人生属于学问；我们尊敬布雷地耶，我们喜

---

❶ 李健吾：《使命（跋）》，文化生活出版社 1948 年版。
❷ 朱光潜："佛郎司和布鲁地耶的对话"，载《大公报·文艺》副刊"书评特刊"，1937 年 4 月 25 日。

爱波德莱耳。"❶

但是两人的看法并非完全相同。如果仅仅就朱光潜的这篇文章看，表明他对法郎士的印象主义批评几乎是"全盘接受"的，而李健吾则不同，他有所修正，批判地吸收了印象主义批评的营养。在《文学批评的标准》这篇讲演中，开篇他先讨论了中国古代批评中，如孔子、孟子、荀子、扬雄、王充等人的批评标准，然后将中国古代的这些批评标准与近代的托尔斯泰的批评标准作了比较，然后得出结论："中国古代的文学批评标准和西洋近代的比较起来也并不逊色，可惜是古人说话因为文字关系常常很简单而难懂，然其意义则很深邃。"那么接下来的问题就是，中国古代的这些批评标准还有没有活力？在今天是否还适用？李健吾认为："据我看来，这些标准的原则始终能够应用，虽然他们的表层条件变了；例如，从前传奇小说里所注重的忠孝节义，现在政治组织不同了，社会关系也改变了，于是道德标准也不同了。

---

❶ 刘西渭："《雾》《雨》与《电》——巴金的《爱情三部曲》"，载《大公报·文艺》副刊第36期"星期特刊"，1935年11月3日。在学问与人生之间，显然李健吾认为学问是从属于人生的，是人生的一部分。至于他的批评时常用的"人性"，也大致可以与"人生"相互替换，而各有侧重。需要说明的一点是，李健吾所谓的"人性"是非常具体的，而不是像研究者对整个京派批评家概括的那样："'京派'批评把握的美学尺度的固守一格，相对轻视历史的尺度，以及在批评中具体发展着的人的尺度。他们的强点与弱点大体共存于斯。……书本上的传统往往成为他们精神上的负累，他们不习惯或者不愿意看到一个具体的活泼的灵魂在搏斗震颤，抽象的人性要求不时会造成他们的惰性。"见许道明：《中国现代文学批评史新编》，复旦大学出版社2002年版，第172页。这种概括对个别批评家是适用的，评价李健吾则不免草率。

但是这些都是表层的条件的变异,其根本原则还是相同的。"❶

正所谓"参古以定法,望今而制奇",李健吾提出的两条批评标准,绝不是一拍脑门想出来的,而是对中国古典批评标准有所继承,同时又改造了印象主义批评,摈弃了其"唯我印象"的飘忽不定及相对主义倾向;又借鉴了以布吕纳介为代表的学院派批评的博学与严谨,而祛除了其唯知识批评标准的死板、僵硬,取其坚固性的部分。在此基础上,他提出了灵活的、坚实而具体的批评标准。当然,影响李健吾提出自己批评标准的,还有方方面面的因素,在他的批评文章都时有闪现,这里不再赘述。

这样,从批评的标准入手,就从根本上弄清了李健吾与中外批评思想之间的关联。也能够看出,给李健吾头上扣一顶"印象主义批评"的帽子很容易,却多么不合适。

---

❶ 李健吾讲,文哲研究组纪录:"文学批评的标准",载1939年《文哲》(上海光华文哲研究组)第1卷第6期。在批评标准认上,中外批评家有许多一致之处,比如韦勒克、沃伦也曾指出:"一件艺术品的意义,决不仅仅止于、也不等同于其创作意图;作为体现种种价值的系统,一件艺术品有它独特的生命。一件艺术品的全部意义,是不能仅仅以作者和作者同时代的人的看法来界定的。它是一个累积过程的结果,亦即历代的无数读者对此作品批评过程的结果。""文学的各种价值产生于历代批评的累积过程中,它们反过来又帮助我们理解这一过程。"这都说明,杰作和批评者的自我经验在批评时的价值,历时与共时是统一的。见〔美〕韦勒克、沃伦:《文学理论》,刘象愚等译,江苏教育出版社2005年版,第36~37页。

二、关注的重心

弄清了李健吾文艺思想的来源和批评的标准问题，就可以顺利进入下面的问题：李健吾在批评中所关注的重心是什么？他批评的价值指向何处？批评的标准直接决定了批评关注的重心。

批评关注的重心是一个批评家在一定的知识背景和批评标准下，对批评对象进行的意义阐释，如革命家拿着革命文学的尺子，就会关注作品的内容是否与现实斗争有联系，是否反映了现实，是否宣传了革命，等等，突出作品的社会功能，作品的艺术内容如形式、风格等往往不受重视。同样，一个坚持艺术标准的批评家，会在批评时看到美的东西和美的价值，他关注的是作品本身的美学意义。正如鲁迅评价《红楼梦》所言："单是命意，就因读者的眼光而有种种：经学家看见《易》，道学家看见淫，才子看见缠绵，革命家看见排满，流言家看见宫闱秘事。"

"眼光"即标准，或者换句话说，你带着什么样的"眼镜"看世界，决定了你所看到的物象。那么，李健吾在作品中看到的是什么？

（一）人生经验与现实忧思

既然李健吾的批评标准是人生经验，或者说是"自我"，那么批评者在他的批评对象里，也往往会寻求人生经验。

"人生经验"应当包含三个部分，一是作者的人生经验，二是表现在作品中的人生经验，三是批评者个人的经验。批评是对经验的批评，具体来说，人生经验是"人"的经验，那么人生、人性、生命、性情必然是批评的关键词。

比如，李健吾批评李广田《画廊集》时，先叙述自己的人生经验，再谈李广田的人生经历。

我先得承认我是个乡下孩子，然而七错八错，不知怎么，却总呼吸着都市的烟氛。身子落在柏油马路上，眼睛触着光怪陆离的现代，我这沾满了黑星星的心，每当夜阑人静，不由向往绿的草、绿的河、绿的树和绿的茅舍。我有一个故乡，从来少有谋面的机会；我把大自然当做我的故乡，却把自己锁在发霉的斗室；然而如若不是你，我的书，我的心灵早该和朝花一样奄奄。你是我的灵感，你让我重新发现我自己，带着惭愧的喜悦，容我记下我再生的经验，和同代男女生息在一起，永久新绿，而书，你正是我的大自然。我不问你红颜白发，只问你给我的那种亲切的感觉：这活在我的心头，无论远在古昔，无论近在眼前，我全感到它的存在。❶

开篇叙述自己作为一名乡下孩子的人生经验历程：虽在都市，却向往着绿草、河水、绿树、茅舍，而大自然是自己的故乡，但是书更新了我的经验，再生了我的经验，书成了

---

❶ 刘西渭："画廊集"，载《大公报·文艺》第190期"书评特刊"，1936年8月2日。

我的大自然。这里就把原初的经验、想象的经验，通过读书阅读连接为一体——整个的人生经验。李健暗暗树立了一个"自我"作为他批评的参照、阐释的标准，接下来的就顺理成章"李广田先生的诗文正是大自然的一个角落，那种引起思维和忧郁的可喜的亲切之感"。同时，李健吾谈作者李广田的人生经验和作品里的表现：

> 李广田先生是山东人。我不晓得山东人的特性究竟如何，历来和朋友谈论，大多以为肝胆相照，朴实无华，浑厚可爱，是最好的山东人的写照。而李广田先生诗章里面流露的，正是这种质朴的气质，这种得天独厚的气质，有些聪明人把这看做文学的致命伤，然而忘记这是文学不朽的地基。❶

作者的性情表现在作品里，带来的是质朴的气质。读者是通过作品再次感受到这种气质的存在，或者说读者首先要具有这样的人生经验，他才可能体会到作品中的这种经验。但是，这说起来容易，做起来难，李健吾深深体会到批评的艰难，体验作者经验的不易："他重新经验作者的经验。和作者的经验相会无间，他便快乐；和作者的经验有所参差，他便痛苦。快乐，他分析自己的感受，更因自己的感受，体会到书的成就，于是他不由自己地赞美起来。痛苦，他分析自己的感受，更因自己的感受体会到书的窳败，于是他不得

---

❶ 刘西渭："画廊集"，载《大公报·文艺》第190期"书评特刊"，1936年8月2日。

不加以褒贬。"❶ 批评的痛苦与快乐全在于此。李健吾的这种寻求主体之间（批评者和作者）经验遇合的批评方式与20世纪西方"日内瓦学派"的批评有异曲同工之妙，在本书会有专门的比较分析。

五四新文化运动，"人的文学"是文学革命的一个重要口号，其深层含义在于向人们昭示：文学是人性的，不是兽性的，也不是神性的。这一点无论是胡适、陈独秀、鲁迅，还是周作人都曾经有过深刻的反思。人们要追问的是："人的意义和价值是什么？什么是真正的人性？作为一个现代人，应该培养哪种人格，建造哪种社会才能发扬他们所谓的'理想的人性'，体现'现代人'的意义？"❷ 作为一名文学家和批评家的李健吾，无疑秉承了"五四"的以来的人本主义思潮的影响。❸ 一部作品表现了怎样的人性（生）？文学对人生有何作用？进而，文学对整个民族、社会有何作用？这都是李健吾的文学批评所关注的。

李健吾在评巴金的小说《神·鬼·人》时说："看着别人痛苦，他痛苦；推求的结果，他发现人生无限的愚妄，不由自主，他来加以匡正，解救，扶助——用一种艺术的形式。"❹ 指出了文学与对人生的疗救作用。再如，评林徽因小说《九十九度

---

❶ 刘西渭："答巴金的自白书"，载《大公报·文艺》（天津）第72期"星期特刊"，1936年1月5日。

❷ 张灏："五四的人本主义"，见《张灏自选集》，上海教育出版社2002年版，第228页。

❸ 据笔者统计，在两本《咀华集》中"人性""人生"出现的概率很高，分别达到62次和113次。

❹ 刘西渭："神·鬼·人"，载《大公报·文艺》第67期，1935年12月27日。

中》:"把人生看作一根合抱不来的木料,《九十九度中》正是一个人生的横切面。……这是个人云亦云的通常的人生,一本原来的面目,在它全幅的活动之中,呈出一个复杂的有机体。用她狡猾而犀利的笔锋,作者引着我们。"❶ 不仅指出了其中蕴含的人生之意义,而且肯定了作者的表现力。称沈从文的《边城》是"一部证明人性皆善的杰作",❷ 等等。

不仅仅这些,李健吾还非常强调文学对于人生与社会的意义,有时候是以"自我"的名义来谈。下面将以他的一些相关批评来进一步透视李健吾文学批评所关注的重心所在。

诗歌对人性、人生意味着什么?诗人何为?1938 年在给诗人华铃的作品作序时,李健吾如是说:"诗把一个世界给我,里面有现实在憧憬,却没有生活的渣滓。这是一种力量,不象一般人文说的那样空灵,而是一种充满人性的力量。人性是铁,诗是钢。它是力量的力量。好象一把菜刀,我全身是铁,就欠一星星钢,一点点诗,做为我生存的锋颖。我知道自己俗到什么样无比的程度。人家拿诗做装饰品。我用它修补我的生命。"❸

---

❶ 刘西渭:"《九十九度中》——林徽因女士作",载《大公报·小公园》1935 年 8 月 18 日。

❷ 刘西渭:"读《篱下集》",载《文季月刊》第 1 卷第 1 期,1936 年 6 月 1 日。

❸ 李健吾为诗人华铃诗集《向日葵》作的序言,最早以"华铃诗人论"为题,发表在香港《星岛日报》"星座"副刊(叶灵凤主编)1938 年 11 月;再题为《论诗与诗人——序华铃先生的诗集》,载《大公报》(香港)"文艺"副刊,1938 年 12 月 21 日;又以《论诗与诗人——序华琳先生的诗集》为题,刊于《大公报》"战线"第 246 号,1939 年 1 月 10 日。1938 年,华铃出版诗集《向日葵》时作为序言收入。李健吾把此文收入《咀华二集》初版本,文化生活出版社 1942 年版,题为"序华铃诗"。

李健吾这段话可以说是对诗歌的高度礼赞，以至今天学人读到这段话，也禁不住感慨："在现代形形色色的对诗的赞美文字中，这一节恐怕是不朽的。一个真正写诗的人可能还写不出关于诗的如此美的文字。"❶ 还不止于此，李健吾不仅有对诗的高度赞美，在实际生活中，他更是不遗余力地为中国的"诗歌事业"发现"前线诗人"，如卞之琳等；鼓励年轻诗人，如华铃；提携诗歌批评家，如唐湜。1938年，诗人华铃在其诗集《玫瑰》的后记中，回顾自己的创造道路时说："最早鼓励我的是子坚，公望，沈钧，陈子展先生，谢六逸先生，和顾仲彝先生；其后鼓励我最多是易默，鼓励我最力的是李健吾先生，王统照先生。"❷

诗歌是一种力量，对内，可以是一个人的生命的锋刃；对外，对一个国家、一个民族，诗歌也可以是一种力量。尤其是在20世纪40年代的中国，民族危亡的关口，人民性命不保的攸关时刻，李健吾写下了一篇为诗歌呐喊的文章《为"诗人节"》❸，这篇文章是呼应郑振铎在《文艺复兴》第1卷第4期上的《迎"文艺节"》而作。郑振铎在这篇文章中提出，要把每年"五四"定位"文艺节"，号召作家秉承"五四"精神传统，为中国的科学、民主和自由而奋斗。不久，因郭沫若建议，李健吾写了《为"诗人节"》，提出把端午节屈原沉入汨

---

❶ 陈太胜：《象征主义与中国现代诗学》，北京大学出版社2005年版，第170页。

❷ 华铃：《玫瑰（后记）》，五洲书报社1938年版，第61页。亦可参考《文教资料》1995年第6期上所刊《李健吾致华铃书信九通》（钦鸿辑）、钦鸿所撰文章《李健吾与华铃的师生情谊》。

❸ 李健吾："为'诗人节'"，载《文艺复兴》第1卷第5期，1946年6月1日。

罗江的日子,定为中国的"诗人节",纪念这位为国而死的诗人。10年前的1936年,李健吾在给卞之琳的《鱼目集》写评论时就提出这样的问题:"当你遭到一种空前的浩劫仅能带一本书逃命的时候,譬如说,你挑选屈原,还是袁中郎呢?"❶在小品文与诗歌之间,李健吾选择的是屈原所代表的中国诗人精神、诗歌理想。《为"诗人节"》中李健吾以诗人激越而富丽的文字称颂这位千年前的诗人:

> 他活在我们后人心中,说实话,不是由于政治生命,而是由于一个更真实也更辉煌的存在,一个以表现力量获得永生的诗人的存在。政治化为一种热情,在文字之间汹涌泛滥,实际的纠缠在时光之下磨成尘埃,然而热情纯洁如化日,成为一切后来的花木的根源。……他把中国文学带到一种空前也几乎绝后的宏高境界。屈原这个名姓活到现在没有谁可以在诗歌方面替代。
>
> ……相隔两千年,语言文字在中间有了明显的变异,屈原依然以他的澎湃的感情和现代连接。
>
> ……今天把屈原死祭的节日定做中华民族的诗人节,无论站在民族立场,精神立场,社会立场,文学以及诗的本身的立场,乃是极有意义的举措。❷

这是一位有良知、热爱诗歌如生命,同时又对诗有深切

---

❶ 刘西渭:"鱼目集(注释部分)",载《大公报·文艺副刊》第126期"星期特刊",1936年4月12日。

❷ 李健吾:"为'诗人节'",载《文艺复兴》第1卷第5期,1946年6月1日。

体会、精深了解的文艺批评家的心声。李健吾在这篇文章中,主要站在了诗歌和文学的立场,如果说他在评论华铃诗的时候,侧重谈的是诗歌对自我(内在)、对人性精神的提升作用,那么这里李健吾更多的是在强调诗歌与社会、诗歌与民族国家等(外在)的精神联系。诗歌能够激励民族精神,塑造民族性格。

(二)"创作的批评"

1937年梁宗岱在《从滥用名词说起》的文章中,尽管批评了李健吾和朱光潜有"滥用名词"的倾向,还是肯定说朱光潜的《文艺心理学》是"唯一的有系统的美学研究",而李健吾的《咀华集》是"中国文坛第一部'创作的批评'",两部作品是"文坛难得的作品的大醇"。❶ 梁宗岱这个看法是准确的,以李健吾两部《咀华集》为典型,其重心在"创作论"。因为批评标准之一是杰作的参照,那么批评就要注重杰作的种种特征,就要分析杰作诞生的过程,这就是创作论。

不能说李健吾全部的批评都是创作论,但是很大一部分都是谈创作。如果说有些批评文章是给一般读者看的,有些则是写给想写作的人看的,或者说写给作家的批评。李健吾的很多批评文章就是写给创作者看的。他的批评是在关注创造的秘密,是试图向人展示一部杰作诞生的精神历程。从这个意义上说,李健吾的批评是讲"作文之法"的批评。

正如上面所引他对福楼拜小说的剖析,认为一个作家在处理材料时,有绝对的自由,不在于故事本身,而在于故事的运用,这就是创作论。同时他还认为福楼拜的小说《希罗

---

❶ 梁宗岱:"从滥用名词说起",载《宇宙风》第36期,1937年3月1日。

底》的结构安排独具匠心,又显得是自然的顺序:"福氏写了三篇短篇小说,唯有《希罗底》最能教给我们短篇小说的作法。"❶ 类似的还有对萧军的小说的批评,李健吾认为他的短篇《羊》是自然演述的结构中"一个最好的例证"。❷ 他在谈巴尔扎克的创作方法时从"激情"的角度,认为"激情作为创作方法,是使形象熠熠发光的主要成份,根本无从回避",巴尔扎克"小说的戏剧性不靠情节的曲折离奇,是靠生活细节所提供的典型人物的激情来完成的。这就是为什么他能在《人间喜剧》中创作出来那么多的富有凸凹性的动人

---

❶ 李健吾:《福楼拜评传》,广西师范大学出版社2007年版,第243页。李健吾说:"我们可以觉出作者的煞费苦心。他用了不少心力,组成全篇紧严的结构。法女哀勒有重要的消息告诉希律,然而一直经过一节的篇幅,中间又是层层的波折,这才轮到他星象的观察。我们从最初说圣约翰派出两个弟子,最后我们就看见他们喜洋洋地赶回来,虽然仅只赶上圣约翰的丧事,毕竟带来救主确实的消息。作者没有放松一笔,没有一笔虚发。"见《福楼拜评传》,第242页。

❷ 李健吾说:"从任何方面来看,《羊》或许是他今日短篇小说里面最完美的一篇。这里是一个政治犯的一段监狱生活,像日记,平常,无聊,没有结构,今天押来一个囚犯,明天放出一个囚犯,现在他笑着,回头他就死了,一切像不经意,可是艺术就活在里面。这种交响曲似的进行,到了另一篇小说的《鳏夫》,就越发显著了。如今不是事的交错,而是时的交错。一个大意的读者,特别是当着没有时间性的中国动词,会分不清那一节属于现实,那一节属于过去。《鳏夫》的技巧,原来可以自成一格,因为倒叙的混淆,形成意外的失败。这里缺乏一颗调节的匠心。一篇小说不怕琐细,不怕平衍,怕的是重复,回环而突兀,臃肿而没有力量。萧军先生描写的本领在这里得到充分的证明,但是用来漫无节制,风景近似一种泛滥。《鳏夫》,风景有乡野生活的宽敞,纡徐;害处不在它和乡野生活一致,在它枝叶的重叠。和《鳏夫》一比,《羊》的叙写便倒显得匀多了。"李健吾:"萧军论",载《大公报·文艺》(香港)第544~547期;第550~551期,1939年3月7~10日、13~14日。

形象，工力和莫里哀并驾齐驱，可以和莎士比亚的富丽比美"。❶

再如，李健吾无论是在小说、诗歌，还是散文、戏剧的批评中，经常会谈到一个问题，即创作中的"热情"（激情、情感）与"理性"（理智、冷静）的问题，这也是一个写作者在实际写作中经常遇到的问题。李健吾认为艺术是理性的创造行为，纯粹的热情不是诗。他在分析福楼拜时说："热情做不出诗来，福楼拜驳正缪塞的见解。诗人愈切身，愈受虚荣与热情的牵扯，走上颓废或者萎靡的道路。而且，只有一种情绪表现，就够了吗？从来一首歌，是喝醉酒了的人写出来的吗？所以女人爱的那样厉害，唯其过分在上面用心，反而不认识爱情。我们不应该利用艺术发泄我们的情感，因为艺术史一个自身完备的天地，仿佛一颗星星，用不着支柱。"否则，李健吾说容易流为"艺术娼妓化，甚至于情绪娼妓化"。❷

他明确表示反对"滥情"，主张诗歌写作要有一种"克腊西克的节制"，进而认为，这样的一种节制"几乎是每一个天才者必经的路程"，以理性来节制感情的过剩，因为"伟大的作品产生于灵魂的平静，不是产生于一时的激昂。后者是一种戟刺，不是一种持久的力量"。❸这也是为什么李健吾不同意有人把徐志摩后期的诗歌看做"情感的涸竭"，

---

❶ 李健吾："激情与巴尔扎克的创作方法"，载《浙江学刊》1980年第1期。
❷ 李健吾：《福楼拜评传》，广西师范大学出版社2007年版，第310页。
❸ 刘西渭："新诗的演变"，载《大公报·小公园》第1740号，1935年7月20日。

而认为这是一种情感渐渐趋向平衡的表现的原因。那么在散文中，应该如何处理情感问题？李健吾同样认为，一个艺术家在散文中要注意情感的节制，节制是艺术和艺术家的尊严的体现。李健吾说："我厌恶四十岁的人还在饮泪度日，向读者俯首乞怜，不知自己尚有所谓尊严。人生惨苦莫如坐视儿女饿死，但是杜甫绝不抢天呼地，刻意描画。他越节制悲哀，我们越感到悲哀的分量，同时也越景仰他的人格。《咏怀》和《北征》的高贵，一部分正在情绪和表现的尊严。"❶

在情感与克制之间，一个作者如何掌握艺术的分寸？李健吾在批评何其芳的散文集《画梦录》时，称何其芳是一个"自觉的艺术家"。我们知道李健吾在他的批评文章中，不轻易给一位作者"艺术家"的名号，在小说批评中，福楼拜是艺术家，沈从文是艺术家，那么在他所有的散文批评文章中，也只有把何其芳称为"自觉的艺术家"。在李健吾那里，作为艺术家的写作者，往往是完美的象征。李健吾把何其芳与同时代的李广田、卞之琳作比较，认为何其芳虽然"缺乏卞之琳先生的现代性，缺乏李广田先生的朴实，而气质上，却更其纯粹，更是诗的，更接近于十九世纪初叶。也就是这种诗人的气质，让我们读到他的散文，往往沉入多情的梦想。我们会忘记他是一个自觉的艺术家"。❷ 李健吾把何其芳在气质上与19世纪的浪漫主义精神联系在一起，是非常有道理的。他看出了何其芳诗意浪漫背后的唯美和精致的因

---

❶ 刘西渭："读《画梦录》"，载《文季月刊》第1卷第4期，1936年9月1日。

❷ 同上。

子,并指出,精致过了头就会倒向颓废。然而,何其芳对于自己作品中有过于追求语言和形式"精致"的倾向,有自觉的省察,在写作时也相当注意把握分寸。就像李健吾所说的"然而艺术,大公无私,却更钟情分寸。无论精致粗糙,艺术要的只是正好。这不容易;艺术的史例缺乏的也多是正好",因为在艺术上高度自觉,把握住了热情与理智的分寸,才能为数不多地逃出废名的影响而"别自开放奇花异朵"。❶

重视一字一句的具体运用,是李健吾在谈新诗、谈翻译、论表现时的着眼点。在他的小说批评中也有类似的文章,如他在论叶紫时,认为叶紫因为"学殖贫瘠"而造成了他在小说中表现的"缺乏词汇":

……缺乏词汇。他没有字句调节他情感的沉浮。他指出"秋虫的悲哀的呜咽",跳过三四段,重复一句(仅仅改换词性):"虫声更加呜咽得悲哀了。"他修辞的方式和他的情感同样直来直往,每每陷入雷同,衬出他学殖的贫瘠。《丰收》有这样一个有力的句子:"整个的农村,算是暂时的安定了。安定在那儿等着,等着,等着某一个巨大的浪潮来毁灭它!"《火》里面仿佛故雨重逢:"田原沉静着,好像是在期待着某一个大变动的到来。"这在《夜哨线》成了公式:"夜色:深沉的,严肃的,像静着一个火山的爆裂。"

我们勿须乎苛责,叶紫是清醒的,《丰收》的自序是一篇忠实的检举。他明白自己太缺少艺术成分。然后:"这里

---

❶ 刘西渭:"读《画梦录》",载《文季月刊》第 1 卷第 4 期,1936 年 9 月 1 日。

面只有火样的热情,血和泪的现实的堆砌。毛脚毛手。有时候,作者简直像欲亲自跳到作品里去和人家打架似的!"他一语道破他的长处短处。他没有字句,他的热情也不容他有。他所能够给的是黑白分明的铅画,不是光影匀净的油画。他揉搓不出富有造型美丽的人。❶

如何表现是困扰每一个作家的难题。表现总是体现为一字一句的运用,字句的贫乏暗示着表现力的欠缺。在李健吾看来,叶紫是一个热情压倒字句的小说家,所以他的小说塑造不出丰满的人物形象,人物在作品里是单一的、扁平的,而不是圆形的。李健吾用两个形象的比喻,叶紫的小说是"黑白的铅画"而不是"光影匀净的油画"(这又是一对李健吾式的比喻)。

以上结合李健吾的批评标准,对他批评中所关注的重心进行一些分析。能够感觉出来的是,他的批评关注的重心与他的批评标准内在一致,既含有现实人生的内容,同时也重视作品的艺术审美价值。这两条看似矛盾的关注重心,同时存在于李健吾的批评之中。

此处需要说明的是,李健吾关注的重心不仅仅有以上所言的几点,还有其他的一些方面。尤其是在 1949 年后,李健吾批评关注的重心越发向"社会学"靠拢,如 1959 年的《司汤达的政治观点和〈红与黑〉》、1961 年的《巴尔扎克是一个什么样的正统派》、1963 年的《巴尔扎克在他的〈农

---

❶ 李健吾:"叶紫论",连载于《大公报·文艺》(香港)1940 年 4 月 1～5 日。

民〉里,是像他所说的那样公正吗?》等,可以看出他批评的关注点逐渐由文学作品走向了社会、政治和现实。这也是李健吾一生批评生涯的矛盾之处,但他时时作出一种调和的努力,正是这样的努力,造就了他批评的实绩与境界。

#　第三章

文学批评的文体特色

第三章　文学批评的文体特色

> 如果想在评论领域里建立一种名声，这就意味着你必须把评论重新建设成一种文体。
> ——［德］瓦尔特·本雅明

> 容我问一句话，天下有没有自我和风格的那一天？
> ——李健吾：《自我与风格》

一、文学批评体式的现代性转变

为了更好地理解李健吾的批评文体的特征，本书有必要先对中国批评文体的历史和近代的转变，作一个简短回顾。

（一）文学批评的文体

本书所说的"批评文体"是指批评者"运用什么样的文章或著作形态表述出来，例如究竟是用古代文章体、韵文体还是现代论文体？"❶ 或者说是指批评家在批评文本中所体现

---

❶ 王一川："中国现代文论的传统品格"，载《中国现代学引论——现代文学的文化维度》，北京大学出版社2009年版，第200页。另外，蒋原伦、潘凯雄在《历史描述与逻辑演绎——文学批评文体论》一书中也将批评文体定义为"体现在批评文本中的批评家的话语方式"。蒋原伦、潘凯雄：《历史描述与逻辑演绎——文学批评文体论》，云南人民出版社1999年版，第6页。
周海波在《中国近百年文学体式流变史（下）》"批评体式卷"也持同样观点："所谓批评文体是指批评文本中批评家的话语方式，是批评家在批评活动中所呈现出来的风格特征，也是文学批评文本内形式。"冯光廉主编：《中国近百年文学体式流变（下）》，人民文学出版社1999年版，第436页。笔者认同以上三种著作中的观点，这也是目前为数不多的专门研究批评文体的著作。

出来的言述风格、话语方式。批评文体的研究属于"批评的批评",它针对的是批评文本自身,考察的是批评文本"如何表达"的问题。

从古至今,我国的文学批评重视的作家和作品的风格问题,即"风格的批评",而很少有人去关注"批评的风格",即批评自身的风格问题,这应该属于"批评学"的内容。如学者所言:"文艺批评学不仅应该包括文艺批评理论的研究,也应该包括文艺批评实践的研究,而文艺批评风格问题则是文艺批评创作实践中的重要问题。……文艺风格学只研究文艺创作风格而不研究文艺批评风格。中国古代文论是极其重视对文艺创作风格的批评的,但同样忽略了对自身批评风格的研究。可以说,几乎没有一个古代文论家论及此一问题。我认为,现代文艺批评学不应该再对批评风格视而不见了,批评风格应该成为文艺批评学中的必要组成部分。"❶ 这说明,研究批评文体是今天研究文论的一个重要视角:"今天我们在新世纪语境中寻觅中国现代文论的进一步建构思路,不妨先回头看看,朱光潜、宗白华、李长之、钱锺书等前辈曾经踩出了何种脚步,这种脚步在多大程度上会成为我们迈向新路标的示范。"❷ 当然还有批评家刘西渭!研究李健吾的批评文体的意义,在于揭示他对当下批评和文学理论研究的借鉴意义,即使不能达到,毕竟前贤在望。

和作品这种创造性极强的文体相比,批评文体显得相当

---

❶ 王利群:"文艺批评风格论",载《广西师院学报(哲学社会科学版)》1994年第4期。

❷ 王一川:"中国现代文论的传统品格",见《中国现代学引论——现代文学的文化维度》,北京大学出版社2009年版,第206页。

单一，尤其是现代批评文体，逻辑与论证体式一统天下，在文体上可以说是"千文一面"。张三的文章，换上李四的名字，看不出丝毫不妥。纵观中外文学批评的文体嬗变轨迹，可以发现，批评文体是从属于整个文学史的。比如在中国古典文学时期，其批评文体有对话体、点评式、诗话、词话、骈文体、序跋体、书信体，等等。中国传统诗文评在五四时代发生了根本的转变，白话文取代文言文，这是中国由古典进入现代批评范式的一个意义巨大的转折。

我们知道，中国古典诗文评的传统是文言写作，其特点是典雅、简练、有力。诗文评传统与中国古典文学是密切联系的——它本身就是古典文学的一部分。文言文的批评写作和白话文批评写作的一个根本不同处在于，前者的文学理论和批评著作本身就是文采飞扬的文学性写作。不仅仅是文学，中国古代的兵书、农书、医书等也是文采斐然，《孙子兵法》《齐民要术》《本草纲目》单就表达来说，可作为文学作品来读。至于文学和艺术类的批评类著作，如刘勰《文心雕龙》、陆机《文赋》、钟嵘《诗品》、刘熙载《艺概》、李渔《闲情偶寄》，还有大量的诗话、词话、序跋、书信、点评；孙过庭《书谱》、谢赫《古画品录》、石涛《画语录》等，其本身无不是讲求修辞的好文章。更有一类特殊的"以诗论诗"的批评作品，如唐杜甫《戏为六绝句》、司空图《二十四诗品》、金元好问《论诗三十首》更是如此。像司空图论诗之风格"雄浑"："大用外腓，真体内充。反虚入浑，积健为雄。具备万物，横绝太空。荒荒油云，寥寥长风。超以象外，得其环中。持之非强，来之无穷"；论"典雅"："玉壶买春，赏雨茅屋。坐中佳士，左右修竹。白云初晴,幽鸟相逐。眠琴绿阴,上有飞瀑。落花无言,人淡如菊。书之岁华,其曰可读";论"洗炼":"如矿出金,如铅出银。超心炼冶,绝爱缁磷。空潭泻春,古镜照神。体素储洁,乘月返真。载瞻星气,载歌幽人。流水今日,明月前身"。中国古典批评让我们知道,批评本身可以是美的。这样的批评写作需要理论的辨析能力和表达的诗才,它们是中国古典诗文评追求形式的一个典型。

(二)现代批评的体式

中国文学批评史中,王国维是现代批评的开端,也代表古典批评的终结。王国维的《红楼梦评论》抛却了中国传统的考据、评点式的批评,突出《红楼梦》的审美价值,而不是传统的作者生平、社会背景、版本等外部因素。尤其重要的是王国维把西方批评的思维方式和批评方法引入中国文学批评中,在《红楼梦评论》中,王国维把西方哲学家叔本华的人生哲学、生命意志等运用到《红楼梦》研究中,开辟了一种新的研究范式,这对中国现代文学批评产生了很大影响。而王国维不仅仅有现代批评方式的论著,还有《人间词话》这样的传统诗学著作,而《人间词话》也几乎成了中国古典式批评的绝响。

五四新文化运动,确立了白话文的正统地位,文言写作式微。文学批评写作样式也随之改变,西方文学批评范式和批评方法的引入,逻辑、体系以及概念明晰性成为现代批评的标志,科学、理性、历史、实证等西方学术范式成为中国文学研究和文学批评中的常见范式。随之而来的是中国文学批评现代意识的确立,这是一个漫长而复杂的过程。文言到白话的现代性巨变,首先表现在小说、诗歌等创作上,批评晚于它们。

中国现代批评的确立大约在20世纪30年代。一大批的批评家出现，他们具有高度自觉的批评意识，提出了自己的批评理论、批评立场，进行了批评的实践。而文学性的批评，像周作人、朱光潜、沈从文、李健吾、梁实秋等是代表；政治性的革命话语如成仿吾、茅盾、胡风、周扬等是典型。在文风上两种批评类型也不同，大致来看，坚持政治标准的批评家的风格多激烈，或激进，甚至有粗暴的弊病；而持守文学性阵地的批评家的文章相对比较温和，在批评文体上注重风格，鉴赏、随笔、印象式的审美批评成为他们的文章特色。

革命政治话语批评方式在20世纪30年代（其实在20年代末已经开始）起逐步形成，在大约60年的时间中，曾经几度占据批评的话语权。不少学者曾总结这种批评文体的发展历程、功能和话语特征："文学批评在进入它的以政治斗争为主的时代之后，其功能特征也发生了重大变化。20世纪20年代末，在'革命文学'论争中，太阳社、创造社的批评家们已经把文学批评作为一种工具看待了，并流露出了某些机械的因素和政治斗争的苗头。成仿吾、钱杏邨等人的某些批评文章已经超出了文学批评的界限，将文学批评文体作为非文学批评之用。这个苗头在遇到适当的政治土壤时，便获得了空前的发展，以致成为人们所不愿再见的'大批判模式'。"[1] 20世纪40年代延安时期对丁玲、王实味、艾青、

---

[1] 周海波：《中国现代文学批评史论》，上海人民出版社2002年版，第343～344页。

萧军等人的批评；1945年后，对沈从文、巴金、李健吾、萧乾、朱光潜等人的批评；1949年后的历次政治运动，无一不是把文学批评作为政治批判的工具来使用。

20世纪80年代末，文学批评更加紧密地与现代学术体制结合，文学批评的职业化、体制化、商业化的趋势明显。文学批评越来越被纳入现代学术生产体制当中，批评文字与实际的物质利益直接挂钩。批评写作趋向于一种所谓的规范化、标准化——同时也是一种去风格化，或者说无风格化的写作，这是理性化、历史化、科学至上的结果。当时的批评写作已经无任何灵性可言，条分缕析的理性化语言成为批评文字的常态。散文化、诗意化意味着一种学术上的冒险，没人愿意去冒险。文学批评不再是寻"美"的批评，而是寻"理"的批评。

（三）现代批评体式的三种类型

从上面的回顾可以看到，在中国文学批评从古典诗文评体式到现代体式的转变过程中，有三股势力交织在一起：科学主义的话语方式、政治标准的话语方式、审美尺度的话语方式。三者之中，科学主义的与政治标准的体式居于主导地位，艺术与美的批评体式多数时候处于边缘。

（1）科学主义的批评体式。五四新文化运动以来"民主"与"科学"的思想观念，深入影响了包括文学和文学批评在内的社会生活的方方面面。正如胡适1923年在"科学"与"玄学"论争集《科学与人生观》序言写的："这三十年来，有一个名词在国内几乎做到了无上尊严的地位；无论懂与不懂的人，无论守旧和维新的人，都不敢公然对他表示轻视或戏侮的态度。那个名词就是'科学'。这样几乎全国一致的崇信,究竟有无价值,那是另一问题。我们至少可以说,自从中国讲变法维新以来,没有一个自命为新人物的人敢公然毁谤'科学'的。"❶

当时甚至拿数学公式来批评诗歌,如成仿吾在《诗之防御战》中:"文学是直诉于我们的感情,而不是刺激我们的理智的创造;文艺的玩赏是感情与感情的融洽,而不是理智与理智的折冲。文学的目的是对于一种心或物的现象之感情的传达,而不是关于它的理智的报告——这些浅近的原理,我想就是现在一般很幼稚的作家,也无待我来反复申明的必要。文学始终是以情感为生命的,情感便是它的始终。至少对于诗歌我们可以这样说。不仅诗的全体要以它所传达的情绪之深浅决定它的优劣,而且一句一字亦必以情感的贫富为选择的标准。"可见,这里成仿吾认为诗歌像数学有一个基本"原理",即情感性。说情感是诗歌乃至文学的"生命",大致没错(但是多少也给人一种大而无当的感觉),说完这些,成仿吾直接用数学公式来解读诗歌了:

F 为一个对象所给我们的印象的焦点 focus 或外包 envelope,

---

❶ 胡适:"《科学与人生观》序",见张君劢、丁文江等:《科学与人生观》,山东人民出版社1997年版,第10页。

据今天学者统计,五四时期的《新青年》杂志上,"'科学'一词出现了1913次,而'民主'只出现了305次,加上'德谟克拉西'和'德先生'的次数,共有513次,只是'科学'出现频度的四分之一强……这说明,在《新青年》杂志中,民主这一观念并没有获得与科学同等重要的地位"。见金观涛、刘青峰:"《新青年》民主观念的演变",载香港《二十一世纪》1999年12月号,总第56期。

f 为这印象的焦点或外包所唤起的情绪。

那么，这对象的选择，可以把 F 所唤起的 f 大小来决定。用浅显的算式来表出来，便是我们选择材料时，要满足 df/dF > 0 一个条件。如果这微分数小于零时，那便是所谓蛇足。这算式所表出来的意思，如用浅近的语言说出，便是诗中如增加一句一字，必是这一句一字能增加全体的情绪的多少。❶

还有一个更加极端的例子，是成仿吾对郭沫若短篇小说《残春》的批评。❷ 成仿吾以数学中的坐标轴来定位"情绪"与"内容"，以抛物线最高点代表小说的高潮 Climax。今天看来，这当然是有悖于文学批评的基本常识，但是当时作者却是十二分的认真。1925 年郁达夫甚至还写过类似的文章《介绍一个文学公式》，❸ 用"F + f"分别代表"认识要素"与"情绪要素"，以数学公式解读诗歌。这样的思维方式在

---

❶ 成仿吾："诗之防御战"，载《创作周报》第 1 号，1923 年 5 月。此文后收入《成仿吾文集》，山东大学出版社 1985 年版，第 75 页。

❷ 成仿吾："《残春》的批评"，载《创作季刊》1923 年第 1 卷第 4 期。此文后收入《成仿吾文集》，山东大学出版社 1985 年版，第 39~44 页。

❸ 郁达夫："介绍一个文学公式"，载《晨报副刊》"艺林旬刊"1925 年第 15 期；"介绍一个文学公式（续）"，载《晨报副刊》1925 年第 1269 期。曾留学日本学医的郭沫若也主张批评的科学化："科学的研究方法教导我们，凡为研究一种事理都是由近至远，由小而大，由分析以至于综合。我们先把一种对象分析入微，由近处小处推阐开去。最后才归纳出一个结论。牛顿见苹果坠地而倡导万有引力说，瓦特见水罐突盖而发明蒸汽机，这是什么人都知道的事实。"郭沫若："批评与梦"，载《创造季刊》1923 年 5 月第 2 卷第 1 期。郭沫若写于 1925 年的《文学的本质》开篇即道："科学的方法告诉我们：我们要研究一种对象总要先把那夹杂不纯的附加物除掉，然后才能得到它的真确的，或者近于真确的，本来的性质"，文学研究的第一步也应该像蒸馏提纯水一样，"先从文学的净化入手"。郭沫若："文学的本质"，载《学艺杂志》1925 年第 7 卷第 1 号。批评的科学化逐渐成为"五四"以来批评界的共识。

"五四"时代的作家和批评家当中相当普遍,思维方式与表达体式有直接关系。这样的"代数体式"是科学主义在文学批评中的一个畸形表现,是批评对数学的一种拙劣模仿。就大的方面看,科学对"五四"以来中国现代文学批评体式的影响,主要体现在思维方式的逻辑化,论证方式的概念,术语的清晰化,行文方式的历史化、理论化等方面。实证与科学成为文学研究和文批评中的首要法则。同时,那个时代部分文人知识分子们理解的"科学"的含义,还相当狭隘,仅仅指自然科学。只是后来,这种对科学的理解逐渐超越了"器物"的层面,达到一种"道",即科学精神的认同与自觉运用。

(2) 带有浓厚政治意味的批评体式。如冯雪峰在批评丁玲小说《水》:"小说的开始,就是大众英勇的和洪水抗斗的一幕,这是和天灾——其实,如作者所示,并非天灾,是军阀混战和地主官僚的剥削的结果——斗争,大众用原始的巨力和自然斗争;小说结末的时候,则是灾民大众和饥饿的斗争,用开始向于组织的力量和剥削者及其机关枪斗争。每一个地方,都显出灾民的农民大众的自己的伟大力量,只有这个力量将能够救他们自己!……在现在,新的小说家,是一个能够正确地理解阶级斗争,站在工农大众的利益上,特别是看到工农劳苦大众的力量及其出路,具有唯物辩证法的方法的作家!这样的作家所写的小说,才算是新的小说。"❶ 这是典型的政治体式的批评风格,直接把小说中所描写的内容

---

❶ 冯雪峰:"关于新小说的诞生——评丁玲的《水》,载《北斗》第2卷第1期,1932年1月20日。

与社会现实特别是政治斗争联系起来。

（3）持守艺术与美的尺度的批评文体。如沈从文论废名的作品："作者的作品，是充满了一切农村寂静的美。差不多每篇都可以看得到一个我们所熟悉的农民，在一个我们所生长的乡村，如我们同样生活过来那样活到那地上。不但那农村少女动人清朗的笑声，那聪明的姿态，小小的一条河，一株孤零零的长在菜园一角的葵树，我们可以从作品中接近，就是那略带牛粪气味与略带稻草气味的乡村空气，也是仿佛把书拿来就可以嗅出。作者所显示的神奇，是静中的动，与平凡的人性美。用谈谈文字，画一切风物姿态轮廓，有时这手法在早年夭去的罗黑芷君有相近处，然而从日本文而受暗示的罗君风格，同时把日本文的琐碎也捏着不再放下，至于冯文炳君，文字方面是又最能在节制中见出可以说是悭吝文字的习气的。"❶

沈从文的批评体式，完全是随笔化的创作论，在娓娓道来的文字中把读者带入废名小说的优美境界。农民、乡村少女、小河、乡村风物，作品的意义在批评者静观的笔调中呈现。

中国现代文学批评在古典批评之后，至少有这么三种类型存在。无论这三种话语方式有何差异，其共同点还是无法否认的。

第一，它们都是以白话的方式对中国现代文学进行的批

---

❶ 沈从文："论冯文炳"，见《沫沫集》，大东书局1934年版。此篇亦收在吴福辉主编的《二十世纪中国小说理论资料（第三卷 1928~1937）》，北京大学出版社1997年版，第242~243页。

评，完全脱离了文言文批评的言说方式。

第二，无论它们的批评标准是什么，无论各自批评关注的重心如何大相径庭，它们都浸染了科学精神，行文注意逻辑与层次感，注意分析与综合等科学方法的自觉运用。

第三，它们都属于中国现代文学批评理论，正是由于它们的各个不同才构成了中国现代文学批评史的批评体式的丰富性。

第四，从事批评事业的这些批评家都是中国现代批评家，尽管他们的身份各异：有职业的批评家，有作家型批评家，有学院派的批评家等。这些现代批评家，他们是在中国现代语境中，处理中国现代文学的经验与挑战，他们通过文学批评参与中国文化事业与社会运动事业当中。❶

法国批评家蒂博代把批评分为三种：自发的批评、职业的批评、大师的批评，三种批评表现为三种体式：沙龙谈话、文学史的整理归类、寻美的批评。❷ 如果针对中国现代文学批评史，就会发现蒂博代的分类并非完全无效，李健吾

---

❶ 譬如有学者就认为，中国现代文学批评体式的发展"脱胎于社会文化评论和散文体……文学批评往往成为文化批评的一个分支，作为创作的一个补充"，"中国文学批评比较注重它自身的社会、文化特征，注重于批评文学作品的道德、社会文化价值的同时，自身的道德、文化价值也自觉不自觉地表露出来，尤其注重文学批评在整个社会文化发展进程中的作用。……从梁启超到鲁迅，从成仿吾到茅盾，从周扬到冯雪峰……文学批评的目的不是主要对文学的批评，甚至不是主要对作家的'对话'，而是与整个社会文化'对话'"。冯光廉主编：《中近百年文学体式流变史（下）》，人民文学出版社1999年版，第732页。这样的看法是符合中国现代文学批评发展的基本史实的。

❷ 这里参阅了法国学者蒂博代《六说文学批评》的相关内容。［法］蒂博代：《六说文学批评》，赵坚译，郭宏安校，生活·读书·新知三联书店2002年版。

的文学批评至少可以部分说明问题。要说职业批评家，我们有冯雪峰、胡风、周扬、成仿吾、李长之、梁实秋、朱光潜等；提到作家批评家（蒂博代所谓"大师的批评"），就会想到鲁迅、周作人、朱自清、沈从文、苏雪林、茅盾等，这个名单还可以一直列下去。这里也只是为了把握的方便而进行大致归类，即使不绝对准确，因为他们很多人都可以同时被放入另一种类型，但至少可以看出他们之间各自批评的取向还是存在相当明显的差异的。职业批评家更加倾向于一种科学论证的话语方式（包括政治化的体式），而作家型批评家则偏爱"美的批评"体式。法国波德莱尔曾表达过自己对理想批评体式的看法：

我真诚地相信，最好的批评是那种既有趣又有诗意的批评，而不是那种冷冰冰的代数式的批评，以解释一切为名，既没有恨，也没有爱，故意把所有感情的流露都剥夺净尽。一幅好的画是通过某一艺术家所反映的自然，因此，最好的批评就是一个富于智力和敏于感觉的心灵所反映出来的这幅画。因此，对于一幅画的评述不妨是一首十四行诗或一首哀歌。❶

然而，不仅波德莱尔，中国的周作人也曾说：

外国文学里有一种所谓论文，其中大约可以分作两类。

---

❶ ［法］波德莱尔：《美学珍玩》，郭宏安译，上海译文出版社2009年版，第79页。

一批评的，是学术性的。二记述的，是艺术性的，又称作美文，这里边又可以分出叙事与抒情，但也很多两者夹杂的。这种美文似乎在英语国民里最为发达……中国古文里的序，记与说等，也可以说是美文的一类。但在现代的国语文学里，还不曾见有这类文章，治新文学的人为什么不去试试呢？❶

抛开波德莱尔，我们只看1921年周作人的这段话。他把"论文"分作两类：学术性的和艺术性的，周作人推崇艺术与美的批评体式。周作人不仅看到外国随笔体批评的传统，也充分注意到中国古典时期的文学批评序跋、记与说等也是"美文一类"。这说明，艺术化的批评体式、诗意的表达、寻

---

❶ 周作人："美文"，见《周作人批评文集》，珠海出版社1998年版，第98页。但我们需要看到，不同的批评家对于"什么是批评"的理解与其批评体式往往有直接关系。正如韦勒克所言："关于批评是一门艺术还是一种科学（就其旧有的广义而言）的争论的确有其难解之处。在这里我只想指出，人们曾经使用最不相同的艺术形式来表达批评见解，甚至用诗的形式，像贺拉斯、维德和蒲柏；或者用简短格言的形式，像弗里德希·施莱格尔；或者用写的比较抽象、平凡甚至很坏的论文的形式。作为一种文学类别的'文学评论'（Rezension）的历史提出了历史和社会问题，但是在我看来把'批评'同这一种有限形式等同起来却是一个错误。此外还有批评与艺术之间的关系问题。一种对于艺术的感受会进入批评之中；许多批评形式都要求有写作的艺术技巧和风格，想象在一切知识和科学中都有其地位。但我还是不相信批评家就是艺术家或者说批评是一门艺术（就其严格的现代意义来讲）。批评的目的是理智的认识。批评并不创造一个同音乐或诗歌的世界一样的虚构世界。批评是概念的知识，或者说它以得到这类知识为目的。批评最后必须以得到有关文学的系统知识和建立文学理论为目的。"见韦勒克：《批评的概念》，张金言译，中国美术学院出版社1999年版，第3~4页。韦勒克显然认为批评是什么比用什么形式去批评更重要，尽管他承认批评曾经有过不同的表达形式，根源在于对"批评是什么"的不同回答，科学还是艺术？

美的批评,无论在外国还是在中国都可以找到它的渊源。1923年周作人又说:"我以为真的文艺批评,本身便应是一篇文艺,写出著者对于某一作品的印象与鉴赏,决不是偏于理智的论断。现在的批评的缺点大抵就在这一点上。"❶

周作人这些讲话的意义在于,他敏锐地看出了"五四"新文化运动中,文学批评体式的"断裂",一方面是古典诗文评的方式难以维系,另一方面是西方随笔传统又没有全盘移植(似乎也不大可能全部移植过来),同时他也给出了自己对新文学批评体式的期待,鼓励人们"去试试"。在周作人看来,现代的批评的话语方式应该是美的。这是周作人寄予现代文学批评的一个理想,也是一个批评家站在"五四"历史转折点上,面对中与外、古与今的双重困境中给出的一种历史性的回答。

(四) 李健吾对批评体式的探索

通过以上历史性的考察,能够比较清楚地看到,三种批评话语风格中,科学主义与政治革命的话语方式在我国长期居于主导地位,而审美主义的批评体式受到来自科学与革命话语体式的双重挤压。面对这样的历史语境,每一个批评家都会给出自己的选择,以自己的方式回答历史提出的问题。那么,批评家李健吾给出了怎样的回答?面对科学之时代风气、艺术与美的诱惑、革命政治的狂风暴雨,李健吾作出了怎样的选择?他的批评体式上有何特征?

让我们回到20世纪30年代《咀华集》问世时所遭遇的

---

❶ 周作人:"文艺批评杂话",见《周作人批评文集》,珠海出版社1998年版,第114页。

那次"棒喝"：

　　文艺批评脱离不了社会的甚而政治的联系和羁绊。社会的发展在这个时代有着个人和集团的鸿沟；资本主义的和社会主义的界限；而在经济方面也就形成了私有经济和公有财产的显著的差异。作为意识形态领域中的文艺和文艺批评，当然也要反映这个。不拥护垂死的以私有财产为基础的资本主义制度，便应该把个人献身给社会，为真正的理由与平等而呼号。

　　刘西渭先生本来是在无意当中宣泄了他"批评"的基调，他灵魂冒险的秘密。而同时我们根据这点去了解他批评的立场和目的，实在也是非常地恰当的。这就是说：他那种批评，从印象主义的法郎士那里搬运来的，法郎士说：作家的创作是灵魂的冒险，批评家的批评是灵魂在杰作中的冒险。他们都不肯把作品放到社会集团的中间去考察，甚而至于有的时候还把它从人生的圈子切离。这是一种超现实的理论和批评——自然他们所批评的作品也就只能使奄奄一息的了。

　　…………
　　这是印象主义的文艺批评的缺陷，它有着一种短视的毛病，它只能似是而非的看到外面而不能剖视到里层，只能看到个别而不能看到全体。是印象的而非科学的，是灵魂在杰作中的冒险而非科学的规准在文艺上的分析。

　　关于这本《咀华集》，除了作者是凭借的陈腐的过去时代的理论这一点而外还有几个小小的缺点；一，作者只顾到雕琢文章的美丽……二，每篇文章差不多都有龙头蛇尾的毛病，开始铺张的极宽广，而结尾往往极无生气，这个就行为方面说来也是不统一的。不过作者在此批评方法上能用"比较"的说明，能用综合的认识对作品而不流于支离割裂的弊病，则是很可取法的。……总之，同是生息于私有的社会，吸取并服膺其精神文化，这都是他们的共通之点。在他们的文章里头，您如果稍稍留心，是寻找不出来关于民族解放战争的抗日的事迹，关于压迫阶层的吸血的人们的残暴。

…………

印象主义是垂死了的腐败的理论，刘西渭先生则是旧社会的支持者！是腐败理论的宣教师！❶

欧阳文辅对李健吾《咀华集》的指责，可以归为三点：第一，《咀华集》脱离社会现实，没有从社会、阶级论的革命立场来分析作家作品。刘西渭和作家沈从文一样属于"隔绝现实，离群独居"一类的批评家。第二，总体上不科学，所谓"是印象的而非科学的，是灵魂在杰作中的冒险而非科学的规准在文艺上的分析"（但文中这种说法是自相矛盾的）。第三，太讲究文笔，所谓"只顾到雕琢文章的美丽"。

显然，"左翼"批评家欧阳文辅给刘西渭《咀华集》的"罪责"可以聚焦为一点：太艺术化了，或者说太唯美了，因为李健吾的批评关注的是作品的艺术与美，因为批评形式的诗化。在当时的社会历史语境中，"艺术化"就有可能面临"社会道德"和"科学主义"的双重压力。"美的"某种

---

❶ 欧阳文辅："略评刘西渭先生的《咀华集》——印象主义的文艺批评"，载《光明》第2卷第11期，1937年5月10日。

程度上，就意味着是"罪的""不科学"的。在20世纪40年代出版的《咀华二集》中，与《咀华集》相比，李健吾更加关注一些"左翼"作家，如萧军、萧红、叶紫、路翎等，难道这与欧阳文辅的批评有关？还是时代的使然？因为1937年抗战爆发了，两本《咀华集》分别出版于抗战前和抗战中。

然而，令人奇怪的是，早在1936年《咀华集》出版前的1935年，李健吾就出版了他的《福楼拜评传》，欧阳文辅这里怎么就只字不提？就目前笔者掌握的资料看，《咀华二集》也没有被"左翼"阵营的作家、批评家注意。如果看过《福楼拜评传》的人，就会知道，李健吾的很多批评观念、文笔风格，在《福楼拜评传》中已经奠定，《评传》是李健吾文学批评的一个辉煌起点❶，《咀华集》及《咀华二集》不过是李健吾批评华章的另一个高峰。倒是20世纪50年代有人把《福楼拜评传》与两本《咀华集》一起批判："年纪稍大的同志，也许在解放前阅读过李健吾先生的《福楼拜评传》和他以刘西渭笔名发表的《咀华》两集。在这几本书中，李先生的资产阶级唯心主义的学术观点是表现得淋漓

---

❶ 关于这一点，柳鸣九也指出："在《福楼拜评传》问世之后，李健吾才以刘西渭为笔名活跃在中国当代文学批评的领域，其《咀华集》与《咀华二集》以其鲜明的主观色彩，独特的视角视点与洒脱灵动的风格而蜚声文坛。建国后，李健吾又写了大量短小精悍却精彩纷呈的剧评。这一切构成了李健吾作为中国二十世纪文学史上一位杰出批评家的主要业绩，显而易见，他的《福楼拜评传》正是他全部批评业绩的精彩开篇。"见柳鸣九："一部有生命的书——李健吾著《福楼拜评传》序"，见《福楼拜评传》，广西师范大学出版社2007年版，第3页。

尽致。"❶

20世纪50年代,对于年轻后生的批评,李健吾没有作任何回应(至少目前看不到这方面的资料),而对于欧阳文辅高调批判,李健吾是有所回应的——

如若贬做印象主义的"宣教师"便不该夸他"在批评方法上能用'比较'的说明,能用'综合'的认识,对作品而不流于支离割裂的弊病,则是很可取法的"。行文措辞,前后必须相符,犹如为人,内外应理一致,否则随手放出,难免被人看做"印象"。所谓"比较"和"综合",正是科学精神的表示,根据了这种观点,布雷地耶痛贬法朗士之群混淆价值与类别。以为一条印象主义的绳索可以缢死刘西渭先生,同时却又用"比较"而"综合"的剪子在前面把绳扣剪开,欧阳先生未免手下留情。❷

李健吾反驳了欧阳文辅行文时的前后矛盾,一边说印象主义的不科学,一边又说能够在文中进行"比较"与"综合"是科学的方法。可见,一个印象主义的"大帽子"是不能把刘西渭给扣住的。同样,可以说,一个"随笔体"也无法涵盖李健吾批评体式的全部。笔者认为,一个事实是,不仅《福楼拜评传》、两本《咀华集》之中体现出一种现代论文的"现代品格"与科学精神,李健吾的其他批评文章也是

---

❶ 陈燊:"评李健吾先生的《科学对法兰西十九世纪现实主义小说艺术的影响》",载《文学研究》1958年第4期。
❷ 李健吾:《咀华二集(跋)》,文化生活出版社1947年再版本。

如此。这样说并不是否认李健吾批评体式中的诗意表达，我们要的是一个相对"全面"的观察。在李健吾的科学论证式的批评体式中，处处可以感到一种艺术家的诗化气质；在他优美诗意的文字中，可以时时体会到一个学者、科学家的严谨。这两种批评体式在李健吾的批评文章中并行不悖，交织互融，形成了李健吾批评文章特有的丰赡华美，而又不失清晰与逻辑的辩证统一，如波澜连绵起伏，或高或低。下面将对这两种批评体式，分别予以考察。本章第三部分讨论李健吾"美的批评"，即一种融汇了西方随笔"论理"传统和中国散文的清丽风格的"随笔体"。他的这些随笔体批评文章，篇篇是可作为优美的作品去读。

二、论证体式与诗化体式的交相辉映

（一）论证体式

所谓"论证体式"一般是指现代学术文章的一套基本行文格式，思维方式上讲究客观、冷静，逻辑上讲究分析与综合、归纳与演绎，尽量避免形象化的思维或者平铺直叙的单纯描述，论的是"理"。这以自然科学和社会科学的论文为典型。文学、历史、哲学、美学等人文学科，这些学科因为研究的对象是"人"而不是"物"，所以在研究方式、研究成果的表达上与自然科学、社会科学有差异。但是，科学论证式的文章，已经成为学界主流样式。

上面已经提到,李健吾是"五四"新文化运动中成长起来的一代批评家,他无疑也受到了科学精神的熏染,他对所处时代的认知是非常清醒的:"这是一个科学时代、一个骚乱时代、一个介乎新旧之间的交替时代,不像初民那样单纯,我们有的是自觉与角度。科学缩短了希望的距离,方便把喜悦往大也往深里伸展,然而社会的风习永远落后,人心永远是一尊富有韧性的懒神,苟安、自私,却又仿佛感到恶运将临的宙斯大帝,不顾潮流趋止,把理智活活锁在传统的岩石上。我们生活在这种辛辣的挣扎之中,应着纷繁的变动,射出强弱不同的光辐。科学加速也加强了冲突,人与人的关系因而有了新奇的联系。人在社会中形成一个特大与特小的地位:社会受支配是特大,人为社会的产物是特小。"❶

这段话不妨看做李健吾的"现代性体验"。李健吾这里感到了现代与传统的悖反关系。现代化(科学时代)剧烈快速的进程并没有让人心一同"现代",所谓"把理智活活锁在传统的岩石上",变动、冲突、挣扎、悖反,给人的感受也带来到了前所未有的"新奇"。社会与人构成了一种"特大"与"特小"的支配被支配的命运。李健吾关心的是现代社会中人的命运,而"现代性语境中的人""技术与人"等问题,也正是自浪漫主义以来文学、哲学、社会学等所关注的重心与难题。李健吾对现代性的认识,基本都是他自己的内心感受、日常体验,很难看出他受到某个理论家的

---

❶ 刘西渭:"夏衍论",连载于《大公报·文艺》(香港)1941年2月21日~3月5日。后此文改题为"评《上海屋檐下》",刊于《文化生活》1942年第1期。

影响❶，与理论相比，个人感受有时候更可靠。

但是，从根本上说，李健吾并不像福楼拜那样"反现代"、痛恨科学与理性主义大行其道，他对科学与艺术的关系还是相当乐观的。在《科学对法兰西十九世纪现实主义小说艺术的影响》这篇研究科学和小说艺术的长文中，李健吾指出作家可以从科学中"寻找有力的理论根据，扩大写作的题材，从科学领域移植可以移植的部分"，并认为要辩证地看待科学与小说艺术的关系："科学对小说艺术的影响，首先是一种质量的保证，而小说家固然不必一定全懂科学，才能进入艺术领域。……但是左拉却牢牢抱定科学，不顾一切，甚至于不顾它给自己的理论和创作带来伤害。"李健吾对比左拉、巴尔扎克、福楼拜对待科学的态度："巴尔扎克和福楼拜重视生理学，然而没有那样荒唐，向生理学要关于人类命运的一切责任。所幸从他提出自然主义理论那一天起，法兰西小说家并不全走他的道路，他自己也不走了，因

---

❶ 但也不是完全看不出，因为李健吾所翻译、所研究的作家福楼拜就是一个"反现代性"的，他给友人的书信中不时抨击工业社会："大自然多不在乎我们！树木、草、波涛的模样，多无动于衷！勒哈佛的邮船的钟一个劲儿在响，我只好中断。工业给世上带来什么样的喧嚣！机器是一个多吵闹的东西！说到工业，你有时候可曾想到，它制造了大量愚呆的职业，因而势必出现众多行尸走肉的蠢才！做这番统计工作，会把人都吓坏的！曼彻斯特的居民，做一辈子别针，你对他们有什么好指望的？而制造一枚别针，必须有五、六种不同的专门知识，工作区分细了，机器旁边，产生了大量机器人。这是些什么样的职务啊，铁路调度员的职务！印刷厂皮带管理员的职务！以及诸如此类的职务。是的，人越来越蠢了。……在这个时代，一切共同的联系已经消失，社会只是或多或少组织好了的整个强盗生涯（政府词令）……我呐，一天甚似一天，我心里觉得和我的同类之间有了一道鸿沟，而且越来越宽。"福楼拜："致路易丝·高莱（《书信八封》之三）"，李健吾译，载《译文》1957年第4期。李健吾上面所言，正可与福楼拜的话互相印证。

为他最后发现自己走不通。这种实际上是反反映论的实验，就这样向文学告别了。科学到底还是科学，而艺术吸收科学成果，仍然必须回到自己的实践道路。"❶

艺术吸收科学成果，但又必须各自是其所是。福楼拜对科学的态度，谁又能说没有给李健吾暗示？

李健吾在他对中国文学批评中也经常提到"科学""科学者（家）""科学的方法"，如"左拉对茅盾先生有重大的影响，对巴金先生有相当的影响；但是左拉，受了科学和福楼拜过多的暗示，比较趋重客观的观察，虽说他自己原该成功一位抒情的诗人。巴金先生缺乏左拉客观的方法，但是比左拉还要热情"；❷ "以一种科学的自然的方式去看。科学，让我重复一遍这两个字，科学。他看见的不复是平面，不复是隔离，而是一种意境，不像矿石一样死、湖水一样平，而

---

❶ 李健吾：《科学对法兰西十九世纪现实主义小说艺术的影响——纪念'包法利夫人'成书百年（1857~1957）》，载《文学研究》1957年第4期，第39页、第64~65页。

❷ 刘西渭：《〈雾〉〈雨〉与〈电〉——巴金的〈爱情三部曲〉》，载《大公报·文艺》副刊第36期"星期特刊"，1935年11月3日。还有"不是科学者，巴金先生能够带着怜悯掘发他的人物。他不那样无情，然而他的信仰（不要忘记，他是有了信仰的人）同时指明人物的谬误。也许因为不是一个彻头彻尾的科学者，他没有把神写到十足的完满"。见刘西渭：《神·鬼·人》，载《大公报·文艺》第67期，1935年12月27日。

是一个有机的生命的构成"。❶ 因为"艺术的客观观察，却不就是科学，如福楼拜所指出：'应该格外是本能的，而且先从想象发动。你孕育了一个主旨，一种颜色，随后你借用外力来巩固它。主观肇其始'"。❷ 无论是1949年前，还是1949年后，无论是在批评中国作品，还是在分析外国作品，李健吾的科学与文艺关系的观念都变化不大，保持着思想的连贯。

综合以上，能够看到，李健吾是一个在科学时代、科学方法的泛滥中保持清醒认识的批评家。他不反对科学，因为艺术和科学一样都需要"客观观察"，但是艺术与美的"客观"截然差别于自然科学的"客观"，艺术的观察不是"照相"式的死板的"平面"，艺术观察的是想象的"发动"。

在批评上，李健吾认为一个批评者应该是一个"科学的分析者"："我不大相信批评是一种判断。一个批评家，与其说是法庭的审判，不如说是一个科学的分析者。科学的，我是说公正的。分析者，我是说要独具只眼，一直剔爬到作者

---

❶ 刘西渭："清明前后"，载《文艺复兴》第1卷第1期，1946年1月10日。再比如谈科学方法与文学的关系："茅盾先生所见于文学的表现的精神，虽说没有凭据来做佐助，作品本身的透示正和左拉提供的理论不谋而合。那是什么？把科学方法运用到文学领域，十九世纪是一个科学世纪。巴尔扎克就知道拿学者的观察来替代诗人的想象。观察和想象这样截然分开，茅盾先生没有那么莽撞，然而希望以一种科学精神来安排材料，因之更坚固地呈出一种比较的真理，确是我们这位老当益壮的前进作家的特色。同样以这种科学精神执行文学的尖锐的使命的，除去茅盾先生之外，我们还有熟悉小市民生活的夏衍先生。"见刘西渭："清明前后"，载《文艺复兴》第1卷第1期，1946年1月10日。

❷ 刘西渭："三个中篇"，载《文艺复兴》第2卷第1期，1946年8月1日。

在艺术化与现实化之间——李健吾的文学批评

和作品的灵魂的深处。"❶ 李健吾无论在创作还是批评上，都有一个科学的态度，同时又保持着反省的精神、艺术的立场。客观的观察与科学的分析，是创作和批评的必要方法。一名批评者的态度应该是"科学的分析"，以保证批评的"公正"。

这样就可以进入下面的分析：李健吾的批评文章中的论证体式及其风格。笔者认为李健吾的批评文章，科学性的论证思维与诗化的表达并不排斥，前者是一个现代批评家所必需的，后者更加体现出他在表达方式上的艺术化追求。李健吾的批评文体是一种有风格的论证体式。这表现在以下几个方面。

第一，专业性与系统性。如前所言，李健吾的批评起点是他的专著《福楼拜评传》，为了研究福楼拜，李健吾翻译了除《萨朗波》（因被日本宪兵队逮捕而没有完成）外的福楼拜所有小说，并计划"有一天刊行福楼拜小说集"，❷ 且翻译了不少福楼拜的书信。不仅如此，李健吾还翻译了与福楼拜同时代的司汤达、巴尔扎克等人的作品。李健吾文学研究的另一个重要对象是莫里哀，他在新中国成立后翻译了所有莫里哀重要的喜剧，后来湖南人民出版社在20世纪80年代出版了四册《莫里哀喜剧》。现代文学研究、文学批评的一个重要要求就是"专业性与系统性"，一个批评者不能集中精力在某一个专业领域内有所成就，就很难被认可。就如郭

---

❶ 刘西渭："《边城》与《八骏图》"，载《文学季刊》第2卷第3期，1935年9月16日。

❷ 李健吾："与友人书"，载《上海文化》第1期，1946年1月1日。

绍虞专业致力于中国文学批评史研究一样，现代批评家也应该是一名专门家，在这个意义上，李健吾是一名优秀的法国文学翻译家、批评家。李健吾的这种专业的治学精神，早在清华读书时就已经具备，他对当时国内翻译事业不满，1929年写了一篇长文《中国近十年文学界的翻译》，痛陈国内翻译界的种种弊端，比如"译者大都缺乏学者的精神"；对原作了解草率，对国内读者又缺少怜恤的心思；一个好的译者，应该一方面是对原作的"完全而真实的了解"，另一方面还要有"抱定为艺术而艺术去牺牲底精神"；又说："各个译者不能集中精力，以致重大的效果。"这是"最令人痛惜的事情"。❶

青年时代的李健吾就抱定了要为翻译、为文学研究而献身的决心。《福楼拜评传》近30万字，参考的外文资料就有近百位作者的一百多本著作，这些著作全部出自李健吾自己的藏书。材料的翔实丰富保证了《评传》的批评的高水准。《评传》"分析详尽透彻，征引广博灵活，而结构，却是那样的简略，明晰，一个简单的丰盈，或者说丰盈的简单，这类著述的最高境界"。❷ 所以，李健吾的文学批评体式，首先一个特点是他的专业性，由这种专业铺展开去，李健吾的法国文学批评以福楼拜、莫里哀为主线，延伸到19世纪的文艺思潮研究，如他的长篇论文《十九世纪法国现实主义的文学运动》就是伴随着《评传》的写作而产生的。而那篇《〈法

---

❶ 李健吾："中国近十年文学界的翻译"，载《认识周报》第1卷5期，1929年2月2日。

❷ 韩石山：《李健吾传》，山西人民出版社2006年版，第136页。

兰西十七世纪古典主义文艺理论〉前言与各家小议》，则长达7万字，系统梳理了欧洲17世纪以悲剧理论为特色的古典文艺理论。由专业到系统，因系统而更加专业，李健吾的论证式批评是一个现代批评家的严谨治学的体现。

第二，批评语言的准确、精练。现代论文的一个重要特点是学术语言的精确、凝练。从这个意义上说，批评是一个理性主导的工作，上面提到韦勒克的说法，是有道理的。如果细致阅读李健吾的批评文字，能够发现，他喜欢用短句，很少用长句子。这样的好处是明显的，使文章灵活、跳脱，行文利落。李健吾在语言运用上，是非常自觉的，正如他曾言"经济和准确是艺术最高的道德"，❶ 经济与准确更是学术语言的根本需要。20世纪60年代，李健吾在一篇谈散文写作的文章中提倡语言的"竹简精神"："象古人那样，把一个字一个字写在竹简上。能把散文写得'字挟风霜'、'声成金石'，如鲁迅那样，很不简单。"❷

固然是在谈创作，但是批评写作与散文写作在李健吾那里（也在很多人那里）从来都是难以分开的。经济与准确地运用文字的"竹简精神"，在李健吾的批评文章中处处体现

---

❶ 刘西渭："三个中篇"，载《文艺复兴》第2卷第1期，1946年8月1日。

❷ 李健吾："竹简精神"，载《人民日报》1961年1月30日。同时，这里得再次提起福楼拜的理想："完美的特征，到处相同，这就是：精确，适当。""福楼拜书信八封"，李健吾译，载《译文》1957年第4期。当然不仅仅福楼拜，中国的刘勰（李健吾文章中经常提到）早就提出"义典则宏，文约为美"，"文以辨洁为能，不以繁缛为巧"，"随事立体，贵乎精要；意少一字则义阙，句长一言则辞妨"。分别见《文心雕龙》之《铭箴》《议对》《书记》篇，范文澜注本，人民文学出版社1958年版，第195页、第438页、第460页。

出来。如他比较司汤达、巴尔扎克与福楼拜:"司汤达深刻,巴尔扎克伟大,但是福楼拜,完美。"❶ 这样简短却又如此准确,可以说到了一字不易的地步。

再如,李健吾用一句话指出浪漫主义的根本特征:"浪漫主义的一个普遍特征,时间上眷恋过去,于所有的过去之中,尤其是中世纪;地域上憧憬异乡,无论东西南北,只要不是看厌了的故土:二者终结都在自我的发扬。"❷ 对浪漫主义理解深刻,概括精练,用字简洁,句式对称,让人过目不忘。

还有,论法国象征主义三大师:魏尔伦、乐保(兰波)、马拉美与波德莱尔之间的诗学承袭关系:"魏尔伦分有鲍德莱耳亲切的感觉、官感和神秘的情绪的揉合,乐保分有宇宙引起的烦激的行动、感觉深刻的体会同和谐的回应。他们继承的是情绪和感觉。然而马拉美继承的却是形式和技巧的钻研,把鲍德莱耳的造诣更精湛地带进完美和纯诗的境界。"❸ 法国象征主义复杂的诗学渊源关联,在李健吾这里被精确而简明地勾画出来,读者一看即知。

李健吾批评文章的练字功夫很是到家,他钦佩法国散文家拉·布吕耶尔:"拉·布吕耶尔是一位风格独特的散文家。……他精练,平易,精练和平易是一对矛盾;最后,他在收煞处,轻轻一笔,画龙点睛,不说破而又说破地结束了。他是一位有心人。他用字经过再三斟酌,才选中了一个字,而这

---

❶ 李健吾:《福楼拜评传》(序),广西师范大学出版社2007年版。
❷ 李健吾:《福楼拜评传》,广西师范大学出版社2007年版,第89页。
❸ 李健吾:"梵乐希文存(PaulValéry: Variéti Ⅰ.Ⅱ.Ⅲ.)",载《暨南学报》1936年第2期。

个字的含义使他成为一字之师。他最恨啰嗦，他最恨拖沓，他要一个字有一个字的分量。福楼拜就从他那里学会了一字有一个字的修辞之道。他反对雕饰，他要求自然。"❶ 这是李健吾在评论拉·布吕耶尔，也是李健吾在"夫子自道"。准确、精炼而不失自然，一样是李健吾的"修辞之道"，可以看到，在这方面给李健吾启示的不是不止一个作家、批评家，而是有很多来源，但最大的来源还是李健吾自己。

第三，论理语气的亲切、深入浅出。一个批评者用文字说话，他不是在对牛弹琴，他的行文总有一个暗含的或者假定的读者存在，一篇文字是一个批评家想与世界对话的表达，所以他是写给"人"去读的。李健吾自己曾说："亲切是一切文学的基本条件。"❷ 尽管批评文章应该是严肃的，但这种严肃不是法官式的面无表情，要让人可以接近，亲切取消作者与读者的陌生距离。

不妨先看两个不同的例子。第一个例子，成仿吾评鲁迅的作品："前期的作品之中，《狂人日记》很平凡；《阿Q正传》的描写虽佳，而结构极坏；《孔乙己》、《药》、《明天》皆未免庸俗；《一件小事》是一篇拙劣的随笔。"❸ 第二个例子，梁实秋论"文学的纪律"："凡从事文学事业者，无论是立在创作者或批评者的地位，甚而至于欣赏者的地位，其态

---

❶ 李健吾："《法兰西十七世纪古典主义文艺理论》前言与各家小议"，见《外国文学研究集刊》（第4期），中国社会科学出版社1982年版，第54页。
❷ 刘西渭："画廊集"，载《大公报·文艺》第190期"书评特刊"，1936年8月2日。
❸ 成仿吾："《呐喊》的评论"，载《创作季刊》第2卷第2期，1924年11月。

度必须是严重的。晚近文学界,有许多与严重性相反的趋向。在艺术里,态度是最紧要的;所以讲起文学的纪律,首先要讨论文学的态度。"❶

第一个例子中,对鲁迅的小说的评价,其话语方式可以用"粗暴"二字形容,批评者不是带着一种理解与同情阅读作品,而是任意地贬损,"平凡"、"极坏"、"庸俗"、是"随笔"而不是小说。批评者以一种居高临下的姿态作出的独断论,下判断而很少解释,以一串形容词"活埋"了鲁迅小说的价值,这样的批评话语读起来不免让人产生不可亲近的感觉。而梁实秋在谈"文学的纪律"的时候,显得古板而教条,仿佛一个立法者,充满教训的口吻,这样严肃与古典式的面孔,恐怕也没多少读者会喜欢。

1934年天津《大公报·文艺副刊》刊发李长之一篇千字左右的短文《论中国旧小说里两个共同的成分》,此文试图探讨中国封建社会中,农业经济背景下的文艺,主要是旧小说。

在这种经济背景之下的文艺,是有什么表现呢,我们不妨作一个探讨。纯粹文人的作品,例如进展到很高的境界的诗,词赋,那往往是只代表了士大夫的思想,情感,比较复杂,虽然大部分还是对主上(也就是统治阶级的领袖大地主)的歌功颂德和对于女性的玩弄,然而也仅有在这方面的色彩很淡,而追到了一种超然的人间的永久性的,所以我们还不能据以为证。顶显然,而且顶普遍的,是一般为大众所

---

❶ 梁实秋:"文学的纪律",载《新月》1928年第1期。

欢迎，所能理解，又许有大部是出自大众之手的通俗的理郿的旧小说，在那里才可以找出农村社会的封建意识的最典型的表现。我发现有两点，是它们共同的：

一、是一夫一妻制的性道德的拥护；

二、是当前的统治势力的维持。

凡是书中有教训的话，有褒贬的话，有作者意向的话，总不出这两点。❶

对于这样略显空洞的判断，李健吾显然不能同意这样随意地对旧小说的责怪，随即写了《中国旧小说的穷途》一文，认为："中国旧小说充满了过错，甚至于罪恶。问题在于细为指出，不在用一串新名词活埋，新名词只是一阵浮土，隔不了几天，罪恶依旧会散出毒氛。"接下来，李健吾的语气充满同情："我们后人应该谅解前人，特别是这样没没无闻的可怜的中国旧小说家。他们不是式微的子弟，就是潦倒的文士，玩世的墨客，甚至于市井的流氓。他们做梦也没有想到靠一部小说传世，或者升官发财。这出于现实生活的压迫，要求，挤榨，然而这安慰，诏谀，育养他们一灯如豆的骄傲。怎样渺小，这群蚂蚁一样大小的人，和他们蚂蚁一样大小的虚荣！"❷

李健吾这段论述，语气亲切，含着同情而又不失公允。这也让我们看到，把作者的作品当做一件"罪状"（而不去

---

❶ 李长之："论中国旧小说里两个共同的成分"，载《大公报·文艺副刊》第106期，1934年9月29日。

❷ 刘西渭："中国旧小说的穷途"，载《大公报·文艺副刊》第108期，1934年10月6日。

看它诞生的历史环境）去任意褒贬、率意评判是件多么轻松的事情。这让人想起法国历史学家马克·布洛赫的告诫："褒贬路德要比研究路德的思想容易多了。相信教皇格里高利七世对国王享利四世的看法，或赞同亨利四世对格里高利的看法是很容易的，而要揭示西方文明史上这场伟大话剧的内在原因就要难得多。……我们应当提醒那些学者，不要沉述于自己的观点便忘了当时的可能性。"❶

批评者在行文时的语调，固然属于话语体式的一个重要方面，可往深里看，它却和批评者对他所批评对象的了解程度、批评的标准、批评的态度等密切关联，因为理解比判断难。

李健吾的批评文体还表现在他深入浅出的文笔。他常常能用简洁的笔墨把一个看似神圣的事物，或者一个复杂的过程以浅白的笔法娓娓道出。如他这样描述17世纪法国最高的国家文化机构——法兰西学院的成立过程：

> 法兰西学院就是布瓦洛拜尔为黎希留首相拉纤，成立起来的一个国家机构。布瓦洛拜尔这时已经是一个红极一时的大人物，是国王的讲道师，还兼着国家的顾问，其实是一个拍马溜须的小丑。他把他参加一个诗人活动小集团无意中告诉了黎希留。黎希留是一个有心人，他知道这些诗人对他统一事业不无帮助，他们之中有一个夏浦兰，文章和诗写的都不怎么出色，不过为人正直可靠，黎希留送过他一笔津贴。

---

❶ ［法］马克·布洛赫：《历史学家的技艺》，张和声、程郁译，上海社会科学院出版社1992年版，第103页。

为了这笔津贴,他写了一首诗颂扬"枢机主教黎希留",开首用"伟大的黎希留",诗的结尾用"不可比拟的黎希留"("imcomparable Richelieu")。此外,那些胆小怕事的诗人,全在社会上有些声望,不过自由惯了,听说首相要把他们的私下谈诗的聚会改为公开的国家机构,不明白他的意图,有些畏缩不前。经过布瓦洛拜尔几次开导,加上首相的压力,他们也就只好由着上头摆布了,他们聚会的地点原来在孔拉尔(Conrart,1603~1675)的家里,大家就推他做秘书,这就是一六三四年三月十三日正式开张的法兰西学院(Académy Française),第二年一月二十九日得到了国王的承认的诏书。最早只有十一位;中间又接受了二十四位,共总是三十九位。成员限额为四十人,迟到一六三九年凑上一个人,才算补足了。❶

李健吾对这段历史作评论的时候,带着一种叙述的口吻,在略带讥刺、稍稍诙谐的语气里完成他对法兰西学院以及17世纪诗人的评价。阅读这段话,能够感到的是,神圣的学术团体的成立充满了喜剧,甚至荒诞的历史意味。一个国家的顾问原来不过是一名"拍马溜须的小丑",一群诗人的加入不过是金钱的诱惑与政治手段软硬兼施的结果。与板着脸的一本正经相比,读者恐怕更愿意相信李健吾的叙述。

---

❶ 李健吾:"《法兰西十七世纪古典主义文艺理论》前言与各家小议",载《外国文学研究集刊(第4辑)》,中国社会科学出版社1982年版,第13页。

"事以明核为美,不以深隐为奇"❶,与一些学者晦涩的文风相比,李健吾能够把批评语言掌握在"庄谐之间",这与钱锺书先生有不少相似的之处,这里不再展开论述。❷

同时,还应该指出的是,李健吾先生的一些批评专著、文章,以今天的眼光看来,并非完全的符合现代学术"学术规范"。早在20世纪30年代,有学者就《福楼拜评传》的参考书目和注释引文等提出了批评意见❸,但是作为一个现代批评家,他在思维方式、话语表述、行文规范,毕竟有时代和个人的限制,我们无意苛求李健吾什么,只是看他走到了哪一步,吸取他的经验,同时记住他的不足。

(二) 诗化体式

英文Style翻译成汉语,既指"文体",还指"风格","不过我们依然可把文体与风格作一些细微的区别。一方面文体肯定是类化的,有一种理性的规定……有文体但不一定形成独特个性的风格。另一方面风格是个性的签名,不一定

---

❶ 《文心雕龙·议对》,范文澜注本,人民文学出版社1958年版,第438页。

❷ 今日学人赵一凡在行文体式上颇有此风,如他的《从胡塞尔到德里达——西方论文讲稿》(北京三联书店2007年版)一书,分为"后现代史话""现象学逸闻""后结构传奇"三部分。单就题目"史话""逸闻""传奇"就显得非常奇异,读后让人觉得理论原来也可以当小说写,批评也可以略带诙谐。

❸ 如吴达元先生就指出:"附录有四节,比较重要的为参考书目,作者说明这书目是用他自己的收藏做根据,并不是一个对于福氏完满的书目。这一节有一个缺点,就是每部参考书只列作者姓名和书名,而不注明出版社地方和出版日期,或者李先生自己所收藏的版本的日期。这是本书一点美中不足,因为李先生原书里面有很多引证的地方,我们读者有时免不了想找找看他的引证是否确实,或者想跟着李先生的引导追寻下去。那末,注明出版地方和版本日期就很有用处了。"吴达元:"福楼拜评传(书评)",载《清华大学学报》1936年第11卷第4期。

被类化"。❶ 一般说来，在创作中，小说、戏剧、散文、诗歌，都是一种相对稳定的语言类型，属于文体，而在实际的创作中，各个作家又有千百种独特的个性、运用言辞的偏好，这形成风格。如果按照这个思路，现代意义上的学术论文，都应该用文体来区分，其外在特征稳定，可以说是一种"理性的规定"。就文学批评的文体来说，它似乎又是一种介于科学论文与艺术之间的文体。不同的批评家基于对批评本身的不同理解，会选择自己喜欢的话语方式，而今天在我们的大学体制内，学报载文已经摒弃了风格的追求，看到的只是一类稳定的文体——学术论文。中英文摘要、关键词、尽量详尽的注释……文学批评也难免向这类文体靠拢、倾斜，完全归化。在此意义上说，当今的学术论文是"单向度"的、无风格的，或者说是"反风格"的一类文体。

正如科学与理性从来不能解决世间所有问题一样，我们的文学批评在文体上也时时反抗着这种现代学术体制的规训，这种反抗的一个表现就是对于在批评中风格的追求。这种追求的内在动因，是一个批评家不甘心表达的"单一化"（无论是政治性的单一，还是科学性的单一），在思维方式、修辞表达上向创作靠拢、拉近，甚至融为一体。向文学创作靠拢，必然表现为表达的"诗化"、形象化，与创作一样充满激情。下面就李健吾在批评体式上的诗化风格，分别从三个方面考察，第一是他在批评文体上自觉地追求一种有风格的表达；第二是他形象化比喻的运用；第三是他批评中充溢

---

❶ 刘恪："何谓特殊语言中的 Style"，见《中国当代小说语言美学》（打印稿）2009 年，第 5 页。

的一股激情及其在批评中的表现。

1. "天下有没有自我和风格的那一天？"——对风格的自觉追求

前面已经提到，我们今天之所以推崇李健吾的批评，很大程度上是因为他的批评话语的另外一种——"诗化体式"，一种有意而为之的风格理想，一种形式化艺术化的更高的批评境界。

20世纪30年代的一天，批评家刘西渭在当时的《大公报》发文，向着文坛发问："容我问一句话，天下有没有自我和风格的那一天？"❶

李健吾是一位对风格有自觉追求的写作者："从我晓得什么叫做文学创作以来，我把风格看做一种人生的质素，可以因人而异，因书而异，不必篇篇雷同。不是人生之外另有什么风格。风格区别作者的个性，然而也区别作者自己的观察和方法。合起来看，全是我。一篇一篇去看，是不同的我的经验。这种风格的明晰的观念，实际扎根在一个深刻的心理的社会的分析。我不许文章和对话的字句相似，因为文章显然是作者的，对话（自然也是作者的）却是人物的。所以，对于我，字句不是衣服，而是血肉，一丝不容差池。"❷

这表现在他的文学创作如小说、戏剧、散文、诗歌以及翻译上。在他的文学批评文字中，我们一样能够强烈地感受到这样一位有鲜明风格的批评家。那么，什么是风格？李健

---

❶ 刘西渭："自我和风格"，载《大公报·文艺》第328期，1937年4月25日。此文集体讨论"书评是心灵的探险么？"着重号为原文所加。

❷ 李健吾：《使命（跋)》，文化生活出版社1948年版。

吾有一种什么样的风格？它有怎样的影响？对于什么是风格，李健吾曾经有过一个简短的概括："风格就是一个人的一种偏爱，你喜欢什么，不喜欢什么，就是风格。"❶

然而这样的概括似乎过于简单了。如果我们研读李健吾的文章，就会发现，他的所谓的风格，在具体的写作中，是要落实在"一字一句"上，而字句的根基在于丰厚而丰富的人生，无限可能的人性，正如文中所言"字句不是衣服，而是血肉，一丝不容差池"。这是一个自觉的艺术家，正如他曾经把"自觉的艺术家"的称谓送给他的批评对象一样，我们不妨把这个名号送给李健吾自己。李健吾不许自己文章中字句重复，祛除陈词滥调应该是写作的开始。看看李健吾练字的功夫：

……反抗是它们共同的特点。销毁如《沉沦》，铿锵如《死水》，隐遁如《桥》，轻鄙如《飞絮》，感伤如《海滨故人》，未尝不全站在传统的边沿，挣扎而前，希冀对于人性有所贡献。❷

这是李健吾在评论郁达夫的小说《沉沦》、闻一多的诗歌《死水》、废名的《桥》、张资平的《飞絮》和庐隐的《海滨故人》，他分别用"销毁""铿锵""隐遁""轻鄙""感伤"五个不同的词语涵盖各自反抗的风格，可谓字字精

---

❶ 李健吾：《李健吾散文集（序）》，宁夏人民出版社1986年版。
❷ 李健吾："叶紫论"，连载于《大公报·文艺》（香港）1940年4月1~5日。

准,句句落到实处,词与物密合无间,正如刘勰在《文心雕龙》中对几位作家风格的经典论述:"贾生俊发,故文洁而体清;长卿傲诞,故理侈而辞溢;子云沉寂,故志隐而味深;子政简易,故趣昭而事博;孟坚雅懿,故裁密而思靡;平子淹通,故虑周而藻密;仲宣躁锐,故颖出而才果;公干气褊,故言壮而情骇;嗣宗俶傥,故响逸而调远;叔夜俊侠,故兴高而采烈;安仁轻敏,故锋发而韵流;士衡矜重,故情繁而辞隐。"❶ 李健吾在批评中讲求字句的锤炼,可谓字有字法,句有句法,使他的批评文章具有一种古典韵味,在现代批评文本的总体构架中,不时涌动传统诗文评的古典思韵。❷

那么李健吾是不是在他的文章中一味地追求风格?走向为风格而风格呢?不,他没有这样,李健吾非常清醒:

一个作家对于文笔的偏爱会让他失去了平衡。一个读者对于文笔的癖嗜会让他忘记作家的全部的存在。福楼拜钟情文笔,当他清醒的时候,他会忏悔道:"一个人太爱文笔,就有看不见自己写什么的目的的危险!"这是一条美丽的蛇,它会咬人一口的。

我不能说印象主义批评家对于风格是否膜拜。但是,法

---

❶ 刘勰:《文心雕龙·体性》,范文澜注本,人民文学出版社1958年版,第506页。

❷ 王一川先生称这种文本体式为"现代文体——古典遗韵型",并把朱光潜、李长之、李健吾、梁宗岱等人归入这一类型(但他们又是各个不同的),正是抓住了他们在批评体式上的这一共同点。王一川:《中国现代学引论——现代文学的文化维度》,北京大学出版社2009年版,第201~202页。

在艺术化与现实化之间——李健吾的文学批评

朗士曾经有这样一句话留给我们参证:"美丽的感觉引导我前进。"我可以冒昧其辞的是,风格的感觉未尝不是美丽的感觉的一种。如若自我是印象主义批评的指南,如若风格是自我的旗帜,我们就可以说,犹如自我,风格有时帮助批评,有时妨害批评。❶

李健吾爱文笔,讲求风格,同时也对风格保持着一种反省,因为他清楚,偏爱文笔会让作者失去控制,所以他说:"风格有时帮助批评,有时妨害批评。"同时文字表达过于艺术化,就像在诗歌中一样,过于精致就会导致弊病产生,"站在一个艺术的观点,文字越艺术化(越缺乏生命),因之越形空洞,例如中国文字,临到明清,纯则纯矣,却只产生了些纤巧游戏的颓废笔墨。"❷

在这个意义上说,风格既是自由,也是批评的限制。李健吾是一个"清醒的风格论"者,他的这种清醒态度,在他逝世后,卞之琳重读他30年代的上述文字,也感到"意外"。❸

探讨文学批评风格本身的风格问题,有一个基本前提——批评是什么?批评本身必须是独立的,而且和创作一样是一门艺术的时候,才可能谈批评的风格问题。这当然和

---

❶ 刘西渭:"自我和风格",载《大公报·文艺》第328期,1937年4月25日。此文集体讨论"书评是心灵的探险么?"

❷ 刘西渭:"鱼目集",载《大公报·文艺》第126期"星期特刊",1936年4月12日。

❸ 卞之琳:"李健吾的'快马'",见陈丹驰等编:《文人画像——名人笔下的名人》,生活·读书·新知三联书店1996年版,第389页。

批评者自己的认知有关,"如若批评是一种艺术,犹如其他的艺术,犹如诗歌戏剧小说,如若一切艺术是表现自我,我们晓得,对于所有的作家(批评家也在内),一个中心的萦惑便是文笔。作家所重视的不是被表现的东西,往往是怎样来表现"。❶李健吾对风格的认识是他整个批评观一个不可分割的部分,批评是独立的艺术,批评家也是艺术家,批评重在怎样表现。

20世纪三四十年代,德国的本雅明在给朋友的信中表达过自己对批评本身的看法:"如果想在评论领域里建立一种名声,这就意味着你必须把评论重新建设成一种文体。"❷批评成为一种文体的标志就是风格的形成,这和诗歌、小说、散文、戏剧等文学体裁一样,风格是作家成熟的标志。正像歌德所言,风格是"艺术所能企及的最高境界",❸歌德的话对批评也适用。

2. 创造性的比喻

李健吾批评诗化体式的另一个重要体现,就是他在批评中的创造性比喻的运用。一般来说,比喻是直觉思维,形象化地认识事物的一种方式。与理性思维不同,比喻型思维往往可以直接抵达事物的本质,而不需要逻辑推理、归纳演绎。

---

❶ 刘西渭:"自我和风格",载《大公报·文艺》第328期,1937年4月25日。此文集体讨论"书评是心灵的探险么?"。

❷ 转引自[美]汉娜·阿伦特:"《启迪》导言",见刘北成:《本雅明思想肖像(附录)》,上海人民出版社1998年版,第242页。

❸ [德]歌德:《风格论》,王元化译,上海译文出版社1982年版,第3页。

但是文学批评与文学理论修辞中的"比喻",却不像在文学创作中那样具有天然的合法性,尤其在今天的文学批评和文学理论写作中,"比喻"成为一个批评者术语不准确或者概念含糊,甚至说理不清的代名词。有学者就认为应该最大可能地剔除理论话语中的比喻成份,因为"理论是从本质上排斥比喻的。理论以范畴、命题、推理取胜,并不以故事的精采、感情的抒发取胜。理论修辞的第一标准是准确,其次才能谈得上生动、形象、娱目、悦耳。在一切理论修辞的缺陷或错误中,最大的缺陷或错误就是不准确、含糊其词、闪烁其词、王顾左右而言他;其次才是枯燥、晦涩、罗唆、芜杂。在这两者发生矛盾而不可得兼时,我们应有的态度是:宁愿牺牲第二标准而追求第一标准"。❶

我们不妨再引一段完全相反的看法:

批评之需要隐喻,不仅是严峻、规范、刻板的知性解析活动须有一种补偿,使之活泼生动起来(人们常常只注意到这一点而忘却了更加重要的),不仅是隐喻所带来的语言快感和美感能消除批评推进过程中的烦闷、枯燥的气氛,而且主要的还在于它能在理性的利刃未及深入和无法深入之处发挥自身的作用,迂回地抵达批评对象的底里。这是因为;隐喻的功能中含有弹性和张力,它使得隐喻所表达的涵义不只是集中在一个点上,不只有单一的解释,它引导人们进入一个面,一个空间,使读者在这个范围中可依据个人的气质禀

---

❶ 季广茂:"比喻:理论语体的诗化倾向——一个批判性描述",载《文艺评论》1996年第2期。

性、人生体验等等方面作为理解的基础而有接受的选择、有再阐释的选择。因此，隐喻批评比严肃的理性批评往往在拥有更多的读者的同时，似乎也给各种不同类型的读者开辟了通往彼岸的不同的道路。❶

我们同意谁的看法？比喻在批评中真的就必须被完全剔除吗？比（隐）喻与批评（理论）是否真的就水火不容？笔者的看法是：未必。因为越是纯粹的理论，越是需要思辨的理性，而文学批评却不就是完全的理论思辨，它更多依托于文学艺术作品。同时，还要仔细观察一个批评者在批评文字中的比喻是否达到了阐释作品的目的，是否传达了作品的审美魅力。

那么李健吾对比喻有怎样的看法？在李健吾看来，比喻是帮助实现美丽风格的一个重要途径——

多少人想到风格，然而很少人体味美丽。比喻是决定美丽的一个有力的成分。因为美丽要天衣无缝，而比喻最难创造，又得不太勉强。自来我们用的多半是前人的收获（典故），然而可怜的是，前人的收获，又有几个后人独出心裁

---

❶ 蒋原伦、潘凯雄：《历史描述与逻辑演绎——文学批评文体论》，云南人民出版社1999年版，第56页。反思理论与理性思维的关系的还有不少学者，"对于文艺批评来说，向人们展示审美对象的艺术魅力是一项理所当然的工作。然而，批评家常常面临这样的窘境：面对一部艺术作品，尽管他意绪奔涌，赞叹不已，一旦诉诸文字，却无法把它神奇的魅力呈现出来。这时，他沮丧地发现，在艺术这个活泼的精灵面前，语言概念、逻辑的分析都不免黯然失色。艺术是不需要说明的"。李兆忠："批评：作为形式"，见《我的批评观》，漓江出版社1987年版，第194页。

享受的!古尔蒙把比喻看作神话的来源,因为每一个美丽的比喻,本身就是一篇故事。叔本华更把比喻看作天才的征记。没有人比莎士比亚用比喻用得更多的。到了他嘴里,比喻不复成为比喻,顺流而下,和自然和生命相为表里而已。比喻不能挤榨。但是细致,只要是一个勤奋有为的学徒,却不难攫为己有。这要心灵绵密,观察丝丝入扣。❶

李健吾不仅注意到了比喻与风格之间的关系,还指出了如何创造性地运用比喻。创造比喻是才分的表现,却不是高不可及的,比喻需要心灵的绵密、观察的细致。李健吾这段话是在讨论文学作品中的比喻的意义,而他自己就是一个创造性使用比喻的批评家。在他的批评中,新鲜、准确的比喻到处可见,这使他的批评文章充满了诗化的意味。以他对左翼作家叶紫的批评为例,通过比较他同时代的批评家对叶紫的批评,或许更加清楚地看到这点。

如鲁迅在为叶紫的小说集《丰收》作序时写道:

这里的六个短篇,都是太平世界的奇闻,而现在却是极平常的事情。因为极平常,所以和我们更密切,更有大关系。作者还是一个年青人,但他的经历,却抵得住太平天下的顺民的一世纪的经历,在辗转的生活中,要他"为艺术而艺术",是办不到的。但我们有人懂得这样的艺术,一点用

---

❶ 刘西渭:"读《篱下集》",载《文季月刊》第 1 卷第 1 期,1936 年 6 月 1 日。

不着谁来发愁。❶

　　序言的结尾处,鲁迅更是呼喊:"文学是战斗的!"鲁迅以他一贯老辣的文笔,突出了叶紫作品的现实战斗意义。
　　再看,茅盾的评论:

　　"丰灾"是近来文坛上屡见的题材,但是我们要在这里郑重推荐《丰收》,因为此篇的描写点最为广阔;在二万数千言中,它展开了农事的全场面,老农的落后意识和青年农民的前进意识。"谷贱伤农"以及地主的剥削,苛捐杂税的压迫。这是一篇精心结构的佳作。❷

　　茅盾仅仅复述了一遍《丰收》的内容,谈到题材的选择,又说是"一篇精心结构的佳作",但并没有进一步细致分析。在表述方式上,这段评论属于较常见的复述内容加简单结论一类,从这段话几乎看不出叶紫的作品好在哪里。
　　最后看李健吾的《叶紫论》:

　　叶紫的小说始终仿佛一棵烧焦了的幼树,没有《生死场》行文的情致,没有《一千八百担》语言的生动,不见任何丰盈的姿态,然而挺立在大野,露出棱棱的骨干,那给人

---

　　❶ 鲁迅:"《丰收》序",载《丰收》初版本卷首。此文后收在叶雪芬主编的《叶紫研究资料》,湖南人民出版社1985年版,第154页。
　　❷ 茅盾:"几种纯文艺的刊物",载《文学》第1卷第3号,1933年9月1日。后此文收在叶雪芬主编的《叶紫研究资料》,湖南人民出版社1985年版,第163页。

苗壮的感觉，那不幸而遭电的暮春的幼树。它有所象征。这里什么也不见，只见苦难，和苦难之余的向上的意志。我们不妨借用悲壮两个字形容。他不悲观，虽说他应当清楚自己寿命不长。给他的作品寻找一个比喻，那最确切的，最象征的，怕还就是他的身体。即使神圣的抗战不会发生，随便在什么时日，什么地点，脉息会有全部停止的可能的身体。他的情形是触望的，然而远瞩未来，他的灵魂自身便是希望。他必须写。他必须撒布光明的种子。他把这叫做债。❶ 我们说这是力，赤裸裸的力，一种坚韧的生之力。❷

把叶紫比做一棵野地里"烧焦了的幼树"，这样的意象，能让读者直接了解叶紫其人——一位年青却历尽苦难、英年早逝的作家。苦难夺走了他年轻的生命，也成就了他不屈的意志、作品的苗壮和生命的力量。通过比较，在批评文字的表现力上，李健吾因为准确而有力的比喻，使阅读者即使不看叶紫的作品，也能够通过李健吾的批评领略其思想内容和艺术的力量。

李健吾的批评文体，之所以被朱光潜赞为"瑰丽"，因为他还有另外一种看来十分华美的比喻。如在论何其芳的作

---

❶ 此处可参阅满红先生的《悼丰收的作者——叶紫》，载《长风》第1卷第2期。叶紫曾经对他讲："我现在的生活，全然不能由我支配。我精神上的债务太重了。我亲历了不知多少斗争的场面……凡是参加这些搏斗中的人，都时刻在向我提出无声的倾诉，'勒逼'我为他们写下些什么，然而，我这支拙笔啊！我能为他们写下些什么呢？……"——李健吾文中原注。

❷ 李健吾："叶紫论"，连载于《大公报·文艺》（香港）1940年4月1～5日。此篇亦被收入叶雪芬主编《叶紫研究资料》，湖南人民出版社1985年版，第180～194页。

品时——"他要一切听命,而自己不为所用。他不是那类寒士,得到一个情境,一个比喻,一个意象,便如众星捧月,视同瑰宝。他把若干情境揉在一起,仿佛万盏明灯,交相映辉;又像河曲,群流汇注,荡漾回环;又像西岳华山,峰峦叠起,但见神主,不觉险巇。他用一切来装潢,然而一紫一金,无不带有他情感的图记。这恰似一块浮雕,光影匀停,凹凸得宜,由他的智慧安排成功一种特殊的境界。"❶

这段批评,各种比喻交汇一起,犹如一曲辉煌的交响乐。这样的文字本身就是美丽的,也最能体现李健吾的批评风格。

然而物极必反,正如风格是一种冒险一样❷,比喻是风格的一个重要因素。因为在批评文章使用比喻,也曾经给李健吾带来一场关于"滥用名词"的笔墨官司。起因是下面的一个比喻:"不晓得别人有否同感,每次我读何其芳先生那篇美丽的《岩》,好像谛听一段生风尼,终于零乱散碎,戛

---

❶ 刘西渭:"读《画梦录》",载《文季月刊》第 1 卷第 4 期,1936 年 9 月 1 日。

❷ 风格对李健吾来说不仅仅是在创作和批评上,也在翻译上,他主张翻译是一门艺术,翻译要再现原作的风格与神韵。但是追求风格在 1949 年后几乎成为"为艺术而艺术"的罪名的变种。1956 年 7 月 17 日,李健吾给在上海的巴金写信,这样写道:"你说的对,我应当取消我的个人风格,特别是在译文上。""李健吾致巴金(之三)",见《中国现代文学馆馆藏珍品大系·信函卷(第一辑)》,文化艺术出版社 2009 年版,第 149 页。从这段话中,不难看出,无论创作、批评还是翻译,在当时的历史社会语境中,一个文艺工作者追求风格成为相当冒险的事情。我们虽然没有看到巴金致函或者巴、李之间具体谈话的情形,但可以肯定的是,李健吾显然接受了来自好友巴金的劝告——不再公开谈论风格问题,包括翻译的风格。这种情形一直持续到 20 世纪 80 年代后。

然而止。"❶

所谓"生风尼"即英文 symphony（交响乐）的音译。更直接的导火线是梁宗岱不满学生的作文中"室内什么声音都没有，只剩下我们四人底呼吸织成了一曲交响乐"，梁宗岱于是火起："四人底呼息怎么能织成一曲交响乐？这种名词自有它特殊的含义，最忌滥用。"❷ 按常理说，学生在习作中用一个比喻，恰当或者不恰当都情有可原，但梁宗岱想进一步看看当时的名作家"有多少篇不充满了这种毛病的"，于是他顺手就把手边朱光潜的《文艺心理学》和李健吾的《咀华集》作为批评的靶子。这场笔战引得李健吾和梁宗岱之间几个回合交战，后又节外生枝地牵扯进朱光潜、沈从文、巴金等人。❸

这里无意叙述这个事件的过程，而是想指出，尽管梁宗岱的文章有偏激之处，但他还是有些道理的。如他文中说："古典主义，浪漫主义一类名词底含义是再繁复和活动不过的；我们用起来就得格外审慎，就是说，先要给它们写一个清楚的界说，或至少间接提示它们在我们心目中的含义。"❹ 应该说这话是一个文学批评者应有的态度。如果就这点看，李健吾无论是在他的《咀华集》，还是后来的《咀华二集》，

---

❶ 刘西渭："读《画梦录》"，载《文季月刊》第 1 卷第 4 期，1936 年 9 月 1 日。此文收入《咀华集》，题为"画梦录"。

❷ 梁宗岱："从滥用名词说起"，载《宇宙风》第 36 期，1937 年 3 月 1 日。

❸ 具体的论战过程不妨参看韩石山《一场"滥官司"》，见《李健吾传》，山西人民出版社 2006 年版，第 157~165 页。

❹ 梁宗岱："从滥用名词说起"，载《宇宙风》第 36 期，1937 年 3 月 1 日。

在文学术语、概念界定上都有所缺憾。但是——反过来,也正是因为没有过多的概念和概念的界定,才成就了两本《咀华集》的风格。难道李健吾就这么糊涂?显然不是,只要看看他的更加专业、理论性强的批评文章,如《〈法兰西十七世纪古典主义文艺理论〉前言与各家小议》等论文,对关键概念的界定是非常清楚的。

理论文章中过多地使用比喻,难免会削弱理性的力量,但是文学批评却难以避免比喻的运用,就像批评别人的梁宗岱自己也难以避免一样。❶ 关键在于是否合适的问题,比喻运用的适当与否,在于写作者、批评者自己的拿捏与把握,也在于读者阅读中给出自己的判断。唯说在批评中"拒绝比喻"是不合适的。

3. 激情与李健吾的批评

"导论"中已经提到,目前的研究者对李健吾的批评风格,也已经有了不少探讨,一般倾向于认为李健吾的批评风格是一种随笔化的风格。如温儒敏在《中国现代文学批评史

---

❶ 其实,只要打开梁宗岱的批评集《诗与真》《诗与真二集》,就会发现,诗人批评家梁宗岱的文章中无处不在的是各种比喻,试看一段:"可是无论如何,《九章》大体说来,只是一种尝试,一种试笔,像交响乐未开奏以前,各乐手在试笛子,试萧,试弦,充满了期待和预感,但同时也充满了嘈杂和犹豫一样。"见《诗与真二集》,收入《梁宗岱文集(卷Ⅱ)》,中央编译出版社、香港天汉图书公司2003年版,第231页。这段中也是用"交响乐"比喻屈原的《九章》,可见梁宗岱批评李健吾等人的文章,只不过是他一时兴起所作。实际上,真正抓住梁宗岱批评问题所作的是梁实秋,他在1936年发表的《诗与真》(书评)(载《自由评论》第25~26期合刊,1936年5月30日)认为梁宗岱"文章写得的很美,形容词特别多,譬喻特别多……我觉得他的理论不充实,若把他的华美的衣裳(即修辞的卖弄)脱下去之后,其理论的贫乏是很显然的"。梁实秋的批评点到了梁宗岱的要害。

教程》中认为李健吾的批评文体是"随笔性的批评文体";❶另外,像李俊国、周海波、董希文等人也持基本相同的观点;❷郭宏安则把李健吾的批评风格界定为"自由批评"。❸这样的评价总让人觉得是一种似是而非的感觉。用随笔体,或者"自由批评",都无法涵盖李健吾批评风格的全部,我们还要考察李健吾批评文体中更深层的东西。

如果纵观李健吾一生的文字生涯,就会发现,他的文章风格,早露锋芒,甚至在中学时代,就能看到他那跳荡回转、激情四溢的文采。如他写的《爝火》发刊词,今天读起来依然感觉到一群文学少年的剧烈心跳(这里不再引述,参见本书的附录三"李健吾与'曦社'及《爝火》")。目前看到的最早对李健吾作品风格作出批评的是滕沁华,他把李健吾与塞先艾的文字作了比较:"先艾的作品的好处,是文笔清丽,健吾的好处是体裁奇特。"❹李健吾文体的"奇特"不仅表现在他的小说里面,也是他批评文体的一个鲜明特征。

韩石山曾说李健吾的文笔,尤其是论说性的文字,"通

---

❶ 温儒敏:《中国现代文学批评史教程》,北京大学出版社1993年版,第141页。温儒敏另有文章《批评作为渡河之筏捕鱼之筌——论李健吾的随笔性批评文体》,载《天津社会科学》1994年第4期。

❷ 李俊国:"新鲜·犀利·灵动——谈李健吾的文学批评个性",载《湖北大学学报(哲学社会科学版)》1995年第2期;周海波:"论李健吾的随笔体批评",载《重庆三峡学院学报》1997年第4期;董希义:"李健吾文学批评文体探析",载《东方论坛》2003年第6期。

❸ 郭宏安:"走向自由的批评(代后记)",见《李健吾批评文集》,珠海出版社1998年版,第315~327页。

❹ 滕沁华:"三卷新的创作",载《文学周报》第7卷23期,1928年12月6日。

脱跳踉，意绪飞扬……笔尖还没落纸，身子就先扑了上去"。❶ 可以说，韩石山是抓住了李健吾批评文体的一个主要特色——笔带激情。笔者认为，激情与李健吾的批评文章有密切的关系，激情在推动着他的文字跳荡、迂回，同时也造成了他文章的结体"奇特"、不落俗套，另外，用字讲究，注重修辞，这样就把风格落实到了字句上。从字句出发一直是李健吾创作论的重要思想，这无论是在他的诗歌批评，还是自己的写作过程中都有所体现。

李健吾的批评文笔，包括他的杂文，无不充溢着一股情感，这种情感不是别的，而是"激情"或者说热情，相当于英文的 passion，指创作中的一种强烈的情感样态，迅速、激烈。李健吾自己就曾经撰文，讨论过激情与巴尔扎克的创作的关系。❷ 这篇文章中，李健吾认为，激情是一种重要的创作方法，能给小说带来"戏剧效果"。1939 年他也谈到激情（热情），他曾说"没有人拦得住我的热血和热情沸腾"，同时又补充"我也不因它们的沸腾，不为它们追寻一个坚固的形体"。❸ 激情在李健吾的批评文字中，同样造成了一种戏剧性效果。

（1）迂回曲折的笔法。李健吾在写作批评文章时，开头往往不是直接进入作品，似乎有意在"绕圈子"，迂回后才

---

❶ 韩石山：《浪迹文坛又一年》，山西文学月刊社 2003 年印，无刊号。此材料为"韩石山文学写作函授班教材之三"。

❷ 李健吾："激情与巴尔扎克的创作方法"，载《浙江学刊》1980 年第 1 期。

❸ 李健吾：《使命（跋）》，文化生活出版社 1948 年版。此文写于 1939 年 6 月 25 日。

谈到批评对象。如评论巴金的《爱情三部曲》开头，近两千字的内容都是关于批评和批评家本身的议论，让人看不出他想谈什么。同样，在评论沈从文的《边城》、何其芳的《画廊集》、萧乾的《篱下集》时也是这样。难怪当年《咀华集》出版后，"左翼"阵营的欧阳文辅指责李健吾的文笔说："只顾到雕琢文章的美丽，很多地方却有意转弯抹角，不肯把要说的话爽快的说出来"，并且"每篇文章差不多都有龙头蛇尾的毛病，开始铺张的极宽广，而结尾往往极无生气，这个就行为方面说来也是不统一的"。❶ 文章的作法，天下没有一个通用的公式，欧阳文辅说得有道理，但这反而是李健吾风格的一个表现。天下人不能按照一种写文章的路子去写，文章风格不同源自各自的性情、社会生活、人生经验的差异，正所谓"风格即人""文如其人"。

李健吾迂回曲折的笔调的戏剧性，不仅表现在他运笔行文的开始，也表现在文章的收尾，李健吾称之为"抖包袱"：

> 写文章……更要注意自然、平易、亲切、深入浅出，撒得开，收得拢，象说书讲故事一样，让人读起来没有吃力的感觉。说到说书，我想到了"抖包袱"，"抖包袱"的本领就在于能把意想不到的东西抖出来。我们写文章也是如此，我把这叫做奇峰突起。

法国十七世纪的散文作家拉·布吕耶尔（La Bruyèrc）的《性格论》无所不谈，谈人、谈事、谈物、谈社会………娓

---

❶ 欧阳文辅："略评刘西渭先生的《咀华集》——印象主义的文艺批评"，载《光明》第 2 卷第 11 期，1937 年 5 月 10 日。

娓叙来，最后笔锋忽然一转，你才明白，他的真意另有所指。这之间，仅用一句话就把内藏的包袱突然抖了出来，又自然，又精炼，又奇峰突起，把它们辩证地统一起来了。正好和由小见大一样，于平凡中见真本领，这就是艺术。❶

李健吾这段话，可以说道出了他写文章的秘密，开头要"撒得开"，结束要"收得拢"，"包袱"抖出来之后，造成文章的"奇峰突起"的效果。但是会"抖包袱"的不仅仅是中国的说书艺术，李健吾同样从法国散文家蒙田、拉·布吕耶尔等人受到了启示。这样的曲折而奇峰突起的文字，在1934年李健吾第一次以刘西渭的笔名，在《大公报》发表批评文章《伍译名家小说选》中有充分的体现，这篇文章韩石山在《李健吾传》中有精彩的分析，这里不再赘述。❷ 这样的文章，让读者的心情也随着作者的激情起伏，读起来有一种类似读小说情节的快感。卞之琳称李健吾的这种风格为李健吾的"快马"，迅速而有力，在批评他对象的时候不是速度不够，而是追上他的批评对象，并超越了它们，卞之琳戏称为"马踏飞燕"。❸

李健吾这种跌宕起伏、曲折有致的文笔，还有另外一个来源，那就是中国古典文学的优良传统。李健吾有一篇文

---

❶ 李健吾：《李健吾散文集（序）》，宁夏人民出版社1986年版。
❷ 刘西渭："伍译名家小说选"，载《大公报·文艺副刊》第97期，1934年8月29日。其分析见韩石山：《李健吾传》，山西人民出版社2006年版，第105~109页。
❸ 卞之琳："李健吾的'快马'"，见陈引驰等编：《文人画像——名人笔下的名人》，生活·读书·新知三联书店1996年版。

章，分析韩愈散文《画记》。在这篇文章中，李健吾说他小时候就爱韩愈的这篇《画记》，认为韩愈的文章都是作文的楷模："不仅《画记》，韩愈所有的文章，从散文的立场来看，最是富有散文的节奏。他的行文不平板，他所追求的永远属于一种跌宕起伏的气势。……他会在单调的陈述之中，忽然呈现出一种意外的奇突。"韩愈的文章为什么会有这样的节奏？李健吾认为韩愈把失去了生命力的过去的语言，"把他的生命灌输进去，他用他的热情复活了它"。韩愈真正回到的是"那被热情激荡的生命节奏"，"热情做成他的力量，节奏做成美丽"。❶

这是李健吾文笔运用自如的表现，他在挥洒才情的时候，还带着一种悠游嬉戏的余暇。在整个中国现代文学批评史上，李健吾是独一无二的。试看李健吾评论古希腊喜剧作家阿里斯托芬：

他承继民间喜剧传统，迅速反映时代，而又创造奇妙境界。没有语言可以点定他的喜剧特征。他的笔触忽而天，忽而地；忽而人神，忽而鸟兽；忽而隐喻，忽而明斥；忽而精致，忽而粗犷；忽而严肃，忽而轻松；东来一块，西来一块，好像是百衲衣，然而天衣无缝；风格千变万化，然而诗人的灵魂无所不在。情节虚拟，遇合离奇，然而行动细节真实，人物性格真实，语言闪烁跳荡，句句全有所指。现实和幻想在这里凝成完美的谐和的想像活动。走进他的喜剧世界，后人觉得目迷五色，好像到了一个从未来过的新园地，

---

❶ 李健吾："韩昌黎的《画记》"，载《学生月刊》1940 年 3 月 15 日。

很难想到欧洲喜剧的花木是从这里滋生出来的。❶

　　激情让李健吾的文章"气势"充沛、节奏迅速而流畅，这段文字的阅读效果，恰似苏东坡《文说》中所道："吾文如万斛泉源，不择地皆可出。在平地，滔滔汩汩，虽一日千里无难。及其与山石曲折，随物赋形，而不可知也。所可知者，常行于所当行，常止于不可不止，如是而已矣！"所谓"随物赋形"，是阿里斯托芬的风格，也是李健吾的表现风格。批评者在表现形式上与他的对象高度一致。古今散文可以沟通，如在行文迅速方面，李健吾与苏东坡作文时的"一日千里"完全相通，只不过一个用的是白话，一个用的是文言。

　　（2）李健吾批评的激情，还表现在他对批评者角色的"苦心经营"。批评家刘西渭和作家、学者李健吾似乎是两个人。李健吾1934年第一次使用"刘西渭"的笔名，之后很长时间里，文坛都不知道谁是"刘西渭"（甚至连郑振铎很长时间都不知道）。李健吾和刘西渭角色不同，各有分工，犹如作者精心设计的一出批评大戏。然而作者又让李健吾与刘西渭以各种形式来进行对话，从中可以看出两种角色之间的张力，如《刘西渭先生的苦恼》，作者署名"李健吾"，开篇就说："刘西渭先生是个怪人。很久我就和他相识，然而惭愧之至，我竟不知他有日会在刊物上发表文章。据说他写的全是书评，好象一个人活着无事可为，专门推敲同代的

---

❶ 李健吾："阿里斯托芬——热爱祖国的伟大戏剧家"，载《人民日报》1954年11月15日。

活人。"❶ 文章中的"我",以刘西渭的故友身份,倾听朋友诉说批评时所遇到的苦恼,看看他们之间的对话:

就是这样一天的黄昏,听完我细细讲解我创作的计划,他呷了口啤酒,放下玻璃盏,跑在屋心徘徊着。我瞪起两目看他,觉得他反常,似乎不妙了起来。他唧哝着,最后站住向我吃吃道:

——我看够了你。你的世界小得可怜。你老说着无聊的话。

我恼羞成怒了。越是交情深,越是不客气:

——怎么无聊,你说?

他望望窗外,迟疑一下道:

——天夜了!

我拦住他的去路。

——不成!你今天得说个清白。那怕绝交也干。

他斯斯文文答我道:

——一句话,我听厌了。我得改换生活样式。

我的胳膊往下一垂,他那瘦高的个子就和黄鼠狼一样溜掉了。从此我再没有看见他。他用这一年写了些书评,有人夸了他句文章"瑰丽"。有次宴会,我的下手向我打听刘西渭先生的底细。我说我虽是他的朋友——我的下手立即截断道:

——什么?你跟刘西渭先生熟识?好极了!我正有两本

---

❶ 李健吾:"刘西渭先生的苦恼",载《大公报·文艺》第214期"书评特刊",1936年9月13日。

书送他,不幸不清楚他的住址,不怕麻烦你……

这是戏剧的对白形式写成的批评文字。激情在戏剧里面就其本质来说,表现为矛盾或冲突,往往是欲望的升腾、回落,有巨大的建设或破坏的力量。批评家刘西渭的批评激情和"我",他熟悉的朋友之间起了冲突,因为批评家刘西渭"越是交情深,越是不客气",得不到老朋友的谅解,自然苦闷。刘西渭本是一个不爱说话、沉默寡言的人,然而他有批评的激情,要尽"一个读书人良心上的责任",博得了些许声名。他的书评被人夸为"瑰丽",经常在"报屁股"上露面,然而内心倾向于沉默。批评家刘西渭内心批评的冲动和沉默的性格,成为一种冲突;批评的欲望,遭遇了来自外界的不理解,又成为一种矛盾。

《咀华二集》的初版本,署名是"李健吾",这和《咀华集》及再版本的《咀华二集》均署名"刘西渭"不同。对此,作者又是如何解释呢?

刘西渭先生放了一把火,自己却一溜烟走掉。平时洁身自爱,守口如瓶。他轻易不睬理别人的雌黄,如今惹下乱子,一切由人担当。我向他道喜,从此债去一身轻,可以逍遥于围剿以外。我为自己悲哀。但是,他逃不脱干系,我要借用他的书名,直到没有人分出他和我的存在。我和他是两个人,犹如书是两本,士别三日,便当刮目相看,然而,多用些心,读者会发现他们只有一条性命。❶

---

❶ 李健吾:《咀华二集(跋)》,文化生活出版社1942年版,第292页。

李健吾就是以这样戏剧化的方式表达了批评的艰难和欣喜。批评家刘西渭总不愉快，似乎总想逃遁，然而李健吾却在这里以真名出现，像是替刘西渭收拾残局，然而这多少有为《咀华集》辩护的意味，回应欧阳文辅的无理指责。

　　李健吾在批评中曾不止一次引用法郎士的那段关于批评的话："犹如哲学和历史，批评是明敏和好奇的才智之士使用的一种小说，而所有的小说往正确看，是一部自传。好批评家是这样一个人：叙述他的灵魂在杰作之间的奇遇。"❶ 批评竟能是"小说"，且是批评者的"自传"，他的批评过程记录了他的灵魂奇遇的过程。李健吾与刘西渭之间，如《刘西渭先生的苦恼》一文，没有离奇曲折的情节，借助激情的对话，层层铺开，刘西渭作为一个批评家，活起来了。这样的批评形式本身是戏剧，是小说，是散文，然而也是批评，我们体味到了作者批评中的激情与一种激情的批评。

---

　　❶ 法郎士的这段话出自他的《神游》一篇。当时，亦有学者这样翻译："所谓文学批评，依我的见解，应如历史乃是一种'小说'，是为那种细致而好奇的心设计的。而凡小说苟不把它的观念弄错，那末就都是无非是一种'自传'。所以好的批评家，便是那种纪述自己的神魂在杰作中游涉时所经历的作家。"法郎士："神游"，载 [美] 琉威松（Ludwing Lewisohn）编：《近世文学批评》，傅东华译，上海商务印书馆1928年版，第5页。两相比较，李健吾的翻译似更显简洁。

三、哪一种随笔？

以上就李健吾的批评体式，从整体上作了一个考察。我们能够看到，当时给他带来赞誉的，是以两部《咀华集》为代表的批评文章；给他带来恶评的，也是《咀华集》；直到今天，后人引以为榜样的还是《咀华集》。导论中的综述部分，已经提到，今天的不少学者认为他的批评文体是"随笔体"，在肯定的时候，又往往指责李健吾的这种随笔体"散漫化""简单化"倾向❶，或言其"松散""枝蔓""不重逻辑分析"，等等。但是，很少人去深究李健吾的"随笔体"是怎样的一种随笔体，其渊源如何，其特点如何，这个问题已到必须加以明晰的地步了。

（一）随笔体在西方

要深入理解李健吾的批评文体，我们还不能满足于他的诗化体式的概括性分析，有必要弄清楚的是，所说的"随笔"什么意思？是中国的小品文？还是西方意义上的 essay？抑或其他？因为所谓"随笔"，决不是"随意而为"，甚或"散漫松散"的。问题就出在一个"随"字上，随笔成了

---

❶ 如周海波在《中国现代文学批评史论》中认为李健吾批评文体是"散漫化"的，"缺少那种必要的逻辑力量，或者说批评者在随笔体批评的感受中，很少使用逻辑思维"。又说："李健吾的随笔批评还带来了批评文体的'简单化'倾向。"周海波：《中国现代文学批评史论》，上海人民出版社 2002 年版，第 276～277 页。

"肤浅""随意性"的代名词，但这不是现代随笔的真正意义，也不符合李健吾批评文体的事实特征。

西方意义上的随笔，法文为 un essai，英文为 essay，无论法文还是英文，原本都含有实验、试验、尝试、试图、分析，转义为短论、评论、小品、漫笔等。在1588年蒙田的《随笔集》三卷出版之后，1603年，约翰·弗洛里奥将其译为英文版，在英国出版，题目也用了蒙田的原文，"'随笔'一词于是走出了法国，在英国开了花，结了果，延续下去，当然在法国它还继续着它自己的行程"。❶可以看出，在西方，随笔的发展也有一个历史过程，而且在开始的时候，随笔和随笔作者的"名声"并不是太好：

随笔作者，或随笔家，是英国人的发明，出在17世纪初。这个词刚出一出现的时候，是有某种贬义的，与莎士比亚同时的本·琼森（1572？～1637）说过"不过是随笔家罢了，几句支离破碎的词句而已！"戈蒂耶（1811～1872）说随笔乃是"肤浅之作"，蒙田也曾自嘲"只掐掉花朵"，言下之意是不及其根。但是，对蒙田的话，切不可作表面的理解，因为他说的话往往是很微妙的，充满了玄机。……19世纪初年，大学教育发展到了一个新的时代，实证主义使文学研究特别是文类研究达到了一个新的高度，对各种文类的标准和特征进行了完善的规定，像随笔这样不受任何限制的文体自然难逃厄运，它为博学者所不齿，或至少不入某些人

---

❶ 郭宏安："让·斯塔罗宾斯基论'随笔'"，见《从阅读到批评——"日内瓦学派"的批评方法论初探》，商务印书馆2007年版，第287～288页。

的眼，它被打入冷宫，连同文体上的光彩和思想的大胆，都同洗澡水一起被泼出去了。❶

　　这说明，随笔的在西方早期，也是因为它的"随意"而受到贬低。率意而为、肤浅之作，成了它最初给世人的印象，但是，它是成长的一种文体，继法国蒙田《随笔集》之后，英国的培根有开风气之功。像他的不少名篇《论真理》《论善》《论美》《论求知》《论嫉妒》《论死亡》《论友谊》《论健康》《论家庭》等，广泛涉及政治、经济、文化、情感、艺术、教育、伦理道德、哲学等，其随笔不仅语言简练，文笔紧凑，而且论理犀利，可以说是人类智慧火花的集萃。正如研究者指出的那样，"英国本文随笔，由于培根的示范，始在英国根植，后来写随笔的名家辈出，因为随笔成为英国文学中有特色的体裁之一，对此培根有开创之功"。❷

---

❶ 郭宏安："让·斯塔罗宾斯基论'随笔'"，见《从阅读到批评——"日内瓦学派"的批评方法论初探》，商务印书馆2007年版，第289~290页。
❷ 王佐良撰写：《中国大百科全书·外国文学卷（第2卷）》，中国大百科全书出版社1982年版，第785页。李健吾最为钦佩的批评家"之一"、法国的圣伯夫（圣佩甫）也在一篇重要的文章的开头，专门谈到批评的表达，圣伯夫认为，法国的批评应该用《Essais》这种文体："一道难题，依照岁月和季节，可以有种种不同的解答。今天有人拿它对我提出，我想试试解决解决看，假如不成功，检查检查，那怕是强制他们自己来回答，那怕是帮他们了解他们的见解和我的见解，假如我能够的话，这类不和私人有涉的主旨，谈物而不谈人，我们的邻居英国人发挥成为一类，谦虚地题做'试论'Essais，为什么我们就不也在批评范围时时加以论列？这类主旨常常有一点是抽象的和道德的，所以应当平心静气地谈论，集中自己和别人的注意，攫取那短暂的静默，节制和闲暇，我们可爱的法国难得有这些东西，甚至于就在有意学乖，不闹革命的时候它的辉煌的天才也没有耐心忍受。"［法］圣佩甫（圣驳夫）作"什么是一位经典作家"，刘西渭译，载《文迅》第9卷第3期，1948年9月15日。

培根的开创之功表现在他对这一文体在"论"的方面的推进，使随笔完全甩掉了"小摆设"意义上的肤浅之名，成为一种可以无所不谈的"论理"的文体。此后，"Essay（essai）on…"逐渐成了哲学家、社会学家以及文学批评家们的常用词语搭配，如 Essay on the Human Understanding（《论人类的理解力》）、An Essay on Man（《人论》）、Essay on Liberty（《论自由》）……法国狄德罗有大量的美学和艺术的"essai"，如《论美》《绘画论》《沙龙随笔》等。

西方的"essay"传统不绝如缕，一直延续至今，只是在实证主义和学术高度体制化的今天，随笔（essay）依然得让位于论文（paper）。其实随笔的命运本不该如此，随笔应该有更加广阔的表现天地。日内瓦学派的代表之一让·斯塔罗宾斯基说："从一种选择其对象、创造其语言和方法的自由出发，随笔最好是善于把科学和诗结合起来。它应该同时是对他者语言的理解和它自己的语言的创造，是对传达的意义的倾听和存在于现实深处的意外联系的建立。随笔阅读世界，也让世界阅读自己，它要求同时进行大胆的阐释和冒险。它越是意识到话语的影响力，就越有影响……它因此而有着诸多不可能的苛求，几乎不能完全满足。还是让我们把这些苛求提出来吧，让我们在精神上有一个指导的命令：随笔应该不断注意作品和事件对我们的问题所给予的准确回答。它不论何时都不应该背弃对语言的明晰和美的忠诚。……随笔应该放开缆绳，试着自己成为一件作品，获得

自己的、谦虚的权威。"❶

　　自由精神、科学和诗的结合、个人与世界的结合、风格的明晰与美的表达，这就是理想中的随笔，最重要的是要成为一件"作品"，一件艺术品。"明晰和美"是对随笔的艺术性和科学性的定义。这样一个关于随笔的定义，蕴含着对写作者的要求，他要求一个批评者应该是作家、艺术家、诗人的气质和理性，渊博的知识在他身上融为一体，不是彼此分离，而是互相兼容。斯塔罗宾斯基曾说他喜欢的随笔："我喜欢清澈的东西，我追求简单。批评应该能够做到既严谨又不枯燥，既能满足科学的苛求又无害于清晰。因此，我冒昧地确定我的任务：给予文学随笔、批评、甚至历史一种独立的创造所具有的音乐性和圆满性。"❷ 这样的要求，意味着学院派教授要对狭隘的"专业"限制有所突破，意味着作家也需博学。

（二）随笔体在中国

　　与西方不同的，中国的文体类型里面，并没有独立意义上的"随笔"，虽然有洪迈的《容斋随笔》，但是真正具备独立文体特征的是 20 世纪新文化运动以来的事情。中国文坛对西方"随笔"的接受过程，以及中国古代随笔"小品文"的发展等，郭宏安先生曾有过比较详尽的考察，他认为："对于外国随笔，我们看重其个性、幽默与文采，固然无可非议，但对其说理的成分大不以为然，则是造成我们的

---

❶ "斯塔罗宾斯基与让·鲁塞的对谈"，原载《文学杂志》1990 年，转引自郭宏安：《从阅读到批评——"日内瓦学派"的批评方法论初探》，商务印书馆 2007 年版，第 299~300 页。

❷ 同上书，第 300 页。

随笔情浮于词、词胜于理的原因之一",并且认为"议论是中国古代随笔的一个传统",只是这个传统在20世纪初的随笔大潮中"突然消失",而让位给晚明公安、竟陵派所谓的"独抒性灵"式的小品文了。❶

这样,西方的随笔在20世纪初期的中国被理解成为唯美性灵的"小品文"。应该说,中国现代文学史上美的"小品文"发达,乃至后来的畸形发展,与周作人的提倡是分不开的。

按理说,20世纪20年代的周作人,在提倡"美文"的时候,并没有忘记西方文学中随笔("论文")有"批评性"的一部分,而不仅仅是"艺术性"的一部分。李健吾的批评文章,大致可以归入所谓"随笔",或者散文。他的批评文章本身就是一篇篇散文,明晰而优美的散文。我们首先要明白李健吾对小品文是什么态度,然后再看他的批评文章是何种随笔,或者说是何种散文。

如果把时间拉回到20世纪30年代,就能把李健吾对散文、小品文的态度看得更清楚。1932~1935年,在这大约三年时间中,文坛出现了一场"小品文论争"。以鲁迅为首的"左翼"作家和以林语堂为代表的"论语派"作家之间,就小品文的源流、小品文的作用、小品文与时代的关系,展开了一场旷日持久的论战。

1932年9月16日杂志《论语》创办,1934年4月5日《人间世》创办,1934年9月16日《宇宙风》出版发行,

---

❶ 郭宏安:《从阅读到批评——"日内瓦学派"的批评方法论初探》,商务印书馆2007年版,第310页。

这些杂志有一贯的主张，就是倡导抒写性灵的小品文，发扬袁中郎散文的"言志"、审美、抒情、轻灵、闲适的传统，"盖小品文，可以发挥议论，可以畅泄衷情，可以摹绘人情，可以形容世故，可以札记琐屑，可以谈天说地，本无范围，特以自我为中心，以闲适为格调"，所谓"宇宙之大，苍蝇之微，皆可取材"。❶ 林语堂这些文学主张，无疑是呼应了周作人在《中国新文学的源流》（北平人文书店 1932 年第 1 版）里以"公安三袁"为代表的小品文理论。周作人把"言志"与"载道"看做中国文学流变的两股主要潮流，认为新文学的前途同样在于"言志"与抒写性灵的交互变化。以鲁迅为首的"左翼"阵营，反对小品文狭窄地表现自我的所谓"性灵"，斥之为"小摆设"，看重的是散文的战斗与挣扎的传统，"生存的小品文，必须是匕首，是投枪，能和读者一同杀出一条生存的血路的东西"。❷

那么，李健吾面对这场论争，是什么态度呢？他虽然没有像朱光潜等京派作家正面写文章表明自己的立场，但他的立场也是非常明显的。这在他对卞之琳的诗集《鱼目集》的注释中可以看出来，这段略嫌长的注释中，清楚地表明了他对小品文的态度：

> 就艺术的成就而论，一篇完美的小品文也许胜过一部俗滥的长篇。然而一部完美的长作大制，岂不胜似一篇完美的

---

❶ 林语堂："《人间世》·发刊词"，载《人间世》创刊号，1934 年 4 月 5 日。
❷ 鲁迅："小品文的危机"，载《现代》第 3 卷第 6 期，1933 年 10 月 1 日。

小品文？不用说，这是两个世界，我们不能用美赏小品文的心情批评一部长作大制。不错，我们不能强自索求。蒙田和巴尔扎克是两个世界，我们不得要求蒙田做巴尔扎克，或者巴尔扎克做蒙田。可是人人不见其全是蒙田，而且即使全是蒙田，人类和文学将要陷入怎样一种单调的沉闷！而且当你遭到一种空前的浩劫仅能带一本书逃命的时候，譬如说，你挑选屈原，还是袁中郎呢？英国人不在说吗？最后选择的时节，宁可牺牲英吉利，也得保存莎士比亚。我承认兰姆和莎士比亚属于两种存在，或者两种价值，但是临到有人劝诱人人去做兰姆的时节，你能不瞠目而视吗？所以我说，发扬性灵只是销铄性灵。中国始终是一个道学家的国家。你看见一个自由主义者，实际他想轻轻颠覆人类笨重吃力然而高贵的努力，不自知地转进另一个极端。胸襟那样广大，却那样窄狭！你佩服他聪明绝顶，然而恨不给他注射一针"傻气"。❶

李健吾是站在鲁迅一边的，在艺术上，一篇小品文或许是完美无缺的，却不能和一个同样完美的长篇作品相比。主张性灵闲适的小品文或者没错，错就错在时代不对，鲁迅说是"风沙扑面，虎狼成群"的时代，李健吾说是"空前浩劫"的逃命的时候，他们都是就文学的功能来说的。同时，李健吾也看到了，当时主张性灵小品文的一些人，有把此种文学主张绝对化的倾向，当时的一些自由主义作家，在反对文学"载道"的同时，却走进了"言志"的极端。李健吾这

---

❶ 刘西渭："《鱼目集》注释部分"，载《大公报·文艺》第126期"星期特刊"，1936年4月12日。

里言之切切，笔下饱含情感，因为他看到在当时的社会情形下，让人人都以闲适幽默的心境抒写性灵，多么不合时宜。

（三）李健吾的随笔体

李健吾对小品文（散文）的这种态度，决定了他的批评文章的价值倾向，那就是即使是随笔，它也不是周作人、林语堂那种唯美的、幽默、闲适的随笔，它们有一个共同的指向，就是文艺的社会现实功用。这就决定了李健吾的散文或者随笔，不可能走向周作人、林语堂一路，只会在思想性和现实性的大道上。再回到上面所说的那层意思：随笔的思想性与艺术性在20世纪中国有过不平衡的发展，中国文人在提倡西方"随笔"的时候，采取的是"选择性"地接受，把艺术性的一面与中国传统对接，而有意无意地忽略了西方文学和中国文学随笔"思想性"或者说"论理"的一面。即使如蒙田，他是极富思想性的散文家，但是我们直到今天在谈及蒙田时，像季羡林先生，也忍不住对蒙田的随笔的"艺术性"唠叨几句："蒙田的《随笔》确给人以率意而行的印象。我个人认为在思想内容方面，蒙田是极其深刻的；但在艺术性方面，他却是不足法的。与其说蒙田是一个散文家，不如说他是一个哲学家或思想家。"❶ 中国随笔过多地强调艺术性，带来的是论理的不足，在发展道路上也会越走越狭窄，正像学者指出的那样："中西随笔的最重要的区别，就在于中国的随笔过分地强调'细、清、真'和"以不至于头痛为度"，而贬低了西方随笔的"讲理"和"哲学化倾向"。同时，在篇幅上，西方随笔也不只是短章，它可长可短，视

---

❶ 季羡林："漫谈散文"，载《人民文学》1998年第8期。

内容与话题而定，可以几百字，也可以是十来万字的长篇。中国的随笔家（essayist可译做随笔家，目前在中国尚不太流行）应该记住，随笔的"随"字不是"随手"、"信手"的意思，而是"试验"、"尝试"的意思。应该将随笔从抒情散文小品文之类中分离出来，赋予它清晰的文体意义。我读得不多，看得不广，想得亦不远，但是，我有一种感觉，倘若中国的随笔总是在我们早已习惯的温室里讨生活，是不会有大的出息的。"❶

中西随笔的此种差异，带给我们很多启示。本书前面已从批评体式的现代性转变角度，分析了中国批评体式由传统到现代的转变，可以看到在科学的话语方式之外，还有一种"美的批评"或者说是文学性的批评。古典文体之后，哪种文体最适合，或者说最有可能成为"美的批评"？是随笔。❷去掉独抒性灵小品文的柔软，取其清新的风格，再借鉴西方随笔的论理之长，以及中国传统散文的议论传统，那么就可能诞生一种现代意味极强的文体。一句话，让批评也成为艺术，一篇批评可以当一篇"文艺作品"（吴小如语），"一篇好文章读"（朱光潜语）。在这样的视野下，再来打量李健吾的文学批评，就会发现，他的文章在某种程度上已经满足了今人对批评文体、对"美的批评"的期待。他的篇篇批评，几乎都可以当做文学作品来读，这显得弥足珍贵。像曾经博

---

❶ 刘绪源、郭宏安："我们还是期待美的批评"，载《文汇报》2007年12月19日。

❷ 郭宏安也曾说："随笔是最自由的批评文体，也是最有可能表达批评之美的文体。"郭宏安：《从阅读到批评——"日内瓦学派"的批评方法论初探》，商务印书馆2007年版，第300页。

得朱光潜称赞的《读里门拾记》：

芦焚先生的《里门拾记》是若干短篇小说的结合。但是读完了之后，一个像我这样的城市人，觉得仿佛上了当，跌进了一个大泥坑，没有法子举步。步是可以举的，然而四面的草地铺得十分不匀，我们踟蹰于距离的选择。这像一场噩梦。但是这不是梦，老天爷！这是活脱脱的现实，那样真实，只要我们随便走下平汉和陇海两条铁路，我们就会遇见一滩滩的大小坑，里面乌烂一团的不是泥，不是水，而是血，肉，无数苦男苦女的汗泪！《里门拾记》的作者带着痛苦，也正是这点儿抑郁不平，这点儿趁热就吃，在某一意义上，让他和《老残游记》的作者近似，而和《南游记》的作者不同，和《湘行散记》的作者的精神越发背道而驰。❶

这是随笔，是散文，但也是批评。批评者有一颗敏感的心，用他美丽的感觉，引领读者去"感受"师陀的小说。感觉与情感的逻辑并没有减弱批评的论理的成分，在分别与《老残游记》《南游记》和《湘行散记》比较中，读者审美情感的模糊地带渐渐清晰。又是一贯的简练有力的措辞，李健吾认为《里门拾记》与上述三部作品各有差异："近似""不同""背道而驰"。这样的批评语言，其随笔的行文方式有诗歌的节奏感，而这种笔法，福楼拜应该给过李健吾相当的暗示：把诗的节奏赋予散文。再如《萧军论》：

---

❶ 刘西渭："读里门拾记"，载《文学杂志》第1卷第2期，1937年6月1日。

在艺术化与现实化之间——李健吾的文学批评

　　这茂盛的八月，理应给人类带来丰盈的喜悦的，如今却成为徒手的人民争夺自由的屏翼。我们从第一页就看见东三省的风物，听见它们的音籁。然而风景的运用，在《毁灭》里面是一种友谊，在这里却是一种无情。自然不是一团温馨，而是一个冷静的旁观者。作者爱他故乡的风物，却不因之多所原谅，它们不唯无所为力，反而随人作嫁。我们用了多少年恩爱开垦出来的土地，一瞬间就服服帖帖做了异姓的奴隶。这冷酷的自然，张来也是它，李来也是它，打扮得那样迷离入目，原来娼妓一样迎新送旧！任你生气，呼号，绝望，它依然故我；不问饮恨吞声，毁家纾难，它依然花枝招展。它讥笑人类的忧患，也是人类衷心的奸细。作者的敏感饶不过它。❶

　　批评家李健吾从来就不是一位冷静的"客观"分析者，他的笔端常带着情感。萧军小说中描写东三省沦陷，作为批评者和读者的，怎能去不动情感地客观分析？这几乎不可能，尤其对于李健吾这样的批评者。他充满激情，文笔跳跃激荡，谈笑风生；他满怀同情，一颗心和作者、读者一起，随着作品的情感起伏而起伏。但是李健吾不是那种情感泛滥，放出去，收不回来的"野马"（李健吾向来反对这种滥情），他在批评中的情感流露是一种有所"节制"的情感。李健吾的批评是富有文采的，但是这种文采"不是那种弄得化不开的艳丽，而是清新，是淡雅，像一道清澈的溪水，直

---

❶ 李健吾："萧军论"，载《大公报·文艺》（香港）1939 年 3 月 7～10、13～14 日，第 544～547 期，第 550～551 期。

流到读者心里。有时它也能激起一团团水花，让读者感到心灵的震颤，那是因为作者稍稍打开了情感的闸门"。❶ 情感与文笔一起闪亮，但又是双重的节制。

20 世纪 50 年代，李健吾写过一系列的艺术短简，也是非常精彩。如 1956 年他看完话剧《罗密欧与朱丽叶》（文中作《柔密欧与幽丽叶》），就写了一篇短评，与演员丹尼交换自己的看法：

《柔密欧与幽丽叶》的演出很成功。我过了一个非常愉快的夜晚。我在深夜的悠长的归路上，一场一场回味你在导演上的成功。夜不觉凉了，路不嫌长了。久雨之后的星光分外可爱。艺术的魅力也更醉人。

但是我一想到第二幕第二场，却就心绪不宁了。这是一首莎士比亚对永生的爱情和青春的赞歌。它的隽美将永远和人类一道活了下去。花园墙忽然自动退到舞台一旁去了，——恕我直说，这太像戏法儿。它使观众惊奇。布景也会走路。一场最重要的抒情好戏，就在称赞换景技巧的心情之下受了损伤。❷

写戏、演戏、爱戏的李健吾，自然是行家，一眼看出了舞台演出的问题所在。但更让人难忘的或许不是李健吾的"见识"，而是他的文辞："夜不觉凉了，路不嫌长了。久雨

---

❶ 郭宏安："读《福楼拜评传》——为怀念我敬爱的老师李健吾先生而作"，载《读书》1983 年第 2 期。
❷ 李健吾："与丹尼书"，载《人民日报》1956 年 7 月 12 日。

之后的星光分外可爱。艺术的魅力也更醉人。"情感的诗意与艺术的评价融在一起,多么自然而然的笔法❶,诗的节奏,诗的意境,如饮清泉——然而这不是诗,这是艺术评论。他写看川剧的观感随笔:"什么戏我们也看。看畅快了,说不出所以然,却也心在口边。活到今天,看好戏就像赶庙会,又像看潮水,后浪赶前浪,但恨分身乏术,不能都看,不能都赞。赞也赞不到好处,只是感情如虹,在心头撒成一片。剧本好,演出好,观众就会喜欢。而'好'字又一定建立在台上台下的共鸣之流上。"❷

即使在一些专门讨论理论的文章中,李健吾的笔端也会有诗意在流淌。如他在《〈法兰西十七世纪古典文艺理论〉前言与各家小议》的长文中,论及莎士比亚戏剧《仲夏夜之梦》中听见"冷静的理性(Cool reason)",这种理性精神比笛卡儿在《方法论》提出的并为17世纪古典主义者所奉行的"理性",早了25年。李健吾并不能确定他们之间是否有必然的联系。此时,李健吾用了四行简练的文字来说明这一问题:

是偶然巧合吗?
不见得。
有什么共同感到微风在吹吗?

---

❶ 李健吾曾言,散文重要的是把匠心"藏在自然的气势底下才好"。见李健吾:"竹简精神——一封公开信",载《人民日报》1962年2月24日。
❷ 李健吾:"喜看川剧随笔",载《人民日报》1957年10月24日。

很可能。❶

李健吾没有用"必然联系"和"偶然同感"之类的抽象词语，而是用一个比喻"共同感到微风"，直接跨过并勾连住论述时的理性逻辑，显得恰如其分。可见我们不是要反对在批评和理论研究时运用"比喻"，而是要看怎么用，用得好，有节制，不仅不影响逻辑的清晰性，反而有助于讲清道理。

"言而无文，行之不远"。作为批评的随笔，其文体要求的最重要的两点"见识"（言）与"笔致"（文），李健吾的批评文章可以说都有了。他的批评文章不是像论者所说的那样，枝枝蔓蔓、节外生枝，因为任何写作都是在理性的主导下进行的，怎么会轻易地"偏移主题"呢？恰恰是这样的风格，显示了他批评的"匠心"所在。李健吾的批评的随笔体，有他自己的风格，随口用一个"随笔体"来概括李健吾的批评文体，是理解不够深入的表现。李健吾的批评文体给他的批评带来了持久的影响力。无论是20世纪40年代，还是20世纪80年代至今，首先引起人们注意的是他批评的文采，其次才是他文中的道理："李健吾批评文体的影响甚至比他的理论影响要大，40年代有一些批评家如唐湜、李广田，等等，就追随过他的美文式批评文体风格；80年代中期有许多青年批评家'重新发现'李健吾的文体，对他那种潇

---

❶ 李健吾："《法兰西十七世纪古典文艺理论》前言与各家小议"，见《中国社会科学集刊（第四辑）》，中国社会科学出版社1982年出版，第41页。

洒笔致的仿求一度成为风气。"❶ "言"和"文"相比，思想和形式对照，可以发现，形式往往具有更加恒久的魅力。

不仅仅有批评可随笔化，更加学术化的文章也可以用随笔写，如曹聚仁《中国学术思想史随笔》；历史也可以随笔化，如黄仁宇《万历十五年》等。无论是过去还是现在，科学体式从来没有"一统天下"，前面说到法国、英国的强大的随笔传统，其实，在盛产哲学家的德国也是这样，如施莱格尔的"断片"写作、尼采的"格言"与诗化的哲学写作方式。20世纪的本雅明对科学演绎式的批评提出过质疑："科学演绎要求的白玉无瑕的一致性并不是为了表征真理的整一性和独特性；而这种白玉无瑕是把体系的逻辑与真理的观念相关联的唯一方式。这种体系性的完整性并不比其他表征形式与真理有更多的共同之处，这些表征形式都试图以纯粹的认知和认知性结构辨别真理。科学知识的理论越是严谨地探讨各种不同学科，其方法上的矛盾性就会越准确无误地暴露出来。"❷

一种写作方式，一种文体类型，一旦固定，走向所谓的

---

❶ 温儒敏：《中国现代文学批评史教程》，北京大学出版社1997年版，第142页。

❷ ［德］瓦尔特·本雅明：《德国悲剧的起源》，陈永国译，文化艺术出版社2001年版，第6页。在另一个场合，本雅明区分了文学研究中，科学式的"评注家"和"批评家"的不同："用一个比喻来讲，如果把成长着的作品比作燃烧的火葬柴堆，那么站在柴堆前的评注家就像一个化学师，而批评家就想炼金术士。对于前者而言，木柴和灰烬是条分缕析后剩下的仅有之物；对于后者，则只有火焰才保持着诱惑力：亦即活的东西。因此批评家深入真理，真理的活火焰在已经成为过去的厚重的柴堆和已经被体验过的余烬中继续燃烧。"［德］瓦尔特·本雅明：《本雅明文选》，陈永国、马海良编，中国社会科学出版社1999年版，第44页。

"自足",就会越来越狭隘,可供它选择的路越少,它消亡的越快,批评文体也是这样。当下"文学批评的危机",难道就不可以从批评体式上找到原因吗?不少学者都看到了目前批评危机中的"批评文体危机":"大学评价体制的偏至,使得我们的文学批评期刊和文学批评本身所面临的危机可谓前所未有,这个危机的表征就是横陈于期刊中的貌似学术实则板结僵硬的文体。文学批评,被高校的体制性规约所牵制,必须要用一种相配套的很乖顺的方式表达,否则你就是没有学问。"❶ 这种说法是有一定道理的。

然而,不能忘记的是,批评成为创作,批评的随笔式写作,往往和批评者本人的身份密切相关。李健吾之所以能写出一篇篇可作为"文学作品"的批评文章,和他是作家的身份不可分开,同时与他还是翻译家、学者也有关系,正如蒂博代所言的"大师的批评",李健吾的批评正是这样一种批评。我们不能强求每一位批评者的批评都是"大师的批评",正如学院派不是每一个批评者的必然选择一样。其实,指责固然不错,我们更愿意说的是,"大师的批评"从来不曾断绝,批评的随笔传统的长河,也一直流淌至今。像美国著名的文学杂志《当代世界文学》(*World Literature Today*)为了增加文章的可读性、赢得更多的读者,也在开始"回归随笔":

> 每个地方都有专业刊物为很小的专业圈子发表文章。总

---

❶ 施战军:"中国文学批评的危机与生机",载《羊城晚报》2008年10月25日。此文中又一次提到:"让文学批评成为一种创作。"

体来说，这些文章通常是用难以理解的充满技术性的语言写成的，只有少数专家学者才可以读懂。2000年，《当代世界文学》开始重新定位，为更广泛的作家、读者和那些想理解文化的群体服务。

……《当代世界文学》关于文章可读性的新宣言是"回归随笔"。我们的编辑认为，专业文章内蕴含的珍贵视角同样可以用传统的、开放活泼的、广大读者喜闻乐见的形式表达。❶

《当代世界文学》"回归随笔"带来的后果是："赢得了11项出版设计的重要奖项，销售量提高了200%。"文学批评和文学研究，打破了专业的藩篱，跃出了学院的高墙，走近普通读者。论起随笔，我们中国有古典批评的宝藏足够今人去开掘。今人谈起古典批评著述，往往有"不成体系""零碎"，云云，这是一种不正常的文化心理。还有，那种认为随笔必将降低文学研究的学术性的观点，也是值得怀疑的。西方批评传统的随笔在各个历史阶段，都会浮现出来，20世纪的解构主义之后，法国的罗兰·巴特把这种碎片式的随笔写作推向了极致；德国本雅明有《单向街》这样的碎片式的作品；再如，后现代思想家波德利亚也有煌煌几卷的《冷记忆》这样的随笔，广泛涉及社会的各个方面。

---

❶ ［美］戴维斯－昂第亚诺在2008年10月于北京师范大学举行的"当代世界文学与中国"国际学术研讨会上的"闭幕词"，由苏媛译。张健主编：《全球化时代的世界文学与中国——"当代世界文学与中国"国际学术研讨会论文集》，中国社会科学出版社2010年版，第453页。

从根本上说，随笔是高度个人化的写作方式，反体系的，[1]抒情、评论、叙事、无所不容，其内容可以是哲学的、社会学的、美学的、文学的……这也意味着随笔有时无法"归类"。但就文学批评来说，批评随笔还是可从内容上予以把握的，但分类有时候应该更多地留给图书馆管理员，而不是作者和读者。思想和智慧往往蕴藏于浑朴一体的状态，可以说随笔这种文体，适合于思想的表达，正如小说适合于叙事、诗歌多用于抒情一样。或问，随笔是否只能"短"不可"长"？非也。只要看看蒙田的《随笔》就知道了，长则几万字，短则千余字，非常灵活。

小结

本章的论述，旨在从整体上把握李健吾的批评特色。艺术化是李健吾的气质，科学论证是李健吾的严谨治学态度的体现。在科学的论证中见出诗意的气息，在诗意之中不乏科学的严谨，李健吾的批评的"随笔体"影响至今，几乎篇篇可作文学作品读。其随笔没有朱光潜过于偏重理论带来的枯干，也尽量避免了梁宗岱等人过于形象化，强调直觉带来的浅白。无论是称之为"条理化的印象"，还是吴小如所言的"欣赏的考据"，都在试图给李健吾的批评风格一个概括。但笔者觉得，如果非要对李健吾的批评风格，来一个概括，还

---

[1] 本雅明推崇碎片式的写作，他认为："思想的碎片与其基础观点的关系越不直接，其价值就越大，而表征的光彩取决于这种价值，就如同马赛克的光彩取决于玻璃彩釉的质量一样。作品的细部准确性欲雕塑或知识整体的比例之间的关系表明，真理—内容只有通过沉浸于题材的最微小细节之中才能掌握。"〔德〕瓦尔特·本雅明：《德国悲剧的起源》，陈永国译，文化艺术出版社2001年版，第2~3页。

是用李健吾自己的话比较好,这句话是他对法国批评家圣伯夫(又译圣佩甫)的评价:"科学而不板滞,活泼而不放纵。"❶然而,与其概括,不如更多地去感受,阅读他的文章,至少能够感受到学者分析时的冷静和诗人表达时的激情,诗与思在这里交相辉映,合而为一个批评家李健吾。

---

❶ [法]圣佩甫(圣伯夫)作,刘西渭译,载《文迅》第9卷第3期,1948年9月15日。

第四章

批评的境界：作为人生存在方式的文学批评

第四章　批评的境界：作为人生存在方式的文学批评

> 一般人笑骂我是"为艺术而艺术"，我向例一笑置之。不是骄傲，而是因为我相信艺术不容我多嘴。人人可以体会，这不是什么独得之秘。它近在眼前，远在千里，并不扑朔迷离，然而需要钻研体验。……一切是工具，人生是目的，艺术是理想化的人生。
>
> ——李健吾：《使命（跋）》，文化生活出版社 1948 年版

> 拿自我做为创作的根据，不是新东西。但是拿自我做为批评的根据，即使不是一件新东西，却是一种新发展，这种发展的结局，就是批评的独立。
>
> ——李健吾：《自我与风格》

本书进入下一个问题的讨论：李健吾的批评达到了一种什么境界？在当时的历史语境中，又遭遇了怎样的困境？

李健吾在他的批评文章中，明确提出批评是独立的，不仅是独立的，还是一门艺术，把批评作为自我表现的工具，是一个批评者人生艺术化的理想诉求。同时，李健吾对中国现代文学批评需要什么样的批评家，也有明确的说明，即一个批评家应该把批评作为自己的事业，他是杰作的发现者、阐释者，而不是高高在上的审判者。他应该去努力发现作品的优点，而不是一味指责其缺憾。一个批评家应该是一名文学艺术素养深厚、眼界开阔又谦虚的人。

每一种行当，都是一种角色定位，那么，批评在李健吾那里意味着什么？一个吃饭的职业？还是一项事业？李健吾说："一个有自尊心的批评者，不把批评当做一种世俗的职业，把批评当做一种自我表现的工具，借以完成他来在人间

所向往的更高的企止。"❶

这说明李健吾是把批评作为自己的事业,"自我表现的工具",这显然是一种批评的境界——批评是人生艺术化的方式之一,如上所引"一切是工具,人生是目的,艺术是理想化的人生"。其中两重要求:一个把批评当做事业的批评家(艺术家)、批评的艺术化。

一、现代中国需要的文学批评家

新文学产生之日,批评家就担当了摧毁者与革命者的角色。梁启超提出"诗界革命",陈独秀在《文学革命论》中提出反封建文学的"三大主义",胡适的《文学改良刍议》……现代中国文学的批评家们,扮演的是一种破坏者和启蒙者的角色,在后来逐渐地分化为革命文学的批评家、艺术派批评家、古典人文主义批评家、京派批评家。不同的批

---

❶ 刘西渭:"答巴金的自白书",载《大公报·文艺》第72期"星期特刊",1936年1月5日。李健吾对今天社会发展造成的职业分工有自己的看法:"在物质文明的今日,一切分野,一切职业化,便是文学,因为商业化,印刷便利,读者激增,也有变成一种专门事业的趋势。我们不说职业,因为人人尽有把文学看做职业,依然不是事业。职业是糊口,然而事业,犹如鲁迅所谓'倘无才能',还是及早打算,对自己方便。"李健吾:"个人主义的面面观",载《文汇报·世纪风》1938年11月9日。在李健吾看来,一个从事文学的人不仅要有相当的才分,更要把文学作为自己的"志业",而不是仅仅糊口的"职业"。李健吾在批评上也是如此看法,一个批评家应该把批评作为自己的事业。

评家，基于对文学和文学价值的理解不同，从而分道扬镳。文坛很多争论，不仅有文学的批评，也有"批评的批评"，后者是对批评本身、批评家本身的批评。作为批评家的李健吾，他的自觉也表现在他对批评家角色的清醒认识，这是理解他整个批评观不可缺少的前提。

本章"现代中国需要的文学批评家"之标题，来自1934年12月15日李健吾以"刘西渭"的笔名发表在《大公报》"文艺副刊"第128期上一篇文章的题目。但李健吾这篇文章是由另一篇同样题为"现代中国需要的文学批评家"的文章所引发的，即1934年12月6日，学者李辰冬在刊物上发表的《现代中国需要的文学批评家》。❶ 李健吾显然对李辰冬的文章不满。为了更好地理解李健吾这篇文章，有必要先弄清李辰冬的这篇文章的主要观点。

在这篇讲演中，李辰冬的主要观点是：

第一，中国新文学和以往的文学一样，需要批评的指导，"中国所以没有好的创作产生，完全是为了没有好的批评家来指导"。

第二，中国目前新文学的发展是"现代中国文学界已经成了一片荒原，一蹶不振"。

第三，"中国不需要印象派的批评家"，因为印象派的批评家"用自己的见解，没有固定的标准"，"凡是印象派的批

---

❶ 李辰冬《现代中国所需要的文学批评家》是1934年12月4日受燕京大学国文系之邀所作的一次讲演内容，整理后先刊于1934年12月6日的《华北日报》（北京），不日又载1934年12月11日的《北平晨报》"学园"副刊。李辰冬，曾留学法国，1934年在法国巴黎大学完成博士论文《红楼梦研究》，1942年由重庆正中书局出版。

评家，绝不肯硬着头皮去读书"，另外中国也不需要"道德派的批评家"和"无产阶级主义的文学批评家"。

第四，一个批评家要"对于作品有很深的涵养，用他的原理，来批评作品，用作品来证原理"。而这就是李辰冬最后归结的中国需要的"美学的批评家"。

在李辰冬的眼里，批评家是指导作者创作的权威，他有固定的标准，他不缺的是文学理论、美学原理，他缺的是"证明"原理的作品。

李健吾显然不同意李辰冬的观点。在文章开篇点出李辰冬文章的论点后，李健吾反问道："真的吗？第一，先有批评家而后有创作吗？同时第二，必须先有好的批评家，而后才有好的创作吗？同时第三，创作必须完全接受批评家的指导吗？"

然后李健吾列举了荷马、希腊三大悲剧家、斐尔吉、但丁、莎士比亚、辣布莱、塞万提斯、米尔顿、歌德等大作家，认为这些大作家之所以能写出好的作品，之所以伟大，不在于他们接受了批评家的指导，而在于他们自身创作的伟大。外国这样，中国也是这样："然而屈原不是一个大作家？司马迁不是？李白不是？杜甫不是？曹雪芹不是？可惜当时没有一位批评家指导他们；幸喜他们并不因之辜负后人。"显然，所举中外作家没有一个符合李辰冬提出的标准。

李健吾反对"中国为什么没有伟大的作品"这类空而大的话题，他认为批评家此种杞人忧天式的空谈绝不是催生杰作的"妙特灵"，与其高谈阔论地去公开讨论"为什么中国现下没有伟大的杰作"，不如去好好阅读好的作品。李健吾进一步反驳道："那么中国作家，《阿Q正传》的鲁迅，《倪焕之》的叶绍钧,《子夜》的茅盾,《家》的巴金,《边城》的沈从文,《莫须有先生》的废名……都肯接受李先生的意见,先有批评家而后有创作吗?他们这几部作品说不上伟大,至少也该算作一个好,那么,这好的创作,全由于好的批评家吗?人人知道,结论是一个干而脆的否定。"

(1)关于文学原理与文学作品之间的关系,我们知道,作品产生在前,其后才是批评,文学理论、美学原理是在大量文学和美学事实之上产生的。一个矛盾地方在于,这些理论被人们生产出来之后,又反过来想"指导"创作。笔者认为这颠倒了批评的方法。理论是一个有力的佐证,而不是硬性的标准。中国古人懂得这一点,如明代郝经就说:"古之为文,法在文成之后,辞由理发,文自辞生,法以文著,相因而成也,非与求法而作之也。后世之为文也,则不然。先求法度,然后措辞以求理……故后人为文,法在文成之前,以理从辞,以辞从文,以文从法。"❶ 郝经所说"法"大致相当于今天的"理论"或"原理"。从创作上看,作家创作不应是从现成的"法"出发,就像歌德认为诗人不应从抽象观念出发去写诗一样,一名作家或者艺术家应该从具体的、生动的形象开始,因为写诗不用观念。但是这也不是否定创作时没有任何可以依循的规则,"文固有法,不必志于法。法当立诸己,不当泥诸人"。❷ 每一个写作者,都有自己的"法",只是这个法,不应该扩大,要求每个写作者都去"依

---

❶ (元)郝经:《郝文忠公陵川文集》,山西人民出版社2006年版,第334~335页。

❷ 同上书,第336页。

法写作"显然是相当荒谬的。综观文学史，批评家与作家之间存在所谓"指导"与"被指导"而产生伟大作品的，实在少之又少。这样的批评家往往是一名"法官"，他更多的是在裁断，而不是在阐释作品的意义。好在我们今天的批评者，都已经不再怀有去用理论指导作家的幻想。

李辰冬有这样的批评观念，也就不难理解，他为什么把作家写作比喻成"建筑房屋"，因为在李辰冬看来，作家既然是要接受批评家的指导，就像工人按照设计者的建筑图式来建造房屋一样。李健吾不同意李辰冬把新文学比做建筑房屋，把批评家比做房屋"设计师"。李健吾认为这种比喻实在是"属于最败最坏的想象"，因为这暗含的意思是作家写作必须按照"设计师"——批评家制订的图式去制作自己的作品，然而文学艺术创作不是建筑，精神创造的过程要复杂得多，更何况李健吾自己就是一个作家，深谙创作之道。

对于李辰冬在文章中贬责印象派的批评家"不肯硬着头皮去读书"，李健吾以勒麦特与法郎士作为例子，指出他们不是没有学问，而是不愿卖弄学问而已。印象派批评也不是任意褒贬、随口夸好，毫无标准，它也有它的标准（这一点在第二章"批评的标准"已经谈及）。

"对于一个大作家，一个大艺术家，批评家与其说在指导，不如说在解释！倒真正显得客气些。所以聪明人，承认任何人绝对的存在，只把自己的见解看做印象，极力避免学究的气息"，李健吾如是说。批评者是一位解释的"赫尔墨斯"，而不是一位裁断的判官。批评者的解释，总是在一定的批评标准下的解释，所以批评者的阐释中有价值的判断。"评判与解释"代表了文学批评中两种倾向，也就形成了两种类型的批评家。评判型批评家,也可以称为"挑剔型"批评家,他们更多地看到作品、作家的不足;解释型批评家则相反,他们探索作品的美的价值,努力发现作品的好处,并给出解释。李健吾心中的批评家把对作品的见解看做印象,尊重他人的存在,因为批评家自己不是唯一的权威,批评家没有权力去"指导"谁,他说出的只是对作品的解释。文章的最后,李健吾说一个批评家"他从来不管你写些什么,只要你写的属于人性以内。他能够拦阻一个大作家产生吗?不能够,他可以帮忙一个杰作出世吗?可以,这就是我们今日需要的文学批评家"。批评家应该是一名有助于杰作诞生的诠释者,一名"赫尔墨斯"。

批评家与普通读者一样,都需要阅读作品,阅读经验是批评经验的一部分,也是批评者人生经验的构成。阅读更新人生的经验,但是一个批评家不同于一般读者,他还要自觉地寻求一种对话性的阐释。对于一个偏重解释的批评家来说,阅读是件快乐的事情:"我多走进杰作一步,我的心灵多经一次洗炼,我的智慧多经一次启迪;在一个相似而实异的世界旅行,我多长了一番见识。这时唯有愉快。因为另一个人格的伟大,自己渺微的生命不知不觉增加了一点意义。这时又是感谢。而批评者的痛苦,唯其跨不上一水之隔的彼土,也格外显得深澈。"❶

一位好的阐释者,不仅在于他对以往人类经典的解释,还在于他善于去发现,尤其是发现那些不为人知、有相当文

---

❶ 刘西渭:"《雾》《雨》与《电》——巴金的《爱情三部曲》",载《大公报·文艺》第36期"星期特刊",1935年11月3日。

学水准的作家作品,这类作家、作品尤以同时代人的最难被发现。"批评者注意大作家,假如他有不为人所了然者在;他更注意无名,唯恐他们遭受社会埋没,永世不得翻身。他爱真理,真理如耶稣所云,在显地方也在隐地方存在。他是街头的测字先生,十九不灵验,但是,有一中焉,他就不算落空。他不计较别人的毁誉,他关切的是不言则已,言必有物"。❶李健吾的文学批评非常注意"无名之辈",因为他批评不看作者的名气。这就不难理解,1935年《咀华集》出版之后,"左翼"阵营的欧阳文辅为什么批评李健吾说:"这些作家除巴金例外,都是不被社会文艺界的人们所注意的。"❷而文学史已经给了这些当时不为人所注意的作家一个公道,也给了批评家刘西渭一个公道。

另外,李辰冬说对作品要有很深的"涵养",李健吾认为这在语法上也不通,所以李健吾在注释里不无嘲讽地说:"我们可以说了解一部作品,但是特能够涵养一部作品吗?"作为作家、批评家的李健吾对李辰冬文章的批评可谓直指其弊,同时这也可以看做一个中国文学批评家某种形式的宣言。韩石山认为这篇文章可以看做是李健吾"将要对中国文学界负起的责任,一个郑重的宣言"。❸

(2)批评家不是权威。李健吾对批评家的这些见解,今天看来也是有道理的,但在20世纪初叶的中国批评界,主张批评家是权威,甚至是"法官"的人还是有的。如梁实秋

---

❶ 李健吾:《咀华二集(跋)》,文化生活出版社1942再版本。
❷ 欧阳文辅:"略评刘西渭先生的《咀华集》——印象主义的文艺批评",载《光明》第2卷第11期,1937年5月10日。
❸ 韩石山:《李健吾评传》,山西人民出版社2006年版,第110页。

1929年文章《论批评的态度》中就提出"批评就是判断……如同法院的审判官开庭审案一样",并进一步论述说批评的态度与法官的态度是一致的,两者都是要"严正",因为它们"判断的"精神是一样的。❶可以看出,古典人文主义者梁实秋有一种想为文学批评"立法"的冲动。李健吾不认为批评是一种判断,他的观点非常鲜明:"我不大相信批评是一种判断。一个批评家,与其说是法庭的审判,不如说是一个科学的分析者。"❷如果批评是一种判断的话,意味着有一个权威存在,对作品有生杀予夺的大权,这在李健吾看来是不思议的事情,因为"一个作者不是一个罪人,而他的作品更不是一片罪状。把对手看作罪人,即使无辜,尊严的审判也必须收回他的同情,因为同情和法律是不相容的。……在文学上,在性灵的开花结实上,谁给我们一种绝对的权威,掌握无上的生死?因为,一个批评家,第一先得承认一切人性的存在,接受一切灵性活动的可能,所有人类最可贵的自由,然后才有完成一个批评家的使命的机会"。❸批评者不是权威,他没有权力去裁断一位作家、一部作品,批评与法庭审判是截然不同的两回事。李健吾虽然没有直接说明此语是针对梁实秋的批评观,但这明显与梁实秋的批评观有巨大的差别,一个是冷漠地、法官式地去审视作品,然后进行裁断,一个是带着满心热情加同情地去欣赏、发现作品的优点,乃至伟大之处,努力阐释出来。"如果批评家是

---

❶ 梁实秋:"论批评的态度",载《新月》1929年第5号。
❷ 刘西渭:"《边城》与《八骏图》",载《文学季刊》第2卷第3期,1935年9月16日。
❸ 同上。

一名裁判……人们的一切创作必须顺应人类机构、制度、习俗的殷切愿望。但若批评家舍判断而取承认，那么他们的认可倒是多多少少解放艺术家的创造力"。❶

（3）批评家与作家的关系。批评家不是权威，那么一个作家就是他的作品的权威吗？李健吾显然也不承认作者是作品的唯一解释者。这在今天的"读者反映批评"理论看来根本不是问题，但在当时的中国文坛，却是一个问题。从李健吾和巴金，以及卞之琳之间，围绕着各自作品展开的"批评"与"反批评"论争就可以看出来。1935年11月，李健吾在《大公报》的文艺副刊上发表评论巴金《爱情三部曲》的书评，❷不久作者巴金也撰文《〈爱情三部曲〉作者的自白》，❸ 认为"刘西渭"的批评不是他的写作的本意，反映出来的仅仅是一个坐在"迅速的汽车里面"的"旁观者"的角色，没有真正理解作品所要表达的思想。然而批评家刘西渭并不买作家巴金的账，随后即写了《答巴金的自白书》一文：

等到作家一自白，任何高明的批评家也该不战自溃。对着一件艺术的制作，谁的意见最可听信，如若不是作者自己？比较来看，也只有他自己的叙述差可切近他制作的经验。假使他不夸张，不铺排，不谦虚，不隐晦；假使他有质直的心地，忠

---

❶ ［加］诺思洛普·弗莱：《批评家的责任》，见吴持哲编：《诺思洛普·弗莱文论选集》，中国社会科学出版社1997年版。第17页。

❷ 刘西渭："《雾》《雨》与《电》——巴金的《爱情三部曲》"，载《大公报·文艺》第36期"星期特刊"，1935年11月3日。

❸ 巴金："《爱情三部曲》作者的自白"，载《大公报·文艺》第52期"星期特刊"，1935年12月1日。

第四章　批评的境界：作为人生存在方式的文学批评

实的记忆，坦白的态度；一件作品最真实的记录，任凭外人推敲，揣测，信口雌黄，到头依然只有作者值得推心置腹。关于作品第一等的材料，对于一个第三者，绕来绕去，还须求诸它的创造者。这就是为什么，我们通常那样欢迎作家任何种的'自白'，同时却也格外加了小心去接受。他把他的秘密告诉我们，而且甚于秘密，把一个灵魂冒险的历程披露出来。唯其经过孕育的苦难，他最知道儿女的性格和渊源。唯其具有母性的情感，我们也得提防他过分的姑息。❶

这场批评家与作家之间的论辩，双方都亮明了自己的观点。对于一部作品，作家的意见固然值得参考，但是他的意见就是唯一的解释吗？作家的自白能阻挡读者、批评者去按照自己的理解诠释作品吗？显然不能。

如果说巴金的"自白"还是一个小说家的自白，那么接下来不久，诗人卞之琳和李健吾又发生了一场诗人的"自白"与批评家回应的"自白"。1935年上海文化生活出版社出版了卞之琳的诗集《鱼目集》，李健吾于1936年2月完成关于《鱼目集》的一篇批评，❷ 谁知又引起了一场诗人与批评家之间的辩难。这里不再一一引用卞之琳和李健吾之间关于《鱼目集》理解上不同的具体内容，只要知道他们之间的

---

❶ 刘西渭："答巴金的自白书"，载《大公报·文艺》第72期"星期特刊"，1936年1月5日。

❷ 刘西渭："鱼目集"，载《大公报·文艺》第126期"星期特刊"，1936年4月12日。此文后与李健吾1935年7月20日发表在《大公报·小公园》上的《新诗的演变》合为一起，收入《咀华集》，为了与书中其他篇目体例一致，改为《鱼目集——卞之琳先生作》。

理解分歧很大就够了。此处本书关注的是李健吾作为一个批评家，是如何为批评家的合法性进行辩护的。对于诗人卞之琳的"自白"，刘西渭说："诗人自白了，我也答复了，这首诗就没有其他'小径通幽'吗？我的解释如若不和诗人的解释吻合，我的经验就算白了吗？诗人的解释可以撑掉我的或者任何其他的解释吗？不！一千个不！幸福的人是我，因为我有双重的经验，而经验的交错，做成我生活的深厚。诗人挡不住读者。"❶

这可以看做李健吾作为批评家的另外一种形式的宣言了："诗人挡不住读者！"诗人的经验不能替代读者、批评家的经验。对于李健吾与巴金的争论，当时就有旁观者站在一个相对公正的立场给出了自己的解读："创作一本小说难，批评一本小说尤其难；我们更进一步说，产生一本伟大的作品，自有它伟大的价值存在，同样，产生一篇伟大的批评，也有着它伟大的价值！明白了这一点，我们可以说，一位作家，遇着一位批评家给他的作品，开始批评的时候，应当用着重视，至少可以说应当用着相等的眼光去拜读它。至于批评家所说出的与作家意见不合，作家来一个自白，当然不算错误，甚至乎还可以说是必要的。可以除了阐明自己以外，再要多说些别的什么话，似乎是多余的或者说过分的。"❷ 这样的评价对批评家是公平的，对小说家、诗人也是适用的，直到今天，我们依然在讨论什么是批评家、我们需要什么样

---

❶ 刘西渭："答《鱼目集》作者——卞之琳先生"，载《大公报·文艺》第158期"星期特刊"，1936年6月7日。

❷ 海流："刘西渭与巴金"，载《每月文艺》，1936年第2期。

的批评家这样的问题。李健吾对批评家的定位,以及他自己作为批评家的实践,不能不说对我们思考今天的文学批评有着重要的意义,就像有学者所呼吁的那样"我们需要更多的李健吾"。❶ 而李健吾或说刘西渭只有一个,他留给我们的更多的是提醒与启示。

（4）批评家的态度——谦虚。李健吾的批评可以说是一种"去权威"的批评,在作品面前,一个批评者也是一个普通读者。他只是在报告他的读书经验,批评者和创作者如果说是平等的话,批评者的态度也要谦虚。这里的谦虚不是虚伪的客套,而是在批评的实践中具体的表现。

李健吾服膺19世纪法国批评家圣伯夫（圣佩甫）,称赞圣伯夫的批评文章是"文曲"。1947年,李健吾曾经翻译了他的一篇理论文章《什么是一位经典作家》,刊登在1948年的《文讯》杂志上。这也是今天我们看到的关于圣伯夫为数不多的文章之一。在这篇译文的前面,李健吾写了一段介绍性质的评论文字:"（圣伯夫）带着一腔热情,以熟练的细致的分析,研读古今文学,科学而不板滞,活泼而不放纵,每星期一在报纸上发表一篇批评,集成他的庞大的杰作《星期一谈丛》。学问渊博,然而永远谦虚,直到去世的前夕,为了解释荷马,他还在上他的最后一课希腊文。他是一个永生的学生。他未尝没有偏见,同代活人没有从他得到足够的解释,然而他也只是一个人,我们不好向他要的太多。可是就他已经给了的来看,汪洋浩瀚,巴尔扎克的小说如若叫做

---

❶ 李建军:"真正的批评及我们需要的批评家",见《时代及其文学的敌人》,中国工人出版社2004年版,第315~316页。

"人曲",他的批评真也可以叫做'文曲'了。"❶

"学问渊博,然而永远谦虚",这是李健吾对圣伯夫的评价,同样也是他对自己的要求。一个批评家的知识不是炫耀的资本,知识仅仅是他批评的起点。圣伯夫是一个"永生的学生",就李健吾自己来看,也是这样。作为作家和批评家的他十多年前即表达过这样的态度:

假如有一天我是一个批评家,我会告诉自己:
第一,我要学着读书和生活,
第二,我要学着在不懂之中领受;
第三,我要学着在限制之中自由。
同时,假如有一天我是一个创作家,我也要告诉自己:
第一,我要学着读书和生活,
第二,我要学着在不懂之中领受;
第三,我要学着在限制之中自由。
我没有篇幅来解释我自己,让聪明的人各自给各自一个更好的解释,或者纠正,让我们虚下心,低下头,为了学习勇敢,大方,尤其是为了学习学习。❷

无论是批评家李健吾,还是作家李健吾,他谦虚的态度是一样的。李健吾和圣伯夫一样谦虚,一样地把自己当做一个永生的学生。批评家应该是谦虚的,因为他不是全知全晓

---

❶ [法]圣佩甫(圣伯夫)作:"什么是一位经典作家",刘西渭译,载《文迅》第9卷第3期,1948年9月15日。
❷ 李健吾:"假如我是",载《大公报·文艺》第333期,1937年5月9日,此期集体讨论"作家们怎样论书评"。

的万能，李健吾也没有忘记法国另外一位批评大师、散文家蒙田的告诫："世界最大的散文作家蒙田 Montaigne，永远问自己：'你知道什么？'他的渊博可以吓退百万大军，然而谦虚是他每战必胜的心理基础。"❶"你知道什么？"应该是一个批评家永远的自问。读书、生活、学习无论是批评者还是创作家都一样，他们都是在探索人类的未知经验。

（5）批评家的自由与限制。李健吾说："一个批评者有他的自由。他不是一个清客，伺候东家的脸色；他的政治信仰加强他的认识与理解，因为真正的政治信仰并非一面哈哈镜，歪扭当前的现象。他的主子是一切，并非某党某派，并非若干抽象原则，然而一切影响他的批评。他接受一切，一切渗透心灵，然后扬簸糠秕汲取精英，提供一己与人类两相参考。他的自由是以尊重人之自由为自由。"❷

在李健吾心中，批评家是独立而自由的，他不应为某党派集团所用，或者某主子所用，不为抽象概念、原则所用。这与本书前面分析李健吾一贯蔑视权威的思想一致，同时，这也是京派批评的自由立场。朱光潜、梁宗岱、李长之、沈从文、李健吾所坚持的批评家的独立与自由的立场大致相同，尽管他们的思想个性各具特色，然而差异并没有妨碍他们在某些方面的一致。

自由不是没有限制，批评也是带着镣铐的舞蹈。批评家总是面临多种多样的限制，从时代的限制，到自身的禀赋、

---

❶ 李健吾："陆蠡的散文"，见《咀华二集》，文化生活出版社 1947 年版。
❷ 李健吾：《咀华二集（跋）》，文化生活出版社 1947 年版。

性情、理解与判断力的限制:"一个批评者又有他的限制。若干作家,由于伟大,由于隐晦,由于特殊生活,由于地方色彩,由于种种原因,例如心性不投,超出他的理解能力以外,他虽欲执笔论列,每苦无以应命。尤其是同代作家,无名有名,日新月异,批评者生命无多,不是他的快马所能追及,我们还不谈那些左右爱恶的情感成分,时时出而破坏公平的考虑。钟嵘并不因为贬黜陶渊明而减色,他有他的限制:他是自己的限制。又如机缘凑巧,失之交臂,更是常有的事","他有自由去选择,他有限制去选择。二者相克相长,形成一个批评者的存在。对象是文学作品,他以文学的尺度去衡量;这里的表现属于人生,他批评的根据也是人生。……对象是作品,作品并非目的。一个作家为全人类服役,一个批评者亦然:他们全不巴结。"❶

在李健吾看来,正是因为批评有所限制,批评者才要根

---

❶ 李健吾:《咀华二集(跋)》,文化生活出版社 1947 年版。限制恰好是一个批评者存在的根据:"唯其有所限制,批评者根究一切,一切又不能超出他的经验。他是一个学者。他更是一个创造者,甚至于为了达到理想的完美,他可以牺牲他学究的存在。所以,一本书摆在他的眼前。凡落在书本以外的条件,他尽可置诸不问。他的对象是书,是书里涵有的一切,是书里孕育这一切的心灵,是这心灵传达这一切的表现。他自己心灵的活动便是一种限制,而书又是一种限制。不是作者,他缺乏作者创造的苦辛;他不必溺爱,所以他努力追求一种合乎情理的公道。作者的自白(以及类似自白的文件)重叙创作的过程,是一种经验;批评者的探讨,根据作者经验的结果(书),另成一种经验。最理想的时节,便是这两种不同的经验虽二犹一。但是,通常不是作者不及(不及自己的经验,不及批评者的经验),便是批评者不及(不及作者的经验,不及任何读者的经验),结局是作者的经验和书(表现)已然形成一种龃龉,而批评者的经验和体会又自成一种龃龉,二者相间,进而做成一种不可挽救的参差,只得各人自是其是,自是其非,谁也不能强谁屈就。这是批评的难处,也正是它美丽的地方。"刘西渭:"答巴金的自白书",载《大公报·文艺》第 72 期"星期特刊",1936 年 1 月 5 日。

究一切,这样的批评家是学者和艺术家的合一。批评者是创造者,他的学问仅仅是他批评的根据之一,因为他还有更广阔的人生经验、浩茫的人性。

二、批评是一门独立的艺术

李健吾从印象主义那里吸取了批评的思想源泉,第二章已经提到,他对印象主义批评在批判的基础上有所继承。他说:

> 印象主义的批评家虽然否定了一切标准,但是他们无形中也提出了一个标准——Moi 自我。以自我为标准有好处也有坏处,好处在客气,虚怀,不随意得罪人;坏处在没有标准……但是印象主义的批评家还是有他们的贡献,他们把文学批评的地位提高了;因为批评的目的是纪录批评家自我的印象,批评家的活动不是审判而是创造,于是文学批评也成为文学中的独立部门了。❶

批评可能成为一门艺术吗?批评可以与创作家一样是平等的吗?批评家是否能够成为艺术家?印象主义批评给了李健吾启示。批评家是独立的;批评也是独立的。批评家是艺

---

❶ 李健吾讲,文哲研究组记录:"文学批评的标准",载《文哲》(上海光华文哲研究组)1939 年第 1 卷 6 期。

术家，批评也是艺术。李健吾在他的批评文章中，很多地方都直言他对批评的看法，通过阅读这些批评文字，不难归纳出李健吾的批评观。

首先，李健吾认为"批评"是人人都有的本能。在这一点上，李健吾显然受到了王尔德的影响，正像他在一篇文章中借用王尔德的话说："说到这里，我们不得不同意于王尔德的是是非非的议论：'没有批评的官能，就没有艺术的创造。……所有良好的想像的作品，全是自觉的，经过思考的……因为创造新鲜形式的，正是这种批评的官能。创造的倾向是重复自己。每一新派的跃起，每一艺术应手的型态，我们全得之于批评的本能。……每一新派出现的时候，全都反对批评，殊不知它之得到它的根源，正仗着这种批评的官能。只仗着创造的本能，我们得不到新东西，得到的只是重复。'❶ 王尔德这里讲了两种本能，一是创造的本能，一是批评的本能，前者倾向于重复自己，后者则能够变重复为创新。没有批评就没有创新，任何创新中总包含着批评精神。这与王尔德说的一致"批评自身就是一门艺术。就像艺术创作暗示着批评才能的运用那样，而且，其实如果没有批评才能的话，根本就谈不上什么艺术创作可言。因此，从'创造性'这个词语的最高层次来看，批评的确实具有创造性的，事实上，它既是创造性的，又是独立自主的。"❷ 就此看，王尔德深深影响了李健吾对批评的看法。李健吾借助王尔德的

---

❶ 李健吾："假如我是"，载《大公报·文艺》"书评特刊"，1937年5月9日。

❷ ［英］王尔德：《谎言的衰落——王尔德艺术批评文选》，萧易译，江苏教育出版社2004年版，123页。

论述,从根本上为批评的合法性进行了辩护。

同时李健吾也从中国诗文评传统寻找理论资源,在《假如我是》一文中,李健吾把曹丕称为"我们批评的祖师"。李健吾认为曹丕在《典论·论文》中从批评的角度提出"文章经国之大业,不朽之盛事",这比仅仅把辞赋看做"小道"的曹植在批评史上的影响"要大出若干倍"。李健吾进一步诠释说:"如果诗和批评是两件事,我们怎么就好冒然加以高下的区别?曹丕的诗赋不如曹植,然而曹丕自有他永生之道。于是我们有了批评,一种独立的,自为完成的,犹如其他文学的部门,尊严的存在。"批评和诗及其他的文学部门一样,它们没有高下之别,批评是独立的、有尊严的存在。这是批评独立存在的第一层含义。

其次,批评是一门独立的艺术,它的独立与尊严与批评家的独立和尊严是一致的,它不受物质利益的收买。李健吾说:"批评不象我们通常想象的那样简单,更不是老板出钱收买的那类书评。它有它的尊严,犹如任何种艺术具有尊严;正因为批评不是别的,它也是一种独立的艺术。"[1]

再次,批评之所以是独立的艺术,因为批评是表现,批评中有创造。而批评之所以能成为"单独生存的艺术品",在李健吾看来,还主要由于"批评是表现",批评者批评的

---

[1] 按:京派批评家李长之在这一点上与李健吾一样,他反对"奴性的批评"。李长之说:"批评是反奴性的。凡是屈服于权威,屈服于时代,屈服于欲望(例如虚荣和金钱),屈服于舆论,屈服于传统,屈服于多数,屈服于偏见或成见(不论是得自他人,或自己创造)。这都是奴性这都是反批评的。"李长之:"产生批评文学的条件",见《李长之文集(第三卷)》,河北教育出版社2006年版,第155页。

就是他自己，表现的就是他自己的存在。此处，我们不能不说李健吾的这个批评观与法郎士有一致的地方："凡遇有不能缄默的时候，不如直白地招出我们说的是自己。批评家要十分坦白，便该对人说'诸君，我将与诸君谈论我自己，而以莎士比亚、或拉辛、或巴斯噶或歌德为题目——这是供给我一个好机会的题目'。"❶ 批评家的批评总难逃出他自己，批评的对象只是批评者引出自己的一个引子。从这个意义上说，批评与其他的艺术创造一样，它因为表现的是自己而具有批评者的人格精神，批评者这里就是艺术创作者，批评家成为艺术家。王尔德的看法似乎正好与法郎士的话互相参证："对于批评家来说，艺术作品只是一种启示，启示他创造属于自己的新作品，而他的作品并不需要与他所批评的事物保持明显的一致。美好形式的一个特点就是人们可以按照自己的愿望任意塑造它，从它身上可以看到自己想要看到的一切东西；美把自身的普遍性和美学要素给予了创作，它使批评家反过来变成了创造者。"王尔德甚至断言："最高的批评比创作更富有创造性。"❷ 李健吾则说："宇宙的美丽正在无物不备，物物相成相长。这个人和他的事业是另一个人的材料，而另一个人的材料和他的制造又将是另一个人的材料。同时一个批评家，明白他的使命不是摧毁，不是和人作

---

❶ 法郎士："神游"，见［美］琉威松（Ludwing Lewisohn）编：《近世文学批评》，傅东华译，商务印书馆1928年版，第6页。
❷ ［英］王尔德：《谎言的衰落——王尔德艺术批评文选》，萧易译，江苏教育出版社2004年版，第130页。

战,而是建设,而是和自己作战。"❶

最后,批评表现的是人性,批评是独立的艺术,意味着批评和创作一样,有它的尊严。因而,批评不是寄生于作品的次一级的东西,批评本身就是一种创造,它有它自己的根据,一个批评者就是一个人性的存在。

某部杰作不能成为自身批评独立或者不独立的条件,起决定作用的是批评者自己的独立的精神存在。李健吾认为批评者也是人,(批评)"有它自己的宇宙,有它自己深厚的人性做根据","批评之所以成为一种独立的艺术,不在自己具有术语水准一类的零碎,而在具有一个富丽的人性的存在"。批评者不是为抽象概念而活,也不是为了某部杰作而活,他首先为自己而活,他的批评首先是为了提升他自己。因为有了自己,才会有个性,而有个性的精神存在是一切创造性产品的特征。而这样的批评产品就具有永久性价值,"一切艺术品,唯其摄有不苟且不雷同的个性才能活在无数'旁观者'的心目中,与日月以共荣"。❷ 批评独立,富于个性,所以才可能有尊严,同时个性也意味着风格。

那么,另一个问题,批评家如何进入一部作品?或者说李健吾文学批评的阅读方式是怎样的?还有,他如何把自己的阅读感受以文字的形式表达出来?李健吾说:

在了解一部作品以前,在从一部作品体会一个作家以

---

❶ 李健吾:"假如我是",载《大公报·文艺》第 333 期,1937 年 5 月 9 日。此期集体讨论"作家们怎样论书评"。

❷ 刘西渭:"答巴金的自白书",载《大公报·文艺》第 72 期"星期特刊",1936 年 1 月 5 日。

前,他先得认识自己。我这样观察这部作品同它的作者,其中我真就没有成见,偏见,或者见不到的地方?换句话,我没有误解我的作家?因为第一,我先天的条件或许和他不同;第二,我后天的环境或许和他不同;第三,这种种交错的影响造成彼此似同而实异的差别。他或许是我思想上的仇敌。我能原谅他,欣赏他吗?我能打开我情感的翳障,接受他情感的存在?我能容纳世俗的见解,抛掉世俗的见解,完全依循自我理性的公道?❶

李健吾同时以为批评者"首先理应自行缴械,把辞句,文法,艺术,文学等等武装解除然后赤手空拳,照准他们的态度迎了上去"。❷李健吾在阅读作品时,总是灌注了极大的同情和理解。批评者是读者,就像一个艺术家能够容纳种种不同的人生经验一样,一个批评者、读者也应该能够容纳各异的作品、不同的作品的经验。作为读者的批评者要"虚位以待",做到"无我",这样的批评态度如上文所说,是谦卑的,面对作品、作家时的一种忘我的诚恳;李健吾所谓的"缴械",不是完全陷入作品不能自拔,不是在自己的脑中重复作品、作者的思想与意识。批评者有他自己的痛苦和欢乐,他首先尊重自己的阅读感受。如上所引,与作品比起来,批评家也是一个活生生的人的存在,批评家的各种经验成为他理解作品的起点,也是他批评的根据。

---

❶ 刘西渭:"《雾》《雨》与《电》——巴金的《爱情三部曲》",载《大公报·文艺》第36期"星期特刊",1935年11月3日。

❷ 同上。

第四章 批评的境界：作为人生存在方式的文学批评

有学者指出，李健吾的批评阅读方式与日内瓦学派之间有"异曲同工之妙"，❶ 却没有进行详细说明，我们不妨具体看一下。如日内瓦学派的乔治·布莱就认为："阅读或批评，乃是牺牲其全部习惯、欲望和信仰。这是通过一种类似笛卡尔的夸张的怀疑的剥离而达到一种先决的虚无，达到一种空虚的状态"，"理解一位小说家、一位诗人、一位艺术家、一位哲学家，就是首先把另一人的感受过并传达给我们的经验、其次把他们的传达能够在我们身上相继引起或唤起的类似经验与把这些经验牢记在心的当今我们的自我联系起来。简言之，为了认识一位作者，只认识他还是不够的，还有（姑且这么说吧）认识自己或在他身上认出自己；应该一步一步重新发现他让我们经历的全部感情。"❷ 乔治·布莱的见解与李健吾对阅读的观点，惊人的一致。再如，日内瓦学派的另一位代表人物让·斯塔罗宾斯基也认为理想的批评阅读是这样的阅读："全部阅读始终是一种无成见的阅读，是一种简单的相遇，这种阅读不曾有一丝系统预谋和理论前提的

---

❶ 如郭宏安先生就指出："我近年研习法国文学及批评理论，深感李先生的批评观与法国二十世纪三十年代兴起的日内瓦学派遥相呼应，有异曲同工之妙。文学批评的日内瓦学派肇始于马塞尔·雷蒙的《从波德莱尔到超现实主义》，时在1933年，而李健吾先生以刘西渭为笔名的《咀华集》与《咀华二集》则在三、四十年代问世，这大概不是巧合吧，而是与当时整个文学批评界出现的一股反实证主义潮流有关。……李健吾先生的批评我想是直接通向日内瓦学派后期的斯塔罗宾斯基于1983年所提倡的'自由的批评'。"见郭宏安主编：《李健吾批评文集》，珠海出版社1998年版，第328页。

❷ ［比］乔治·布莱：《批评意识》，郭宏安译，百花洲文艺出版社1993年版，第89页、第13页。

阴影"，这是一种"没有预防的阅读"。❶

迄今为止，我们还没有足够的证据说明李健吾与日内瓦学派之间有"影响"的证据，但是至少有几点是可以肯定的：一是李健吾早在1929~1933年留法期间就接触过日内瓦学派批评家的著作；❷ 二是李健吾在自己的批评中经常提到一些日内瓦学派的"前辈"，如蒂博代（又译：狄保戴，Albert Dhibaudet）、普鲁斯特等人；❸ 三是李健吾与日内瓦学派以及被布莱视为意识批评"前辈"的波德莱尔、普鲁斯特、蒂博代等人一样，都注重对作品的"感觉""印象"，认为批评就是在对作品感觉和印象的基础上进一步的分析，批评是对作者"经验的经验"。再如，日内瓦学派强调意识与意识的相遇，批评者的意识与作者的意识"打成一片"，李健吾则说批评是"一个人性钻进另一个人性"，"是灵魂企图与灵魂接触"。

---

❶ [法]让·斯塔罗宾斯基："批评的关系"，郭宏安译，见《波佩的面纱》，社会科学文献出版社1999年版，第204~205页

❷ 笔者在采访李健吾的学生郭宏安先生时，郭先生拿出当年李健吾送他的马塞尔·雷蒙的《从波德莱尔到超现实主义》示我，1933年初版本。近年，郭宏安对此问题又有了进一步的解释："从世界的范围来看，李健吾和斯塔罗宾斯基都应该被看作马塞尔·莱蒙的学生，他们都应该被看作现象学文学批评队伍中的一员。斯塔罗宾斯认为随笔是'最自由的文体'，他心目中的随笔的范本是蒙田随笔。而李健吾最佩服的法国作家也是蒙田。斯塔罗宾斯基的随笔观尤其对中国的文学批评有益，在这一点上，李健吾与斯塔罗宾斯基是相通的。"见刘绪源、郭宏安："我们还是期待美的批评"，载《文汇报》2007年12月19日。

❸ 如李健吾在《福楼拜评传》中多次提到蒂博代的福楼拜研究，也大段介绍过普鲁斯特的文艺观念；同样，在福楼拜的短篇小说集《三故事》"译序"里，李健吾也几处引用蒂博代的观点。"福楼拜小说集译序"，见福楼拜著：《三故事》，李健吾译，文化生活出版社1949年版。

第四章 批评的境界：作为人生存在方式的文学批评

李健吾文学批评中面对的中心始终是作品、作家，而不是任何外在的政治、社会、党派的标准或权威。这是一种"面对作品（作家）本身"的阅读现象学，从根本上说，这与李健吾所坚持的批评是一门独立的艺术的立场一致。在王尔德之前的马修·阿诺德称这种批评立场为"超然无执"（原文为 disinterested，亦可译为"无私、公正"）的立场。如何才能做到这种批评立场呢？阿诺德认为要从文学和批评的本性出发，批评要"对于所接触的全部事物展开一个精神的自由运用；坚决不让自己去帮助关于思想的任何外在的、政治的、实际的考虑……批评的任务正如我已经说过的，是只要知道世界上已被知道和想到的最好的东西，然后使这东西为大家所知，从而创造出一个纯正和新鲜的思想的潮流"。❶ 李健吾则认为："一个批评者，穿过他所鉴别的材料，追寻其中人性的昭示。因为他是人，他最大的关心是人。……他应该是一个古代希腊人，尊奉的只是人与其崇高的意志。艺术便是这种理想的象征，活动是自由的，同时是向上的，人类幸福是它的目标，不受任何羁缚，除去他个性的范畴，仿佛一个大神主义者，心头有一个'天'在，并不信奉尘世的三姑六婆。"❷ 李健吾是一个艺术至上主义者，他的批评观也是他的艺术观、文学观的体现。李健吾心头的"天"就是文学和艺术本身，批评应该只对文学和艺术自身说话，"尘世的三姑六婆"是批评自由的障碍。有人指出李

---

❶ ［英］马修·阿诺德："当代批评的功能"，伍蠡甫译，林同济校，见伍蠡甫主编：《西方文论选（下）》，上海译文出版社1988版，第71页。

❷ 李健吾："叶紫论"，载《大公报·文艺副刊》（香港）第809～811期，1940年4月1、3、5日。

健吾所坚持的批评的公平与超然无执受到了阿诺德的影响，❶ 这是有一定道理的。另外，如果就整个当时的京派批评的立场来看，李健吾的文学批评也可以说是"超然独立"的。关于这一点黄键在《京派文学批评研究》一书中已经作了相当的考察，❷ 这里不再重复。

在批评写作方面，李健吾有其独特探索和建树。自从"印象主义"批评的"帽子"戴在李健吾头上之后，后世的人们在重新打量李健吾的文学批评时，有意或无意地承袭了此种称谓，如刘锋杰称之为"印象鉴赏式"的批评，温儒敏直接叫做"印象主义批评"，等等。同时，这些研究者也看到了李健吾的批评已经超越了法郎士所谓的"印象主义批评"，所谓"从印象到条例"。假如换个角度看，李健吾是在谈"批评写作"的过程，因为批评的过程最终总要落实到具体的文字上，李健吾的批评不仅有来自法郎士的"灵魂在杰作中的冒险"，也有古尔蒙的忠告，一个批评家要"用全副力量，把他独有的印象形成条例"。无论是文学艺术的写作，还是批评的写作（何况批评是独立的艺术），写作者最初形

---

❶ 如许道明主编的《中国现代文学批评史新编》认为："英国的阿诺德显然是首先影响李健吾的一个重要批评家。"见许道明主编：《中国现代文学批评史新编》，复旦大学出版社 2002 年版，第 191 页。本书认为，如果说阿诺德影响了李健吾的批评观的话，那么未必就是"首先"。因为在坚持批评的独立上，王尔德显然比他的老师阿诺德又大大推进了很多。如，阿诺德虽然也在争取批评的独立性自由，但他还是认为"批评力比起创造力来，是较为低级的"。还有，李健吾坚持批评与批评家的独立，还可以从中国传统批评史上找到来源，比如他对曹丕批评才分的推崇。所以就李健吾思想来源来说，很难做截然的先后之分。

❷ 黄键："独立与超然之旗"，见黄键：《京派文学批评》，生活·读书·新知三联书店 2002 年版，第 6~21 页。此书其他部分亦有所涉及。

成的总是印象，之后才是文字的铺陈、文辞的运用。作为创作家的李健吾不时在自己的批评文字中讨论批评写作的具体过程：

> 所有批评家的挣扎犹如任何创造者，使自己的印象由朦胧而明显，由纷零而坚固。任何人对于一本书都有印象，然而任何人不见其全是批评家，犹如人人全有灵感然而人人不见其全是诗人。同是艺术，全注重表现，全用力寻找表现的技巧。这就是为什么，一个批评家不是一部书的绝对的权威。……古尔蒙 Remy de Gourmont 给批评家建议道"一个忠实的人用全副力量，把他独有的印象形成条例"。❶

像任何写作过程一样，由纷零的印象到坚固的表达，由朦胧的印象到清晰明显的条例。李健吾批评具有的可操作性，也在这里，他总是以一个创作家的身份向读者揭示精神创造的过程。"他不仅仅是印象的，因为他解释的根据，是用自我的存在印证别人一个更深更大的存在，所谓灵魂的冒险者是，他不仅仅在经验，而且要综合自己所有的观察和体会，来鉴定一部作品和作者隐秘的关系"。❷李健吾关于批评写作过程的描述，甚至在当时的"新月派"作家叶公超那里也能看到回应，此点可参看叶公超的《从印象到评价》。❸

---

❶ 刘西渭"答巴金的自白书"，载《大公报·文艺》第 72 期"星期特刊"，1936 年 1 月 5 日。

❷ 刘西渭："《边城》与《八骏图》"，载《文学季刊》第 2 卷第 3 期，1935 年 9 月 16 日。

❸ 叶公超："从印象到评价"，载《学文》第 1 卷第 2 期，1934 年 6 月。

小结

李健吾的文学批评是强调批评者主体的批评，正如孙玉石所言"五四之后的许多现代文学批评家中，再没有李健吾那样极端重视批评者的主体意识和文学批评的独立特征的了"。[1] 可贵的是李健吾不仅仅是在观念上提出批评家的独立和批评的独立，并在他的批评实践中一一体现出来。

---

[1] 孙玉石：《中国现代解诗学的理论与实践》，北京大学出版社2007年版，第38页。

第五章

批评遭遇的困境

> 批评最大的挣扎是公平的追求。……然而，另外一个原因，不如说另外一个反动，是由于我厌憎既往（甚至于现时）不中肯而充满学究气息的评论或者攻讦。批评变成一种武器，或者等而下之，一种工具。句句落空，却又恨不把人凌迟处死。
>
> ——刘西渭：《咀华集（跋）》

作为批评家，刘西渭一开始就遭遇了种种"苦恼"，批评的第一重困扰在于，批评家的经验与作家的经验，并没有"相遇"，作家不认可批评家对作品的批评，怎么办？第二重困难是，批评中坚持自己的艺术理想、批评立场和批评的标准，会时时遇到外界的压力，怎么调和这些矛盾？

一、"刘西渭先生的苦恼"

一位批评家理解一位作家和他的作品存在层层阻隔、重重困难，刘西渭深感其中的坎坷与不易：

从作者的经验到表现是一个坎坷的"天国历程"，结局多半倒是颓然而废。我们看一眼文学史，就知道有多少杰作是完成的，而完成的，又有多少能让作者瞑目的。一个读者，所有经验限于对象（一部书，一首诗）的提示，本身和作者已然不同：想象能否帮他打进读书的经验，即使打进去，能否契合无间，正如一句伤心的俗话："天晓得 一个读者和一个作者，甚至属于同一环，同一时代，同一种族，也会因为一点头痛，一片树叶，一粒石子，走上失之交臂的岔道。一个作者，从千头万绪的经验，调理成功他表现的形体；一个读者，步骤正好相反，打散有形的字句，蹚入一个海阔天空的境界，开始他摸索的经验。这中间，由于一点点心身的违和，一星星介词的忽略，读者就会失掉全盘的线索。❶

尽管李健吾说，批评者是一名对作品的解释者，但他在批评中对表现于作品中的"作者经验"十分看重，甚至是首要的。批评中每每涉及"作者意图"，虽然今日的文学批评有所谓"作者已死"的说法，但不能否认的是，作家的创作意图和表现在作品中的经验，仍然是当今乃至以后文学批评不可缺少的参照。李健吾强调作家及表现在作品中的人生经验的"相遇"，并不是说绝对意义上的完全"重合"，这是不可能的，但是在某一个层面上的相遇还是可求的。在这一

---

❶ 刘西渭："答《鱼目集》作者——卞之琳先生"，载《大公报·文艺》第 158 期"星期特刊"，1936 年 6 月 7 日。李健吾在此篇文章中，还有分析："同样一个经验，有的诗人体会的更为深刻些，有的更为辽阔些，有的简直就不知道什么时候是他最后的止境。明白清楚是作者努力追求的一个目标，是作品本身的一个要求，是读者一种意内的希望，却不是作者达到目标的征记，作品价值的标准，至于读者的希望，在创作的过程中，很少放在作者的心上。时间是爱情的试金石，也是智力测验的一个条件。一个十六岁孩子看《红楼梦》，他的经验和二十岁青年的不同，和四十岁成人尤其径庭。一个十四岁孩子会把《七侠五义》当做杰作，再过二十年，你若问他，他会微微一笑，红上脸来，勾起悲哀的回忆。一个读者，本人因为年龄心境差异，对于一部作品不能终始如一，怎么会同另一个读者合好无间呢？"

点上，李健吾承认人与人之间的相通。所以他说："这不可能，然而这不是说，绝对不可能。人和人有息息相通的共同之点，大致总该有个共同的趋势。"❶

李健吾坦陈批评中的"理解之难"，又指出了"理解之可能"。道理很简单，几乎没有作者愿意创造一部人人不懂的作品，拒绝所有读者的作品还没有诞生吧。文学作品，尤其是诗歌的"可解"与"不可解"历来争论不止，认为一部作品"不可解"，多少带有把作品"神秘化"的色彩，李健吾不太相信对文学艺术，包括对杰作的"神秘化"："我们通常逢到一部杰作，由于过分敬畏，不是解做神秘，便是委之机会，而实际没有比这再失敬，再蔑视作者高贵的全人存在的。"❷

清醒的认识、明确的思想，并不能减少批评家刘西渭在实际批评中遭遇的"苦恼"。他的批评以笔名"刘西渭"（或西渭）刊发，而不是本名，这本身就是一种"掩护"。

李健吾先生的笔名至今不能完全确定到底有多少，❸ 但是有一个是肯定的，那就是刘西渭这个笔名。李健吾第一次

---

❶ 刘西渭："答《鱼目集》作者——卞之琳先生"，载《大公报·文艺》第158期"星期特刊"，1936年6月7日。

❷ 刘西渭："读《画梦录》"：载《文季月刊》第1卷第4期，1936年9月1日。

❸ 目前笔者所查到的有：李健吾，仲刚、刚、川针、可爱的川针、刘西渭、西渭、沈仪、成己、东方青、健、健吾、丁一万、石习之、郝四山、法眼。见徐迺翔、钦鸿编：《中国现代文学作者笔名录》，湖南文艺出版社1988年版，第254~255页。问题在于很多都是"孤证"，如署名"东方青"的《张太太这样的母亲》刊登在《万象》1944年7月1日，笔者核实此篇之后，再没有发现第二次使用此笔名，所以不敢确定，只好存疑。同样的情况还有"成己""沈仪""石习之"（此笔名笔者没有发现一篇文章）等。

以"刘西渭"为笔名发表文章是在 1934 年的《大公报》文艺副刊上。❶ 李健吾似乎有意把作为文学创作家、翻译家的李健吾与作为批评家的刘西渭分开,他以李健吾为笔名发表的文章大多是小说、戏剧、散文、翻译等,以刘西渭的名号发表的则大部分是批评文字(偶尔会有翻译文字用笔名,如翻译圣伯夫的《什么是一位经典作家》)。《咀华集》初版时也是署名"刘西渭",同时《咀华二集》再版也是这样。只有一个例外,就是《咀华二集》的初版本,署名"李健吾"。

　　一般说来,出于某种需要,作者以不同的名字刊发文章,呈现在读者面前的就是不同的写作主体,不知底细的读者会认为这是来路各异的作者。但是,如果一个写作者有意在本名和笔名之间制造某种若有若无的联系,一边有意透露,一面又故意遮掩,甚至还以本名与笔名对话的方式来达到批评的目的,这就具有了某种戏剧性。有两篇文章值得注意,一是 1936 年在《大公报》文艺副刊以李健吾本名发表的《刘西渭先生的苦恼》,❷ 另一篇是 1945 年在《文汇报》

---

❶ 刘西渭:"伍译名家小说选",载《大公报·文艺》第 97 期,1934 年 8 月 29 日。"刘西渭"这一笔名,甚至在 10 多年之后,还少有人知道他就是李健吾,还认为李健吾"很少用笔名"。如 1945 年的第 1 卷第 6 期《青年文化》"每期一文人"栏目介绍"李健吾",谈了他的剧作《目前的梦》《新学究》《一个未登记的同志》,认为这些作品"皆能收获满意的成绩。除此以外,还有几种译述。他很少用笔名,完全用'李健吾'真名实姓来写作发表"。这篇短文中,尽管也以怀疑的口气说:"有人说'刘西渭'就是他的另个化名,而且在大公报文艺版竭力替'李健吾'吹捧",但是文章最后不敢确定,"究竟真相如何,亦非笔者所知了"。可见"刘西渭"掩藏了"李健吾"。

❷ 李健吾:"刘西渭先生的苦恼",载《大公报·文艺》第 214 期,1936 年 9 月 13 日。

"世纪风"署名刘西渭的《咀华记余·刘西渭是我的仇敌》。[1] 这种写作风格也属于李健吾写作风格的一部分,第一章的批评体式中已经有所讨论。

从这两篇文章,我们可以看出,李健吾作为一个批评家的苦衷,以及他的苦恼所在。《刘西渭先生的苦恼》一文中,李健吾以刘西渭的老友、多年知己的角色出现,以刘西渭向李健吾诉苦的对话形式展开。文章开篇即说"刘西渭先生是个怪人",他会在朋友们高谈阔论时躲在一个角落里默不作声,他的苦处在于,作为书评家的刘西渭得罪了不少朋友。因为刘西渭"越是交情深,越是不客气",文中提到的他与卞之琳的那场争论,提到的朱光潜对刘西渭书评的赞誉——"瑰丽"。文中谈到,无论书评家还是批评家,如果说真正的批评,面对的是作品自身,而不是朋友、私人友情或者外在的物质诱惑、某种压力。"批评的成就是自我的发现跟价值的决定。发现自我就得周密,决定价值就得综合。……一个批评家是学者跟艺术家的化合,他的工作是种活的学问,因为这里有颗创造的心灵运用死的知识"。作为学者的批评家是要追求公平的,但是一个批评家的见解能逃脱一己之见吗?公平何在?"一个书评家既然谈的只是'他自己的发见,而且是爱或憎的对象',怎么能够公平自由呢?甚于新鲜超脱,公平和自由是做书评家的两个首要条件。看完他的全篇文章,你会觉得人间没有绝对的公平,一切只是'个别的差异',而'偏见',因为是'无限的某一片面的摄影',反而

---

[1] 刘西渭:"咀华记余·刘西渭是我的仇敌",载《文汇报·世纪风》1945年9月10日。

摇身变做'公平'"。公平是一个批评家或者书评家追求的目标，但是往往做不到。这是作为批评家刘西渭先生的"苦恼"，也是每一个批评者的苦恼。

既然所谓的"公平和自由"往往只是偏见的幌子，那么一个批评者该如何办？丢下他的笔，逃之夭夭？不，批评家刘西渭给出了他对公平的态度："当我拿起同代人一本，即使是本杰作，熟人写的也罢，生人写的也罢，我精神便完全集中在字里行间，凡属人事我统统关在门外。我不想捧谁，不想骂谁，我是想指出其中我所感到看出的特殊造诣或者倾向（也许是好，也许是坏），尽我一个读书人良心上的责任"，"他具有深厚的个性，然而他用力甩掉个性，追求大公无私的普遍跟永久。"❶可以说批评家刘西渭可以让李健吾更好地去"面对作品本身"，把精力集中在字里行间，把人事统统抛开，捧与骂都与作为读书人的批评家的良心不相容。

批评家面对作品本身是第一位的，李健吾深深懂得，批评是个容易招来"仇人"的行当，正如这篇文章中所说"碰到谁的作品，就要变成谁的仇人"。批评正意味着风险，王尔德的看法正好给了一个佐证："一切艺术既具有表层意义，又具有象征意义。潜入表层底下的人得自己承担风险，读出象征意义的人也得自己承担风险。"❷李健吾对批评者角色的深刻反思，他看到了一个批评者的难处、苦处。发表于1945年9月10日《文汇报》"世纪风"的《刘西渭是我的仇敌》

---

❶ 刘西渭：《咀华集（跋）》，文化生活出版社1936年版。
❷ 王尔德："道连·格雷的画像（序）"，黄源深译，见《王尔德作品集》，人民文学出版社2000年版，第4页。

中，可以说批评家刘西渭已经走出了10年前孤独、苦恼的阴影，显得非常的自信。因为全文不长，照录如下：

刘西渭相信自己是一个心平气和的读书人，他拿公平来酬报字句的分量。愉快是他的心情，他不计较时间的损失——光阴一去不复返，还有比这更大的损失？他愿意做人人的畏友，假如不可能做人人的好友。他希望自己有所服役于自己宝爱的理想，不顾私，因而有所效劳于私。

一八一九年，司汤达（Stendhal）由米兰写信给他的老友，讥讪当时法兰西的文坛的风气：

"这个人不和我的意见一致：所以是一个蠢货。他批评我的书：所以他是我的仇敌。他是我的仇敌，所以是一个坏蛋，一个小偷，一个杀人犯，一匹驴，一个骗子，一个土匪，一个恶棍，等等，等等，等等，等等。"

万一无意之中伤了什么人的尊严或者虚荣，刘西渭希望自己不至于得到那样一串动听的名称：大方些，饶恕他的冒昧，因为过火原本含在各自作品的本身。贺拉斯的警告是太值得听取了：

"你发表的东西你永远不能毁坏，你说出的话你永远收不回来。"

这是作为批评家的李健吾（刘西渭）的心声：如果不能做人人的好友，宁愿做人人的畏友。学者认为这篇短文"表明了自己的批评态度，为下一步评骘作品，进而臧否人物廓清翳障"。❶ 作为批评家的李健吾是大胆而自信的，但大胆不是狂妄，自信也不是自负，他心平气和，他愉快地追求公平，他有自己的批评的理想，他不顾私。而结尾处贺拉斯的警告"你发表的东西你永远不能毁坏，你说出的话你永远收不回来"，多少也有说给批评家刘西渭自己的意味。

批评家"刘西渭先生的苦恼"，还有另外一种，就是他在批评中所坚持的批评立场和批评标准，不时遇到来自文坛与社会的压力。这种压力带来的焦虑和矛盾，在他的批评笔下转化为一种试图调和这两者矛盾的努力，一方面要顾及自己的批评的艺术化的理想和人生方式，另一方面他又对现实世界忧心不已。他试图调和这种不平衡。

艺术标准和现实尺度时时发生冲突，从他对"街头诗"和诗歌大众化的批评文章中可以看出来。李健吾一方面指出田间诗作是"一首一首爱国爱土地的诗行"，肯定其生命的力量和战斗的鼓舞作用；同时，在文中又指出"大众化"、口语化的诗歌如马凡陀"山歌"里面的"粗窳的制作"。他进一步分析说："新诗的道路是寂寞的。朗诵可能有助于它的扩展，然而真正的好诗，就有太多太多的数量不一定全吻合朗诵的条件。朗诵可以帮助新诗寻找它应有的节奏，然而真正的节奏，不靠演员，却靠诗人自己先从生活之中苦苦搜索。"李健吾正确地指出了街头诗和口语化诗歌，仅仅是新诗发展道路上的一种可能，而不是唯一的道路，因为还有"纯诗"的路径可行。但是在1947年，作出这样的批评，是有一定风险的，所以李健吾在文中"再度声明"说："我是

---

❶ 韩石山：《李健吾评传》，山西人民出版社2006年版，第254页。

在分析，没有丝毫心思在褒贬。"❶

再如，他批评萧军、叶紫等"左翼"作家的作品时，绝没有像一些"左翼"批评家或者"右翼"批评家"一面倒"，而是力求做到最大的"公正"——尽管绝非轻易做到，我们这里不妨换做另外一个词："在理"。论叶紫的小说，李健吾看到了时代的需要："没有比我们这个时代更其需要力的。假如中国新文学有什么高贵所在，假如艺术的价值有什么标志，我们相信力是五四运动以来最中心的表征。它从四面八方来，再奔四面八方去。它以种种面目出现，反抗是它们共同的特点。"时代需要像叶紫这样的作家，"北伐把一个狰狞的现实活活揭露：我们的毒恨经过长期的酝酿，再三在失望的刀石磨错，终于磨成利刃，握住阶段的矛盾，要求全部洗改。没有人晓得这尖锐的斗争将以何种形式结束。我们现代前进的作家，直接间接，几乎人人在为这个理想工作。一种政治的要求和解释开始压倒艺术的内涵。鲁迅的小说是一般的，含蓄的，暗示的。临到茅盾先生，暗示还嫌不够，剑拔弩张的指示随篇可见……"❷

---

❶ 本段引文均出自刘西渭："《诗丛》和《诗刊》"，载《文艺复兴》第3卷第1期，1947年3月1日。早在1928年鲁迅就曾说："一切文艺固是宣传，而一切宣传却并非全是文艺。这正如一切花皆有色（我将白色也算做色），而凡颜色未必都是花一样。革命之所以于口号，标语，布告，电报、教科书……之外，要用文艺者，就因为它是文艺。"鲁迅："文艺与革命"，见《鲁迅全集（第4卷）》，人民文学出版社2005年版，第84页。鲁迅的批评立场，与李健吾在这里是一致的，在强调文艺之所以为文艺的"自律"与文艺的现实功用的"他律"之间，一位艺术家、一名批评家所能做的是努力挣扎、追求最大的公平。

❷ 李健吾："叶紫论"，连载于《大公报·文艺》（香港）1940年4月1~5日。

时代需要"力"的作家，鲁迅、茅盾、萧军、叶紫、田间……然而正如鲁迅所说，并非一切宣传都是文艺，"左翼"作家的强烈现实主义态度，是他们的作品之所长，也是其所短。我们会注意到，李健吾在论鲁迅、茅盾和叶紫的修辞方式有很大不同，鲁迅的小说是"暗示的、含蓄的"，还符合艺术的表征，因为鲁迅没有去赤裸裸地宣传什么理论或态度。轮到茅盾，"暗示"变成了"指示"，"剑拔弩张的指示"，由暗示到明白的指示，小说到茅盾这里，已经偏离真正的艺术精神了。但是，到叶紫，李健吾告诉我们他的阅读感受："我们常常感到勉强与夸张。决定他观察的角度的，不是一个艺术家的心情，而是态度和理论。""同茅盾先生一比，叶紫成了一位百折不挠的军官。他的人马出生入死，疮痍满身，蹶而复起。"❶

这样，鲁迅还是艺术家的"暗示"，茅盾是革命者的"指示"，到叶紫最后成了"军官"式的"命令"和"口号"。李健吾并没有任意地褒贬，他确实只是在分析，分析作品的得与失，发现其长，却并不掩盖其短，因为批评家李健吾抱着一颗同情的心，他深深理解中国作家的处境：

我们无从责备我们一般（特别是青年）作家。我们如今站在一个漩涡里。时代和政治不容我们具有艺术家的公平（不是人的公平）。我们处在一个神人共怒的时代，情感比理智旺，热比冷要容易。我们正义的感觉加强我们的情感，却

---

❶ 李健吾："叶紫论"，连载于《大公报·文艺》（香港）1940年4月1～5日。

没有增进一个艺术家所需要的平静的心境。❶

不唯小说家如茅盾、叶紫不能有艺术家所需要的"平静的心境",批评家李健吾也难有这种心境,中国现代文学史上,又有几个作家有这样的心境呢?文以载道的传统和儒家士人的入世精神,难道不是中国现代作家、批评家内心深处恒久的情结吗?从抗战爆发到1949年,一直蛰伏在上海的李健吾,国难当头,政府腐败,李健吾再也无法平静地坐在书斋中去作他的"咀华"名篇了。虽然没有像闻一多那样拍案而起,却如鲁迅一样拿起了手中的笔,写起了杂文。文学批评家刘西渭愤怒了,喜剧的讽刺已经不够用,他要他的文字更有力量。

二、刘西渭的愤怒——从文学批评到社会批评

在李健吾的文章中,有一类至今不大为人注意,那就是他的杂文写作,只有韩石山《李健吾传》中以不多的篇章予以介绍。原因不外以下两个:一是李健吾1949年后,只字不提自己的这些批评文字(包括《咀华集》《咀华二集》的文章);二是新中国成立后他出版的著作也很少被收入。这些杂文,主要集中在1937~1948年,总字数在20万字左

---

❶ 李健吾:"萧军论",载《大公报·文艺副刊》(香港)第547期,1939年3月10日。

右，见于当时上海的《文汇报》《铁报》《大公报》《周报》《宇宙风》《文艺春秋》《文艺复兴》等报纸杂志。像他的文学批评一样，李健吾也大多以笔名"刘西渭"或"西渭"发表，间或也用本名李健吾。这显示出作者是有意在他的文艺批评之外，另立社会批评一类文字，而且建立了相当的成就。

（一）抗战期间的杂文写作

李健吾怎么写起杂文来了？1937～1949年，民族危亡、政局动荡，加之当局政治腐败，民不聊生，文化也被扼杀、被摧残。每一个有良知的文化人、知识分子都会自觉地把自己的命运与祖国和民族命运联系在一起，与普通老百姓的命运联系在一起。这是一种道义上的自觉而为，也是一个知识分子的道德责任和政治热情的表现。李健吾的这些文字，是一个有良知的文化人对非人间黑暗的控诉。

还需要指出的一点，就是李健吾显然受到鲁迅战斗精神的影响。李健吾在师大附中读书时就聆听过鲁迅的演讲。李健吾晚年在他那本《李健吾散文集选》序中说，对他散文创作影响最大的是鲁迅和朱自清。这里所谓"散文"也包含杂文。鲁迅杂文中的批判精神在其逝世后，中国知识分子一代又一代薪火相承，尽管并不是每一个人都和鲁迅的风格完全一致。鲁迅是李健吾批评中的一个重要参照，他的批评文章中，有不少地方论及鲁迅，或旁及，或专文。像在论《叶紫小说》《陆蠡的散文》中就有大段谈论鲁迅的文字，也有专门的文章，如《关于鲁迅》《我不敢想象》等。李健吾曾经谈到他读鲁迅的感受："读鲁迅的散文，大部分是他所谓的杂文，我们恍如回到读但丁的《神曲》的经验，中世纪和十

第五章　批评遭遇的困境

三世纪活在他的爱憎的热情。逃亡，疲倦，战斗，永远战斗。"❶

今天阅读李健吾的这些社会批评文字，能够感到李健吾的文风和鲁迅金刚怒目、剑拔弩张式的风格不尽相同，李健吾在文风上更多时候是一种"旁敲侧击"式的（偶尔也会笔露锋芒）。这一点不妨说他是受到了喜剧战斗精神的启示。1947年，李健吾根据古希腊喜剧家阿里斯托芬的《妇女公民大会》改编为讽刺喜剧《和平颂》，上演时改名为《女人与和平》，影响巨大。这出反内战、反独裁的喜剧演出后，引发了大批"左翼"批评家如安尼、楼适夷等人的批评"围剿"。但上演当天，《文汇报·笔会》刊载了洪深、柯灵、凤子、丰村等人的剧评，都是正面肯定这部喜剧的价值。同时刊出叶圣陶诗（手迹）："人生苦戏关冥世，讽刺流传见政情。谁识健吾酸楚意，和平颂里悼苍生。"❷

此外，李健吾1949年曾发表一篇《喜剧的大无畏精

---

❶ 刘西渭："陆蠡的散文"，见《咀华二集》，文化生活出版社1947年版，第152页。再如，1946年10月，鲁迅逝世十周年纪念日，《文艺春秋》辟"纪念鲁迅先生逝世十周年特辑"，其主题之一"要是鲁迅先生还活着"，李健吾以笔名刘西渭写文《我不敢想象》（《文艺春秋》第3卷第4期，1946年10月15日）。同期刊文的作家还有萧乾、臧克家、施蛰存、茅盾、罗洪、王西彦、李焕平等人。李健吾这样写道：
  我不敢想象鲁迅先生活到现在……
  假如诗人闻一多先生走出书房；假如老夫子马叙伦先生会放下经典；
  假如温柔敦厚的君子叶圣陶先生会哑声嘶喊……假如一个秀才全被逼得造了反，
  我不敢想象鲁迅先生活到现在……
诸如此类，无不表明，李健吾是自觉以鲁迅为战斗的楷模、批评的典范，不必再多引证。

❷ 见《文汇报·笔会》1947年1月17日。

神》，文中说：

　　一个有良心的喜剧作家似乎生下来就不是为现时活着的。他或许不曾意识到到使命的重要，但是他投下去的无形的炸弹轰然作响，若干世纪后，震颤的余波继续还在荡动，同时他富有爆炸性的激烈的言词，从已经化为灰尘的束缚人性的传统解放出来，在他不朽的精神后面，形成圣者的光晕。人是朝着未来和理想走的，但是喜剧作家的道路最切实，也最直率，因为他的最大的根据是现实，永远是现实，同时他走路的方式最轻快，也最利落，充满人类的智慧……假如一切文艺基于理想的生命，站在前进的方向，喜剧由于本质和方法，显然属于激烈的革命，仅仅比实际的行动温和一点罢了。

　　此其所以正人君子特别贬斥喜剧，因为喜剧仿佛一只困兽，企图突围而出，在风习和法令之外追寻一种更大的自由。它是一把晶明的匕首，摊在桌子上面和不合理的人事，尤其是人性，挑战。最勇敢的由人事着手，最深宏的由人性着手，一个走着笑骂的路，一个走着分解的路，一个辛辣而味道不永，一个蕴藉而情趣长在。人事最容易惹来祸患，也最容易崩溃，完全属于时间。但是无论所攻击的是特殊现象或者普遍现象，喜剧作家之易于成为危险分子，却是自戏剧

有史以来的事实。❶

这篇文章发表在1949年，写作时间是1946年5月。李健吾把喜剧的本质界定为"激烈的革命"，是"晶明的匕首"，它挑战不合理的人和事，并说喜剧作家往往被认为是"危险分子"。在李健吾看来，喜剧是战斗的另外一种形式，这种形式像杂文一样，是"投枪"和"匕首"。从文风上看，如此激烈的比喻，在他以往的文章中很少出现。这篇文章中李健吾高度赞赏喜剧作家的这种精神，称颂道："这种勇敢的大无畏精神是喜剧作家最高的表征。"喜剧精神即批评精神，它讥刺荒诞现实、鞭挞黑暗、追求自由、彰显人性的理想。这种勇敢战斗的精神与鲁迅是一致的，李健吾的社会批评与鲁迅为代表杂文的战斗传统，阿里斯托芬、莫里哀的喜剧大无畏精神的影响分不开。

李健吾从来不逃避现实，无论是他的小说、戏剧、诗歌、散文，还是文学批评，都是如此。1931年赴法留学不久，日本发动"九一八事变"，侵占东三省，然后是"一二·八"淞沪抗战。远在欧洲的李健吾，义愤填膺，先后创作了以辽沈失守为背景的三幕剧《火线之外》和以淞沪抗战为题材的四幕剧《火线之内》。1932年《清华周刊》刊登李

---

❶ 李健吾："喜剧的大无畏精神"，载《昌言》1949年第6期。李健吾在20世纪50年代也有类似的文章，如1954年11月15日《人民日报》发表他的《阿里斯托芬——热爱祖国的伟大喜剧作家》，文章这样评价阿里斯托芬："他的作品充满了战斗精神，在他的作品中他揭发贪污的文武官员，他斥责唯利是图的宵小。他爱祖国的荣誉过于一切，所以攻击危害祖国的各色人等，也就分外猛烈。战斗紧张到了短兵相接的程度。"

健吾从剧本中摘录的一首《出征歌》,很能代表他忧国忧民、为国献身的激愤之情:

(一)

今日何日,强虏寇疆,
人道扫地,正义不昌,
我乃奋起,展翮龙江:
热情汹涌如龙江!
救我祖国,救我祖国!
赴汤蹈火救祖国!

(二)

兄弟如云,声撼五方,
为自由战,为道义光,
杀魔求生,威扬扶桑:
赤血沸腾洒扶桑!
洒血为国,洒血为国!
点点滴滴为祖国!

(三)

华夏健儿,文献古邦,
四万万众,死为国殇,
死为国殇,万古芬芳:
英名不朽长芬芳!
一死报国,一死报国!

第五章　批评遭遇的困境

一死一生报祖国！❶

这是青年时代李健吾一腔爱国热血的活的生动写照。

1937年抗战爆发，国土不断沦陷，不久上海也沦陷。"孤岛"时期，上海的一批文化人，大多失去生活的来源，仰仗着自己的挣扎，苦苦支撑，精神苦闷至极，李健吾也不例外。抗战的初期，目睹大好河山变为"焦土"，李健吾时时感到"伤心"，在《建筑是一个伤心的说明》中谈建筑，讲文化，批时髦，痛击时代之病，把艺术、美学、政治糅合一体，和谐无间："我们忘记了传统，丢了艺术，忽略了时代，不晓得什么叫做战争。建筑是一个伤心的说明。'焦土'是我们时代的忏悔。"❷ 同时，作为一名知识分子，在民族遭难当头，却不能上战场，只能困守书斋，内心是常常生出"悲哀"之感。写于1937年11月的《案头的悲哀》是李健吾心态的表达。❸ 文章中，李健吾回忆童年的梦想：

那时一心只想做侠客，做英雄，说砍就砍，说打就打，绝不含胡。

现在的李健吾常常是：

---

❶ 李健吾："出征歌"，载《清华周刊》第37卷第12期，1932年5月21日。
❷ 西渭："建筑是一个伤心的说明"，载《宇宙风》第48期，1937年10月。
❸ 西渭："案头的悲哀"，载《宇宙风》第52期，1937年11月21日。

坐下来，想象火线上应有的壮烈。我打开报纸，反复拼排，把凌乱的材料聚在一起，整理出我的情报，组织我的战略。这一枝人马攻打东京，那一枝人马袭取横滨，留下一枝做为接应……

李健吾毕竟是一个文化人，在现实面前，文化人是弱者的一种，往往无力。李健吾的内心有很大压力，羞愧的情绪在文章中时有表现："在街头遇见一个伤兵，就象有人迎面揭发我的隐私，我的心头激起一股惭愧和感谢的热情。他为了保护我和我的梦而受了伤，我要过去吻遍他英勇的伤口。"这是一名知识分子在战争年代的悲哀，是书斋里的悲哀，也是当时许多文化人的心态写照。

然而，李健吾很快就拿起了武器——手中的笔。

他这时期的很多杂文是怒斥日本法西斯的侵略行径，反对战争，争取自由，表达对在一线作战的人们的敬意，对为保卫国家牺牲的战士的默默哀悼。如在一篇名为"拿破仑第二"的杂文中❶，李健吾从法国拿破仑的失败和其儿子拿破仑二世的短命说起。像拿破仑这样的"一世之雄"，尚不能避免失败的命运，拿破仑的儿子，拿破仑二世也不过就活了21岁，上帝就收走了他的生命。从秦始皇，到亚历山大，到拿破仑，"他们冲不出一个关隘：明天！他们最大的敌人是时间"。李健吾引用古诗"野火烧不尽，春风吹又生"，这既是时间之喻，也"象日本军阀杀不完的中国人"。文章的最

---

❶ 李健吾："拿破仑第二"，见《切梦刀》，文化生活出版社1948年版，第15~21页。

后，李健吾对着侵略者喊道:"救救你们的孩子,日本军阀。"

1938年7月4日,王统照主编《大英夜报》的"七月副刊",其取名"七月"正可见出抗战的意义。李健吾以笔名刘西渭在上面发表过一篇《皮克老烧勒三世》❶,这是一篇对侵略者含笑怒骂,以喜剧讽刺的文笔写成的文章:

谈到从前日本的侵略,我每每不由想起那著名的皮克老烧勒Picrochole。说正确些因当是皮克老烧勒三世。要不然,什么名字也好,只要含着小丑跳梁的意思。虽说是"跳梁",倒也算得一场大战,两军相挤,直把皮克老烧勒弄的国破人亡,才好了结。

…………

他是一个肝火旺的国王;什么国,书无明文,大概十六七世纪法兰西的一个小诸侯之类吧。他率领士兵,浩浩荡荡。一径奔向他的善邻,"膺惩"的借口是他的百姓贩卖烧饼,走过人家的地面,人家好意拿钱讨几个烧饼吃,挨了骂,又挨了打,最后自然也挨了人家一顿打。日本占据丰台,说是丢了一匹马。接着在芦沟桥跑了一个兵,人比马重要,自然就要长期战争了。皮克老烧勒的敌手是一个慈悲为怀的巨灵。这巨灵也许老了,犹如中国一样老,一样贪图安逸。

---

❶ 刘西渭:"皮克老烧勒三世",载《大英夜报·七月副刊》1938年8月2日。后收入散文集《切梦刀》,题目改为《烧饼之战》。

在艺术化与现实化之间——李健吾的文学批评

李健吾文中引用辣布莱的诗:"写笑胜似写眼泪,因为笑是人的本色。"讽刺使文字更有力量。然而,战争是十分残酷的,它在摧毁一个国家的物质财富,把无辜的中国人民拖入战火之中,更坏的是,它还摧残着人们的心灵。他曾经把战争分为三种:"打仗可以分成三类。一类是为了活着要打仗,一类是为了帮人活着而打仗,一类是为了不让别人活着要打仗。""我们属于第一类,打仗是天经地义。我们必须看清,现在不是小说世界,拔剑相助那种美德早已不复存在了",同时"存在的却有第三类"。❶ 李健吾对战争有非常清醒的认识。无论哪一种战争,普通民众总是苦难的承受者。作为一名作家的李健吾,敏于感受的心灵,流露于文字中,时时让我们看到沦陷区生活的压抑和苦痛。

《弯枝梅花和疯子》❷,写战争对孩子和成人的精神与身体的摧残,孩子在上海"孤岛"生活环境中备感压抑,平时只有一块豆腐干大的天空,几乎朝夕在病中度过。而大人呢?李健吾举例说,当时北平的徐祖正,糊涂一时,做了日伪时期北平师范大学的校长,后经过一度风险,不堪良心的谴责,疯了。李健吾把人的这种精神和肉体的被摧残比做"弯枝梅花":"不见天日,不耐风雪,由小而大,摆在书案……有的害在社会积弊手里,有的害在父母手里,有的害在自己手里,有的好比现在,大都害在敌寇手里,一个一个不是身体便是精神在瘦削。……寄寓租借,茫茫无所适,你

---

❶ 李健吾:"侠客",见《切梦刀》,文化生活出版社1948年版,第53～54页。

❷ 李健吾:"弯枝梅花和疯子",载《宇宙风》第98期,1940年4月16日。

看我，我看你，一副弱者相，好不惶惑。我害怕，我为所有的文弱书生忧惧。我不几乎也是这样一株'弯枝梅花'吗？"——"争回自由的土地，舒适的呼吸"，这是当时所有中国人的呼声：自由的土地、舒适的呼吸。

散文《大祭》写给在战争中牺牲的人们，今天读来依然催人泪下：

他们辛苦一场，给人类立下福利的基础，然后一声不响，就向我们辞行，就同现时永别了。为了获得良心上的安息，我们把虔敬献给他们的魂灵。

现在，七月不曾送来安息的消息，害虫萎草还得刈除。红代替了黄，血染遍了花，一个伟大的民族正在为他的子孙争夺永久和平。

让我们赶着季节燃上感谢的香烛。

我们将世世代代记牢你们，英勇的国殇。年纪有的不过十五六岁，万里迢迢赶到火线，来不及向父母招手，便把荣誉的孤苦留给耄耋。有的不顾妻小，由她挽着儿女，眼巴巴望着村头的影迹，便硬起心肠扑向敌人，血洒在肥厚的塍堡，为了保护自己和别人的妻小。经过二十年的纷扰，大家觉悟了，认清了真正的峥嵘面目。我们只有一个敌人，那要我们做奴隶的。我们聚起个别的意志，成为一个意志，当着强暴的侵凌，不晓得什么叫做畏缩。是你们战士的浩气凝成祖国的永生。神圣的战争把你们化为神圣。

正如对日寇的痛恨，李健吾心中的爱也是那样热烈，如此深沉。李健吾在民族大义上从来都是敌我分明、立场坚定。在李健吾逝世后，夏衍写文章，回忆这一时期的李健吾："在艰苦的孤岛岁月中，他是抗日、团结、民主的坚强斗士……对光明与黑暗的斗争，他是爱憎分明、词严义正的。"❶ 这样的评价是中肯的。

李健吾的爱憎分明，不仅仅是在民族大义上。1945年日本投降后，他批评的锋芒更多地转向了当时国内的社会生活。反对独裁，渴求民主自由，关注普通百姓生活，是1945～1948年李健吾杂文写作的重心。

抗战胜利之初，李健吾也曾热情地撰文，表达自己的欣喜之情，《我理想中的新中国》一文就写于抗战结束不久。1945年10月13日，在上海出版的杂志《周报》第6期，推出"庆祝胜利号"，刊出一组同题特稿《我理想中的新中国》，作者有周予同、章锡琛、梅兰芳、顾仲彝、索非、李健吾、徐调孚、石挥、张伐、晓歌等10位文化界人士。李健吾在这篇文里深情展望了自己对新中国的期待：

> 我希望我理想中的中国是值得我骄傲的一个可爱的蒸蒸日上的国家。
> 没有文盲，因为国民教育普及。
> 没有失业的人，因为事业和志愿一致。
> 没有技术家，因为每个人全有技术，全是专家。
> 我不想把希望放的太高，能够达到这三点，在我今日所可能的想象中，中国已经是一个值得我们骄傲的蒸蒸日上的国家了。

---

❶ 夏衍："忆健吾"，载《文艺研究》1984年第6期。

第五章 批评遭遇的困境

……………

假如每一个做官的人,能够每星期看一两本新文艺作品;

假如每一个需要娱乐(因为人人需要)的人,能够每星期看一两出有价值的话剧或者任何高级消遣;

假如每一个平民能够每年有一两次的远近旅行;

于是,趣味向上,一团和气,这四五万万人将如何招人喜爱,在和平自由之中,携手前进呀!

这是一幅和平、自由、富足的生活图景。❶李健吾想象"理想中的新中国"相当具体,不是空想,这是每一个经受过战乱之苦的中国人的所希望的生活。毕竟是作家,关心的是未来新中国的国民教育,人们的文化生活,"重建中国文化"是"五四"以来中国知识分子的一个中心课题。李健吾所感所言,处处站在文化的立场上。希望做官的能读文艺作品,做一名"有文化的官僚",希冀"有文化的政治",希望民众趣味向上,普通人的娱乐也高雅一些。这既是希望,也是对当时中国社会状况的一个批评。李健吾的这些"文化理想"含着的是文化启蒙的"五四"精神,这些观点在今天看来,仍不失效。

---

❶ 内战的爆发,让包括李健吾在内的很多知识分子难掩自己的痛苦与失望,李健吾希望官僚读书的理想几乎不太可能实现。在一篇写于1946年纪念"五四"的文章谈道:"二十七年前的'五四'和二十七年后的'五四',就政治而言,有什么两样?怕是有些地方只有更糟。"又说:"没有文化的政治是实际的,实际到了不容丝毫理想存在。统治者作威作福,有钱有势,生活逼着老百姓巴结,害怕,模仿,于是普天之下,莫非官僚,国家民族也就完蛋了。"李健吾:"悼'五四'",见《切梦刀》,文化生活出版社1948年版,第104页。

但是很快，时局急转直下，打完了日本人，中国又爆发国共内战，和平的希望破灭，人们依然生活在水深火热之中。这个阶段的李健吾，主要以《文汇报》《铁报》《周报》等报刊为阵地，发表了十几万字的杂文。

（二）1945～1948年的杂文写作

1945年抗战胜利后，时局相当混乱，无论乡村还是都市，人们基本的生存权利得不到保障，怨声载道；物价飞涨，官商勾结，疯狂敛财，民不聊生。李健吾的杂文，大多是针对当时国民党当局的政治腐败，涉及社会生活的方方面面。

1946年春，时任国民党上海警察局局长兼警备司令的宣铁吾下令，将于1946年6月1日起，在上海实行"警管区"制。所谓"警管区"，就是把城市划成若干区域，每个区有一名警察负责，警员可以随时随地"挨户访问"，进入居民家中。这种肆意干涉公民隐私与自由的警察制度，引起人们极大的不满，不少知识分子，纷纷在报纸杂志撰文讨伐。1946年5月18日，柯灵主编的杂志《周报》第37期上（封面为丁聪漫画《"彻底的'警管制'"》），组织了一期特辑，分为"国共冲突剖析"和"警管区制度剖析"。后一组讨伐的"笔阵"❶中，出场的有严景耀、傅雷、萧思明、邱去耳、刘西渭（李健吾）、孟木、文西（乔冠华）。

如傅雷的《论警管区制》愤怒地斥之为"对付亡国奴的

---

❶ 语出柯灵："《周报》沧桑录"，载《新文学史料》1986年第1期。此文删节后在《读书》1985年第8期发表过。此文详细回顾了《周报》从创办到停刊的过程，对这次"笔阵"也有记述。

办法",并把这种制度与纳粹德国和日本法西斯的警察制度相提并论。傅文文笔犀利、剑拔弩张,直指要害。而李健吾的《法国的 RAYON 是什么?》❶,则显得相对委婉。李健吾先从法国警察制度谈起,认为警管区不是什么新鲜事儿,只是法国和中国不同:"说到法国,……上海的法租界,大家是亲身经历过的,难道感觉警察制度有什么特别的吗?谁几时看见警察可以随便撞入人家的?"最后李健吾得出结论:"警察局要干就干,不必另立名目,引今道古,反而使小民振振有词了。"这期文章影响相当大,引得当时的警察局局长宣铁吾也不得不跳出来在同期《周报》上同台发文《论警察管区与居住自由》,站在警察局的立场上为"警管区"制度辩护。但结果是,"警管区"制无疾而终,没能够在上海实行。这大可以看做一批知识分子批评社会的实绩,李健吾也出了一份力。

---

❶ 刘西渭:"法国的 RAYON 是什么?",载《周报》第 37 期,1946 年 5 月 18 日。注:法文"RAYON"意为"区域,范围"。李健吾对此问题的批评文章,在不同的刊物还有不少,时间上也是紧接着。如 1946 年 5 月 17 日《铁报》"旁敲侧击"专栏,署名"法眼":"◇北平警察局不许男女同坐汽车或人力车。后者当可办到。同坐汽车一定办不到。坐汽车的男女不是小民。北平警察局维持治安,兼顾风化,上海警察局未免减色。"1946 年 5 月 21 日《铁报》"旁敲侧击"专栏其中一则:"◇警管区'访问'制度将于下月实行,一般'不自由市民'最担心者厥为假借警察名义而行绑抢之实。故富贵人家,决定不问警察真伪,一律拒绝'访问'。"1946 年 6 月 4 日《铁报》"旁敲侧击"专栏:"◇日本军警好打中国人耳光,殊不如中国军警好打中国人耳光,或曰,此为优越感之表现,专对穷人而言,富人如汉奸之流且鞠躬而送矣。至于美国兵,以打人致死为儿戏,扬长而去,永无后文,非仅优越感而已也。"1946 年 6 月 26 日《铁报》"旁敲侧击"专栏:"◇俞庆棠女士反对江苏全省实行警管区,以为增加六万警察,不如增加六万教师,每一教师教四十人,可以得二百四十万人受教育。此书生之见也。"以上种种,都可以归入"刘西渭式的愤怒"。(注:"◇"为原文所有)

但是政治的高压，对言论自由的压制从来没有停止过。《周报》创办不到一年就被查封，刘西渭在休刊号上发文，表达自己的"控诉"："《周报》休刊我不奇怪。她休刊的时候正是马歇尔元帅司徒雷登大使联合宣称调节无法进行的时候。那就是说，被调解者全有不可迁就的是非，小民自然不得不另有所谓是非。美国和事老尚且失败，何况小民。于是《周报》休刊。"❶同期文章，柳亚子则愤怒地写道："《周报》的被逼停刊，是文化界的大损失，是中国法西斯蒂的又一罪行。"

下面再看李健吾在《铁报》的"旁敲侧击"。1946 年 5 月 1 日，上海的读者，打开当天的《铁报》（第 161 期）发现，在头版的左下角，新辟了一个"旁敲侧击"的时政杂谈栏目，作者署名"法眼"。豆腐块大小，每天一篇，两三百字左右。每篇由三五则短论组成，每则以"◇"标出。这就是李健吾于 1946 年 5 月 1 日至 1947 年 9 月，在《铁报》的杂文专栏写作。"法眼"是李健吾的另一个笔名，这个来自佛教的笔名，似乎在暗示读者作者观察社会真相、人间百态的深邃眼力，不同于一般人的"肉眼"。

阅读这些文字，可以感受到李健吾这种写作风格相当独特，非常类似今天网络的"博客"或者"微博"。一种讽刺又不失幽默的笔法，所发议论，均由每天正在发生的情况引发。内容真可谓是当时中国（以上海为中心）社会的"百科

---

❶ 刘西渭："闻《周报》休刊有感"，载《周报》第 49、50 合刊，1946 年 8 月 24 日。因《周报》被查封而停刊，当时举行作家"我们控诉！"笔会抗议。

全书",涉及民主、自由、政治、军事、经济、文化、社会生活的方方面面,看似有些琐琐碎碎,李健吾却从中读出民生百态,世相荒诞。从一个普通人的立场(老百姓)出发,四面出击,八方敲打,读来铮铮有声。为行文方便,以下凡引用《铁报》"旁敲侧击"专栏李健吾的文字,只标出日期。

1946年5月1日(第一次):

◇谁说人民不懂得"民主"?市参议员完成"普选","民主"眼看就要来了。怎样一个来法?"警察保卫团戒备下"。不单戒备,而且"戒备森严"。候选人之中,有一位王先青先生,据说他曾经当众自称"民主是不是真理,还要研究",想来如今在"戒备森严"之下,应该有所心得了。至于笔者,在"戒备"圈外,对于"民主"式的"普选",犹在埋头"研究"之中。❶

◇警察局因为警士少,于警官(参阅临时参议会的质问记录),如今开始招考了。警力既然单薄,为了考场安全起见,似有请保卫团派员保卫的必要。这样一来,市民明白保卫团的重要性,不久财政局在捐税单后注明加收保卫团的制服费,立时就乐于输将了。

---

❶ 李健吾直接谈民主的文章不在少数,有时间接论及,有时直接谈到,如《铁报》1946年5月23日"旁敲侧击"专栏:"◇印度独立的代价不是鸡尾酒会,甘地诚慨乎其言之。然则中国的民主代价又是什么?或曰,枪声炮火下之砖灰与人血耳。"再如,《从〈假凤虚凰〉说民主(上、下)》,是借电影《假凤虚凰》谈论民主问题,连载于《大公报》(上海)"本市新闻"1947年7月19~20日。

这样的批判可谓大胆，可谓犀利，谈论了"民主"，这样一个重大的敏感问题。当局对人民自由的压制可见一斑，因为高压统治，警察总是不够用。

再如1946年5月2日：

◇胡佛赈灾特使日前到沪，专为调查中国灾情而来，下机之时，老眼昏花，连问灾民饿殍在那里，不料前来欢迎的都是大人先生，衣冠楚楚，面有肉色，甚感失望。其后，连受招待，因贪食山珍海味，稍觉不适。据云，他日归国，拟建议美国人不必为中国人节衣节食。❶

◇前"华影"的红导演红明星，如朱石麟，顾兰君，黄河等，接受"南洋公司"之聘，已做香港之行，前途灿烂，羡煞人也。而上海则星隐光灭，暗无颜色矣。不知远自重庆来沪之艺人，亦自叹薄命与否。艺术无公道，奈何奈何。

战乱与灾荒并存，天灾和人祸共在，但当时国民党的上层奢侈腐朽生活并不因为灾荒而减少。不仅关注政治，李健吾也在关心上海导演明星演艺人才流失，慨叹"艺术无公

---

❶ 李健吾关注某一问题，持续予以关注。如1946年5月3日一则："◇胡佛除出席宋院长之午宴外，谢绝一切酬酢，极令衮衮诸公之名厨扫兴。胡佛以七十二岁之高龄，远道来沪，到旅馆仅十五分钟，就和衮衮诸公商谈粮荒问题，有失中国官场体统。"1946年5月4日再谈灾情与政治的腐败："◇江阴小学生连同老师捐了法币六万三千六百四十五元，救济灾胞。◇北平某国家银行于三月二十七日某星部某特派员喜份一百万零三千余元。◇珠江航政局长送药费五十万与两广监察使夫人而被监察使告发，就其供词研究，如送一千四百万元者，不惟无事，且可升官。◇衡阳一带人民，至各该县府请愿，要求准许'逃荒'。◇荆门老百姓结队前往江陵一带湖地乞讨，谓为"逃湖"。◇笔者何所逃？岂'逃官'乎。"

第五章　批评遭遇的困境

道"。

1946年5月3日：

◇国大代表宿舍，"共有九十六间卧室，卧铺一二〇〇只，床上用具，均系新制，当局特雇男侍应生百名，女侍应生十名，招待各地代表，宿舍周围尽为花本及草地，连日玫瑰怒放，芬芳扑鼻。"七亿元之建设费，有了着落。国大代表将乐不思蜀矣。"春荒严重，野无青草"，胡为乎归去？

文字相当简短有力。其中国大代表所住宿舍情况的引文，显然来自新闻报道，原文照录，颇有鲁迅杂文风格。像这样记录式的文字还有很多，如1946年6月3日的一则"马路上发现军人标语'粮饷不发，营长经商，饿了士兵，肥了长官'"，这是来自军人的抗议，挨饿的不仅仅是普通人，胜利并没有带来好消息。如，1946年5月7日五则：

◇凯旋了，可喜可贺。那红红的是什么颜色？吃了八年苦的老百姓和打了八年仗的兄弟又在流血，那响亮亮的是什么声音？是冲锋的军号。那中间又是什么人在欢呼？是发过了抗战财又发胜利财的 官商合唱队。他们在欢迎内战，准备再发一票内战财。❶

◇凯旋了，成千上万的老百姓回不了家。从五月起，火

---

❶ 1946年6月18日一则，揭露国民党宋氏家族官商一体："◇据孔祥熙当众宣称，扬子公司为公子孔令侃创设，年届三十而立，早已独立门户，虽系父子，实无关系。"

车涨价了,轮船涨价了,没有一样东西不涨价,就是一封平安信也寄不起了。

◇凯旋了,老百姓饿的树皮也啃不动了。

◇一无事事的国大代表白吃白住白喝,"吃住交通,筹委会仍与供应",谁也发发慈悲,送送那些不为名不为利八年来随政府流亡的老百姓?

◇凯旋了,老百姓的代表和统治者,可喜可贺。

每则都以"凯旋了"打头,仿佛一个人在高唱"凯旋之歌",那声音嘹亮,然而不难看出作者李健吾的沮丧与失望。他心中"理想的新中国"并没有到来,当然这不仅是李健吾一个人的苦痛。讽刺的高歌中饱含对苦难中人们的深切同情,胜利是血与泪的交织,胜利后一切照旧。

李健吾又把目光投向当时的汉奸审判问题。例如,1946年6月16日:

◇常逆玉清受审,说"看我这样胖,如何会杀人?"同一方式可以移用。例如,显要将说:"看我这样富,如何会贪污?"例如,花和尚将说:"看我出家人,如何会杀生"?例如,粮食当局将说"我主持粮政,如何会舞弊"?又如行政当局将说:"我是中国人,如何不爱国"?等等。

汉奸们被审判时,总是不忘为自己辩护,然而这没能逃过作者李健吾的"法眼"。戏剧家李健吾写起杂文来,充满了诙谐调侃,仿佛喜剧家莫里哀"灵魂附体",左右开弓,冷嘲热讽,句句辛辣无比。李健吾的愤怒化为调侃、诙谐幽默，读起来令人忍俊不禁，再次证明笑比哭更有力量。这样的杂文写作方法，只有戏剧家李健吾才写得出，这是典型的刘西渭风格。

李健吾的这些杂文，不仅是一篇篇批评的文章，更是一份历史的纪录。它纪录了一代中国知识分子为理想奋斗的历史痕迹，点点滴滴汇成一股潮流。

控诉文化教育事业被摧残，尤其是教育经费不足的问题，李健吾在杂文中专栏中时常谈到。

1946年7月19日：

◇今日唯有钱人可以从事教育。胡适之告人，将以在美积蓄之美金千元为此后一年北大校长生活补贴之用。傅斯年代理校长一年，将重庆售书所得之八十四万元贴补殆尽，按美金一千元折合法币，约得二百五十万美金，如物价不涨，胡适之有三年校长好做。恭喜恭喜。

1946年7月23日：

◇下学期学费将大涨特涨。上海私立中小学将收二十万元，北平小学将提至八万元。均开未有之先例。无数万儿童将失学，流浪街头，为祖国造幸福。此均胜利之赐，呜呼尚飨。

也有对知识分子闭目塞听，不解民情的嘲讽：1946年7月14日一则针对胡适："胡适博士回国，愿以五个月学习国内情形，何必五月？一个月可以毕业。假令为恶，一分钟即足。胡博士诚善言人。"

危难之中，街头小商小贩也在李健吾在"法眼"注视之中，1946年9月23日一则：

◇街头烟卷摊，面包土司摊，一律在捕捉之列。货物一律没收。经办者每次可获五千元奖金。有老警士赶走一摊贩道：我也不想这笔奖金了，可怜你也是为了养家糊口。

这就是李健吾，一个知识分子的悲悯之心。李健吾的这双"法眼"既放射出犀利逼人的批判之光，同时也是一双富有同情心的"慈眉善目"。

总之，李健吾作为一名学者、作家、批评家，他的杂文写作也具有自己的特点。

第一，把文化批评与社会批判结合在一起。如《"倡优蓄之"》❶ 一文：

做娼妓的要有证章。做话剧戏演员的，也要有证章。双方的条件完全相同。警察局一视同仁，可谓平等之极。……在警察局看来，"卖艺"与"卖身"原无差别，教育文化何有与我哉！娼妓与演员，等是大人先生们之娱乐而已矣。

此之谓"民主"世界。此之谓"警察局"文化观。八年来，话剧耻与敌伪合作，如今回到"倡优蓄之"的传统。不亦至荣且幸乎？

---

❶ 李健吾："'倡优蓄之'"，载《铁报》星期增刊第2号，1946年5月12日。这篇杂文也是本书写作之时首次发现。

既谈演员，谈文化教育，又谈娼妓、警察与民主政治。作为文化人的李健吾，文化批评是他的一个立足点，围绕着文化批评展开他的社会学批评。

第二，李健吾的杂文写作往往是一种"含笑"的讽刺，甚至还有调侃笔法、喜剧的味道。其风格大多数时候是"旁敲侧击"式的，而不是像鲁迅那样金刚怒目，老辣十足。上面不少引文都可以看出这一特点。

第三，李健吾的杂文写作只是"偶尔玩一把"。这是一名知识分子在特殊历史语境中，对时代的一种反应，多半出于本能。❶ 1949年之后，李健吾再也没有写过类似的杂文。

三、咀华记余犹忆芬

在李健吾的文学批评中，最为人称道的无疑是他的两部《咀华集》。李健吾从1936年12月出版《咀华集》，1942年出版《咀华二集》初版本，1947年出版《咀华二集》再版本，其时间跨度十多年。参照表5-1，从《咀华集》《咀华二集》，到"咀华记余""咀华新篇"，就能看到李健吾批评所走过的"咀华之旅"前后究竟发生了怎样的变化。

---

❶ 李健吾："文艺上的新倾向：通俗、尝试、暴露、讽刺"，李健吾在《文汇报》星期天谈座副刊"被扼杀摧残的文化"上的谈话，1947年2月23日。此文可以看做是李健吾对1945~1949年文艺形式的一个总体把握，尤其是"暴露、讽刺"，李健吾的杂文写作无疑顺应了这一历史趋势。

表 5-1 李健吾的"咀华篇章"前后变化情况

文集 / 篇目	《咀华集》（署名：刘西渭，1936年）	《咀华二集》（初版署名：李健吾，1942年）	《咀华二集》（再版署名：刘西渭，1947年）	咀华记余（署名：刘西渭，1945～1946年）	咀华新篇（署名：西渭、刘西渭或李健吾，1979～1981年）
1	爱情的三部曲	甲类：朱大枬	朱大枬的诗	咀华记余	读师陀同志的《伐竹记》
2	附录：《爱情的三部曲作者的自白》	芦焚	里门拾记	咀华记余·刘西渭是我的仇敌	常情常理
3	附录：答巴金先生	萧军	八月的乡村	咀华记余·无题	咀华新篇：读《新凤霞回忆录》
4	神·鬼·人	叶紫	叶紫的小说	"咀华"记余	咀华新篇：重读《围城》
5	边城	夏衍	上海屋檐下	—	—
6	苦果	附录：关于现实	附录：关于现实		
7	九十九度中	乙类：悭吝人	三个中篇(1946)	—	—
8	篱下集	福楼拜书简	清明前后(1946)		
9	城下集	欧贞尼·葛郎代	陆蠡的散文(1946)		
10	雷雨	恶之华	跋		
11	鱼目集	丙类：旧小说的歧途	—		
12	附录：关于《鱼目集》	韩昌黎《画记》			
13	附录：答《鱼目集》作者	曹雪芹《哭花词》	—	—	—

续表

文集\篇目	《咀华集》（署名：刘西渭，1936年）	《咀华二集》（初版署名：李健吾，1942年）	《咀华二集》（再版署名：刘西渭，1947年）	咀华记余（署名：刘西渭，1945~1946年）	咀华新篇（署名：西渭、刘西渭或李健吾，1979~1981年）
14	关于"你"	丁类：假如我是	—	—	—
15	画廊集	自我和风格	—	—	—
16	画梦录	个人主义	—	—	—
17	跋	情欲信	—	—	—
18	—	关于鲁迅	—	—	—
19	—	致宗岱书	—	—	—
20	—	序华铃诗	—	—	—
21	—	跋	—	—	—

注：（1）《咀华二集》初版本与再版本有篇目题目改动：《朱大枏》改为《朱大枏的诗》，《芦焚》改为《里门拾记》，《萧军》改为《八月的乡村》，《叶紫》改为《叶紫的小说》，《夏衍》改为《上海屋檐下》。表中黑体标出。

（2）三个中篇指穗青《脱缰的马》、茹郁《遥远的爱》、路翎《饥饿的郭素娥》。

在第一部《咀华集》中，李健吾主要批评的作家有巴金、沈从文、罗皑岚、林徽因、萧乾、蹇先艾、曹禺、卞之琳、何其芳、李广田；体裁上涉及小说、诗歌、散文、戏剧；在批评倾向上，这些多是艺术性更强的作品、作家，其中有被李健吾称为"艺术家"的沈从文、何其芳、卞之琳等。从群体上看，他批评的这些作家，大都是被后人称为"京派"的文人，而基本没有涉及"左翼"作家。

1942年《咀华二集》初版本由上海文化生活出版社出

版,时值抗日战争。二集内容相当庞杂,分为甲、乙、丙、丁四类,涉及中国作家有朱大枏、芦焚、萧军、叶紫、夏衍、梁宗岱、鲁迅、华铃;外国作家有莫里哀、福楼拜、巴尔扎克、波德莱尔;古代作家作品有韩愈、曹雪芹、关于中国旧小说的批评;还有他理论色彩较浓的《关于现实》《假如我是》《自我和风格》《个人主义》《情欲信》。与《咀华集》相比,篇幅大大增加,古今中外全有,作品批评和理论思考并重。还有就是,二集初版本中,李健吾对"左翼"作家、作品,包括对鲁迅的批评占了一半左右的篇幅。这不能不说和时代有关,民族危亡的关头,李健吾的批评重心自然转向了强烈干预现实的"左翼"作家,而且写了《关于现实》的文章,专门讨论他所理解的"现实主义"。❶

1947年再版的《咀华二集》,与初版本相比,篇目大为减少,"左翼"现实主义作家占了绝大部分。

而完成于1945~1946年的几篇"咀华记余",可以看作是李健吾"咀华篇章"在1949年之前最后闪耀的批评光芒,

---

❶ 李健吾在《关于现实》中告诫说,艺术家不是政治家,两者的差异是明显的:"一个政治家抓住过去的教训就够;一个艺术家用心于形象的探讨,必须同时抓牢它的形骸和灵魂。他不是在写政治论文。"

"我们对于过去的认识,站在艺术立场,是还它一个本来面目。一个作家唯恐他的材料不够使用(形象的完成),或者不够带他走入正途(观念的凝定)。他要尽可能搜集一切材料,然后比较排列,心灵化入,在真伪之中有所择别,从搜集材料到想象的创造,还有一条长路摸索,体味,正和再度投生仿佛。他不仅构成性格,还须交织出来溶铸这个性格的社会以及一切成分。"

"现时属于现象,属于时间,属于历史,唯有现实属于艺术,唯其艺术来自人生,不就是人生,犹如现实来自现时,不就是现时,犹如人由猿猴演进,居高而为万物之灵。二者之间还有作者全部的存在执行渗滤的工作。现实即是真实。只要现实——那最高的现实存在,一部艺术作品便不愁缺乏时代的精神。"

余音袅袅,终于断绝。批评家刘西渭怎么了?他怎么成了众人的"仇敌"?1946年1月1日,李健吾在当时上海的一家杂志刊文:

> 没有活的时代放在刘西渭面前,刘西渭也就不活了。这就是我的脾气,我要艺术成为艺术,我同时更要它结实得犹如野地的大树,到了紧要关头,宁可牺牲美好,必须抓牢水土相宜的生命。……这就是为什么胜利以后,第一个活过来的是刘西渭;那太简单了,因为刘西渭应当有一个更高的使命,不象我这可怜的李健吾,处处要顾到儿女的一切。❶

"要艺术成为艺术",但这是扎根于现实的艺术。批评家刘西渭肩负着比李健吾更高的使命。然而,批评家刘西渭遭遇他不能逾越的时代难题——他不能再继续他的"咀华之旅"了。刘西渭遇到的难题,也是很多中国作家遇到的难题,不仅刘西渭不能写批评(文学批评和社会批评)文章了,不少作家也不能按照自己的意图进行创作了。

李健吾的文学批评所遭遇的困境,在艺术化与现实化之间,李健吾终于更多地倾向于现实化。批评家刘西渭(西渭)的笔名在1949年之后,仅仅出现过两次。他在1979~1981年的"咀华新篇"让我们看到了一个批评家的"灵光再现"。然而英雄暮年,时日不多,李健吾没能带给我们更多类似于《咀华集》中的批评华章。但是需要指出的是,依据上述表格所进行的分析,仅是一个粗略的轨迹。其实,李

---

❶ 李健吾:"与友人书",载《上海文化》第1期,1946年1月1日。

健吾在 1949 年后，还是写了不少灵动、精悍的艺术短评，在《人民日报》等报纸上发表，大多是剧评。关于这一点，可以参照书附录四"李健吾作品原刊目录索引"。1949～1982 年，李健吾把精力更多地用在了学术性的文学研究上，这个时期的他主要角色是翻译家和学者。而他的一些基本的艺术观念和批评尺度，虽有所修正，终其一生，变化不大。

　　李健吾，是一个忠于自己艺术理想的批评家、艺术家和学者。

第六章

超越派别的批评家

> 我反对带着"成见"去读书,我是人,我尊敬人家是人,我尊重一切为人类福利服役的精神制作。……在我读到一本新书的时候,我永远不先想到这是左翼,这是右翼,这是时髦,这是潮流。先让那本书涵有的灵魂和我的灵魂相互直接往来。那是一个最愉快的境界。
>
> ——刘西渭:《与吉文书》

一、同中见异——"京派"中的李健吾

说到文学上的"流派",往往意味着一群有相近的思想观念、类似的文学风格的作家、批评者。流派的划分,不过是人们称谓方便的需要,这种划分应该是相对的,因为即使被归入同一流派的,彼此也存在巨大的差异性,这种差异甚至让人怀疑,是否存在这个流派。姑且借用流行的说法,比如所谓京派文学。说到京派文学,人们马上会想起一串名单:周作人、沈从文、废名、萧乾、李广田、林徽因、芦焚、林庚、李健吾、梁宗岱、李长之、朱光潜……同时也会想起一些刊物的名字:《骆驼草》《文学月刊》《水星》《文学杂志》《大公报·文艺副刊》……

尽管目前关于文学上的"京派"有种种不尽相同的看法,但是差别也不是很大,主要差别在于是否给某些作家在"京派"里一个"安排座位",以及安排什么样的座位,此

问题已经有学者对此专门作过研究❶，这里不再赘述。无论广义的还是狭义的京派文学，都无法一下子概括已有的这段文学事实，非要用一个词语来概括，是出力不讨好的做法，正像王富仁所言：

> 严格说来，"京派"不是一个"派"，"京派文学"也不是一个"派"的文学，而是中国新文学发展的第二个十年期间在北京这个特定城市从事新文学创作的新文学作家（我们现在所说的"京派"），以及由他们创造的新文学（我们现在所说的"京派文学"）。他们之所以不是一个"派"，就是因为他们实际是没有一个彼此共同服膺的文学思想和文学主张的，彼此的性格及其文风也有太大的距离，构不成一个同气相求、同声相应的文学流派。❷

话虽如此说，但这并非意味着研究须走向另外一个极端——否定京派作家的共同之处。本书论述的思路是：把"京派"作为一个"引子"，既看到它共同性的一面，也看到其存在巨大差异性的一面。进而把京派的"同与异"作为考察李健吾的一个思想背景，因为无论哪种划分方式，无法把李健吾、李长之、沈从文、朱光潜等人排斥在外，这些人

---

❶ 黄键："'京派'的界定"，见《京派文学批评研究》，生活·读书·新知三联书店 2002 年版，第 51~56 页。黄键在综合各家的观点上，进而提出"广义"和"狭义"的京派的理解方式，这样充分考虑了京派内部的边界模糊和歧异的实际情况。

❷ 王富仁："河流·湖泊·海湾——革命文学、京派文学、海派文学略说"，载《中国现代文学研究丛刊》2009 年第 5 期。

在20世纪30年代是京派的青年骨干。我们要观察的是流派中具体的作家和批评家，而不是去抽象地用名词谈论流派。

京派的批评家之间是否有很多相似处？答案是肯定的。这已经有不少学者进行了梳理，许道明认为："强调直觉感悟，强调批评主体的介入和强调情感的动力，这三者突出地成为京派批评创造性思维和批评方法的基本特征。他们朗然显示着民族的特色，反映了传统美学观和批评方式对现代批评的影响和渗透。"❶

京派批评家强调情感，认为批评者面对批评对象不能无动于衷，如李长之标举"感情的型"。对批评中所谓的"客观"，年轻的李长之似乎不屑一顾：

批评的态度，喜欢说得冠冕堂皇的，总以为要客观。我以为这是不必说的，因为假设批评家真用了上述的方法去理解一个作品时，自然会批评得客观。我倒以为该提出似乎和客观相反然而实则相成的态度来，就是感情的好恶。我以为，不用感情，一定不能客观。因为不用感情，就不能见得亲切。在我爱一个人时，我知道他的长处，在我恨一个人时，我知道他的短处，我所漠不相关的人，必也是我所茫无所知的人。假设不用革命的情绪，对旧社会加以诅咒，我们决获得不了如许的关于旧社会的病态的材料。对新社会亦然，没有热烈的憧憬，是不能有清晰的概念的。感情就是智慧，在批评一种文艺时，没有感情，是决不能够充实、详

---

❶ 许道明：《中国现代文学批评史新编》，复旦大学出版社2002年版，第171页。

尽、捉住要害。我明目张胆的主张感情的批评主义。❶

李长之认为"感情"才是批评的根本出发点,由"主观"而到"客观"。李长之拿感情作为批评的开始,同时也把是否写出"感情的型"作为批评时的标准,他在这篇文章就说:"以感情作为批评态度论,以写出感情的型作为最高文艺标准论","这种没有对象的感情,可归纳入两种根本的形式,便是失望和憧憬,我称这为感情的型。在感情的型里,是抽去了对象,又可溶入任何的对象的。它已是不受时代的限制的了,如果文学的表现到了这种境界时,便有了永久性。"李长之所说的"情感的型",需要防止它走向抽象的批评标准,高悬一个批评的准绳来衡量一切作品,如果把握不好就有绝对化的嫌疑。无论如何,李长之作为京派批评的一员大将,他的批评观和批评实绩都显示了一位批评家不可忽视的存在。

拿李长之与李健吾作个比较,二人年龄相差无几,李健吾1906年出生,李长之1910年出生,一山西人,一山东人;同为清华大学毕业,李健吾先入中文后转西洋文学系,主攻法国文学;李长之初入生物学后转哲学系,倾慕德国哲学与文化。二人在当时文坛,都以创作崭露头角,而真正引起人们注意的均是他们各自的批评著述。李健吾1935年由上海商务印书馆出版了他的第一部批评著作《福楼拜评传》,而李长之则在1936年由北新书局出版了自己的首部系统的

---

❶ 李长之:"我对于文艺批评的要求和主张",载《现代》第3卷第4期,1933年8月1日。

作品评论《鲁迅批判》。

上面的比较还只是外表的，更重要的是要看他们在批评观念上有何异同。上面所引李长之对批评的态度、批评标准等观点，可以与李健吾作一个比较。李健吾和李长之一样，也强调批评的情感性或者说主体性，以及批评时的"公正"。但是李健吾的说法和李长之同在"情感或主体性"的大旗下，所坚守的又有所差异。如前文所引，李健吾借罗斯金之口说："罗斯金（Ruskin）指斥二者荒谬，以为'客观如此'与'主观如此'应当用'原本如此'与我"觉得如此"代替。我们不想指斥，但是我们以为最正常的，最鞭辟入里的，便最有道理。"❶ 在评论何其芳时，李健吾又说："没有是非之见，却不就是客观。"❷ 李健吾在谈批评标准时，给人的印象是一种想超越主观与客观的努力，因为他认为的批评尺度不仅有"自我经验"强调主体性的一面，还有"杰作"侧重"公共舆论"的客观性一面。

在阅读作品时，李长之强调一位批评家的最低限度是要知道"作者的意思"，"批评家必须首先知道作者的本意"。关于如何知道作者的本意呢？李长之给批评者列了三个条件，第一是需要有哲学家的头脑，第二是批评者要"跳入作者的世界"，第三是要充分了解作者与社会、环境等。尤其是第二点，李长之与李健吾说出了几乎同一个意思：

---

❶ 李健吾："叶紫论"，载《大公报·文艺》（香港）第 809~811 期，1940 年 4 月 1、3、5 日。
❷ 刘西渭："读《画梦录》"，载《文季月刊》第 1 卷第 4 期，1936 年 9 月 1 日。

在艺术化与现实化之间——李健吾的文学批评

批评家在作批评时,他必须跳入作者的世界,他不但把自己的个人的偏见,偏好除去,就是他当时的一般人的偏见,偏好,他也要涤除净尽。他用作者的眼看,用作者的耳听,和作者的悲欢同其悲欢,因为不是如此,我们会即使有了钥匙也无所用之。具体的,以我个人的例子来说,我是喜欢浓烈的情绪和极端的思想的,我最憧憬的,是理性的自由,假设我只在我这世界里,我是设法了解陶渊明、李商隐的。然而我能了解陶渊明、李商隐者,就只在我能跳入他们的世界故。❶

李健吾则说:

批评者应当是一匹识途的老马,披开字句的荆棘,导往平坦的人生故国。他的工作(即是他的快乐)是灵魂企图与灵魂接触,然而不自私,把这种快乐留给人世。他不会颓废,因为他时刻提防自己滑出人性的核心。在他寻索之际,他的方法(假如他有方法)应该不是名词的游戏,然而也不是情感的褒贬。❷

两位批评家在看待作品阅读方式上,是相当一致的,无论是李长之的"跳入作者的世界",还是李健吾强调的"灵魂与灵魂的相遇",都在说明作者意图对于批评的重要性。

---

❶ 李长之:"我对于文艺批评的要求和主张",载《现代》第 3 卷第 4 期,1933 年 8 月 1 日。

❷ 李健吾:"叶紫论",载《大公报·文艺》(香港)1940 年 4 月 1~5 日。

这在今天的解释学或读者反映批评论看来，是典型的"作者中心主义"。但是作者意图真的可以完全摆脱吗？未必。无论是怎样的诠释（过度诠释或者正常诠释），依托的都还是文本和作者意图。

李长之提出的第三点，作者生活的社会环境，李健吾也是如此看法，只是表述有所不同："他明白人与社会的关联，他尊重人的社会背景；他知道个性是文学的独特所在，他尊重个性。他不诽谤，他不攻讦；他不应征。属于社会，然而独立。没有是非可以说服他，摧毁他，除非他承认人类的幸福有所赖于改进。"❶

李健吾和李长之的批评其实都是一种"主体性批评"。同时，和李健吾一样，李长之也坚持批评的艺术，在《批评家为什么要批评》等文章中，李长之明确提出："为艺术而艺术，为批评而批评。"❷ 这种批评观念，是典型的京派批评家的观念。

在批评者主体素养方面，李长之与李健吾也多有相通之处。李健吾认为无论是一个作家，还是当一名批评家，都得态度谦虚地不停体验人生，不断地读书、学习。李长之则说得更加具体，他首先认为，批评有艺术性的也有学术性，所以从事批评的人，得有"天才，也得有学识"。李长之认为："批评家所需要的学识有三种。一是基本知识，一是专门知

---

❶ 刘西渭：《咀华二集（跋）》，文化生活出版1947年版。
❷ 李长之：《批评家为什么要批评》，见《批评精神》，南方印书馆1942年版。在此文中，李长之说："艺术不为用，并不碍于其有大用。批评也是的。人们责备我这是太由个人主义的立场出发吗？是的，我不否认，但请你对现代艺术之和个人的关系性加以思索。"

识，一是辅助知识。他的基本知识越巩固越好，他的专门知识越深入越好，他的辅助知识越广博越好。三者缺一不可，有一方面不充分不可。"❶ 在此文中，李长之也强调，批评是表现，批评家是创作家："批评的直接对象却是文艺。它道一般人对于文艺的观感。同样是一般人企求着道出，却不是人人可以道得出的，这能道得出的人，就是批评的天才。批评家的天才就在把他的了解抓住，又能表现出来……文艺批评是对于文艺的观感的表现的，所以说文艺批评有艺术性。艺术是天才的事，所以从事文艺批评的人，得有天才。只就表现而论，批评家无殊于一个创作家。"❷ 京派批评家如朱光潜对于批评也大致持如此看法，本书前面谈到他对李健吾书评的称赞就是一例。但是，朱光潜的底色是一名美学家、理论家，李健吾是作家，而李长之更多的角色是"专业批评家"，李健吾自认为自己的专业是翻译和法国文学研究。

另外，非常有意思的是，当李健吾和郑振铎在1946年开始主编大型文学刊物《文艺复兴》时，李长之也在1946年由上海商务印书馆出版了自己的专著《迎中国的文艺复兴》。在书中的《自序》中，李长之写道：

中国的抗战已经胜利在望了，于是想到战后的一切建

---

❶ 李长之："论文艺批评家所需要之学识"，载《清华周刊》1935年第1期。李长之所说的三类学识：基本知识包括语言学和文艺史学；专门知识指文艺美学或者叫诗学；辅助知识包括四类，一是生物学、心理学，二是历史，三是哲学，四是政治经济，所谓社会科学。

❷ 李长之："论文艺批评家所需要之学识"，载《清华周刊》1935年第1期。

设。在那百废待举之际,文化的建设岂是可以忽略的?在我们这不能执干戈以卫社稷的人,似乎至少应该对文化建设的问题贡献一点意见。

……"五四"并不够,它只是启蒙。那是太清浅,太低级的理智,太移植,太没有深度,太没有远景,而且和民族的根本精神太漠然了!我们所希望的不是如此,将来的事实也不会如此。在一个民族的政治上的压迫解除了以后,难道文化上还不能蓬勃、深入、自主,和从前的光荣相衔接吗?现在我们应该给它喝路,于是决定名我的书为《迎中国的文艺复兴》!

我曾经向许多青年,热切地说过我这愿望。我愿意我指出的这文艺复兴的征兆终于不虚!❶

为中国文化的复兴,作者巨量的热情越出文字以外。李长之对中国文化复兴的思考,在抗战开始的时候已经开始了:"那思索的开始,方是大战的开始,现在书将完成,也是胜利将要完成的时候了。我的朋友吴组缃兄曾劝我不要写这类的'政论'文章,是的,我这一套的意思发表完了以后,我就一定告一结束,还是专治自己的文学理论和文学批评了。然而对于中国的文艺复兴的期待的热情却是决不会冷却的。"这是一个有责任感的批评家对中国文化的建设的肺腑之言。这样的呼号,是一代中国知识分子的心声,看《文艺复兴》慷慨激昂的发刊词:

---

❶ 李长之:《迎中国的文艺复兴(自序)》,商务印书馆1946年版。

在艺术化与现实化之间——李健吾的文学批评

> 欧洲的文艺复兴终结了中世纪漫长的黑暗时代,开启了新的世界,新的时代,发现了"人",一步步走向民主。在文艺上,和在科学、政治、经济上,都同样的有了一个新的面貌,新的理想,新的立场,新的成就。
>
> 中国今日也面临着一个"文艺复兴"的时代。文艺当然也和别的东西一样,必须有一个新的面貌,新的理想,新的立场,然后方才能够有新的成就。
>
> …………
>
> 本刊愿意尽自己的一部分的力量,为新中国而工作,为中国的文艺复兴而工作,为民主的实现而中国。我们欢迎同道者们的合作,也愿意尽量接受同道者们的批评与指正。走在同道上的人们永远是同道的!❶

这已经不单是文学批评了,李长之、李健吾、郑振铎和一大批知识分子,都在热切地关心共同的问题:如何复兴中国的文化。无论是属于哪个"派",无论他们彼此间的思想观点有何歧异甚至冲突的地方,他们对中国文化建设事业的自觉担当的责任心,依然垂范后世。

人心不同,各如其面。同为京派批评家的李健吾和李长之,尽管有很多相似与共通之处,他这并不是说他们之间没有差异,恰恰是因为他们批评思想个性的不同才决定了他们各是其所是。两人之间的差异还是相当明显的,笔者认为至少可以从以下几个方面去把握:

第一,李长之有意识地去构建自己的一套"批评体系"。

---

❶ 《文艺复兴》创刊号"发刊词",1946年1月10日。

他的批评涵盖了古今中外的文学范围，跨越文学史、哲学史、美学史、艺术史。其批评文集出版后，煌煌10大卷，包括了"社会与文化卷""鲁迅及现当代文学研究卷""文艺理论卷""书评卷""中国文学史卷""中国古典文学研究"上下卷，"西方文化研究"上下卷，还有诗歌、童话和散文创作。如果仅仅就批评范围之广大来看，李健吾则主要集中在外国文学与中国新文学两大领域，而批评的体系化在李健吾来说不是他的追求目标。从此意义上说，李长之在中国现当代文学批评史上，是一位有着不可遏止的强烈批评冲动，又丰富多产的职业批评家。

第二，李长之出身清华大学哲学系，德国古典哲学精神深深浸润了他的批评，故其文章风格，更多地展示了一位带有浓厚哲学知识背景的批评家的严谨与逻辑清晰。这也体现在他批评时创造性地提出一些批评概念上，如他提出批评的"情感的型"、批评的"情感主义"，以及"人格与风格"的批评范式等。李健吾的清华大学西洋文学系的学科背景，决定了他后来的批评更多地体现为一种"文学性"的批评，缺少李长之的哲学与美学色彩。李健吾在批评时，虽然常常谈到"人性"或"人生"却常常不加界定，感性的描述多过理性的思辨。

第三，从二人的批评思维方式上看，李长之常常借助抽象概括去把握一个作家一部作品，"论褒贬"、下结论是李长之喜欢的。而李健吾在批评时，很多时候是在展示给读者批评的复杂"过程"，轻易不下"判断"，这与李健吾所理解的"批评不是判断"有关。李健吾非常警惕用一个名词去"点定"一个作家和一部作品："一个名词不是一部辞海，也

不是一张膏药，可以点定一个复杂的心灵活动的方向。"❶

比较是为了更好的理解研究对象。通过以上的比较，我们大致可以明白李健吾在京派文学批评家中间的位置了。

二、异中有同——李健吾与左翼批评家

首先，京派批评家与"左翼"批评家之间的分歧是明显的。京派作家沈从文、理论家朱光潜、批评家刘西渭、李长之都曾经与"左翼"作家阵营发生过正面或侧面的"交锋"。

沈从文在1936年于《大公报》上以"炯之"的笔名发表《作家间需要一种新运动》：

近几年来，如果什么人还有勇气和耐心，肯把大多数新出版的文学书籍和流行杂志翻翻看，就必然会得到一个特别印象，觉得大多数青年作家的文章，都"差不多"。文章内容差不多，所表现的观念也差不多。有时看完一册厚厚的刊

---

❶ 刘西渭："读《篱下集》"，载《文季月刊》第1卷第1期，1936年6月1日。

物，好像毫无所得。有时看过五本书，竟似乎只看过一本书。❶

沈从文看到了，当时文坛"千人一面"的"无风格"的情况，将之概括为"差不多"，并把原因归结为"时代的糜烂"，太靠近政治，另外还有商业化的戕害。在不久之后的另一篇文章中，沈从文又概括自己上一篇文章的意思："近年来中国新文学作品，似乎由于风气的控制，常在一个公式中进行，容易差不多。文章差不多不是好现象。我们爱说思想，似乎就得思得想。真思过想过，写出来的文学作品，不会差不多。由于自己不肯思想，不愿思想，只是天真糊涂去拥护所谓某种固定思想，或追随风气，结果于是差不多。要从一堆内容外形都差不多的作品达到成功，恐怕达不到。"❷

沈从文的这些言论，遭到了"左翼"批评家的猛烈反驳。在当时《光明》《中流》等"左翼"杂志上，先后有署

---

❶ 炯之（沈从文）："作家间需要一种新运动"，载《大公报·文艺》第237期，1936年10月25日。但是沈从文此文中并非完全否定文坛的状况："看到几种值得读后再读的新书，在一些篇幅巨大的文学月刊中，间或又还可发现两篇值得看后还留下一点印象的短文。在文学论著中有一本福楼拜评传，一本文艺心理学，散文作家中出了个何其芳，小说作家中发现一个卢焚，戏剧作家中多了一个曹禺，游记作家中且有一个更值得人特别注意的长江。（虽然这个人的通讯文章，无人当它作文学作品。但比起许多载道派，言志派的作品，都好得多。）这些人的作品，当前的命运比较起来都显得异常寂寞。……幸而还有一个刘西渭先生，几乎像凭空掉下，一只带着感情的笔，常在空中挥来使去，这里写一篇书评，那里写一篇书评……刘西渭为什么存在？就为的是宣扬真理下来阐明这些作品真实价值而存在！刘西渭先生的事业，自然应当放在'差不多'的一群以外。什么时候'挣面子'，能不能'不朽'，有天知道。"

❷ 炯之（沈从文）："再谈差不多"，载《文学杂志》第1卷第4期，1937年8月1日。

名"凡"的文章《杂谈一则》、茅盾的《关于"差不多"》、署名"公寿"的《谈"差不多"并说到目前文学上的任务》、署名"公越"（冯乃超）的《批评家怎样地批评了?》等。如冯乃超反驳沈从文说：

> 正因为记着"时代"，忘了"艺术"，他把个人主义的艺术永远化了，而为它"抱残守缺"。他拿这种"艺术"的尺度，来测量嫩芽刚苗的倾向于新写实主义的习作，在脑筋里描写着十九世纪末欧洲的百花缭绕的文艺景象，来审判摇篮时期的新写实主义的文学现状。他忘记了手上的尺度，只配用来测量另一种"艺术"，比如左列一类超越时代的诗歌……忘记了时代的艺术家将毫无条件地跌落艺术至上主义的泥涸里。❶

争论反映了京派与"左翼"批评者，在艺术观念上的本质分歧。时代与艺术是怎样的关系，这是每一个作家和批评家在当时都必须回答的问题。京派批评家和"左翼"批评家的分歧决定了他们回答的不同，可见争论是不可避免的。

不仅仅是沈从文，被一起被"左翼"批评家作为批评对象还有刘西渭，前面我们已经讨论过欧阳文辅对李健吾的《咀华集》的批判。另外，如李长之也曾对"左翼"批评家深表不满："真正的大批评家，决不忽略社会的考察。……可是进一步的问题却在那事实是如何进行着的一点。把事情

---

❶ 公越（冯乃超）："批评家怎样地批评了?"，载《光明》1937年第3卷第1期。

看简单了，倒是又容易退入反科学的原始的信念里去。目前中国的左翼理论家（？），其叫嚣而不通者往往在此。"李长之认为一名批评家应该"忠实于艺术，忠实于自己，便决不能受了政治的意味的命令，专注意人的转变与否，以检定作品的高下"。❶当然，李长之的文章，尤其是李长之提出的文学上的"天才论"，因为有过于以高姿态去标榜，而遭到过鲁迅、胡风等人的嘲讽。❷

"左翼"批评家要求文艺对现实有直接的、立时的干预，而京派批评家却意在通过一系列中介（人、文艺、审美教育等）来达到间接作用于人生和社会的目的。京派与"左翼"批评家之间的激烈论争，在当时的历史情形下自有其必然性。但是，这同时也造成了人们对于京派和"左翼"批评家理解的长期的二元对立思维：京派是为艺术，为人生的，为精英的，"左翼"是为社会的，为革命的，为大众的；京派是冷漠的，不关心民族命运的，"左翼"是热烈的，为国家民族请命甚至献身的，等等。

这种理解上的"对立"论，据学者考察，直到20世纪90年代，才发生了改变，由"对立论"逐渐变为"互补论"了。❸因为存在差异，所以才有"互补"之说。虽说有了

---

❶ 李长之："文艺批评家要求什么？"，原刊于《批评精神》，南方印书馆1943年版，见《李长之文集（第3卷）》，河北教育出版社2006年版，第29～30页。

❷ 龚明德："李'天才'非鲁迅首创"，载《鲁迅研究月刊》2004年第9期。

❸ "互补"之说，来自许道明《京派文学的世界》一书有关朱光潜的论述部分，见复旦大学出版社1994年版，第355页。同时见黄键：《京派文学批评研究》，生活·读书·新知三联书店2002年版，第109页。

"互补"之论，还是许道明先生，还是在论述朱光潜，他却说朱光潜在他的那篇《现代中国文学》里"很难检索到他正面谈论现代杂文的文字"，这是事实，但是进而断定说"这在'京派'批评家中有相当的普遍性"。❶

真的是这样吗？所有的京派批评家都不关心现代杂文吗？本书前面已经专门就李健吾的杂文写作进行过分析，可见并不是所有的京派批评家都不关心杂文。李健吾说他自己的散文受到鲁迅和朱自清的影响最大，这是事实。即使温柔敦厚如朱自清在 1945 年左右，也开始关注杂文了，这在他对冯雪峰的《乡风与市风》的批评中，充分表现出来：

《乡风与市风》是杂文的新作风，是他的创作；这充分的展开了杂文的新机能，讽刺以外的批评机能，也就是展开了散文的新的机能。我们的白话散文，小说除外，最早发展的是长篇议论文和随感录，随感录其实就是杂文的一种型。
…………
时代的路向渐渐分明，集体的要求渐渐强大，现实的力量渐渐逼紧；于是杂文便成了春天第一只燕子。杂文从尖锐的讽刺个别的事件起手，逐渐放开尺度，严肃的讨论到人生的种种相，笔锋所及越见深广，影响也越见久远了。

……雪峰先生教人们将种种历史的责任"放在自己的肩上"，"因为这个历史到底是我们自己的历史"；这样才能够"走上自觉的战斗的路"。这是现在的战斗，实际的战斗；必

---

❶ 徐道明：《中国现代文学批评史新编》，复旦大学出版社 2002 年版，第 181 页。

须整个社会都走上达条路，而且"必须把战线伸展到生活和思想的所有的角落去"。这战斗一面对抗着历史，一面领导着历史。人们在战斗中，历史也在战斗中。❶

"集体的要求渐渐强大，现实的力量渐渐逼紧"，这是时代的要求，这也是复兴中国文化必不可少的一部分。在1945年之后，发生这种文艺"战斗"论转向的不仅仅有朱自清，还有李长之。1947年12月14日，应北京大学的邀请，李长之作了一场《文学批评的课题》的讲演。他首先认为"在这大票满天飞，人民活不了的时候"讲文学和文学批评是不合时宜的，批评家这个时候难免受到"责难"，一个批评家要在"良心"上过得去才行。讲演的最后，李长之提出，一个批评家应该是一名思想家，或者说"要有一种战斗精神。从这个观点看，目前中国最伟大的批评家，也许只有像鲁迅闻一多那样的人才配!"❷

李长之的讲演发生在闻一多先生遇害之后，20世纪30年代初出茅庐时高调鼓吹"为艺术而艺术，为批评而批评"的李长之，现在已经转变为呼喊"战斗精神"的批评家和思想家。李长之的《鲁迅批判》是他与鲁迅的一次机缘，鲁

---

❶ 朱自清:"历史在战斗中——评雪峰著《乡风与市风》"，载《中学生》1945年第91期。比起朱自清，更早关注杂文的还有不少人，如历史学家吴晗，有研究者就发现:"1943年以后，吴晗的学术论文骤然减少，代之而起的是大量充满批判性的时文。吴晗写时文有他的专业特点，不像闻一多那样直抒胸臆，而是通过历史影射现实。"见许纪霖:《大时代中的知识人》，中华书局2007年版，第224页。

❷ 李长之:"文学批评的课题"，载《文讯》第8卷第3期，1948年3月15日。

迅、闻一多的战斗精神影响了他，这是无疑的。而李健吾在1945年后，不仅秉承了鲁迅的战斗精神，写起了杂文，同时他也四面出击，写作讽刺喜剧如《和平颂》等，猛烈抨击腐朽黑暗的社会。

　　这样，本书就清理出了一条线索，即在1945年以及更早一些时候，京派（尽管朱自清一般不被认为是京派）中的一些文学家和批评家们已经转向了当年"左翼"批评家的"战斗"精神，尽管各自的战斗方式有所不同。所以，如果泛泛地说京派与"左翼"是截然对立的，是非常不恰当的，因为这既不符合文学的史实，也没有看到京派与"左翼"文学家和批评家在后来的"合流"。从"互补"到"合流"，不仅仅是措辞的差异，而是真正的文学事实。这里完全可以抛开什么京派与"左翼"之类的说法，直面他们的作品，正如论者近年指出的那样，"'京派'这个名目，归根到底无关紧要。重要的是作家的作品"。❶

　　李健吾曾自称自己立场是"中间偏右"❷，如果在同道上

---

❶　止庵："'京派'的三幅漫画像"，载《十月》2007年第2期。

❷　"中间偏右"的说法来自他1982年回忆《文艺复兴》创办经过时说的一段话："出这样一种大型刊物，完全是郑振铎的主意。他为什么看中了我，可能有这么几个原因：一则是，我在贝公馆（即日本驻沪宪兵司令部）受尽折磨，没有出卖朋友，根本就没有提起他和我的交往关系。在日本宪兵萩原大旭审问我怎么样到暨南大学当教授，我就跳过了他（他是文学院长），说是校长何炳松看到我在《文学季刊》上发表的关于《包法利夫人》的论文，就打电报约我到上海教书的。萩原大旭觉得这话尽情尽理，大概在日本是这样的，也就相信了我的话。二则是由于我思想上有些中间偏右，他为了团结广大的投稿人和读者起见，挑我这个小兄弟来，做他的助手。三则是，他清楚我刘西渭不搞个人主义和小圈子，对任何人、人和事不存私心，可以避免祸根，单从当时的投稿人的姓名上，就可以领会一切。"李健吾："关于《文艺复兴》"，载《新文学史料》1982年第3期。

并肩战斗，划分左与右还有什么意思？只不过是一时一地的需要罢了。从另外一个方面看，李健吾的《咀华二集》中"左翼"作家，夏衍、萧军、叶紫、路翎等占据了绝大多数（尤其是《咀华二集》的再版本）。究其原因，也是如朱自清所说，是集体的要求与现实的力量的逼紧。即使存在一个京派，那么这个派别也不是高高在上、不问世事的"象牙塔"中的隐士。他们大部分人都有一颗心怀天下的忧思之心，只是与"左翼"批评家的表现形式很多时候不同罢了。正如黄键指出的那样，京派批评家的社会功用观是一种"独特的迂徐内含的文学社会功用观，通过对生命存在的理解与处置，通过对个体人格教化与国民文化素养的提升，潜移默化地实现自己的社会进步理想"，而"干预与变革社会现实的实践意图为左翼批评家们所汲取与发挥"。❶

也就是说，有的时候京派批评家也具有一种"左翼风骨"，像李健吾的杂文写作，你说他和冯雪峰的杂文写作有什么不同？可以说两者都表现出了对于社会现实的强烈的批判精神。如果除去像周作人这类比较特殊的例子，大部分京派作家和批评家，其忧国忧民的现实忧思之深，丝毫不亚于"左翼"批评家。《京派文学批评研究》一书中，黄键曾总结说："虽然京派批评家与左翼批评家在政治信念、社会关怀乃至文学趣味与批评风格上表现出极大的差异，并且相互之间存在着冲突与误解，但是我们看到，他们之间的距离并不像人们想象的那么大，也不像他们自己想象的那么大，他

---

❶ 黄键：《京派文学批评研究》，生活·读书·新知三联书店2002年版，第113页。

们在误解中互相指摘，同时在误解中互相启迪。"最后他以不太确定的语气说："在某些重要的理论层面上，他们似乎在无意中走到了一起。"❶ 笔者认为，京派与"左翼"批评家，不仅仅在"理论层面"上有很多一致的地方，还有在"实践"上的一致。尤其是1945年之后，不少知识分子走出书斋，成为民主战士，闻一多先生是一位，京派的作家，如萧乾，即使远在英伦，也完全与祖国的命运联系在一起，"二战"中毅然"脱去黑袍，摘掉方帽，走上了战地记者的岗位"。❷

通过以上的分析，我们能够看出，京派批评家与"左翼"批评家，决不是"水火不容"，也非仅仅是所谓的"互补"，重要的是还有"同道"或者说"合流"的一面，正所谓"异中有同"。如果要举一个例子，如上所述，李健吾是比较合适的一位。

另外，李健吾与当时被认为是"右翼"批评家如梁实秋，在批评观念上和批评实践上，存在巨大差异，本书在相关章节已经有所比较。例如，梁实秋与"左翼"批评家一样，对"印象主义"批评没有好感，认为其是感伤的情调，是浪漫主义在批评上的表现。梁实秋在强调他的古典主义批评法则的同时，也在不知不觉中失去了对同时代文学的敏感（青年时代的梁实秋其实是一位浪漫主义者）。而批评家刘西渭，则卖力为新文学摇旗呐喊，像沈从文所说拿着"一只带

---

❶ 黄键：《京派文学批评研究》，生活·读书·新知三联书店2002年版，第131页。

❷ 萧乾：《萧乾回忆录》，中国工人出版社2005年版，第147页。

着感情的笔，常在空中挥来使去，这里写一篇书评，那里写一篇书评"。相比之下，梁实秋则一脸严肃，不断整饬着他手中的"文学的纪律"与古典人文主义的律法。

三、"刘西渭学派"

在上面讨论的基础上，我们可以进一步思考这样的问题：如何把握和评价李健吾文学批评？早在20世纪70年代，诗人唐湜就为批评家刘西渭写过两首十四行诗，不妨照录如下：

1

呵，亲爱的刘西渭先生，
这忽儿我想起了您爽朗的笑，
四十多年前，一个中学生
由于您的《咀华》的光照，

进入了一个新奇的世界，
从此，自己也学习着凝眸，
拿诗似的精致散文来抒写
书国的行旅中一次次感受；

可一直学不到您的真淳，

您富于人情味的潇洒风华；
直到后来，在海上见到您，
才明白风格即人，您笔下
翩翩的文采是打您的淳朴，
您含咀的英华里来的气度！

2

呵，我想起了几次在上海
叩您的门扉，您殷勤的接待，
您北方人的笑在灯下的黄昏
是那么可亲，像您的译品，

也象您行云流水似的评论，
呵，京郊红叶村的访问，
风尘巷陌间的一次邂逅，
这忽儿就浮现在我的心头！

可您，不象钱锺书先生，
有那种南方人的妙语天生，
您谦和，赞叹着他的渊博，
他锐利的机锋却那么幽默；
你们呵，一样风神朗然，
一样在探索着，那么深湛！

——1973年8月❶

---

❶ 唐湜："怀刘西渭先生（二首）（十四行诗）"，见唐湜：《幻美之旅十四行诗集》，宁夏人民出版社1984年版，第67～68页。

唐湜这两首十四行诗，在中国现代文学批评史上，也算个特例了。一是他是诗人写给批评家的，或者说作为诗人批评家唐湜写给批评家刘西渭的；二是这两首诗就内容说，把李健吾的批评风格形神兼备地描绘出来了；三是唐湜以诗歌的形式作为批评的表达，也几乎是唯一的。此外，唐湜还在诗中比较了李健吾与钱锺书的为人为学的风格。

李健吾的咀华篇章对唐湜有相当深的影响，因为"《咀华》的照耀"，诗人唐湜在20世纪40年代开始走上批评的道路，以"拿诗似的精致散文来写抒，书国的行旅中一次次感受"，可是唐湜却认为自己仅仅学到了李健吾的"形"，而没有学到李健吾的"神"，"风格即人"，李健吾的风格，是他自身人格的表征、气度的体现。第二首诗中，写到了李健吾文笔的特征之一"亲切"，人和作品一样，可亲。从整体上看，唐湜诗中对李健吾的叙述是准确的。

唐湜的文学批评是在1946年李健吾主编《文艺复兴》杂志开始的，也是李健吾慧眼识英才的结果。唐湜的这些文章，在1950年结集为《意度集》出版，是新中国第一部诗歌批评专著。在这部批评集的序言中，唐湜表现了与李健吾一样自觉的批评追求：

我那时觉得艺术是生活的批评，批评也该是一种能表现青春的生命力或成熟的对生活的沉思的艺术。一篇批评的文章本身就该是一幅好画，一篇好散文，或一篇有蓬勃力量的搏斗的心理戏剧，只要它是真挚的、切实的，也就总是一致的、完整的，冗自独立着的，恰如一座山（它的崇高），一片水（它的渊深），或一片阳光（它的闪烁的浑朴）……我把生活与批评联结起来思索着,我把阅读与批评当作一种感情的旅行,一种沉思的试验,一种生活的操练。……我想作一种跳跃式的欣赏的解说,作一些能动的思想的展开与感情生活的再现,一种在作者的精神风格里的沉潜,总之,一种再创造。❶

唐湜对批评本身的认识与李健吾一样,都认为批评是表现,批评是艺术,说这种艺术是"沉思的艺术",突出了批评中的理性思索,又言批评文章本身应该是一篇"好散文"。刘西渭汲取了印象主义批评"心灵的探险"之说,唐湜则说批评是情感的旅行、沉思的实验,这样,批评就是创造。同时,唐湜更加清醒地认识到中国传统诗文评的理论资源,他说:"评论在我们这个诗之国里,有它丰富的文采传统,也有它的妙喻似连珠的哲理传统。如《文心雕龙》、《诗品》、《二十四诗品》,更多辩证的哲理,就是从老子的辩证哲学、庄生的深刻寓言中发展出来的。这些文论与评论的名作,都是以诗意浓郁的抒情散文,甚至骈文、韵文写的;杜甫与元好问还拿诗抒写了卓绝的诗评论,后世也有不少诗话写得十分简练而传神,常能一语中的,如有些画论那样。我觉得我们可以弘扬这个民族传统。"❷ 唐湜的批评文章,可以感受到其中浓郁的中国传统批评的气息,同时,又融和了西方批评的思辨力量,在总体上呈现出一种"中西合璧"的批评风格。

---

❶ 唐湜:《意度集(前序)》,平原出版社1950年版。
❷ 唐湜:《一叶诗谈》,广西教育出版社2000年版,第318~319页。

《意度集》出版后唐湜曾寄给钱锺书，钱锺书回信赞道："你能继我的健吾（刘西渭）学长的《咀华》而起，且大有青出于蓝之慨！"❶ 这是对唐湜的赞誉，也是对批评家刘西渭的赞誉。关于李健吾批评成就的评价，有欧阳文辅式的粗暴贬低，也有司马长风在《中国新文学史》中的有"过高"嫌疑的称颂。如果抛开这些过低或者过高的评价，心平气和地去面对李健吾给后人留下的"批评事实"本身，或许我们的评价就会给批评家刘西渭一个历史的"公道"。正如司马长风也不是一味地推崇，他也有相当公平的持论，如他认为："新文学史上在文学批评家当中，能够破除门户之见，勤恳、广泛阅读同代作家的作品、并深入其中，亲切鉴赏，叮咛推敲的仅有刘西渭（李健吾）一人。"❷

今天的批评，尤其是20世纪的西方文论，流派迭起，你方唱罢我登场。真是让人羡慕，同时环顾自己的批评，除了古典批评，现代文学批评史上，能够说得上有重大影响的流派，又能有多少呢？是我们不善于命名？还是真的就不存在？当然这也要看拿什么标准去划分，类似的思想或政治趋向？某种批评风格？还是生活的地域？虽然李健吾从来无意把自己的批评归入某种"派别"，但是后来的研究者和批评者心中，李健吾的批评文字，以其人格与风格照亮了中国现代批评史上的一批作家、批评家，而唐湜只不过是其中一个。唐湜坦言："从两本《咀华集》的风格，文采都学习到

---

❶ 唐湜："忆李健吾先生"，载《文史月刊》2002年第2期。
❷ 司马长风：《中国新文学史（下卷）》，香港昭明出版社1978年版，第339页。

了不少东西,汲取了不少营养。如果说,文学评论中有一个刘西渭学派的话,我就是其中一人。"❶ 李健吾先生如果还在世,未必同意"刘西渭学派"的说法,但要说李健吾是一位超越派别的批评家,恐怕他会同意。

前贤在望,李健吾的文学批评在中国现代批评史上,具有某种"典范"意义,研究他的批评对我们今日的批评不无借鉴意义。笔者以为,刘西渭、唐湜等人的批评至少对今天的批评有如下的参考价值:

第一,有风格的批评。他们的批评文章,无论是严谨一些的论文,还是诗意盎然的评论,表达的风格是他们的追求,也是值得今天学院派批评家们借鉴的地方。毕竟,科学不是铁板一块,文学批评不是自然科学研究,今天的文章在批评体式上,难道不可以向刘西渭们借鉴一点吗?

第二,坚持批评与批评家的独立性。批评家既不依附于作家,也不是时代的附庸。批评和批评家的独立,是批评的尊严所在。把批评作为一项事业,一种使命和人生的存在方式,而不仅是一个行当,一个"饭碗"。

第三,批评和批评家的根要扎在现实的土壤中。批评的艺术化,决不是凌空高蹈,脱离现实。批评的艰难就在艺术和现实之间平衡的寻求,李健吾一生的批评生涯,让我们看到一个批评家可以达到怎样的境界以及遭受了怎样的困境,如果从一位批评家的心灵之路来考察这一点,能更加清楚。

---

❶ 唐湜:"春风化人——李健吾论",见《九叶诗人:"中国新诗"的中兴》,上海教育出版社2003年版,第2页。

结　语

批评家的心灵——在艺术与现实之间的挣扎

结语　批评家的心灵——在艺术与现实之间的挣扎

作为一名艺术家、一位批评家，李健吾经历了怎样的心灵之旅？好在他在自己的文章里，不时表现内心生活，后人可以通过阅读他的这些文字，来感受一位现代批评家的复杂的心态过程——他的梦想与困扰，他的坚持和无奈。

这几篇重要的文章分别是：1934年的《艺术家》、1941年写于上海的一篇《杂记》、抗战胜利后1945年的一篇《〈夜店〉上演了！》以及1946年的《与友人书》。

李健吾追求的"批评的艺术化"，是和他整个的艺术理想分不开的。年青时代的李健吾，做过关于艺术的"一个遥远而渺茫的金色的梦"：

做一个艺术家多不容易，而且怎样孤寂，在举世滔滔的今日！

不说效果，因为效果好比放债，什么时候收回本息，就是自己，也有些茫然。只不过是，高山头上扔下一颗碎石子，你看不见，山脚一旁水的姿态，也听不见那溅击的响声。但是你相信它迟早堕下去，在你肉眼以外，在你自己无能为力的时际，随进自然的涛浪，流卷到想象不出的地方。这就是效果。

好些人没有饭吃，没有衣服穿，没有房子住，而你兴兴头头，跑了过去。你捧住艺术，仿佛端着一盘点心，想做一番慈善事业，你会出乎意外，遇见的尽是摇头摆手，然后从他们绝望的瞳仁，你照见自己也是肤黄肌瘦。❶

---

❶ 李健吾："艺术家"，载《水星》第1卷第1期，1934年10月。

这是 28 岁的李健吾，一个抱着献身艺术决心的青年人。他意识到，做一名艺术家，意味着孤寂。艺术有什么用？李健吾想到了艺术的"效果"。"效果"，艺术家本人往往看不到，因为它不是直接作用于物质现实，它是慢的、间接地发酵。孤寂，是每一位艺术家的宿命。然而，不仅仅孤寂，还有沉重的现实，始终粘连着艺术的羽翼。艺术和艺术家，在坚硬的现实面前，感到的是无力，是面黄肌瘦的虚弱，甚而是绝望。对于一个仅仅把艺术作为饭碗的人，走到粗糙的现实的四壁，多半会选择逃离。如果他是一个坚定的人呢？

但是你抱定你可笑的念头，走下这无常的长途，或者整个社会会说你是个傻子，或许就有人觉得你有点儿什么，帮你作品添了点儿分量。

这少数人是你的，而你也胜利了。

但是意义呢？说良心话，你绝不想写给两三个人看，谁也不想。于是意义，和一个人的无形的气质一样，就在你为人误解或者仇视的时候，渐渐沁入读众的心灵，形成牵此动彼的谐和。因之你也打在宇宙的长钟上，仿佛一个有力的环子。

意义又有深与浅，一个是精神的，伟大的，可感而不可触，一个是功利的，现时的，一目可以望尽。而艺术家，往往不愿，甚至于牺牲了后者，来完成他的理想——一个遥远而渺茫的金色的梦。于是他更穷，更孤寂了，同时混迹人海，也越发伟大了。他死了，他的作品活了下去。❶

---

❶ 李健吾："艺术家"，载《水星》第 1 卷第 1 期，1934 年 10 月。

结语　批评家的心灵——在艺术与现实之间的挣扎

把艺术作为吃饭的工具还是为艺术献身，把艺术作为事业？对美和艺术固然需要坚定的信念，同样坚定和恒久的是一个艺术家的创造，因为他的创造，为世界增添了分量。艺术家带给世界的，是滋养心灵的精神财产，它的功用往往在长远的时间中，才显现出来。艺术家不能为了当下（"现时"）的功利，而牺牲艺术的永恒性，恰恰相反，如果非要牺牲，那也是"一目可以望尽"的现时功利。很明显，这段话完整地表露了李健吾关于艺术和现实、美与功利之间的观点，若用一句话概括：艺术至上。

这是李健吾——一名艺术家的"金色之梦"，是他的艺术理想。但重要的是，一个自觉的艺术家，有没有自己的艺术梦想，会造成两番截然不同的天地。

然而，现实从来不曾放过艺术，总是紧紧地抓住艺术。20世纪上半叶的中国是一个天灾人祸不断、内忧外患连绵的苦难时代，抗日战争爆发后，蛰居上海的一批中国知识分子，无不在苦闷中度日，他们的苦闷是多重的：精神上的与生活上的。1941年11月，上海沦陷前夕，李健吾写过一篇署名"西渭"的《杂记》，此文是碎片式写作，分为好几个小节，先摘录其中几节：

朋友告诉我，某外国先生赏脸，把我归入为艺术而艺术的作家群，闻下赧然。原因无他，此公恐怕一个字也没有赐阅我的破烂文章。当然是有人归好了类供他用。不劳而获，便宜了他。

现代是生意眼的时代。只要嗅觉灵敏，没有饿得死的狗。何况人为万物之灵，岂止是一个"高高的鼻子"而已哉。何必熬脑汁，何必经验乎人生，一切正如王尔德（英国的那个唯美的囚囊）所云，撒谎即艺术。戴前进之帽，行撒谎之实，胆敢指破，必把你打入象牙之塔。只要"加一把胡椒"，艺术即垂头丧气拜倒门下，虽唯美亦何妨？❶

　　国难当头，上海即将沦陷，怎么还在谈什么艺术？还讲什么"唯美"？1938年之后，李健吾走出了书斋生活，积极参与当时上海的话剧演出，一方面为了生活，另一方面积极为抗战而斗争。但是李健吾决不是为了商业而商业，为了宣传而宣传，他没有放低艺术的要求。当时在剧艺社乃至整个上海剧坛，李健吾的地位都是举足轻重的，被称为"剧坛盟主"。他对当时剧坛现状非常不满，写于1941年的《夏衍论》一文，就指斥这种不懂艺术的不良倾向："我们毋庸讳言，一种恶劣的倾向直到如今还在戏剧文学方面盛行。某些人士从未纳心戏剧，从未涉足舞台，从未深尝人生，由于聪明，由于有上演税与版税的双重利润，由于直接可以博取无识的观众……他们向不睬理内容与形式不可分离的关系，人生如何决定一切，而一切又如何渗透作者的心灵，浑然成长。正是这样一批买空卖空的剧作家，率同他们的喽罗和群众，依仗周密布置的茶酒联络，暂时攘去了浩大的声势与营业。悲剧成了情节戏，一切成了服装戏。"❷

　　也难怪李健吾带着讥嘲的口吻说，很多人搞戏剧的人不

---

❶ 西渭："杂记"，载《萧萧》半月刊第2期，1941年11月16日。
❷ 刘西渭："夏衍论"，载《大公报·文艺》（香港）1941年2月21～3月5日。

懂美和艺术："何谓美？曰：美人也。何谓美人？曰：标致女子也。呜呼！"——

什么叫识货？相比就是艺术。艺术者，至上之谓也，近之者，均非肉身。莎士比亚，大艺术家也，死而不得其坟。杜甫，大诗人也，诗之道近于艺，故为牛肉所噎。曹禺，中国现代大戏剧家业，故每餐必露。夏衍先生，又一大戏剧家业，故飘零如孤鸿。伟大如鲁迅，几如唐朝之李义山，到了宋朝，无衣可着。

然而论之者，每以现实誉扬。

现实者何？重如山，汪洋如水，及其来也，以排山倒海之势，压沉前进的唯美家于无形。其弱小如我者，则信口喻之为象牙之塔，掉下一块两块砖头，顶多把皮肤蹭伤而已。

艺术诚谎我！

一个人可以任性而为，好也是你，坏也是你。但是在艺术上，又如在友谊上，千万不要有意或者无意地来牵挽别人相陪。

我们得好好学习尊重我们以外的存在。❶

李健吾的心态是极其复杂的，自己追求艺术并不被人理解，换来的是"唯美家"的嘲弄。同时，现实如排山倒海之势压倒了艺术家，从古至今，无不如此。还是不得不回到自己1934年文章中的慨叹："做一个艺术家多不容易，而且怎样孤寂，在举世滔滔的今日！"孤寂，因为艺术往往是少数

---

❶ 西渭："杂记"，载《萧萧》半月刊第2期，1941年11月16日。

人的事业，所以你不能要求所有人都和你一样，强求是与艺术精神相悖的，所以李健吾说要好好学习尊重自己以外的存在。"我们以外的存在"，不妨理解为李健吾宽慰自己的话，也是一位艺术家希望外界能够理解自己"孤寂"心情的诉求。

抗战胜利后，柯灵、师陀根据高尔基的《在底层》改编成话剧《夜店》，1945年由上海的苦干剧团上演。该剧因为揭露现实之深刻、改编艺术手法之完美，尤其是它精彩的对白，曾经引起不小的轰动。李健吾在《〈夜店〉上演了！》这篇文章中指出它的现实意义：

> 《夜店》放在胜利的开端演出，具有莫大的意义。在这生活糜烂的今日的上海，在这建国的争取的初期，我们这些愧为人上者应当多看一看下层的生活。我们需要正确的了解。然后我们才好尽可能去加以解决。这是我们国民一个共同的责任。艺术的欣赏还在其次焉者也。❶

这里看到的"国民的责任"是第一位的，"艺术的欣赏"是第二位的。虽然高度评价了《夜店》的改编艺术水准，但李健吾这里显然更看重艺术之于现实的"功用"。然而，仅仅过了不到两个月，我们又听到了李健吾为艺术而苦恼的心声：

> 我要艺术成为艺术，我同时更要它结实得犹如野地的大

---

❶ 李健吾："《夜店》上演了！"，载《周报》第11期，1945年11月17日。

结语　批评家的心灵——在艺术与现实之间的挣扎

树，到了紧要关头，宁可牺牲美好，必须抓牢水土相宜的生命。❶

从1934年的"艺术家，往往不愿，甚至于牺牲了后者"，到1941年的"艺术诚谎我！"再到1945年后的"艺术的欣赏还在其次""宁可牺牲美好，必须抓牢水土相宜的生命"，我们活生生地看到了一位艺术家、一位批评家的心灵在现实与艺术之间不断挣扎的精神过程。李健吾好似哈姆雷特，不断忧郁地自问："艺术，还是现实（人生）？这是个问题！"躲进象牙塔之中，彻底去做一名唯美家？还是一名不问世事的隐士？如周作人？良知让李健吾不能这样，也不甘心如此。放弃艺术的理想，把艺术作为现实的宣传或者谋生的手段？艺术的良心又时时敲击着他。他只有挣扎，双手紧紧抓住艺术，双脚牢牢扎根于生命与现实的土地上。

李健吾一生都无法把自己从现实的土地上"连根拔起"，也从来不曾把身子完全置于象牙塔之中，他有着对现实和人生的热情；也不甘于让艺术和美俯首于现实功利，他成了艺术的囚徒。

应该看到的是，李健吾在1945年后，所面临的困境，不仅仅是他自己的困境，也是很多知识分子的困境。曾经深深影响过李健吾的老师、温柔宽厚的朱自清先生在去世8个月前（1947年12月），写过一篇《论不满现状》，颇能代表这一时期知识分子的心灵感受：

早些年他们还可以暂时躲在所谓象牙塔里。到了现在这

---

❶ 李健吾："与友人书"，载《上海文化》第1期，1946年1月1日。

年头,象牙塔下已经变成了十字街,而且这塔已经开始在拆卸了。于是乎他们恐怕只有走出来,走到人群里。大家一同苦闷在这活不下去的现状之中。如果这不满人意的现状老不改变,大家恐怕忍不住要联合起来动手打破它的。重要的是打破之后改变成什么样子? 这真是个空前的危疑震撼的局势,我们得提高警觉来应付的。❶

"没有活的时代放在刘西渭面前,刘西渭也就不活了",李健吾与朱自清一样,看到了"象牙塔"变成了"十字街头",而原先还只是"掉下一块两块砖头,顶多把皮肤蹭伤而已",现在是不上十字街头就没法活了的时代,就像朱自清在这篇文中所说的已经"到了现状坏到怎么吃苦还是活不下去的时候"。

朱自清终于走向了"十字街头",他反专制、反内战、反美帝,如闻一多先生一样,成了一名战士。但是,李健吾与朱自清不一样的是,他在这一时期更多地用笔做武器,他写杂文,他写讽刺喜剧,他在报刊上控诉战乱对文化事业的摧残。

1949 年后,李健吾从此学会了"自我批评",他对艺术的热情,不得不转向其他方面:思想的改造、下乡劳动……李健吾无心再谈艺术与美,刘西渭也不再写他的"咀华篇章"。但是,李健吾一生从未放弃过对艺术与美的信仰,这种热情曾经被压抑过,却从未消失过,就像他对现实的忧思

---

❶ 朱自清:"论不满现状",载《观察》第 3 卷第 18 期,1947 年 12 月 27 日。

一样。

　　李健吾的一生是充满矛盾和困惑的一生，是在为艺术与为现实之间不断挣扎的一生，这一切造就了一位批评家在现代中国的存在，而今天，他的存在具有某种象征意义。中国需要这样的批评家！

附　录

附录一：韩石山先生谈李健吾

时间：2009年8月21日
地点：山西太原作协家属院，韩石山书房潺湲室
交谈者：韩石山（韩），张新赞（张）

第一部分

张：韩老师，我可以不可以录一下音？也做笔记，一边聊一边记。

韩：录就录吧，没关系。先把你这几个问题说了，再说别的。李健吾的资料，当初弄下很多，现在不用了，都在地下室堆着。复印下的文章装订成册，一本子一本子摞下这么高（用手比划）。为了查资料，先去了李先生北京的家，又去了国图、上图，西曲马是后来去的，知道那不是个重要地方，去了不会有什么重要的东西。李先生1982年就过世了，去他家是找他的女儿李维永，当时老太太（指李健吾夫人尤淑芬女士）还能正常活动，现在听说老太太还活着，糊涂了，不能说话了，有一百岁了。

张：一百岁了？

韩：不是一百岁就是九十九，叫我想想，她是1909年生人，比李健吾小三岁，没错，整一百岁了。还说查资料。北图去过两三次，最麻烦的是看缩微胶卷，那么个机器，手在旁边一圈一圈地搅。后来又去了上图，三四十年代李健吾主要在上海活动，这儿的资料要多些，最多的是戏剧活动的资料。凡是有用的资料都复印。在查资料的同时，就开始做年谱，就是这个《李健吾先生

年谱长编》。(韩先生拿出年谱示我。) 这你就明白,为什么我的《李健吾传》比一般人写得好了。

张:对,年谱非常重要。

韩:因为我是学历史的,知道搞人物研究,必须先做年谱。你做了年谱再写,就能前后照应,左右逢源,也能看出问题,前头有个这事,后头有个这事,联起来说不定就是个值得考究的问题。编年谱的过程,也就是熟悉传主的过程。编年谱就是所有资料都按时间顺序排列,有日的分在日下,没日有月的,分在月下,月份模糊的按季分,连季都查不出来的,那就按年分,放在这一年最后头。年还是好确定的。这样就把李健吾所有的资料都汇编在一起了。

张:我觉得您的《李健吾传》在目前李健吾研究当中,是最好的,也是最见功力的一部著作。

韩:你可以这么说。其他人,包括他的弟子,有的也写一两万字的文章,介绍他的生平,一般都是大路货。他们不可能下这个功夫,特别是对有的史实,他们不会下考证的功夫、纠正的功夫。

张:韩老师,我想插一句,就是前几天我刚买了一本中国现代文学馆编的李健吾代表作《这不过是春天》。

韩:哦,这本书我倒没有,我看看。

张:这本书前面的"李健吾小传"就有不少的常识错误或者不准确的地方,比如把李健吾中学时代编辑的刊物《爝火》与后来的《国风日报》副刊《爝火旬报》混为一谈。正如您说所,是考证的功夫没有到家。

韩:哦,对。这个选本把李健吾的长篇小说《心病》给选上了,这不容易,编者还是有见识的。

张:是,李健吾的长篇,我也是第一次看到这个版本的《心病》。

韩：这本书还是弄得不错的，能把《心病》选上，因为《心病》(1949年后) 从来没有出版过。

张：《心病》是李健吾的第一个长篇，也是唯一的长篇。

韩：是，也就十二三万字。

张：韩老师您接着说。

韩：所以，做研究，一定要下工夫，那些材料一定要亲眼看到。即使这样也还可能出错，你比如说，我见到《爝火》第一期，没有见到第二期，我给蹇先艾先生写信询问第二期《爝火》刊发文章的情况，蹇先生当时已经是八十多岁的人了，给我回了信，说都刊发了什么文章，提供了一个目录。我不相信他是靠记忆提供给我这个目录，恐怕他有日记。蹇先生出身大家，又是一个很仔细的人，这样的人多半会写日记的。要不怎么能五六十年前的事情记得这样清楚？他写信时把李健吾的《母亲的心》写成《母亲》，说明很有可能当年他记的时候就记做《母亲》。

张：有可能是这样。

韩：所以，即使下了很大工夫，用了三年的时间来找资料，仍然会出错。

张：其实您做得已经非常详细了，能做到这样非常难得。

韩：我当时的打算，就是要写一部传记，而且也写好这部传记。先前我是写小说的，这次可说是转型，头一锤子买卖，一定要做好。所以，从材料到结构，到语言，都下了功夫。不知你注意到了没有，我这部传记的语言实际上就是"李健吾式的语言"。我是有意要这么做的，用李健吾式的语言写李健吾，从声口上都像李健吾。

张：是，能感觉出来。

韩：我给自己的目标是，一定要挥洒自如、谈笑风生，笔端带着感情，写出来不光资料可信，还要有一定的可读性。下了这么大的功夫，结果没有出好，头一次让北岳文艺出版社出的，那个真是——就像遇上打劫的一样。当初说这么好，那么好，书出来了却是这个样子。都是熟人，不好再说什么，只能怨自己没主意。有朋友当时就劝我给北京的出版社出。原来我还想着，《李健吾传》出来会有点响动的，出成这个样子，什么响动也没有，只有行内的人，知道韩石山不写小说了，写起了传记。后来很快就转入《徐志摩传》的写作，心情也就平静下来，觉得无所谓了。唉，下了四五年的功夫，才写成这么一部书。

张：确实不得了，我觉得您把李健吾先生的一生给写"活"了，这是我阅读比较了不少作家传记后得出的结论。比如，关于李健吾留法的行程的记载，《李健吾传》详细叙述了同行的朱自清、徐士瑚，一直到巴黎分开，再看《朱自清传》中对这一段的记载，孤零零地叙述朱自清先生一人，流水账似的，非常奇怪，对同行的李健吾、徐士瑚只字不提。

韩：现在学术界一写个什么，总先想着申请一笔钱，社科基金什么的。是好事，也是坏事。好事不用说了，有钱总是好事嘛。怎么说是坏事呢，尽着钱办事，像是包下个活儿，给多少钱做多少活儿。做学问，总得有一种兴趣，一种热情，才能做好。我没那个资格，不可能申请下社科基金，不是尽这笔钱办这个事，是我自己想做这个事儿。自己想做的事，想写的书，还想写好，就会不计成本地投入。我写《李健吾传》的投入还不算大，主要是辛苦，找资料。写《徐志摩传》可就不同了，徐志摩的资料多，出的书多，有的还是海外出的，为收集徐志摩传的资料，花的钱在两三万块左右，头一次（出版社）给我的稿费也不过一万多。就是一分钱不给，也要把这件事情做好，把这本书写好。

张：我觉得像您这样写书的人，现在是越来越少了。

韩：那个时候也不多。你能想象到吗？知道徐志摩办过《晨报副刊》，在琉璃厂一家古籍书店，见到一套影印的《晨报副刊》，我自己就买了一套。那个时候这套书就要三千块钱呢。还有台湾出的什么《胡适之先生年谱长编》，香港出的《徐志摩新传》，都是很贵的，是通过外文书店买下的。大陆出版的书，就不用说了，只要与徐志摩有关的，哪怕只有一条有用的资料，见了就买下。有的书，可是费了劲了，比如说，张幼仪的侄孙女张邦梅写的《小脚与西服》，明知道台湾出版了，就是买不下，后来还是通过一个朋友在美国买的。要写好一本书，不能全靠图书馆，你自己也要舍得投入，该花的钱一定要花。有的书，自己买下的，跟图书馆或朋友那儿借下的，看起来的感觉都不一样。比如那套《晨报副刊》，是我自己的，没事了翻一翻，后来写了好几篇文章，再后来又编成书，成本早就捞回来了。

张：就是要去挖掘别人没有挖到的资料，一手的材料。

韩：对，只有在这样你才可能写好一本书。开始的时候，你能不能写好这部书，先不要管，更不要先想在哪儿出版啦什么的，只说怎么搜集资料，怎么钻研分析。我写《李健吾传》的时候，根本就没有联系过什么出版（的事情），后来他们（指出版社）知道了来找我，我心一软就同意了，结果出得很坏。后来，2006年，山西人民出版社的朋友又重新出版了《李健吾传》，我也作了修订，距第一次出版差不多是十年的事情了。

第二部分

（1）张：韩先生，我知道您的家乡是山西临猗，在地理上和李健吾先生都属于晋南（运城）地区，算是不折不扣的老乡了。晋南（运城）这个地方，地处秦晋豫三省交界，古称河东，因为它西临黄河，南面终条山。中学时代，李健吾在就写过一篇小说《终条山的传说》发表在《晨报副镌》（副刊）上，晚年的李健吾也写过怀念家乡的散文如《梦里家乡》。那么家乡在李健吾的文学生涯中占据怎样的位置呢？

韩：我觉得李健吾对家乡的感情是比较复杂的。第一，这是他的生养地，一般来说人对自己的生养地都有感情，李健吾在家乡长到大概八九岁的时候就到了西安，可以说是"少小离家"。但是他和一般意义上的"少小离家"又有不同，就是家乡对他来说有仇恨，他的父亲惨死，在西安附近一个地方，被人害死的。辛亥年间，他父亲跟阎锡山都是朋友，后来闹翻了，成了仇人。他父亲叫李岐山，辛亥革命元勋之一。民国初年全国统一部队编制，山西仅一个师的编制，下辖两个旅，李岐山任山西第一混成旅旅长，少将军衔，驻军晋南；另一位旅长续西峰，驻军雁北。可以说李岐山当时的地位是相当高的，其时冯玉祥也不过是个旅长，如果李岐山活着，一直这样下去的话，地位会更高。可是跟阎锡山交恶，李健吾的父亲死了之后，连回家乡安葬都不可能，阎锡山恨死他了，必欲除之而后快。当然，李岐山的死跟阎锡山没有什么关系，是陕西地方军阀陈树藩，买通了他的一个朋友设下埋伏，把他害死的。死了以后，都不能运回山西安葬，那就是阎锡山的事了。

张：山西是阎锡山的地盘。

韩：对，阎锡山的地盘。所以只能到把棺材暂厝在西安郊外一个地方，一直到李健吾清华大学毕业教了一年书，出国前，大约是1931年才回乡安葬。中原大战后阎锡山下野，商震任山西省主席，这样李岐山的灵柩才运回来。所以说李健吾对山西，对家乡的情感是比较复杂的。同时第二，他又能在家乡得到一种荣誉感，清华毕业后的回乡大奠，让李健吾和他的哥哥真正享受了辛亥元勋后人的荣耀。比如当时的于右任、杨虎城、冯玉祥等都派人来祭奠，杨虎城派自己的秘书亲自到了运城西曲马村。大奠之后，李健吾去拜访商震，商震听说他要去法国留学，就特批教育厅给李健吾三千大洋；拜访杨虎城，杨虎城听说侄儿要留法，给了一千大洋，再加上他自己教书一年的积蓄，还有他六叔还是七叔给的钱，留学法国就没有问题了。所以说只有在家乡才能得到最大的荣耀。

张：李健吾晚年的时候也回过几次家乡。

韩：是，晚年回来的时候也是备受欢迎。以为他是戏剧家，学术地位很高，又是大家子弟，晋南一带，人一听说是李岐山的儿子，都给予很高的待遇。但是他晚年回老家的时候，因为乡里让他捐资办岐山中学，他轻信了几个本家的话，自个说话也有过头的地方，弄得很不愉快。在这件事情上，李健吾是受到了打击的。他的死，或多或少，与这件事有点关系。人老，身体又不好，经不起这种打击。

张：是的，您在传记里也提到了，就是李健吾筹钱没有筹够。

韩：嗯，引得本家的那些子侄们不满，甚至写信骂他。

张：那就不对了，李健吾没多少钱吧？他又不是巨商。

韩：就是，他其实没多少钱。李健吾这个人很天真，说起话来滔滔不绝，做事很热情，有时候不计后果，这是他的天性，也是他的性格上的一个缺憾。

（2）张：我知道您写了《徐志摩传》后，还主编了《徐志摩全集》。那么为什么一直没有《李健吾全集》的出版呢，或者至少出一套比较像样的文集呢？

韩：早在十几年前，山西的北岳文艺出版社是打算出《李健吾文集》的，据说当时的设想是出个十卷本，后来没有弄成。这个事情说来，和李健吾的家人有关系。当时山西省拨了一笔钱，而且已经开始运作，已经编起了四卷，戏剧集，我见过。写《李健吾传》时，还参考过里面的序跋。稿子都弄起来了，校样都印出来了。可是他的小女儿，就是在《文艺报》的李维永，负责编辑的散文部分，迟迟没有编起来。结果《李健吾文集》一直没法出来。一开始的时候拨款 20 万，十卷本还是能出的，过了十几年，五本也出不了，问题是当时有这笔钱，现在连这笔钱也没有了。

张：如果当时出版十卷本的话，估计也得几百万字吧？

韩：十卷本，最少也是四百万字。全部五六百万？多！李健吾的文字，如果算上翻译要上千万字。李健吾下笔非常快，快到我们不可想象的程度。光看他的翻译，福楼拜的几乎全部著作，《包法利夫人》《情感教育》《圣安东的诱惑》《短篇小说集》。还有司汤达的小说，长篇短篇都有，莫里哀的喜剧全集、雨果的作品、巴尔扎克的理论著作《司汤达研究》、罗曼·罗兰的作品、大量从英文翻译过来的契诃夫的戏剧、托尔斯泰的戏剧、屠格涅夫的戏剧、高尔基，等等。50 年代开文代会的时候，山西有个姚青苗老先生，去宾馆看李健吾，跟他聊天，他说有个翻译稿子出版社催得紧，姚先生说那他就不打扰了，李健吾说不碍事，一边聊天一边翻译，速度非常快。当然李健吾的字啊，简直天书一样，一笔大草。他的稿子，大都是他写好了，夫人给抄的。

现在如果再运作《李健吾全集》的出版事宜，已经变得很难了，那个时候说出就出来了，现在恐怕没有五十万是不敢启动这个事情的。

张：韩先生，我最早知道李健吾先生是通过他的《雨中登泰山》，那么您最早听说李健吾这个人是在什么时候？什么原因让您开始写《李健吾传》的？

韩：我第一次听说李健吾，恐怕也是因《雨中登泰山》这篇文章。粉碎"四人帮"后，我还在中学教书，我是1980年离开教育界的，这篇文章也是在这之前一两年收入中学语文课本的。撤下了杨朔的《泰山极顶》，换上了李健吾的《雨中登泰山》。那篇《泰山极顶》是个八股文，写的是，他去登泰山，要看日出，结果没有看到日出，天阴着，太阳没出来。他看到了什么呢，他写道：我看到人民公社这轮朝日在齐鲁大地上冉冉升起。现在，听说李健吾的《雨中登泰山》也撤掉了，没办法，彼一时也此一时也。我觉得《雨中登泰山》还是应当留下的。

张：记得我上中学时，《雨中登泰山》是要求背诵的。

韩：嗯，这是一篇很有气势的文章。此外，我早就知道在晋南有这么两个人，一个是景梅九，另一个是李岐山。这两人当年是一文一武，李岐山死了之后，景梅九的名气就更大了。

张：是，景梅九办过《国风日报》，先在北京，后来去西安接着办。

韩：对，李岐山和景梅九关系很好，李健吾管景梅九叫"景爸"，两家是通家之好。景梅九是个大才子，学问好，文章也写得好。

张：景梅九有一本书叫《罪案》。

韩：对，你如果看了《罪案》，就能发现他和李岐山的关系。

张：这是一本回忆辛亥革命的书。

韩：是。我萌生写《李健吾传》的念头，是在90年代初。因为80年代末，我就对写小说失去了兴趣，觉得没有意思。我上大学学的是历史，多少年又从事文学写作，总想找一个文学与历史的结合点，写人物传记就能兼顾了这两方面的优长。所以选择李健吾，也是因为我一直就喜欢现代文学史上的人物。当时还犹豫，写《李健吾传》是不是有点早了？是不是再过上多少年再写？

张：为什么这么想呢？

韩：总觉得年轻的时候，应该干一点有创造性的事情。又总放不下这个心，最后决定还是当下就动手，写这个传记。接下来就开始搜集资料，当时谢泳也开始转向，不写什么当代作家评论了，开始弄现代文学研究，我们两个就一起出去查资料，去北京去上海，都是我们两个一起去的。

（3）张：想请您谈一谈李健吾的思想渊源问题，以及对写作的影响。

韩：你可能也注意到了，就是李健吾从小喜欢文史之学，爱看书，而且爱看历史书。小时候他父亲送他一本《东周列国志》。更早一点，在村学念书，淘气不好好读书，没有正经读过四书五经。所以我感觉他受中国传统文化的影响并不是太大。历史的叙述对他影响更大些。

张：确实是这样。比如他的一些剧作《王德明》《阿史那》等都是根据历史题材改编的。关于李健吾戏剧的研究，喜剧方面有一些，但是李健吾的历史剧创作的研究还非常少。

韩：是很少。李健吾后来自己也说，中学时代，历史老考第一。谈到传统文化，就李健吾的这点传统文化，在他当时的时代是根本算不了什么的，可以说是家常便饭。至少不能说他受了很深的传统文化的影响，这和蹇先艾等都不能比，也不要和钱锺书等出身世家的人相比。

可是这个人呢，是个爱看书的人，爱读书，是个有慧心的人，甚至可以说是个天才人物，脑子特别好使。你看他涉及的所有方面，几乎都达到了当时的最高成就。李健吾真正地来说应该是一个戏剧家，戏剧是他安身立命的根本，他自小演戏、写戏，李健吾自己也以戏剧家自命，一生大约写了三十几出戏。

张：戏剧在"五四"运动时期的地位是很高的。

韩：是。今天我们可能不把戏剧家当一回事，"五四"运动以后，人们比较热爱的文艺形式呢，并不是小说，像鲁迅那样的小说、郁达夫那样的小说，当时是凤毛麟角。人们更多地喜欢戏剧、诗歌。

张：当时曹禺也没有李健吾出名早。

韩：对，对。但是后来呢，曹禺的名气越来越大。但曹禺的戏剧很容易看出模仿外国戏剧的痕迹，而曹禺本人对这一点又是讳莫如深。

张：比如说他的《雷雨》与易卜生的《群鬼》。很多戏剧能看到古希腊悲剧、斯特林堡、契诃夫、奥尼尔等的影响。曹禺和李健吾都是清华大学外文系毕业的。

韩：是。李健吾、曹禺都出身清华大学西洋文学系。那个时候呢，你要搞创作就去外语系，李健吾后来从中文系转到了西洋文学系。那是当年的一种风气，你要搞研究呢，就去中文系，要搞创作，就去外文系，这和今天不一样。所以我认为李健吾受西方文艺思想的影响更大，恐怕主要是受西方的影响。

我觉得可以这样说，历史给了李健吾好恶与正义，西方的那些东西呢，给了他艺术的感受力、艺术的判断力。包括他的很多批评文章，更多地来自西方美学的理论资源，所以他的这些批评文章一出来就有一股清新之气，而没有八股文的陈旧之感。

（4）张：记得您在一篇文章中曾说："若有机会，我真想重编一本李先生的批评文选。写《李健吾传》时，搜集到许多他散佚的批评文章，一点都不比编来编去的那些差。好些篇章，可说是更见品质，更见风格。"想请韩老师您具体谈一谈有哪些篇目？

韩：当时我说这些话的时候，像《李健吾批评文集》等书还没有出来，人们研读主要的一个凭借是宁夏人民出版社 1983 年版的《李健吾文学评论选》，以及稍后的《李健吾创作批评选选集》（人民文学出版社 1984 年版）。社科院郭宏安选编《李健吾批评文集》的时候，我给他们提供了李健吾评骞先艾《朝雾》的文章。是陈子善跟我要的，他是这套书的实际负责人。李健吾一些很见个性的文章，比如批评当时文学翻译的《中国近十年文学界的翻译》（1929 年）、《伍译名家小说选》（署名刘西渭，1934 年）、诗歌批评《生命到字，从字到诗》（署名刘西渭，载《中国新诗·黎明乐队》第二集，1948 年），至今未见重刊；还有抗战后在上海写出的一组批评文章，以及戏剧集的序跋等。这些都是一些非常重要的批评文章。

（5）张：韩先生，您曾经说过，您期待"李健吾热"的兴起，那么就您看来"李健吾热"兴起了吗？另外，您如何看待目前学界的李健吾研究状况？

韩：我觉得没有，也不可能兴起。在目前这种社会格局和社会状况中，那是不可能有李健吾研究热潮的，不可能。目前李健吾的研究，还远远没有达到李健吾自身达到的成就，还有待进一步深入的研究。

张：目前现代文学研究中，一些作家的研究年会是年年开，但是还没有听说哪里开过一次李健吾研究的学术研讨会。

韩：没有，没有，我也没听说过。"李健吾热"必须是在一个政治开明、学术自由的环境下才会有的；否则，学界不可能有研究李健吾的热潮。

张：我甚至觉得李健吾太热反而不正常。

韩：对，你这个话是有道理的。

张：但是就目前来看，李健吾本人和他的一些批评文章不断被人提起,见诸报纸杂志。

韩:现在的批评家羡慕李健吾,从精神上效法李健吾都是可取的,但是又有几人,即使有这个勇气又在何处施展!比如说,李健吾的批评文章从来都是指名道姓的,我看了李健吾的文章后,就下决心,不写批评文章则罢,写的话就必须指名道姓,不能含糊。

(6)张:李健吾在他的批评文章中多次谈到"人性""人生",不知道您如何理解李先生所说的"人性"?

韩:三四十年代谈人性、人生,是一种多少带些时髦的提法。但是李健吾恐怕对人性、对人生有更多不同于别人的感悟。自小父亲被害,逃亡在外,受尽冷眼,恐怕对人性感悟更深一些。一个人成为一个什么人,他的身世是非常重要的因素。

(7)张:30年代欧阳文辅曾批判李健吾的文章说:"作者只顾到雕琢文章的美丽,很多地方却有意转弯抹角,不肯把要说的话爽快的说出来。"还说有"龙头蛇尾的毛病,开始铺张的极宽广,而结尾往往极无生气"。不知道韩老师您如何看待李健吾先生的文风?

韩:我看未必。欧阳文辅的说法没有什么道理。李健吾的文章可以说是痛快淋漓,怎么能说是不爽快呢?李健吾很会写文章,属于那种天分很好的人,他写文章不是有意做给谁看,基本上做到了像苏东坡说的,"吾文如万斛泉源,不择地而出","行于所当行,常止于所不可不止"。文理自然,姿态横生,这可以说是李健吾的文风。

张:我觉得这是一个非常精练而准确的概括。

（8）张：唐湜在《春风化人——李健吾论》（见《九叶诗人："中国新诗"的中兴》，上海教育出版社2003年版，第2页）："我确实是李健吾先生的私淑弟子，从两本《咀华集》的风格，文采都学习到了不少东西，汲取了不少营养。如果说，文学评论中有一个刘西渭学派的话，我就是其中一人。"您觉得存在这个学派吗？如果存在，还有谁可以归入"刘西渭学派"呢？

韩：哦，当时很多人学李健吾的文风，唐湜可以算一个学得比较好的，而且他亲受李健吾的教诲。但是真正得其精神的人不多。我觉得没有什么"刘西渭学派"。也许他当时的一些学生会喜欢他，但是李健吾的语言是不可模仿、不可仿制的。李健吾十几岁就上台演戏、写戏，这种舞台生涯对他的文学写作恐怕也有作用。一个人会演戏他就懂得抬手动脚都要有戏。李健吾的文章，真正是如丽人出行，身佩琼琚，叮当有声而仪态万方。

（9）张：您觉得李健吾先生的批评文字对当下有何意义？

韩：那绝对有意义的。即便做不到，人们总知道"前贤在望"，等于说有一个好的"模子"在那儿放着，我们可能做不到，但是并不等于没有，有和没有就是不一样的。有一个指引，好比长夜行路，明灯在望。我认为呢，综合李健吾各方面的成就，给怎样高的评价都不为过。

（10）张：李健吾一生中直接或参与创办的文学刊物：《爝火》《国风日报·爝火旬报》《北京文学》《清华周刊》《文学季刊》《水星》《文艺复兴》等。韩先生我知道您也做过《山西文学》的主编，您觉得李健吾先生的在编辑刊物方面有什么值得后人重视的地方？

韩：李健吾在中学时代就开始参与文学刊物的创办、编辑工作。李健吾很早就有参与文坛，进入文坛的意识，而且胸怀宽广。郑振铎和他一起创办《文艺复兴》杂志时就说李健吾没有私心，从当时投稿人的姓名就能领会这一切。李健吾在编辑方面，他的眼光、他的胸怀都是值得今人学习、借鉴的。

（11）张：李健吾先生的笔名问题。

就目前我所查到的有：李健吾，仲刚、刚、川针、可爱的川针、刘西渭、西渭、沈仪、成己、东方青、健、健吾、丁一万、石习之（可参见徐迺翔、钦鸿编：《中国现代文学作者笔名录》，湖南文艺出版社1988年版，第254~255页）。问题在于很多都是"孤证"，如署名"东方青"的《张太太这样的母亲》刊登在《万象》1944年7月1日，我核实此篇之后，再没有发现第二次使用此笔名，所以不敢确定，只有存疑。同样的情况还有"成己""沈仪""石习之"（此笔名我没有发现一篇文章）等。所以还请韩老师指教。

韩：在这个问题上，必须是确定的，不能确定的就只能存疑。比如《蛇与爱》（杂文）署名丁一万，在《人民日报》（1956年9月5日）上发表，后来《人民日报》的编辑姜德明就写文章说明"丁一万"就是李健吾，这是可以考证出来的。如果没有确证，就只好存疑。仅仅根据这个《中国现代文学作者笔名录》是不行的，必须找到文章，倒回去找原始材料，而且要证据确凿才行。

（12）张：另外，我问一下，李健吾有没有日记？

韩：没有。李健吾不记日记。

张：哦，那我知道了。谢谢韩老师，今天和您的谈话非常愉快，收获也很大，不少问题都豁然开朗了。

韩：哈哈，不必客气。

——访谈录音，笔者于2009年8月25日整理完毕，2009年9月9日又经韩石山先生审阅并校正。后分上下两部分刊于《名作欣赏》，2011年第10、13期

韩石山简介：

韩石山，山西临猗县人，1947年出生。1970年毕业于山西大学历史系。曾任中学教员多年。1984年调入山西省作家协会。主要著作有长篇小说《别扭过脸去》《韩石山文学批评集》《李健吾传》《徐志摩传》《寻访林徽因》《少不读鲁迅老不读胡适》等。2000～2007年任《山西文学》主编，现为山西省作家协会副主席。

附录二：郭宏安先生谈李健吾

时间：2009年8月29日
地点：北京海淀区西四环美丽园，郭宏安先生书房
交谈者：郭宏安先生（郭）；张新赞（张）

张：郭先生您好，作为李健吾先生的学生，您能不能谈一谈您和李先生交往的一些情况？

郭：虽然作为李健吾先生的学生，我其实跟李先生接触得不算太多。因为我是1978年考入中国社科院研究生院的，81年毕

业，李先生82年就去世了。我入学的那个时候，李健吾先生的身体已经不太好了，所以他也没有给我们上过课，我们就是到他家里去跟他聊聊天呀，随便聊点什么。81年的时候，李先生的身体忽然又好起来，精力好像特别充沛，全国各地跑呀，见见老朋友，还特别喜欢照相。1982年底，李先生永远倒在了写字桌前面。让人欣慰的是，他去世时没有任何痛苦。我实际上跟了他四年，对李先生算不上特别的了解。

张：当年李先生带了几个学生？

郭：当时三个学生。除了我还有两个，他们现在好像都在国外。❶

张：李先生是知名的法国文学研究专家，同时他还有很多的创作，包括戏剧、小说、散文、批评等，在中国现当代文学史上有他不可取代的地位。

郭：是。但是我对李先生的一些作品，戏剧啊什么的，都了解得不太多，偶尔看一看。后来因为自己就搞的外国文学这方面的，对中国文学看得相对少些，也没有专门去找李先生的作品来看，但是我很喜欢中国文学。李先生自己呢，关于自己在文学批评上写的一些东西，他从来没跟我说过，像《咀华一集》《咀华二集》从来没说过，一个字都没有提过。

张：他从来没跟您主动提过自己的这些作品？

郭：对，从来没有。但既然当了李先生的学生，所以多少还想有点了解，于是就找来他的《咀华集》来看。哎呀，我一看，我就觉得这个批评文章写得确实是不错，而且在当时那个情况下，李先生写的这些就风格很独特，所以我也很喜欢。但我也只

---

❶ 按：李健吾1981年在中国社科院外文所共招三名硕士研究生：胡承伟、李清安、郭宏安。

是自己看，也没有来得及就这些批评文字跟他请教什么，因为他本来就身体不好，所以就跟他随便聊聊天就是了。

张：想问您一下，当时李先生是如何指导他的研究生的？比如读书方面有什么具体要求？因为现在我还在求学，所以想了解一些这方面的情况。

郭：读书这方面呢，李先生也跟我稍微谈过一些。他就说，你读书要广泛地读，什么都读。不管是哪个流派的，都要看。因为只有这样，你才能有一个基础，以后你就可以自己选择了，根据你的兴趣、个人审美取向，或者别的什么取向来自己选择。但是要读的话，你必须尽量都去读，广泛地去读。

张：那么，李健吾先生的一些朋友，您有没有和他们有什么学术上的接触或交往？

郭：李先生的一些朋友我几乎都不认识，我也没见过，他也没有给我介绍过去找谁谁。只有一次，他让我找一个人，就是钱锺书先生。1981年我毕业的时候，准备去美国留学，那边都已经同意录取我了，但是需要两个教授写推荐信。北大我找了西语系的一个老先生，社科院这边李先生就说："你去找钱锺书吧"！我说："钱锺书我又不认识，从来没打过交道。"李先生说："没关系，没关系，钱先生对年轻人很好。"于是我就去找了钱锺书了。当时钱锺书住在三里河南沙沟寓所，去了后，钱先生很热情，说知道我的名字，李先生写过信来，说你是第一名考上研究生的。我也不知道我是考的李健吾先生的研究生中的第一名，还是全体研究生的第一名，反正是第一名吧。钱先生很高兴，很快给我写了推荐信。然后还问我，哈佛那边的导师是谁，我就跟他说谁谁谁。钱先生说："哦，这个人，我引过他的东西。"他就拿出《管锥编》，翻开一处，指给我说："你看看，就是这个人。"钱先生记忆力特别好。后来，因为一些原因，也没去成美国，就一直在（外文）所里面工作。

张：我知道您的研究生论文做的是波德莱尔《恶之花》，当初为什么会选择这个题目？❶

郭：我曾经在日内瓦大学留学过两年，其间课堂上听过"法国诗歌"，讲的就是《恶之花》。文本我也看了，当时就觉得很新鲜，因为我们国内的诗跟它不是特别一样，无论从内容还是从形式都不太一样，这是波德莱尔《恶之花》对我的印象。但那个时候因为在新华社工作的缘故，主要是为了学习法语，而不是文学，这种诗歌课程也就讲一讲过去了，不是很深入。后来读研究生写论文时，我就觉得毕竟这个还比较熟悉吧，就选了这个题目。

张：当时《恶之花》是不是还没有被全面地翻译过来？

郭：没有。但有一些零散的介绍，在一些选本，一些杂志里面。我当时因为做论文，翻译过其中的一部分，不是全部，论文主要依靠的是外文资料。

张：当时李健吾先生对您的论文选题什么态度呢？

郭：我当时就给他说了这个题目，他说可以，因为在国内这方面研究得还比较少。论文具体写作的过程我也没有更多地去请教李先生，但是最后论文答辩的时候，他参加了。答辩是在他家里举行，李先生对我这个论文还是比较喜欢的，说了不少好话，给予了相当高的评价。

---

❶ 按：1981年李健吾先生的三个硕士的毕业论文题目分别是《论莫里哀的创作思想》（胡承伟）、《论〈幻灭〉》（李清安）、《论〈恶之花〉》（郭宏安）。

张：想请教郭老师的另一个问题是，李健吾先生与国外文艺思想的关系问题，尤其是与法国文艺思想的关系，因为从李健吾的文章可以看出他受国外文艺思潮的影响很大。

郭：对，法国的文艺思想对李健吾影响很大。像法国的一些主要的批评家的东西，在他的《咀华集》里都有引用，像波德莱尔、蒙田、圣伯夫（圣佩夫）、瓦莱里（梵乐希）、古尔蒙、布吕纳杰（布雷地耶）、法郎士。他特别对古尔蒙有一个比较深的体会，古尔蒙曾给过他"建议"："一个忠实的人，用全副力量，把他独有的印象形成条例。"我觉得这一点特别重要，古尔蒙这个人新中国成立前在国内好像还有点名气，现在很少有人提到他了。其实，古尔蒙的批评思想是很有独特的地方的，"独有印象"与"形成条例"这两者缺一不可。而李健吾先生的所谓"印象批评"与法郎士等人的印象主义不同，他已经超越了印象主义的批评。把"印象"整理成"条例"，实际上包含了感性与理性，诗与科学的统一。

我现在还在找古尔蒙的批评文章，但是还没有找到，因为目前在法国也没有新出他的东西，他有一本批评集，我估计是很重要的。国内对法国"二战"以前的批评思想都了解得很少，像古尔蒙、蒂博代等，蒂博代有《批评生理学》（即《六说文学批评》）。前年，蒂博代的批评文集又重新出版了。蒂博代在30年代的法国很有名气，可以说是第一批评家了，解放后这些人在中国就统统地销声匿迹了，就没有人再提到他们了。

张：记得郭老师您也翻译过古尔蒙的文章，收在一本法国作家的散文集子里面。

郭：是，我翻译过他的一篇《海之美》。这篇文章我觉得很重要，人们对海的欣赏，对海的美的发掘，西方也很晚，到19世纪才开始。以前的城市都是背海而建，人们对海充满了恐惧，海很少是一个审美的对象，人犯了罪或者患恶疾会被扔到海里去，这是一种惩罚的措施。19世纪，有了火车，人们才开始去海边度假，开始欣赏大海的美丽。中国游记文学里也很少，只是在汉赋里看到过一些。

刚才说古尔蒙国内目前很少提到他，他虽然是个诗人，批评文字也很有名。这一方面是因为我们对西方的东西介绍得比较少，另外我觉得目前学界即使对介绍过来的东西也没用很好地去学习、去领会。譬如，韦勒克的《近代文学批评史》，你只要好好去阅读，其实还是很有收获的。我们目前对新的东西比较重视，但是这种"重视"也就是介绍介绍而已，批判地吸收这个做得很不够。我们在追逐西方最新潮流的时候，也要知道人家的那些东西都是"有所本"而来的，今天新的东西也都是在对过去研究得很透的基础上，发展而来的。我们今天从中"截取"一段最新的，而对过去的老的东西都不知道，这是无源之水、无本之木呀。

所以，我觉得我对西方"老"的东西，如对19世纪的思想很有必要好好地梳理一下，我现在也可能是有这个愿望，却没有这个能力。

张：所以是不是可以这样说，李健吾先生其实是受法国文艺思想的影响很大的？

郭：是，可以这样说。比如，李先生曾经引用布吕纳杰（布雷地耶）的话说，他读一本书而想到了所有的书。布吕纳杰是当时法国的几个主要的批评大家，从圣伯夫，接着是泰纳，再就是布吕纳杰，然后就是郎松了。这四个人可以说是法国20世纪最重要的几位批评家了。布吕纳杰主要研究的领域是法国文学中文体的演变。

张：您在《"日内瓦学派"：学派的困惑》一文中认为："日内瓦的批评家是一个同气相求、同声相应的批评群体，不是一个有着共同纲领和口号的学派。在批评史上，批评家的重要远甚于学派。"就我所了解的情况看，国内关于日内瓦批评家的研究寥寥无几，我在学术期刊网上搜索了一下，加上您的文章，总共不到10篇。国内的专著除了您的《从阅读到批评——"日内瓦学派"的批评方法论初探》一书外，还没有见到第二部专著。就翻译的情况看，日内瓦批评家的著述远远不及其他批评家，仅有您翻译的《批评意识》，去年河南大学出版社出版了马塞尔·雷蒙的《从波德莱尔到超现实主义》（邓丽丹译）。

我想问的是：您为什么给予这样一个批评群体如此的关注？

郭：刚才你提到的马塞尔·雷蒙的《从波德莱尔到超现实主义》，这本书非常重要，可以说是日内瓦学派的第一本书。为什么如此关注日内瓦学派呢？因为我觉得这个批评群体的批评观念和中国古代的诗文评传统有一种内在的联系。联系在什么地方呢？联系在它们在对具体作品的关注上。

日内瓦学派从20世纪的30年代开始，五六十年代最盛，一度被称为"现象学文学批评"。日内瓦学派甚至没有什么理论、口号，如果说有什么理论的话，那就是"意识批评"了。在布莱的《意识批评》这本书里，作者都是从具体的作品出发，来就作品进行解读，强调批评者与创作者之间的精神遇合；雷蒙则认为读者要和作者一起"摸爬滚打"，然后再上升到批评，这是一个基础。我们中国的诗文评恰恰有这样的基础，古人强调对作品要"沉潜往复"，真正体味到作者当时的心境，然后你才能够提出批评。所以我就觉得日内瓦学派和中国古代的诗文评有这么一种很深的内在联系，那就是强调阅读。

张：我记得您的文章中也曾提到过说日内瓦学派与中国受道

家思想影响的批评家之间有相通之处。

郭：是。日内瓦学派与中国受道家思想影响的批评家在对待作品的态度、接近及深入其中的方式和途径各方面看，存在许多根本的相似甚至相通之处。日内瓦学派强调要直接进入作品，其余的一切，像社会的历史条件、个人的生平、政治经济的、意识形态的等都可以放弃。而在实际上，完全地放弃似乎也不可能，日内瓦学派内部也有争论，但是他们就是要提出这种主张，就是在批评中你要强调重视的一点是什么。只有这样才能真正地理解作品，不然的话，没有阅读之前就先弄了一大堆的条件，就冲淡了你对作品的进入和理解。

张：记得在您《李健吾批评文集》的《编后赘言》中写道：

"我近年研习法国文学及批评理论，深感李先生的批评观与法国二十世纪三十年代兴起的日内瓦学派遥相呼应，有异曲同工之妙。文学批评的日内瓦学派肇始于马塞尔·雷蒙的《从波德莱尔到超现实主义》，时在1933年，而李健吾先生以刘西渭为笔名的《咀华集》与《咀华二集》则在三、四十年代问世，这大概不是巧合吧，而是与当时整个文学批评界出现的一股反实证主义潮流有关。……李健吾先生的批评我想是直接通向日内瓦学派后期的斯塔罗宾斯基于1983年所提倡的'自由的批评'"。❶

那么，李先生与日内瓦学派究竟是什么关系呢？也想请您具体谈一谈。

郭：30年代李健吾在法国留学，你说他会和日内瓦学派有什

---

❶ 郭宏安编：《李健吾批评文集》，珠海出版社1998年版，第328页。

么联系？恐怕也不能说有什么具体的联系，但是有一点是确定的，就是李健吾先生确实读过日内瓦学派的作品、文章，这个他肯定知道。我有一本书就是李先生送给我的，而且就是马塞尔·雷蒙的《从波德莱尔到超现实主义》。（按：谈话间，郭宏安先生走进书房，从书架上拿出那本法文原版的《从波德莱尔到超现实主义》，破旧，书页已经开裂，但还完整，1933年出版，如果不错的话，应该是第一版。）

张：如果不能确定他们之间的具体联系，至少可以把他们的批评理念作一个比较吧？

郭：我看可以。因为他们的批评观点有很多的相似之处，不妨在论文中提一提。另外，乔治·布莱的《批评意识》一书中比较重要的是前半部分对那十几个作家的论述，后半部分基本上是他个人的一种看法，日内瓦学派内部乔治·布莱和马塞尔·雷蒙他们之间的分歧也是很大的。日内瓦学派没有什么统一的纲领，或者宣言，虽然《批评意识》被视为日内瓦学派的"宣言"，但是它代表不了整个日内瓦学派的理论主张。

同时，因为日内瓦学派的批评家之间的私人关系很好，他们又有一个对文学的基本相同的看法，他们都认为文学是人类的一种意识现象，文学批评是一种关于意识的意识等。一切从文本出发，所谓它起源于现象学批评，确实是从文学现象出发，而不像20世纪前50年的批评，大部分都是从意识形态出发，结构主义、精神分析、社会学批评等，都是从某一种意识形态出发，但是日内瓦学派没有这样。日内瓦学派不仅没有什么统一的纲领，甚至连传人都没有。

张：所以您才称日内瓦学派是一个不是学派的学派，是一个批评群体。

郭：对。在文学批评史上批评家要比流派重要得多。一旦被人叫做"流派",就很容易被归出几条原则,这样是对批评的限制。日内瓦学派内部充满了差异,所以它带给批评很多的活力。所以我就觉得日内瓦学派所有的批评家都比较重要,其实也就五六个人。

张:日内瓦学派的批评一个重要特点就是"紧贴"作品。

郭:对。像《从波德莱尔到超现实主义》一书,它甚至连"诗人"都不大谈,而是直接进入"诗",进入诗人的具体作品,马塞尔·雷蒙就觉得"诗比诗人重要"。这和一般的批评就很不一样了,一般的批评从诗人出发,认为什么样的人就会写什么样的诗,雷蒙是反过来的,他认为什么样的诗反映出什么样的诗人,哪怕诗人的生平什么的和诗中所反映的不一样。

张:我觉得日内瓦学派的批评理念,对于一个喜欢文学、热爱文学的人来说,更加符合文学的本性。西方的很多批评流派,其实已经离文学很远了,文学只是他们进行批评的一个使用的东西,就像学法律的人也能谈文学一样,但他们最后是要去谈法律的,归结点是非文学的。

郭:我也觉得是这样。现在的西方,不叫文学理论,就叫理论,他们虽然上也讲文学,但是这个理论和文学作品就没有什么关系了,更多的是从理论到理论。

张:李健吾先生是法国文学研究专家,翻译过福楼拜、莫里哀等人的很多作品,而且都达到了很高的水准。记得李先生还在清华大学上学的时候就写了《中国近十年文学界的翻译》,30年代在《大公报》上发表了《伍译名家小说选》,署名刘西渭,等等。那么想请郭老师谈一谈李健吾先生的翻译思想,因为您也是一个法语文学的翻译家。

郭:我看过李先生翻译的一些作品,像莫里哀的戏、福楼拜的《包法利夫人》、司汤达的《意大利遗事》，还有他写的《福楼拜评传》等，也有一些我没有看过。李健吾先生翻译的一个重要的出发点是，他认为翻译和创作都难，创作是表现，翻译是再现，翻译也是一种艺术。李先生也认为翻译要传神，但是他说，这个"神"在什么地方？"神"就表现在一字一句上。这样就把翻译落实到具体的字句上，这样的看法我觉得是对翻译的一种很重要的启示。就是讲，在翻译的过程中，你用什么样的词、什么样的句子，这就和你的翻译能不能传神联系在一起了。比如，法文的句子你是不是要尽量尊重？如果是法文长句子，为了照顾中国读者的理解，要不要拆成短句子？李健吾先生认为不可以。因为你如果这样，就等于把一部作品的风格完全给取消了。像普鲁斯特的以长句子著名，你当然可以把它切分成短句子，但是这样一来，原作中思想上一些曲折的部分在你切断句子的时候必然的就丧失了，中间的联系就没有了。在长句中有思想的起伏变化，变为短句后就没有了。不能为了读者理解的方便，你就把长句子弄短。

李健吾先生举的例子是巴尔扎克。巴尔扎克的长句子显示出他的才情像大海一样的汹涌澎湃，一泻而下，短句子就和巴尔扎克的风格不一样了。反过来说，长句子并不是不能理解，这就需要读者花一点脑筋去捕捉句子里面的东西。长句子并不是完全不符合中文的特点，中国人也可以说长句子，作家的风格不一样，翻译的风格也要不同。我就特别赞成李健吾先生的这一点。像傅雷先生其实也是这样，一般人认为傅雷的翻译非常符合中文规范，其实傅雷本人也讲过，他说翻译要尽量保留原文的词序和结构，从傅雷翻译的一些作品也可以看出这点。傅雷讲的"不要形似，要神似"，但是你没有"形似"哪来的"神似"？"形似"是个起点啊，不要忘了这一点。我觉得，"形似"是个基础，然后才能进入"神似"。

张：李先生谈翻译的时候不是抽象地去谈，而是非常具体，具体到一字一句。其实他和傅雷先生的翻译思想是相通的。

郭：对，是这样，李先生50年代写过一篇文章专门谈这个。哦，我想起来了，叫《翻译笔谈》，后来收入了罗新璋先生主编的《翻译论集》，商务印书馆出的。

（按：说到这里，郭先生走进书房，取出《翻译论集》，并且找到李健吾的那篇文章，指给我看。）

张：哦，是。原载《翻译通报》1951年第2卷第5期。这篇文章我还没有注意到！这也是研究李健吾先生的一个难点，就是目前没有人知道他到底发表过多少文章，我在查阅民国报纸期刊的时候就不时会发现一些新的文章，非常高兴，同时又很忧虑，因为还有很多未知的刊物和文章。

郭：是。当时我编《李健吾批评文集》的时候也有这方面的遗憾，主要收入了他的《咀华集》和《咀华二集》的文章，其他的文章我没有来得及去搜集。我在《后记》里也说，虽然作为李先生的学生，但这并不是我能编辑他批评文集的充分理由。

张：郭老师，还有一个问题，就是李健吾先生在他的文章中经常会提到"人性"啊，"人生"啊，那么您觉得应该如何理解李先生笔下的"人性"呢？

郭：我想李健吾先生说的这个人性，恐怕也就是常情常理吧。这里的人性好像应该分成两部分，一个是情，一个是理，情与理统一起来这就是人性。如果光有情，那就和动物没什么区别了，情必须要在理的限制和规范下才能成为一种人性。我是这样理解的。

张：我觉得您讲的有道理。因为，李健吾先生那里的"人性"并不是一个玄妙不可理解的东西,我们都是人嘛,李先生提的这个应该是很具体的,正如您说所,是常情常理。"

张:最后想请您谈谈李健吾先生批评文章的风格问题,您如何看待他对风格的追求?

郭:李健吾先生的文章在今天看来似乎有些不可思议,刊物的编辑未必喜欢这样的文章。因为他的批评文章很多在开头的时候并不是一下子进入主题,好像是跑题了,其实不是这样。开头的部分是一种为了让读者熟悉的铺垫。李健吾先生的文笔是一种随笔式的自由风格,这需要很高的素养,还需要很好的文字功底,这也是为什么李健吾的学术继承人少的原因。随笔式自由批评是理性与感性、科学与诗的结合,这也是日内瓦学派批评的一个特点。另外一点,就是李健吾先生的文章不玩弄词句、概念,这也是和日内瓦学派相一致的地方。现在理论搞得这么热闹,大家都在玩弄概念,李健吾先生的批评风格或许对当下的批评有借鉴意义吧!

张:非常感谢郭先生,您的谈话消除了我心中关于李健吾先生的不少困惑。

(张新赞 根据录音整理,2009年8月31日)

——访谈录音,笔者于2009年8月31日整理完毕,经郭宏安先生审,后刊于《名作欣赏》2012年第28期。

郭宏安简介:

郭宏安,山东莱芜人,1943年生于吉林长春。1966年毕业于北京大学西语系,1975～1977年在瑞士日内瓦大学法国语言与文化学院进修,1978～1981年就读于社科院研究生院外国文学系,师从李健吾先生。现为社科院外文所研究员,博士生导师。

学术方向为法国文学及批评理论。已出版著译作多部。

附录三：李健吾与"曦社"及《爝火》

一、目前研究中关于"曦社"和《爝火》的讹误种种

李健吾的一生是热爱文学的一生。他不但发表文章早，而且很早就参与创办文学社团，主编、创办文学刊物，有很强的文坛参与意识。

如果从他1919小学期间主编校刊算起，到1949年8月他和郑振铎主编的《文艺复兴》停刊，30年间，李健吾参与创办、编辑过的文学刊物就有《爝火》《国风日报·爝火旬报》《北京文学》《清华周刊》《文学季刊》《水星》《文艺复兴》等。

1919年秋，14岁的李健吾考入北京师范大学附属小学一部，在学校深得各位老师的喜爱，附小的校刊交给李健吾主编。"先生都爱我，校刊叫我主编"。❶ 进入中学以后，李健吾和同学朱大枏、蹇先艾、滕树谷发起组织文学社团"曦社"。1923年由"曦社"办的《爝火》创刊号出版。

关于"曦社"的成立过程和社员情况，韩石山先生在他的《李健吾传》里已经作了比较详细的考证和记述，但就目前很多的研究来看，还有很多地方需要史料的补充，乃至错误需要纠正。因为年代久远，史实难证，加之目前很多的史料性研究的著

---

❶ 李健吾：《我学习自我批评》，载《光明日报》1950年5月31日。

作也几乎"遗忘"了这份杂志❶，以致不少研究著作在涉及《燧火》的时候，每每出错。兹举几例：《中国现代戏剧史稿(1899~1949)》，其第四章"中国戏剧现代化的曲折进程和话剧艺术的成熟（一九三〇年——一九三七年）"的第三节是"李健吾及其剧作"，这样叙述李健吾早期的话剧创作：

　　一九二三年，李健吾开始创作话剧，以"仲刚"署名，在《燧火》旬刊上发表了三篇话剧习作：《出门之前》、《私生子》和《进京》。至一九二八年，他共写出八个独幕剧和一个两幕剧，此期正值李健吾先后就读北师大附中和清华大学西洋文学系之际，他不仅积极参加当时反帝反封建的学生运动，也孕育了艺术是社会的反映、文学是人生的写照、艺术和人生虽二犹一的艺术观，并加入了文学研究会。他努力以妥帖的艺术表现来传达自己探索人生、体察时代的感受，从而使他初期的剧作在取材和描写方面颇有特色。

---

❶ 笔者查阅了如下资料：唐沅、韩之友等编纂的《中国现代文学期刊目录汇编（上、下）》（天津人民出版社1988年版）、程凯华等编著《中国现代文学辞典》（华岳文艺出版社1988年版）、贾植芳主编《中国现代文学社团流派（上、下）》（江苏教育出版社1989年版）、张芬等主编的《中国现代文学辞典》（吉林教育出版社1990年版）、鄂基瑞等编的《中国现代文学词典》（上海辞书出版社1990年版）、范泉主编《中国现代文学社团流派辞典》（上海书店出版社1993年版）、陈安湖主编《中国现代文学社团流派史》（华中师范大学出版社1997年版）、陆耀东等主编《中国现代文学大辞典》（高等教育出版社1998年版）、刘增人等纂著的《中国现代文学期刊史论》（新华出版社2005年版），等等，只有范泉先生主编的《中国现代文学社团流派辞典》和陆耀东等主编《中国现代文学大辞典》提到的"曦社"和《燧火》，但是唯一比较可靠的是前者，因为有蹇先艾的参与，相对详细地记述了"曦社"和《燧火》的一些情况。像唐沅、韩之友等编的《中国现代文学期刊目录汇编（上、下）》这部多达3600多页的皇皇巨著，堪称目前最为翔实和权威的中国现代文学期刊研究著作，可惜也没有谈到《燧火》，不能不说是个遗憾。

李健吾的初期剧作，《进京》呼喊出"五四"时期青年学生迫切要求个性解放和婚姻自主的心声，《济南》揭露了日本侵略者制造"济南惨案"的罪行。❶

不到三百字的文学史叙述，其不准确甚至错误处不下三处：

第一，《爝火》不是旬刊。《爝火》是"曦社"成立后创办的刊物，《爝火》创刊号1923年2月10日出版，第二期1923年7月1日出版，怎么能是"旬刊"呢？且《爝火》共出两期，两期后即停刊，后与景梅九主编的《国风日报》合办，作为《国风日报》的一种附刊，叫《爝火旬报》，共出8期，1924年春停刊。❷

第二，《出门之前》《私生子》发表在《爝火》第一期，而《进京》在第一期，第二期上均查无此篇。就笔者所了解的材料❸看，《进京》（独幕剧）署名"吾"，最早刊于1927年2月25日《清华周刊》第27卷第2期（总第399期）。

第三，话剧《济南》也不能确定是否是李健吾所作，至少存疑。

再如，《中国现代戏剧总目提要》，此书按年代顺序非常详细地记载了各个时期中国现代戏剧所发表的作品、作者和刊物，参考价值很高。但其"1922"年的戏剧作品叙述《爝火》时是这样记载：

---

❶ 陈白尘、董健主编：《中国现代戏剧史稿（1899－1949）》，中国戏剧出版社2008年第2版，第214～215页。

❷ 据胡钢和刘玉凯先生在《李健生平和文学活动大事记》一文中考证，"冬，'曦社'在《国风日报》附出《爝火》旬报，凡八期，翌年春停刊"，载《文教资料》1988年第2期。

❸ 韩石山编撰的《李健吾先生年谱资料汇编》（打印稿）以及笔者所作的资料调查。

345

《出门之前》，独幕剧，作者：仲刚（李健吾），载《爝火》1922年第1期；《私生子》，独幕剧，作者：仲刚（李健吾），载《爝火》1922年第2期。❶

这里显然把年代搞错了，应该是1923年。

又如《这不过是春天——李健吾代表作》一书的最前面的《李健吾小传》这样叙述：

（李健吾）10岁起在北京求学，1921年入北京师范大学附中。曾与同学蹇先艾、朱大枬等组织文学团体"曦社"，编辑《国风日报》的文艺副刊《爝火》，并常在《晨报副刊》《语丝》上发表作品。❷

这段叙述错误地把"曦社"《爝火》与后来的《国风日报》的文艺副刊《爝火旬报》混为一谈，显然是不了解史实所致；另外，这里的"常在《晨报副刊》《语丝》上发表作品"的表述也过于随意，李健吾当时在《晨报副刊（镌）》上发不少文章，但在《语丝》上目前能查到的仅有一篇《影》。❸ 几乎同样的错误也出现在《中国现代文学词典》中，人物词条介绍"朱大枬"时写道：

朱大枬（1907—1930）诗人。四川巴县人。1921年就读于北

---

❶ 董健主编：《中国现代戏剧总目提要》，南京大学出版社2003年版，第198～199页。
❷ 中国现代文学馆编，李亦飞选编：《这不过是春天——李健吾代表作》，华夏出版社2009年版，第1页。
❸ 李健吾："影"，载《语丝》第151期，1927年10月1日。

京师范大学附中,次年与蹇先艾、李健吾组织文学团体"曦社",编辑《国风日报》副刊《爝火》。❶

即使在史料上下了很大工夫的《李健吾传》在谈到《爝火》时仍然有几处错误。《李健吾传》在叙述《爝火》第二期发表文章的具体篇目时引用的是蹇先艾致韩石山的信:

(《爝火》)第二期于同年7月1日出版,发表的主要作品有蹇先艾的小说《乡间的回忆》、《月夜》,李健吾的小说《母亲》、剧本《私生子》,朱大枬的童话《夜来香的复活》,长诗《冷箭》,赵景深的剧本《车站之原》等。❷

这里的只是谈到《爝火》第二期的部分篇目,不是全部引用,却将李健吾(仲刚)的小说《母亲的心》写成了《母亲》,把赵景深的小说《车站之原》说成是"剧本",体裁弄错了。

以上的这些研究著作,要么是把《爝火》和《爝火旬报》相混,要么在具体日期、篇目上出错,这都因史实不清所致。笔者拟在查阅原刊和相关资料的基础上,对"曦社"和《爝火》以及《爝火旬报》作一个力所能及、相对翔实的考订,对后来研究者或有裨益,否则以讹传讹,贻害甚多。本书把"曦社"的宣言和两期《爝火》的目录也并附上。

二、"曦社"和《爝火》*

1923年年初,郑振铎接替茅盾任《小说月报》主编,在新出

---

❶ 鄂基瑞等编:"中国现代文学词典",上海辞书出版社1990年版,第205页。
❷ 韩石山:《李健吾传》,山西人民出版社2006年版,第28页。
* "曦社"宣言、发刊词,《爝火》目录等见本书附录部分。

版的一期《小说月报》"国内文坛消息"栏目刊发了两条消息，一是"文学研究会"（介绍了文学研究会成立两年多来的发展情况以及文学研究会的简章），另一是"曦社"。关于"曦社"的报道是这样：

"曦社"成立于去年十二月初旬，起初不过三人，后来又添上五人，他们还打算出版一种不定期刊物，名叫《爝火》。❶

这说明"曦社"的成立和《爝火》的创办在当时就引起了文学界的注意，在当时可算是继文学研究会之后第二个成立的文学团体。"曦社"和《爝火》可以说是李健吾和他的文学伙伴一生文学活动的序幕。

1921年夏，15岁的李健吾以文科总分第一名的成绩，考入北师大附中。同年11月，陈大悲、陈晴皋、封至模等人组织北京实验剧社，年仅15岁的李健吾也名列为发起人。1922年冬，朱大枬、蹇先艾、李健吾三人联络一些同学，发起组织文学团体"曦社"。

1923年2月10日，由"曦社"发行的《爝火》创刊号出版。刊名"爝火"，出自《庄子·逍遥游》"日月出矣，而爝火不息"，是朱大枬提议的。创刊号最前另有一首小诗《爝火》：

点缀在晴空，小钻石的星星。
颗粒的光芒，闪烁在天上；
黑茫茫的阴夜，光晃晃的白昼，
还要偷着隐藏，不给人们仰望。

---

❶ 《小说月报》第14卷第2号，1923年2月10日。

永远伴着我们，只有我们的《爝火》样。

第一期的发行者和编辑是"曦社"，燕京印书局印刷，总售处一处是李健吾的住处北京粉房琉璃厂街五十号，即李健吾当时住的解梁会馆，另一处是西城区二龙坑麻豆腐作坊一号，蹇先艾在北京求学时期的住处。

《爝火》第一期的封底还打出"广告价目"，由李仲刚（李健吾）负责接洽，写的地址是北京粉房琉璃厂街五十号。

1923年7月1日，《爝火》第二期出版。16开本，128个页码。封面左上方的刊名是梁启超所题"爝火第二期"（竖写；两行并立）五字，北魏体，朴拙方正，尤以"爝火"二字最大，也最为峻厚雄健。封面底端是横排"一九二三、七、一、'曦社'"字样，印刷体。紧接一页有"本期封面蒙梁任公先生题字，我们非常感谢——本社同人"（竖排）字样，印刷体。

第二期封底有"书刊介绍"，主要介绍了当时的一些文学期刊和报纸，如《小说月报》《创造季刊》《文学旬刊》《创造周报》《诗》《阳光月刊》《虹蚊季刊》《心潮》《浅草季刊》《清晨》《草堂月刊》《国风日报·学汇》等23种。第一期标明定价是"贰角"，第二期定价"贰角五分"。

"曦社"和《爝火》可以说是继1921年1月4日成立的文学研究会之后，在北京成立的又一个重要的文学社团和文学刊物，以致多年后，茅盾先生在回忆此事时还声色并茂地说：

因为材料的缺乏，我们现在还不能够把那时候全国的新文艺的活动绘一幅比较详备的"鸟瞰图"；可是我们仅仅从那时候《小说月报》（十四卷到十六卷）的《国内文坛消息》栏的记载，已经可见当时的盛况。

这一时期，是青年的文学团体和小型的文艺期刊蓬勃滋生的时代。从民国十一年（1922）到十四年（1925），先后成立的文学团体及刊物不下一百余个——在北京，有"曦社"（1922），发刊了不定期刊《爝火》。❶

"曦社"成立后不仅发行了不定期（其实当时他们的计划是出一个月刊）刊物《爝火》还和天津的绿波社联合在一起。绿波社成立于1923年2月2日，发起人主要有赵景深、焦菊隐、于赓虞等人。绿波社发行《诗坛》《绿波旬报》等刊物。"曦社"和绿波社成员之间互相加入，像李健吾、蹇先艾、朱大柟等就加入了绿波社，绿波社的赵景深、万曼、胡倾白等人也是"曦社"的社员，同时双方还互相投稿。"北京师大附中也有一个文学团体，叫做'曦社'……后来，'曦社'和绿波社成为联合文学团体，相互投稿。这样，我们的稿件就更不愁了"，❷ 赵景深先生的这段回忆大体是不错的，但在他这本《文坛回忆》中一节谈到"曦社三友"：

1922年，继文学研究会和创造社之后，京津各成立了一个文学团体，在天津的是焦菊隐、于赓虞、我自己以及其他的朋友们所组织的绿波社，在北京的就是蹇先艾、朱大柟和滕沁华所组织的"曦社"。京津的这两个文学团体是兄弟团体，两社的社员都彼此通信，并交换稿件。当时他们所出的刊物，名叫《爝火》，我们所出的刊物名叫《绿波旬报》。❸

---

❶ 茅盾主编：《中国新文学大系·小说一集·导言》（影印本），上海文艺出版社2003年版，第5页。

❷ 赵景深："关于绿波社和'曦社'"，原载《战地》丛刊1979年5月，后收入赵景深的《文坛回忆》，重庆出版社1985年版，第351页。

❸ 赵景深：《文坛回忆》，重庆出版社1985年版，第247页。

这里所谓的"曦社三友"说的人名也对，但只字不提李健吾（仲刚），不能不说有失公允。"曦社"最初酝酿的时候，确是三人："本社最初提议的，只有李仲刚、蹇先艾、朱大枬三人。三人商议略有规模后，就在同学中征集社员，得萧伯瑜、孟广喆、张秉礼、赵德洁四人赞成，开筹备会时又通过滕沁华（滕树谷）加入。"❶ 上面所引《小说月报》上的报道也说"曦社"成立于去年十二月初旬，起初不过三人，后来又添上五人"，这里的这里说所的"起初不过三人"指李健吾、朱大枬、蹇先艾，实际干事的也就他们三人，三人加五人是八人，报道在"曦社"简章的最后附上了八名"发起人"名单：朱大枬、李健吾、傅圣希、傅晨晖、蹇先艾、萧瑾、汪锡年、滕树谷（滕沁华）。更具体的社员人数及名单变动情况的考证，可参阅韩石山《李健吾传》。人的记忆有时候也是靠不住的，在甄别史料时要时刻保持警醒，物换星移，当事人也容易出错。

此外，"曦社"还邀请过徐志摩、王统照来师大附中作讲演。且据李健吾的回忆，鲁迅当年来师大附中作《未有天才之前》的讲演，最初也是"曦社"提议的，鲁迅接受邀请后，学校统一安排作为全校性的活动❷。

同时，"曦社"内部社员也经常举行讨论。《爝火》第一期的"社务报告"记载一次辩论情景："（一九二二年）十二月二十二日，开第三次常会，到社社员九人。讨论'新诗有无存在之价值？'双方据理雄辩，几乎讨论到两个小时尚无结果，只得留待着下期讨论。"❸

但限于时间、经济和精力等关系，《爝火》仅仅出版了两期

---

❶ 《爝火·社务报告》创刊号，1923年2月10日。
❷ 韩石山：《李健吾传》，山西人民出版社2006年版，第28~31页。
❸ 《爝火·社务报告》创刊号，1923年2月10日。

就停刊了，国内目前能查到的也只有国家图书馆和北京大学图书馆藏有《爝火》第一期、第二期。不久，李健吾等人就和当时在北京办《国风日报》的景梅九合作，把《爝火》作为《国风日报》的副刊之一，称为"爝火旬报"。这同样引起了上海《小说月报》（"国内文坛消息"栏）的注意：

文学杂志的出版值得报告一下的有（一）"曦社"的《爝火旬报》；"曦社"原有的一种《爝火》杂志出版，现以经济困难不能付印，遂改由北京《国风日报》附印一种《爝火旬报》。❶

遗憾的是，《爝火旬报》已经难见其真容了，只能通过其他途径觅得其蛛丝马迹。如1923年11月9日发行的《国风日报·学汇副刊》上有一则《爝火旬报》的广告：

本刊明日之《爝火旬报》目录预载如下，
一、我们如此——刚
二、忏悔（诗）——朱大枬
三、静穆（大说）——赵景深
四、夜色即景（诗）——滕心华
五、孤寂（诗）——黎锵胡
六、雨天（小说）——大枬 译
七、懒惰与好名——先艾
零售每份铜元二枚，外埠加邮资一分，（一分半分为限）预定全年六十枚，半年三十五枚。❷

---

❶ 《小说月报》第15卷第1号，1924年1月10日。
❷ 《国风日报·学汇副刊》第345期，1923年11月9日。

这说明，"曦社"的《爝火》停刊后，李健吾他们很快就把刊物转移到了《国风日报》。这份广告为我们提供了一份当时的目录（虽然不知道第几期），因为写明是"明日之《爝火旬报》"，所以其目录应该是不会改变了。但《爝火旬报》依然和《爝火》的命运一样，很快就停刊了。塞先艾先生的这段话颇能概括说明当时"曦社"和《爝火》创办、经营、转移、停办的情况，本书不惮繁琐，照录如下：

我们的第一个杂志《爝火》，是朱大枏先生取的名字，用《庄子》"日月出矣，而爝火不息"的典故，由一个小小的文学团体"曦社"编辑。会员总共十几个人，当时我们采的是"有力的出力有钱的出钱"的办法，撰稿者却只有朱大枏，李健吾，腾沁华，萧佰瑜，王佰农和我六人。第一期印一千。销路不错，外省书店写信来买的占多数；钱却没有收回来多少。第二期的封面，我们特请梁任公先生题字，并且还登了新社员赵景深先生的一个短篇《静》。把印刷的数目减少至五百，不知道为什么竟推销不动了，出钱的几个社员也纷纷请求退出，于是我们的经济上便发生了很大的恐慌，印刷局屡次来向我们索取出二期的印刷费，我们总是借口拖延，后来听说他要投文向法院去控告我们的时候，才把大家骇坏了，李健吾先生慨然出来一力承当，答应徐徐地分期偿还，还找一家店铺担保，事情才算和平解决，我当时在同人中最穷，出的钱最少。

过了几个月，李健吾先生的朋友景梅九先生办《国风日报》，我们得到机会，又在那里附出一个《爝火旬报》，文学社又算是死灰复燃了。我介绍我的哥哥先达做了会员，他还翻译了一篇屠格涅甫的中篇小说《爱西亚》登在上面。但是出了不到十期，我

们的旬报又随着报纸而寿终正寝了。❶

　　从"曦社"的成立，到《爝火》的创办，再到《爝火旬报》，李健吾、蹇先艾、朱大枬和"曦社"的社员们，他们是一群热情的文学少年，这只要看看《爝火》"发刊词"就可知晓；再看他们的社务报告，"曦社"宣言、简章等，无不表明这是一个经过酝酿充分、目标明确、组织健全的文学社团。他们的刊物虽然短命却有声有色，从《爝火》第一期、第二期的目录可以了解，上面发表的有诗歌、童话、散文、小说、剧本、批评、翻译作品、歌谣等。社团解散了，刊物停刊了，但这不是最主要的——重要的是这是一群少年文学人生的发端，振翼高飞前的练习。或许可以说，社团或刊物并不重要，重要的是文学家的成长。后来学人并非完全忽略"曦社"，"曦社"正如学者所言它们"是值得一提的。因为，第一，在当时还显得'寂寞荒凉'的北京文坛，它像一棵破土而出的新芽，预示着一个'青年的文学团体和小型的文艺期刊蓬勃滋长的时代'的到来，在我国新文学发展的头一个十年的后半期中，它具有'开辟草莱'的性质。第二，它培养了一群十六七岁的少年对文学创作的最初兴趣，鼓舞了他们从事文学创作的勇气和信心。"❷

三、附录："曦社"相关宣言、简章、发刊词及目录

（一）"曦社"宣言、简章

1. "曦社"《宣言》

　　"曦社"的起因，并不是一时的高兴，为游戏而发起的；也

---

❶ 蹇先艾："办刊物的失败"，见蹇先艾：《乡谈集》，贵阳文通书局1947年版，第6～8页。

❷ 杜惠荣、王鸿儒：《蹇先艾评传》，贵州人民出版社1986年版，第18页。

不是想社会知道我们,为出风头而发起的;更不是经济缺乏,想办点刊物来谋利,为金钱而发起的。

发起人都是未满二十岁的青年,现在还都是学生时代,能力很薄弱,金钱不充足,时间无余裕,结果或者不能达到我们起初的目的,而归于失败。但这个失败,我们也不怨恨,预先我们也不加以忧虑。我们只知道尽我们力量做去,照着我们的目的做去。

我们的目的——原因也在里面——是:

因为生活的枯寂,功课的繁重,所以才发起这"曦社"来为我们自己寻点慰安。

因为有文学的独嗜,才发起这"曦社"来满足我们的欲望。

因为中国文学界的沉寂,才发起这"曦社"来惊破这昧晓。

因为中国文学产品的稀少,才发起这"曦社"来供献给社会一点文学礼物。

但是我们都是学生,或者还说不到有所供献于社会;我们只是求社会给我们一些教训,使"曦社"将来能臻到极完美的地步。那时对于社会自有贡献,我们的目的也就达到了。

只是社会的帮助,未必能完全达到我们的目的。本社的兴衰存亡,还是关系在社员身上,凡是"曦社"的社员都应该尽我们的力量做去,照着我们的目的做去。"曦社"是由"曦社"社员集合成的。要问"曦社"怎样,先问"曦社"的社员怎样。我们的第一个希望,只是社员的努力!

——载《爝火》创刊号,1923年2月10日出版。

2. "曦社"《简章》

A 定名:"曦社"。

B 宗旨:以研究文艺为宗旨。

C 社员:发起人得为本社社员,经本社两人以上之介绍得为本社社员。

　　D 职员：设会计二人，文牍一人，庶务二人。由社员互选之。

　　E 经费：除本社社员每人每月应纳大洋四角外，可自由捐助；发行刊物则临时募集。

　　F 社务：a、由社员在开常会前一周，公决题目，各自研究，留待下周常会报告，以资讨论；或多所参考，互相辩驳。

　　b、批评社员作品。

　　c、批评外界的著作。

　　d、社员于共定题目外。须随时有所贡献。

　　e、请人讲演。

　　f、自由讲演。

　　G 图书馆：为本社研究文学便利起见，特附说之。

　　职员：由社员共推一人为图书馆主任。

　　书籍：以本社存金购买；或社员捐助。（将图书直接交图书馆；或不直接交图书馆，或将图书名开单交由图书馆组编号注册，以便社员借阅即可。）

　　H 会期：大会每年举行两次；常会于每周最末日（星期六）举行。

　　I 外省社员：用通信报名讨论各种事务，捐费与本京社员同。

　　J 凡本社在京社员开常会三次不到者，由大会公决，令其出社。但有要事，或来函声明者不在此列。

　　K 凡本社社员如有在外招谣生事，毁坏本社名誉者，由大会公决，令其出社。

　　L 本社简章如有不适处，经半数以上之提议，得修改之。

　　附：本社通信处：北京西城北闹市口麻豆腐作坊一号

　　　　——载《爝火》创刊号，1923年2月10日出版

　　（二）《爝火》"发刊词"及第一期、第二期目录：

1. 《爝火》发刊词

惭愧！我们太自不量力了！竟然捧着这些无名的野花掺入花之国里！

我们并不惭愧，只是胆子太大了！自己也不问一问这些野花是臭是香，就乱闯到幽美的花园里，实在是胆子特大了！

真的，这些无名的野花我们也并不加以修理：没用过井水灌溉，没用过肥料培养，只是任着她的性往上生长。干了有天雨湿着，湿了有阳光晒着；肥料少了，也是长着，肥料多了更要长着。请不要讥笑我们将这些良莠不分的野花，一齐搬到这千红万紫的花园里！不要紧，花儿如果开得不丑，也是大家的幸运！花儿如果开得真丑，大家肯牺牲点来缮种，更好！不然当做野地乱草，不值一赏，也好！我们实在可笑，都是十八岁以下的孩子，也不配谈学问，也不配讲经验；只恃着天真烂漫的童心，写出自鸣天籁的文字。好了，是我们几个小孩的成绩，坏了，还是我们几个小孩的成绩。原来我们自己清脆的哈哈笑声和哇哇的哭声！

不过笑声和哭声终于挤在一起，自然传过这堵墙的那边去了。

我们的玩艺儿，早知道有程度的人是没有一顾的价值，——但是我们希望，仅仅一个小希望，就是请仔细看一过，体验体验我们童年的心！能费神给引到正路口，那我们将更要喜得伸出头来瞻望！这原是我做小孩子的心理啊！

我们就怕连野花的资格都不够，你真要惭愧死了！不，我们为什么要惭愧？我们正还年青呢！正是努力的时期呢！

啊，请先轻轻举起这一朵野花，在眼睑边瞬一瞬罢！

——载《爝火》创刊号，1923年2月10日出版

2. 《爝火》第一期、第二期目录

（1）《爝火》创刊号（1923年2月10日出版）目录：

燐火（诗）

发刊词

人类底同情心（小说） ················· 大枏

萤火虫（童话） ····················· 仲刚

哀音（小说） ······················ 先艾

  诗七首 ························ 大枏

    月光之下

    愁思

    曦

    无意

    头痛的一夜

    过桥之时

    悼扬珂

出门之前（剧本） ··················· 仲刚

病中（小说） ······················ 伯瑜

诗五首

游西山 ························· 圣希

冷清之夜 ······················· 超逸

小诗 ·························· 狂人

轻烟 ·························· 心华

心泉的滴响 ······················ 一苇

读蕙的风（批评） ··················· 一苇

歌谣

"曦社"宣言

社务报告

简章

（2）《燐火》第二期目录（梁任公题刊名"燐火第二期"，

1923年7月1日出版）

乡间的回忆（小说） …………………………… 先艾
母亲的心（小说） ……………………………… 仲刚
车站之原（小说） ……………………………… 赵景深
且卜舍人的英雄（小说） ……………………… 良庆译
诗
小鱼 …………………………………………… 心华
时间的过去 …………………………………… 心华
月儿的伴侣 …………………………………… 心华
痛史 …………………………………………… 心华
过活 …………………………………………… 心华
请莫写罢 ……………………………………… 心华
相赠 …………………………………………… 笃周
现在 …………………………………………… 笃周
送终 …………………………………………… 觅车
扰 ……………………………………………… 觅车
小诗 …………………………………………… 复仁
春柳 …………………………………………… 复仁
静默 …………………………………………… 复仁
归途 …………………………………………… 复仁
榆叶梅 ………………………………………… 逸
私生子（戏剧） ………………………………… 仲刚
夜来香的复活（童话） ………………………… 大桐
两个乞食（小说） ……………… 江马修 著，洪椄楸 译
潜变（小说） …………………………………… 圣希
月夜（小说） …………………………………… 先艾

诗

缺陷 ……………………………………………………	赵景深
题焦菊隐《蝶心》诗集 …………………………………	赵景深
西沽桃林 …………………………………………………	赵景深
船上 ………………………………………………………	赵景深
瞑想 ………………………………………………………	胡倾白
题像并留别大枏 …………………………………………	白薾
上帝的赐与 ………………………………………………	一苇
默然 ………………………………………………………	伯农
苦笑 ………………………………………………………	伯农
燕子 ………………………………………………………	强身
二闸舟中 …………………………………………………	先艾
春来了 ……………………………………………………	劳山
契阔（戏剧）……………………………………………	韵裳
冷箭（长诗）……………………………………………	大枏
爱与憎（童话）…………………………………………	大枏
寂寞（小说）……………………………………………	曹智官
在石景山（文——信札）………………………………	T
编辑余谈 …………………………………………………	仲刚
社员消息 …………………………………………………	大枏

附录四：李健吾作品原刊目录索引

一九二三年

1. 《萤火虫》（童话），署名：仲刚，载 1923 年 2 月 10 日

《嚼火》创刊号。

2. 《出门之前》（剧本），署名：仲刚，载 1923 年 2 月 10 日《嚼火》创刊号。

3. 《母亲的心》（小说），署名：仲刚，载 1923 年 7 月 1 日《嚼火》第 2 期。

4. 《私生子》（戏剧），署名：仲刚，载 1923 年 7 月 1 日《嚼火》第 2 期。

5. 《我们如此说》，署名：刚，载 1923 年 11 月 10 日《国风日报·爝火旬报》。

6. 《献给可爱的妈妈们》（诗歌），载 1923 年 12 月 31 日《文学》（即原《文学旬刊》，后来的《文学周报》）第 103 期。

一九二四年

1. 《曾祖母和狼》（小说），载 1924 年 1 月 11 日《晨报副镌》（副刊）之"文学旬刊"第 23 号。

2. 《一位妇人的爱情》（书信体小说），载 1924 年 3 月 21 日《晨报副镌》（副刊）之"文学旬3.刊"第 29 号。

3. 《工人》（独幕剧），载 1924 年 6 月 11 日《晨报副镌》（副刊）之"文学旬刊"第 38 号。

4. 《柳木匣中》（小说），载 1924 年 9 月 1 日《晨报副镌》（副刊）之"文学旬刊"第 46 号。

5. 《哨探兵》（小说），载 1924 年 9 月 11 日《晨报副镌》（副刊）之"文学旬刊"第 47 号。

6. 《现在的朝鲜西邻》（独幕短剧），载 1924 年 11 月 13 日《国风日报·学汇》第 418 期。

7. 《饶恕》（书信体小说），载 1924 年 11 月 15 日《晨报副镌》（副刊）之"文学旬刊"第 53 号。

8.《终条山的传说》（小说），载 1924 年 12 月 15 日《晨报副镌》（副刊）之"文学旬刊"第 56 号。

一九二五年

1.《农天的麦田》，载 1925 年第 12 期《京报》附刊之《儿童公园。

2.《指时的花儿》，李健吾译，载 1925 年第 13 期《京报》附刊之《儿童公园》。

3.《罗鹿和吉儿》，李健吾译，载 1925 年第 22 期《京报》附刊之《儿童公园》。

4.《白发王子》，李健吾译，载 1925 年第 23 期《京报》附刊之《儿童公园》。

5.《寻找的一夜》，李健吾译，载 1925 年第 24 期《京报》附刊之《儿童公园》。

6.《诚实的颈串》，李健吾译，载 1925 年第 25 期《京报》附刊之《儿童公园》。

7.《白皮怎样得救》，李健吾译，载 1925 年第 33 期《京报》附刊之《儿童公园》。

8.《闲人》，载 1925 年 5 月 15 日《晨报副镌》（副刊）之"文学旬刊"第 70 号。

9.《邻花》（诗），1925 年 7 月 25 日《晨报副镌》（副刊）之"文学旬刊"第 76 号

10.《贼》，署名：川针，载 1925 年 11 月 8 日《清华文艺》第 1 卷第 3 号

11.《多事的兄弟》，署名：李仲刚，载 1925 年《晨报副刊》第 68 期。

一九二六年

1. 《在黑暗里，没有分别的》（小说），载 1926 年 10 月 22 日《清华周刊》第 26 卷第 3 期。

2. 《一位妇人的堕落——一封信》，1926 年 6 月 5 日《清华文艺》（原刊无卷期号），清华周刊社编。

3. 《翠子的将来》（独幕剧），载 1926 年 6 月 5 日《清华文艺》，清华周刊社编。

4. 《关家的末裔》，载 1926 年 10 月 18 日、20 日、21 日《晨报副刊》第 1459 号～第 1461 号。

5. 《私情》（小说），载 1926 年 12 月 17 日《清华周刊》第 26 卷第 11 期。

6. 《命运》（散文），载 1926 年 12 月 24 日《清华周刊》第 26 卷第 12 期。

一九二七年

1. 《何一公》，载 1927 年 1 月 14 日《清华周刊》"何君鸿烈纪念册"。

2. 《红被》（小说），载 1927 年 1 月 22 日《晨报副镌》（副刊）之"文学旬刊"第 64 期第 150 号。

3. 《进京》（独幕剧）署名："吾"，载 1927 年 2 月 25 日《清华周刊》第 27 卷第 2 期 399 期。

4. 《囚犯之家》（戏剧），载 1927 年 3 月《弘毅》第 2 卷第 3 期。

5. 《赌与战争》（独幕剧），载 4 月 13 日、4 月 14 日、4 月 16 日《晨报副镌》（副刊）之"文学旬刊"，分别第 1551～1553 号。

6. 《月亮的升起》（话剧），载 1927 年 5 月 6 日《清华周刊》第 27 卷第 12 期。

7. 《月亮，红薇，布谷》（诗歌），署名：可爱的川针，载 1927 年 5 月 13 日《清华周刊》第 27 卷第 13 期。

8. 《三郎》（诗歌），署名：可爱的川针，1927 年 5 月 13 日《清华周刊》第 27 卷第 13 期。

9. 《最后一信》（诗），载 1927 年 7 月 23 日《现代评论》第 6 卷第 137 期。

10. 《杜康格瑞》，R. Burns 著，李健吾译，载 1927 年 9 月 23 日《清华文艺》第 1 期。

11. 《乘驴》，署名：川针，1927 年 9 月 23 日《清华文艺》第 1 期。

12. 《影》（小说），载 1927 年 10 月 1 日《语丝》第 151 期。

13. 《蹇先艾：朝雾》（书评），载 1927 年 10 月 7 日《清华周刊》第 28 卷第 3 期。

14. 《美丽的海兰》，李健吾译，载 1927 年 10 月 14 日《清华文艺》第 2 期。

15. 《一个极小极小的老鼠》（童话），载 1927 年 10 月 14 日《清华文艺》第 2 期。

16. 《慈善机关：为刘君明墀逝世作》，署名：川针，载 1927 年 10 月 28 日《清华周刊》第 28 卷第 6 期。

17. 《过巴沟桥西行》，署名：川针，载 1927 年 11 月 4 日《清华文艺》第 3 期。

18. 《为诗而诗》，A. C. Bradley 作，李健吾、朱佩弦译，载 1927 年 11 月 5 日、1928 年 4 月 5 日《一般》第 3 卷第 3 号、第 4 卷第 4 号。

19. 《蹇先艾先生的〈朝雾〉——读后随话》，载 1927 年 11

月25日《清华文艺》第4期。

20.《一个兵和他的老婆》（小说），载1927年12月23日《清华文艺》第5期。

一九二八年

1.《给一个老鼠》，［英］彭思（R. Burns）作，李健吾译，载1928年4月1日《文学周报》第6卷，总第310期。

2.《陷阱》，1928年5月25日、26日、28日、29日、30日、31日，分别连载于《晨报副刊》2303号、2304号、2306～2309号。

3.《生机》（独幕剧），载1928年6月《北京文学》第1期。

4.《机关车》（小说），载1928年第16号《东方杂志》。

5.《小小的田鸡》（诗），载1928年8月19日《文学周报》总第330期（第7卷第5期）。

6.《一个兵和他的老婆》，载《北京文学》第2期1928年8月（原载《清华文艺》第5期1927年12月23日）。

7.《评梅先生及其文艺》，李健吾讲，李忠运记于1928年10月17日，载1928年《北平大学附中校友会会刊》第5期纪念石评梅先生专页。

8.《悼平梅先生》，李健吾写于1928年10月24日，先在《晨报副刊》上发表，后收入1928年蔷薇社编辑、《世界日报》印行的《石评梅纪念刊》。

一九二九年

1.《中国近十年文学界的翻译》，载1929年2月2日《认识周报》第1卷5期。

2.《又一身》（小说），载1929年3月2日《认识周报》第

1卷第7期。

3.《秋暮》（诗），署名：李川针，载1929年3月9日《认识周报》第1卷第8期。

4.《戏剧社本届公演的前后》，载1929年4月13日《清华周刊》第31卷第3期。

5.《最后的一个梦》（小说），载1929年4月27日《认识周报》第1卷第15期。

6.《两间房子》（小说），载1929年8月7日《清华周刊·消夏周刊》第29卷第3期。

7.《关于〈古国的人们〉》（书评），载1929年9月15日《新文艺》创刊号。

一九三零年

1.《末一个女人》（小说），载1930年5月4日《清华周刊》第33卷第9期。

2.《进行曲》（诗），载1930年10月27日《骆驼草》25期。

一九三一年

1.《坛子》，载1931年1月10日《东方杂志》28卷1号。

2.《心病》（长篇小说），载1931年1~11月连载于《妇女杂志》第17卷第1~6号，8~11号。

3.《囚犯》（诗），载1931年4月15日《清华中国文学会月刊》第1卷第1期。

4.《在第二个女子的面前》（小说），载《清华中国文学会月刊》1931年4月15日，第1卷第1期。

一九三二年

1.《出征歌》,载 1932 年 5 月 21 日《清华周刊》第 37 卷第 12 期。

一九三三年

1.《村长之家》(三幕剧),载 1933 年 5 月 1 日、6 月 1 日、7 月 1 日、8 月 1 日《现代》第 3 卷 1 至 4 期。

2.《火线之外,火线之内》,载 1933 年 10 月 16 日《大公报·文艺副刊》第 3 期。

3.《无题》(诗歌),载 1933 年 10 月 23 日《北平晨报?诗与批评》第 3 期。

4.《巴黎中国绘画展览》,秦宣夫、李健吾,载 1933 年 11 月 1 日《文学》第 1 卷第 5 号。

5.《福楼拜的故乡(鲁昂—克洼塞)》,载 1933 年 11 月 1 日《现代》第 4 卷第 1 期。

6.《"一颗简单的心"——福楼拜的短篇小说之一》,载 1933 年 11 月 18 日《大公报·文艺副刊》第 17 期。

7.《"圣朱莲外传"——福楼拜的短篇小说之二》,载 1933 年 11 月 25 日《大公报·文艺副刊》第 19 期。

8. An African in love(诗歌),载 1933 年 12 月 1 日《北平晨报·诗与批评》第 7 期。

9.《"希罗底"——福楼拜的短篇小说之三》,载 1933 年 12 月 2 日《大公报·文艺副刊》第 21 期。

10.《随笔》,载 1933 年 12 月 12 日《北平晨报·诗与批评》第 8 期。

一九三四年

1. 《新年试笔》，载 1934 年 1 月 1 日《文学》第 2 卷第 1 号。

2. 《包法利夫人》，载 1934 年 1 月 1 日《文学季刊》第 1 卷第 1 期（创刊号）。

3. 《从〈双城记〉谈起》，载 1934 年 1 月 17 日《大公报·文艺副刊》第 33 期。

4. 《〈萨郎宝〉以前的法国历史小说》，载 1934 年 1 月 20 日《大公报·文艺副刊》第 34 期。

5. 《萨郎宝与历史小说》，载 1934 年 1 月 24 日《大公报·文艺副刊》第 35 期。

6. 《绣像飞陀全传》，载 1934 年 3 月 14 日《大公报·文艺副刊》第 49 期。

7. 《梁允达》（三幕剧），载 1934 年 4 月 1 日《文学》第 2 卷第 4 号。

8. 《嫉妒》（诗歌），载 1934 年 4 月 23 日《北平晨报·诗与批评》第 21 期。

9. 《萨郎宝与种族》（论文），载 1934 年 5 月 1 日《学文月刊》第 1 卷第 1 期。

10. 《〈布法与白居谢〉的诞生》，载 1934 年 5 月 5 日《大公报·文艺副刊》第 64 期。

11. 《〈布法与白居谢〉的前身》，载 1934 年 5 月 9 日《大公报·文艺副刊》第 65 期。

12. 《福楼拜的娱乐》，载 1934 年 5 月 19 日《大公报·文艺副刊》第 68 期。

13. 《也算一种声明》，载 1934 年 5 月 20 日《华北日报·每日座谈》第 68 号。

14.《反动》，载 1934 年 6 月 12 日《北平晨报·诗与批评》第 26 期。

15.《率辣辣与辣外纳——意大利游札之一》，载 1934 年 6 月 16 日《大公报·文艺副刊》第 76 期。

16.《这不过是春天》（三幕剧），载 1934 年 7 月 1 日《文学季刊》第 1 卷 3 期。

17.《威尼市游札〈文学〉》，载 1934 年 7 月 1 日（一周年纪念号）第 3 卷第 1 号。

18.《翡冷翠漫游短札》，载 1934 年 7 月 1 日《文艺风景》第 1 卷第 2 期。

19.《司汤达》，载 1934 年 7 月 11 日《大公报·文艺副刊》第 83 期。

20.《福楼拜与医院——环境的影响》，载 1934 年 7 月 28 日《大公报·文艺副刊》第 88 期。

21.《布法与白居谢》，载 1934 年 8 月（论文）《学文月刊》第 1 卷第 4 期。

22.《福楼拜的病魔——脑系病的影响》，载 1934 年 8 月 8 日《大公报·文艺副刊》第 91 期。

23.《伍译名家小说选》，署名：刘西渭，载 1934 年 8 月 29 日《大公报·文艺副刊》第 97 期。

24.《拿波里漫游短札》，载 1934 年 9 月 1 日《现代》第 5 卷第 5 期 9 月 1 号。

25.《"定于一"——呓语之一》，载 1934 年 9 月 29 日《大公报·文艺副刊》第 106 期。

26.《中国旧小说的穷途》，署名：刘西渭，载 1934 年 10 月 6 日《大公报·文艺副刊》第 108 期。

27.《艺术家》，载 1934 年 10 月 10 日《水星》第 1 卷第

1 期。

28.《记史某》,载 1934 年 10 月 20 日《太白》第 1 卷第 3 期。

29.《诞生》(诗歌),载 1934 年 11 月 2 日《北平晨报？诗与批评》第 39 期。

30.《看坟人》,载 1934 年 11 月 10 日《水星》第 1 卷第 2 期。

31.《记景女士》,载 1934 年 12 月 5 日《太白》第 1 卷第 6 期。

32.《田原上》(小说),载 1934 年 12 月 10 日《水星》第 1 卷第 3 期。

33.《现代中国需要的文学批评家》,署名:刘西渭,载 1934 年 12 月 15 日《大公报·文艺副刊》第 128 期。

34.《脉脉》,载 1934 年 12 月 15 日《文艺画报》第 1 卷第 2 期。

35.《论福楼拜》,载 1934 年 12 月 16 日《文学季刊》第 1 卷第 4 期。

36.《法国十九世纪的现实主义文学运动》,载 1934 年第 12 号《申报月刊》。

一九三五年

1.《罗马游简》,载 1935 年 1 月 1 日《文学》第 4 卷第 1 号。

2.《〈福楼拜评传〉序》,载 1935 年 1 月 6 日《大公报·文艺副刊》第 133 期。

3.《车窗外的西伯利亚—旅欧零简》,载 1935 年 1 月 10 日《水星》第 1 卷第 4 期。

4.《福楼拜的人生观》,载 1935 年 2 月《文学季刊》第 1 卷第 4 期。

5.《另外一群》，载 1935 年 3 月 1 日《文学》第 4 卷第 3 号。

6.《"牛皋"》，载 1935 年 3 月 10 日《水星》第 1 卷第 6 期。

7.《福楼拜的内容形体一致观》，载 1935 年 3 月 16 日《文学季刊》第 2 卷第 1 期。

8.《人生》，载 1935 年 4 月 14 日《大公报·文艺副刊》第 147 期。

9.《〈意大利游简〉前言》，载 1935 年 4 月 10 日《水星》第 2 卷第 1 期。

10.《说谎集》（独幕剧），[英]萧伯纳作，李健吾改译，载 1935 年 5 月 1 日《文学》第 4 卷第 5 号。

11.《搬家》，载 1935 年 5 月 10 日《水星》第 2 卷第 2 期。

12.《兽皮》，载 1935 年 5 月 19 日《大公报·文艺副刊》第 152 期。

13.《家长》，载 1935 年 6 月 1 日《中学生》第 56 号。

14.《福楼拜的书简》，载 1935 年 7 月 1 日《文学》第 5 卷第 1 号。

15.《新诗的演变》，署名：刘西渭，载 1935 年 7 月 20 日《大公报·小公园》第 1740 号。

16.《书呆子》（小说），载 1935 年 7 月 21 日《大公报·文艺副刊》第 161 期。

17.《〈苦果〉——罗皑岚先生作》，署名：刘西渭，载 1935 年 8 月 4 日《大公报·小公园》。

18.《克莱武福晋》（书评），[法]拉法耶蒂，载 1935 年 8 月 12 日《大公报·小公园》。

19.《〈九十九度中〉——林徽因女士作》，署名：刘西渭，载 1935 年 8 月 18 日《大公报·小公园》。

20.《〈雷雨〉——曹禺先生作》,署名:刘西渭,载 1935 年 8 月 31 日《大公报·小公园》第 1782 号。

21.《秋野》,载 1935 年 9 月 8 日《大公报·文艺》第 5 期。

22.《〈力余集〉序》,载 1935 年 9 月 12 日《北平晨报·诗与批评》第 61 期。

23.《福楼拜的〈短篇小说集〉》,载 1935 年 9 月 16 日《文学季刊》第 2 卷第 3 期。

24.《〈边城〉与〈八骏图〉》,署名:刘西渭,载 1935 年 9 月 16 日《文学季刊》第 2 卷第 3 期。

25.《〈雾〉〈雨〉与〈电〉——巴金的〈爱情三部曲〉》署名:刘西渭,载 1935 年 11 月 3 日《大公报·文艺》第 36 期"星期特刊"。

26.《L'Avare 的第 4 幕第 7 场》,载 1935 年 12 月 7 日《大公报·艺术周刊》(天津)第 61 期。

27.《望生的私情》(小说),载 1935 年 12 月 16 日《文学季刊》第 3 卷第 4 期。

28.《神·鬼·人》,署名:刘西渭,载 1935 年 12 月 27 日《大公报·文艺》第 67 期。

29.《什么是达达派》,载《文学百题》,郑振铎、傅东华主编,上海生活书店 1935 年版。

30.《什么是立体派》,载《文学百题》,郑振铎、傅东华主编,上海生活书店 1935 年版。

一九三六年

1.《老王和他的同志们》,载 1936 年 1 月 1 日《文学》第 6 卷第 1 号。

2.《答巴金的自白书》,署名:刘西渭,载 1936 年 1 月 5 日

《大公报·文艺》第 72 期"星期特刊"。

3.《〈以身作则〉后记》,载 1936 年 1 月 20 日《大公报·文艺》第 81 期。

4.《献给失败的人们》(诗),Walt Whitman 作,李健吾译,载 1936 年第 1 期《绿洲》。

5.《以身作则》,载 1936 年 2 月《中学生》第 62 号。

6.《梵乐希文存(PaulValéry:Variéti Ⅰ.Ⅱ.Ⅲ.)》(书评),载 1936 年《暨南学报》第 1 卷第 2 期。

7.《〈委曲求全〉的一个意义》,载 1936 年 4 月 6 日《交大话剧社特刊》(上海)交大话剧社交际股出版。

8.《鱼目集》,署名:刘西渭,载 1936 年 4 月 12 日《大公报·文艺》第 126 期"星期特刊"。

9.《母亲的梦》(创作谈),载 1936 年 4 月 27 日《大公报·文艺》第 135 期。

10.《读〈篱下集〉》,署名:刘西渭,载 1936 年 6 月 1 日《文季月刊》第 1 卷第 1 期。

11.《母亲的梦》(独幕剧),载 1936 年 6 月 1 日《文季月刊》第 1 卷第 1 期。

12.《城下集》,署名:刘西渭,载 1936 年 6 月 5 日《大公报·文艺》第 157 期。

13.《答〈鱼目集〉》,作者,署名:卞之琳先生、刘西渭,载 1936 年 6 月 7 日《大公报·文艺》第 158 期"星期特刊"。

14.《司汤达行状》,李健吾译,载 1936 年 7 月 1 日《文学》第 7 卷第 1 号。

15.《化石》(诗),载 1936 年 7 月 19 日《大公报·文艺》第 182 期。

16.《关于"你"》(诗讨论),署名:卞之琳、刘西渭,载

1936年7月19日《大公报·文艺》第182期。

17.《画廊集》，署名：刘西渭，载1936年8月2日《大公报·文艺》第190期"书评特刊"。

18.《读〈画梦录〉》，署名：刘西渭，载1936年9月1日《文季月刊》第1卷第4期。

19.《刘西渭先生的苦恼》，载1936年9月13《大公报·文艺》第214期。

20.《诗二章：暮春、这不过是春天》，载1936年12月10日《新诗》第3期。

一九三七年

1.《囚犯》（诗歌），载1937年2月10日《新诗》第5期。

2.《读〈从滥用名词说起〉——致梁宗岱先生》，载1937年4月2日《大公报·文艺》第318期。

3.《自我和风格》，署名：刘西渭，载1937年4月25日《大公报·文艺》第328期，集体讨论"书评是心灵的探险么？"。

4.《一个未登记的同志》（独幕），载1937年5月1日《文学杂志》第1卷第1期。

5.《假如我是》，1937年5月9日《大公报·文艺》副刊第333期，集体讨论"作家们怎样论书评"。

6.《读里门拾记》，署名：刘西渭，载1937年6月1日《文学杂志》第1卷第2期。

7.《巴尔扎克的欧贞尼·葛朗代》（书评），载1937年7月1日《文学杂志》第1卷第3期。

8.《春天的门限》（散文），浦鲁斯蒂作，李健吾译，载1937年7月1日《文学》第9卷第1号。

9.《建筑是一个伤心的说明》，署名：西渭，载1937年10

月1日《宇宙风》散文半月刊第48期。

10.《时间》(散文),载1937年11月10日《文学》第9卷第4号。

11.《案头的悲哀》(散文),署名:西渭,载1937年11月21日《宇宙风》10日刊第52期。

一九三八年

1.《中国人的别致》(散文),署名:刘西渭,载1938年2月21日《宇宙风》10日刊第61期。

2.《北平》,载1938年第2期《少年读物》。

3.《马赛曲》,载1938年第4期《少年读物》。

4.《撒谎世家》,载1938年7月15日~8月23日连载于《大英夜报·七月》。

5.《对话》(诗),署名:刘西渭,载1938年7月17日《大英夜报·七月》。

6.《皮克老烧勒三世》(杂文),署名:刘西渭,载1938年8月2日《大英夜报·七月》。

7.《希伯先生》,署名:刘西渭,载1938年10月3日《文汇报·世纪风》。

8.《致林曦先生书》,载1938年10月5日《文汇报·世纪风》。

9.《致徐培仁先生》,载1938年11月7日《文汇报·世纪风》。

10.《个人主义的两面观》,载1938年11月9日《文汇报·世纪风》。

11.《消息》(诗),载1938年11月13日《文汇报·世纪风》。

一九三九年

1. 《论诗与诗人——序华琳先生的诗集》，载 1939 年 1 月 10 日《大公报·战线》第 246 号。

2. 《话翻译》，载 1939 年 8 月 5 日《人间世》第 1 卷第 1 期（创刊号）。

3. 《一年来的戏剧生活》，载 1939 年 1 月 25 日《文汇报·世纪风》。

4. 《演员和剧本——关于诵读》，载 1939 年第 3 期《剧场艺术》。

5. 《时当二三月》，载 1939 年 3 月 22 日《文汇报·世纪风》。

6. 《放下〈这不过是春天〉》，载 1939 年 3 月 25 日《文汇报·世纪风》。

7. 萧军论，载 1939 年 3 月 7～10、13、14 日，第 544～547；550～551 期《大公报·文艺》（香港）。

8. 《更正启事》，载 1939 年《文汇报》剧艺周刊。

9. 《最先的和最后的 Adrama》（随笔），载 1939 年 4 月 15 日《文汇报·世纪风》。

10. 《记野蕻》，载 1939 年 5 月 20 日《鲁迅风》第 14 期。

11. 《〈夜上海〉和〈沉渊〉》，载 1939 年 8 月《夜上海》上海剧艺社公演特刊。

12. 《关于〈上海剧运的低潮〉的辨正言》，载 1939 年《导报》第 4 期。

13. 《鲍德莱耳》（林译《恶之华》序），载 1939 年 11 月 16 日《宇宙风》第 84 期。

14. 《死的影子》（小说），载 1939 年 11 月《文学集林》第

1辑《山程》。

15.《文学批评的标准》,李健吾讲,文哲研究组纪录,载1939年《文哲》(上海光华文哲研究组)第1卷6期。

一九四零年

1.《死的影子》(小说),载1940年2月15日《南风》(上海)第2卷第4期,(原载1939年11月《文学集林》第1辑《山程》)。

2.《韩昌黎的〈画记〉》,载1940年3月15日《学生月刊》。

3.《叶紫论》,载《大公报·文艺》(香港),第809、810、811期,分别1940年4月1、3、5日。

4.《好评一斑——文艺界戏剧界一致推荐〈夜上海〉》,朱瑞均、李健吾、应服群、深、吴天等,载1940年4月10日、9月10日《剧场艺术》。

5. 后记与跋《这不过是春天》、跋《爱与死的搏斗》,载1940年4月10日《戏剧与文学》第1卷第3期。

6.《弯枝梅花和疯子》,载1940年4月16日《宇宙风》第98期。

7.《情欲信》,载1940年5月15日《学生月刊》第1卷第5期。

8.《路易·布耶〈遗诗〉序》,福楼拜作,李健吾译,连载于1940年5月16日、6月1日《宇宙风》第93期,第94~95合期。

9.《曹雪芹的〈哭花词〉》,载1940年6月1日《宇宙风》第100期。

10.《福楼拜幼年书简选译》,载1940年6月20日《戏剧与文学》第1卷第4期。

11.《宋春舫先生》，载1940年《剧场艺术》第8-9期。

12.《情感教育》（长篇选译），［法］福楼拜作 李健吾译，载1940年9月1日、10月1日《西洋文学》第1~2期。

一九四一年

1.《夏衍论》，署名：刘西渭，载1941年2月21日~3月5日连载《大公报·文艺》（香港）。后改题为《评〈上海屋檐下〉》，1942年刊于《文化生活》第1期。

2.《福楼拜函札选》，李健吾译，载1941年《西洋文学》第5期。

3.《杂记》，署名：西渭，载1941年11月16日《萧萧》半月刊第2期。

一九四二年

1.《一位悲剧演员》（独幕剧），柴呵甫作，李健吾译，载1942年1月15日《文艺杂志》第1卷第1期。

2.《草莽》（八幕剧），载1942年2月15日、3月15日、4月15日《文艺杂志》分别连载于第1卷第2至4期。

3.《黄花》，载1942年5月1日《自由中国》新2卷第1、2期。

4.《云彩霞（五幕悲剧）（一）—（五）》，载《万象》1942年12月号~1943年4月号。

一九三四年

1.《〈大马戏团〉与改编》，载1943年4月艺光公演特刊之七《大马戏团》。

2.《雪夜归人》，吴祖光编"名剧介绍"，署名：刘西渭，载

1943年10月号《万象》。

3.《未付邮——致曹禺书》，署名：成己，载1943年10月1日《万象》第3年4期。

一九四四年

1.《喜载相逢》（四幕剧），载1944年1月1日《戏剧时代》第1卷第2期。

2.《〈蝶恋花〉后记》，载1944年3月号《万象》。

3.《恋花》（歌剧），载1944年3月号（第3年第9期）、1944年6月号（第3年10期）《万象》。

4.《七个铜板》（小说），毛芮斯作，西渭译，载1944年6月号《万象》。

5.《张太太这样的母亲》（小说），署名：东方青（笔名待考），载1944年7月1日《万象》。

6.《给白玉薇女士》，载1944年8月27日《海报》。

7.《剧坛往来》（艺人论评 书信体），李健吾、徐光燊，载1944年11月号《万象》。

8.《王琦与王士琦—敬答苏少卿先生（上）》，载1944年12月6日《海报》。

9.《王琦与王士琦—敬答苏少卿先生（中）》，载1944年12月7日《海报》。

10.《王琦与王士琦敬答苏少卿先生（下）》，载1944年12月8日《海报》。

一九四五年

1.《在那黑的窄门洞》，载1945年第1期《大同周报》（上海）。

2.《关于〈以身作则〉事（上）》，载 1945 年 2 月 10 日《海报》。

3.《关于〈以身作则〉事（下）》，载 1945 年 2 月 11 日《海报》。

4.《法兰西中世纪的传奇诗（上、下）》，连载于 1945 年《文史杂志》第 7~8 期、第 9~10 期。

5.《咀华记余》，署名：刘西渭，载 1945 年 9 月 7 日《文汇报·世纪风》。

6.《我理想中的新中国》，李健吾，载 1945 年 10 月 13 日《周报》第 6 期。

7.《元朝秘史》，载 1945 年 9 月 11、13 日《正言报》"草原"第 3、4 期。

8.《咀华记余·刘西渭是我的仇敌》，署名：刘西渭，载 1945 年 9 月 10 日《文汇报·世纪风》。

9.《咀华记余·无题》，署名：刘西渭，载 1945 年 9 月 12 日《文汇报·世纪风》。

10.《挽"三哥"》，载 1945 年 11 月 29 日《文汇报·世纪风》。

11.《〈夜店〉上演了!》，载 1945 年 11 月 17 日《周报》第 11 期。

12.《蹇先艾》，署名：子木，载 1945 年 12 月《作家笔会》（春秋文库）上海春秋杂志出版社。

13.《林徽因》，署名：渭西，载 1945 年 12 月《作家笔会》（春秋文库）上海春秋杂志出版社。

一九四六年

1.《道不远人》，载 1946 年 1 月 10 日《青年界》（复刊号）

"给青年特辑"第 1 卷第 1 期。

2.《我们需要米辣保》,载 1946 年第 1 期《人民世纪》(上海)。

3.《〈金小玉〉在日本宪兵队》,载 1946 年 5 月 5 日《铁报》星期增刊第 1 号。

4.《"倡优蓄之"》(杂文),载 1946 年 5 月 12 日《铁报》星期增刊第 2 号。

5.《清明前后》(书评)署名:刘西渭,载 1946 年 1 月 10 日《文艺复兴》第 1 卷第 1 期。

6.《青春》(五幕喜剧),载 1946 年 1 月 10 日、2 月 15 日连载于《文艺复兴》第 1 卷第 1~2 期。

7.《王德明》(三幕悲剧),载 1946 年 1 月 15 日、3 月 1 日、5 月 15 日、7 月 15 日《文章》第 1 卷第 1 期至第 4 期。

8.《杂志编辑人座谈》(李健吾书面意见),载 1946 年 1 月 27 日《文汇报》星期天谈座副刊。

9.《如何开展话剧运动,捐税苛重是剧运的致命伤》,载 1946 年 2 月 10 日《文汇报》星期天谈座副刊。

10.《三本书》,署名:刘西渭,载 1946 年 4 月 1 日《文艺复兴》第 1 卷第 3 期。

11.《大自然的表里》,载 1946 年《少年读物》第 4 期。

12.《与石挥书》,载 1946 年 5 月 4 日《周报》第 35 期。

13.《悼刘基》(散文),载 1946 年 5 月 8 日《文汇报》"文化街"专栏。

14.《读〈中国作家与美国读者〉》,载 1946 年 5 月 11 日《周报》第 36 期。

15.《法国的 RAYON 是什么?》,署名:刘西渭,载 1946 年 5 月 18 日《周报》第 37 期。

16. 《与田汉书——论改良平剧与地方戏》，载 1946 年 5 月 25 日《周报》第 38 期。

17. 《为〈诗人节〉》，载 1946 年 6 月 1 日《文艺复兴》第 1 卷第 5 期。

18. 《闲话苏州》，载 1946 年第 6 期《人民世纪》（上海）。

19. 《与友人书》，载 1946 年 7 月 1 日《上海文化》第 6 期。

20. 《记罗淑》，载 1946 年 7 月 1 日《文艺复兴》第 1 卷第 6 期。

21. 《方达生》，署名：刘西渭，载 1946 年 7 月 2 日《文汇报·世纪风》。

22. 《三个中篇》（书评），署名：刘西渭，载 1946 年 8 月 1 日《文艺复兴》第 2 卷第 1 期。

23. 《中国风》，载 1946 年 8 月 9 日《文汇报·笔会》。

24. 《好事近》（四幕喜剧），连载于 1946 年 8 月 15 日、9 月 15 日、10 月 15 日、11 月 15 日，《文艺春秋》第 3 卷第 2 期至第 5 期，上海永祥印书馆印行。

25. 《"咀华"记余》，署名：刘西渭，载 1946 年 8 月 16 日《文汇报·笔会》。

26. 《闻〈周报〉休刊有感》，署名：刘西渭，载 1946 年 8 月 24 日《周报》第 49、50 合刊，举行作家"我们控诉！"作家笔会。

27. 《与吉文书》，署名：刘西渭，载 1946 年 8 月 30 日《世界晨报》。

28. 《我不敢想象》，署名：刘西渭，载 1946 年 10 月 15 日《文艺春秋》第 3 卷第 4 期（注：本期《文艺春秋》辟"纪念鲁迅先生逝世十周年特辑"，其主题之一"要是鲁迅先生还活着"，刘西渭为此活动而作。同期刊文的作家还有萧乾、臧克家、施蛰存、茅盾、罗洪、王西彦、李焕平等人）。

29.《山河怨》（悲剧），载1946年11月1日、12月1日连载于《文艺复兴》第2卷第4～5期。

30.《关于〈文艺复兴〉》，载1946年11月1日《上海文化》第10期（注：本期《上海文化》举行"上海杂志界的申诉"之第一次笔谈会，李健吾为此次笔谈会而作此文）。

31.《我写〈和平颂〉》，载1946年12月14日《文汇报·浮世绘》。

32.《和平颂》（剧本）（丁聪配图），连载于1946年12月15日至1947年1月12日《文汇报·浮世绘》。

一九四七年

1.《流连忘返》，载1947年2月7日《大公报·文艺》（天津）第61期。

2.《文艺上的新倾向：通俗、尝试、暴露、讽刺》（李健吾在"被扼杀摧残的文化"《文汇报》"星期天谈座副刊"上的谈话），载1947年2月23日《文汇报》"星期天谈座副刊"。

3.《从剧评听声音》，载1947年2月23日《文汇报·笔会》。

4.《马费公爵夫人》，署名：刘西渭，载1947年3月1日《文汇报·笔会》。

5.《诗丛和诗刊》，署名：刘西渭，载《1947年3月1日《文艺复兴》第3卷第1期。

6.《敬答适夷兄》，载1947年3月3日《文汇报·笔会》。

7.《海达盖布勒》，署名：刘西渭，载1947年3月5日《文汇报·笔会》。

8.《情感与理智——读徐杰兄文章以后》，载1947年3月12

日《文汇报·笔会》。

9.《阿耳丹》，署名：刘西渭，载 1947 年 3 月 13 日《文汇报·笔会》。

10.《老板上流人》，署名：刘西渭，载《1947 年 3 月 19 日《文汇报·笔会》。

11.《费嘉乐的结婚》，署名：刘西渭，载 1947 年 3 月 26 日《文汇报·笔会》。

12.《烈木杆骑士》，署名：刘西渭，载 1947 年 4 月 1 日《文汇报·笔会》。

13.《安娣高妮》，署名：刘西渭，载 1947 年 4 月 11 日《文汇报·笔会》。

14.《陶哀妇女》，署名：刘西渭，载 1947 年 4 月 21 日《文汇报·笔会》。

15.《米狄阿》，署名：刘西渭，载《1947 年 4 月 29 日《文汇报·笔会》。

16.《艾翁》，署名：刘西渭，载 1947 年 5 月 10 日《文汇报·笔会》。

17.《窝荻浦斯王》，署名：刘西渭，载 1947 年 5 月 15 日《文汇报·笔会》。

18.《阿嘉麦穆隆》，署名：刘西渭，载 1947 年 5 月 24 日《文汇报·笔会》。

19.《托尔斯泰看福楼拜》，载 1947 年 5 月 15 日《文艺知识连丛》1 集之二。

20.《从〈假凤虚凰〉说民主（上、下）》，载 1947 年 7 月 19～20 日连载于《大公报》（上海）"本市新闻"。

21.《胜利后法国现代戏剧》，载 1947 年 8 月 15 日《文艺春秋》第 5 卷第 2 期。

22.《谈业余剧团》，李健吾讲，欧阳文彬记，载1947年8月号《中学生》总190期。

23.《〈包法利夫人〉的时代意义》，载1947年9月1日《文艺复兴》第4卷第1期。

24.《舞台上的读词》，李健吾讲，欧阳文彬记，载1947年九月号《中学生》总191期。

25.《阿史那》（六场悲剧），载1947年6月1日、7月1日、8月初分别连载于《文学杂志》第2卷第1~3期。

26.《大路上》，柴霍夫作，李健吾译，载1947年11月15日《文迅》第7卷第5期。

27.《新片介绍："艳阳天"以外》，载1948年《电影杂志》（上海）第12期。

一九四八年

1.《说过节是人类自私的表现》，载1948年1月1日《新民晚报》"夜光杯"副刊。

2.《塔提雅纳·芮瓶》，［俄］契诃夫作，李健吾译，载1948年1月15日《文艺春秋》第6卷第1期。

3.《中国电影在苦斗中——拍摄〈艳阳天〉偶感》，载1948年3月15日《文艺春秋》第6卷第3期。

4.《书教令——也算科学论文》，载1948年3月20日《人间世》复刊第10期（第2卷第4期）。

5.《我们的话》，载1948年5月《中国作家》"五四谈文艺"——文协十周年暨文艺节纪念特刊，刊载郑振铎、景宋、李健吾等作家的谈话。

6.《说帝王惑于朱紫——也算是科学论文之一》，载1948年6月《文艺丛刊》之五"人间"。

7.《从生命到字,从字到诗》,署名:刘西渭,载 1948 年 7 月《中国新诗·黎明乐队》(第 2 集),上海森林出版社。

8.《拉杂说翻译》,载 1948 年 7 月 15 日《文迅》(文艺专号)第 9 卷第 1 期。

9.《什么是一位经典作家》,[法]圣佩甫作,刘西渭译,载 1948 年 9 月 15 日《文迅》第 9 卷第 3 期。

10.《向贵人看齐》(喜剧),[法]莫里哀作,李健吾译,1948 年 7 月 15 日、8 月 15 日、9 月 15 日分别连载于《文艺春秋》第 7 卷第 1~3 期。

一九四九年

1.《斯嘎纳赖勒》,[法]莫里哀作,李健吾译,载 1949 年 3 月 15 日《文艺春秋》第 8 卷第 2 期。

2. 自 10 月 1 日起,开始在上海《影剧日报》上,陆续发表书评、剧评、文艺短论,每日或隔日一篇,直到本年底。

一九五零年

1.《〈高干大〉座谈会》,署名:魏金枝、程造之、柯灵、叶以群、靳以、李健吾、徐杰、冯雪峰、周而复,载 1950 年 1 月 1 日《小说》(香港)第 3 卷第 4 期。

2.《〈种谷记〉座谈会》,署名:巴金、唐弢、程造之、李健吾、徐杰、冯雪峰、叶以群、周而复、黄源、魏金枝,载 1950 年 2 月 1 日《小说》(香港)第 3 卷第 5 期。

3.《司汤达研究》,[法]巴尔扎克作,李健吾译,载 1950 年 2 月 1 日、3 月 1 日分别连载于《小说》(香港)第 3 卷第 5 期、第 6 期。

4.《〈江山村十日〉笔谈》,署名:雪峰、徐杰、李健吾,载

1950年3月1日《小说》（香港）第3卷第6期。

5.《读〈铺草〉》，载1950年《山东文艺》第1卷第2期，后《新华月报》第2卷第6期转载。

6.《我学习自我批评》，载1950年5月31日《光明日报》。

7.《我有了祖国》，载1950年10月8日《解放日报》。

一九五一年

1.《新的史诗》，1951年1月19日，李健吾参加话剧《保尔·柯察金》座谈会，本文是他的发言。

2.《致在朝鲜作战的中国人民自愿军》，载1951年1月23日《大公报》。

3.《翻译笔谈》，载1951年《翻译通报》第2卷第5期，后收入 罗新璋主编《翻译论集》，商务印书馆1984年版，第552～557页。

4.《淹子崖》（散文），载1951年6月1日《小说》（香港）第5卷第5期。

一九五四年

1.《契诃夫——歌颂劳动和生命的剧作家》，载1954年《剧本》第7期。

2.《阿里斯托芬——热爱祖国的伟大戏剧家》，载1954年11月15日《人民日报》。

一九五六年

1.《与丹尼书》，载1956年7月12日《人民日报》。

2.《蛇与爱》（杂文），署名：丁一万，载1956年9月5日《人民日报》。

3.《三部关于妇女问题的戏剧杰作》，载 1956 年 9 月 16、18 日《人民日报》。

一九五七年

1.《一个电影观众的话》，载 1957 年 1 月 23 日《文汇报·笔会》。

2.《论〈上海屋檐下〉——与友人书》，载 1957 年 1 月 26 日《人民日报》。

3.《关汉卿"单刀会"的前二折》，载 1957 年 2 月 5 日《人民日报》。

4.《看"谭记儿"》，载 1957 年 2 月 10 日《人民日报》。

5.《意大利喜剧之父哥尔多尼》，载 1957 年 2 月 24 日《人民日报》。

6.《去看"三毛学生意"》，载 1957 年 5 月 17 日《人民日报》。

7.《与乡人书——谈"虎符"演出的某几点》，载 1957 年 5 月 28 日《人民日报》。

8.《佐临的"布谷鸟又叫了"》，载 1957 年 6 月 11 日《人民日报》。

9.《三个好观众》，载 1957 年 7 月 15 日《人民日报》。

10.《说游山的脚力》，载 1957 年《人民文学》第 3 期。

11.《科学对十九世纪法兰西现实主义小说艺术的影响——〈包法利夫人〉成书一百年（1857~1957）》，载 1957 年《文学研究》第 4 期。

12.《看"同甘共苦"的演出》，载 1957 年《中国戏剧》第 4 期。

13.《"无事生非"——上海戏剧学院表演师资训练班演出》，

载 1957 年 10 月 9 日《人民日报》。

14.《喜看川剧随笔》，载 1957 年 10 月 24 日《人民日报》。

一九五八年

1.《永远跃进》，载 1958 年 3 月 9 日《光明日报》。

2.《关于演员的是非谈》，[法]狄德罗著，李健吾译，载 1958 年《戏剧论丛》第 3 期。

3.《一篇不确切的"前记"》，载 1958 年《读书》第 8 期。

一九五九年

1.《司汤达的政治观点和〈红与黑〉》，载 1959 年《文学评论》第 3 期。

2.《漫谈改编剧本》，载 1959 年《剧本》第 4 期。

3.《"赵太后新用事……"》，载 1959 年《剧本》第 9 期。

4.《从〈蔡文姬〉的演出想到的》，载 1959 年《中国戏剧》第 11 期。

5.《读〈三块钱国币〉》，载 1959 年 12 月号《文学知识》。

一九六〇年

1.《〈甲午海战〉与历史剧》，载 1960 年《文学评论》第 6 期。

2.《〈今天我休息〉座谈会》，署名：蔡楚生、马少波、田汉、李健吾、冯牧、冰心、陈默、葛琴、赵子岳、袁文殊，载 1960 年《电影艺术》第 6 期。

3.《舞台剧本改编为电影剧本 两个外行人的漫谈录》，载 1960 年《电影艺术》第 4 期。

4.《畅论〈甲午海战〉》，署名：田汉、吴晗、齐燕铭、吕振羽、黎澍、张光年、吴雪、袁水拍、马少波、李健吾,载 1960 年《中国戏剧》第 22 期。

一九六一年

1. 《〈刘三姐〉——一首抒情的戏剧战歌》,载 1961 年 1 月 27 日《文汇报》。

2. 《竹简精神——一封公开信》,载 1961 年 1 月 30 日《人民日报》。

3. 《诗情画意——谈〈钟馗嫁妹〉》,载 1961《剧本》年第 23 期。

4. 《巴尔扎克是一个什么样的正统派?——读书笔记》,载 1961 年《文学评论》第 4 期。

5. 《海派与周信芳》,载 1961 年 6 月 25 日《人民日报》。

6. 《艺术短简:窦娥冤——悲剧性》,载 1961 年 7 月 4 日《人民日报》。

7. 《艺术短简:窦娥冤——丑的插入》,载 1961 年 7 月 7 日《人民日报》。

8. 《艺术短简:陈州粜米——喜剧性》,载 1961 年 7 月 12 日《人民日报》。

9. 《欧也妮·葛朗台——精确性》,载 1961 年 7 月 22 日《人民日报》。

10. 《艺术短简:欧也妮·葛朗台——社会存在》,载 1961 年 7 月 31 日《人民日报》。

11. 《〈红楼梦〉——文物知识》,载 1961 年 8 月 19 日《人民日报》。

12. 《话剧与话》,载 1961 年《中国戏剧》第 29 期。

13. 《孟丽君》,载 1961 年《文艺报》第 10 期;又见 1961

年 11 月 12 日《人民日报》题为"评《孟丽君》"。

14.《曲阜游记》，载 1961 年 10 月号《山东文学》。

15.《雨中登泰山》，载 1961 年 11 月号《人民文学》。

一九六二年

1.《关于〈逼婚〉》，载 1962 年《剧本》第 1 期。

2.《逼婚》，[法]莫里哀著，李健吾译，载 1962 年《剧本》第 1 期。

3.《社会主义是一首美丽的诗》，载 1962 年 2 月 24 日《人民日报》。

4.《座谈歌剧〈白毛女〉的新演出》，署名：张庚、萧三、叶林、李健吾、李超、田汉、张正宇、刘佳、舒强、塞克，载 1962 年《中国戏剧》第 8 期。

5.《枣花香》，载 1962 年 8 月 4 日《山西日报》。

6.《光荣永远属于人民的号手——纪念世界文化名人洛卜·德·维迦诞生四百周年大会上的讲话》，载 1962 年《中国戏剧》第 12 期。

7.《试论于伶的剧作并及〈七月流火〉》，载 1962 年《剧本》第 12 期。

一九六三年

1.《戏剧的特征》，载 1963 年《文学评论》第 2 期。

2.《独幕剧创作座谈会》，署名：陈白尘、严青、李健吾、陈其通、侣朋、胡丹沸、金剑、李超，载 1963 年《剧本》第 21 期。

3.《巴尔扎克在他的〈农民〉里，是像他所说的那样公正吗?》，载 1963 年《文学评论》第 4 期。

一九六四年

1.《社会主义的话剧—学习札记》,载 1964 年《文学评论》第 3 期。

一九六五年

1.《归根结底是立场问题》,载 1965 年 6 月 23 日《光明日报》。

2.《"风景这边独好"——谈〈英雄工兵〉》,载 1965 年《文学评论》第 5 期。

一九七七年

1.《合理性》,载 1977 年《中国戏剧》第 9 期。

2.《写戏漫谈之一:合理性》,载 1977 年《人民戏剧》第 9 期。

3.《集中(写戏漫谈之二)》,载 1977 年《人民戏剧》第 11 期。

4.《枫红季节话〈枫〉剧——在京戏剧工作者座谈讽刺喜剧〈枫叶红了的时候〉》,张庚、李健吾、吴雪、乔羽、侣朋,载 1977 年中国戏剧第 11 期。

一九七八年

1.《关于"三一律"问题》,载 1978 年《外国文学研究》第 1 期。

2.《写戏漫谈之三:第 1 幕》,载 1978 年《人民戏剧》第 2 期。

3.《〈人间喜剧〉的远景》,载 1978 年《文史哲》第 2 期。

4.《戏剧性》,载 1978 年《戏剧艺术》第 4 期。

5.《写戏漫谈之四:高潮》,载 1978 年《人民戏剧》第 5 期

6.《忆秦川》,载《1978 年 10 月 3 日西安日报》。

一九七九年

1.《巴尔扎克与空想社会主义者》,载 1979 年《文学评论》第 2 期。

2.《一棍子打出个媳妇》(四场小喜剧),载 1979 年《当代戏剧》第 2 期。

3.《〈人间喜剧〉的革命辩证法》,载《1979 年文艺论丛》第 4 辑。

4.《"五四"期间北京学生话剧运动一斑》,载 1979 年 5 月号《剧本》。

5.《读师陀同志的〈伐竹记〉》,署名:西渭,载 1979 年 7 月 25 日《人民日报》。

6.《大妈不姓江》,载 1979 年《山花》第 7 期。

7.《古希腊悲剧一瞥——热烈欢迎希腊国家剧院》,载 1979 年《中国戏剧》第 9 期。

8.《读〈闯江湖〉偶感》,载 1979 年《人民戏剧》第 12 期。

一九八零年

1.《一棍子打出个媳妇来》,载 1980 年《陕西戏剧》创刊号。

2《激情与巴尔扎克的创作方法》,载 1980 年《浙江学刊》第 1 期 。

3.《看〈包公赔情〉》,载 1980 年《戏曲艺术》第 1 期。

4.《一个有血肉的包公——杂谈〈包待制陈州粜米〉杂剧》,

载 1980 年《名作欣赏》第 2 期。

5.《〈辞海〉中有关波德莱尔等人的评价问题——与〈辞海〉编委会商榷》，载 1980 年《山西师大学报》（社会科学版）第 3 期。

6.《〈人间喜剧〉"提供了一部法国'社会'特别是巴黎'上流社会'的卓越的现实主义历史"》，载 1980 年《扬州大学学报》（人文社会科学版）第 4 期。

7.《常情常理》，署名：刘西渭，载 1980 年《文艺报》第 5 期。

8.《重读〈心防〉与〈法西斯细菌〉》，载 1980 年 10 月《戏剧艺术论丛》第 3 辑。

9.《漫谈〈麟骨床〉》，载《报春花开第一枝》，闻毅编，山西人民出版社 1980 年版，第 12－13 页。

一九八一年

1.《〈爱与死的搏斗〉在"孤岛"时期的正式演出》，载 1981 年《山西师院学报》第 1 期。

2.《分房子》，载 1981 年《小剧本》第 2 期。

3.《有关波德莱尔等人的评价问题——与〈辞海〉编委会商榷》，载 1981 年《辞书研究》第 2 期。

4.《关于〈门不开着，就得关着〉的作者及其他》，载 1981 年《剧本》第 2 期。

5.《门不开着，就得关着》，［法］阿弗莱德·德·缪塞，李健吾译，载 1981 年《剧本》第 2 期。

6."咀华新篇"：（1）《重读〈围城〉》，（2）《读〈新凤霞回忆录〉》，载 1981 年《文艺报》第 3 期。

7.《忆西谛》，载 1981 年《收获》第 4 期。

8.《李健吾自传》,载1981《年山西师院学报》第4期。

9.《致福楼拜书简》,[法]乔治·桑,李健吾译,载1981年《世界文化》第4期。

10.《漫话卢那察尔斯基论〈爱与死的搏斗〉》,载1981年《读书》第10期。

11.《给参观者以方便》,载1981年12月6日《人民日报》。

一九八二年

1.《撒得开,收得拢》,载1982年《文艺报》第1期"繁荣和发展散文创作"座谈会。

2.《〈人间戏剧〉作者的〈中国与中国人〉》,载1982年《西北师院学报》第2期。

3.《神秘主义与巴尔扎克》,载1982年《山西师院学报》第3期。

4.《话剧与话》,载1982年《戏剧界》第3期。

5.《关于〈文艺复兴〉》,载1982年《新文学史料》第3期。

6.《提倡独幕剧》,载1982年3月26日《人民日报》。

7.《致佐临——看上海人艺的〈萨勒姆女巫〉》,载1982年4月22日《人民日报》。

8.《〈法兰西十七世纪古典文艺理论〉前言与各家小议》,载1982年《中国社会科学集刊》第4辑。

9.《我走过的翻译道路》,载1982年《大学生丛刊》第3期。

10.《李广田选集(序)》,载1982年《收获》第5期。

11.《丁西林和他的剧作》,载1982年《文汇》第8期。

12.《试验剧校的诞生》,载1982年《戏剧艺术》增刊《上海戏剧学院三十年》。

13.《1982年秋季教材新选课文试析：李健吾关于〈雨中登泰山〉的两封信》，载1982年《语文学习》第8期。

14.《〈可口可笑〉看后》，载1982年9月19日《人民日报》。

15.《鼓勇而前》，载1982年10月21日《光明日报》。

16.《石评梅选集（序）》，李健吾遗作，载1982年12月9日《山西日报》。

17.《莫泊桑短篇小说选集（序）》，载1982年《山花》第12期。

一九八三年

1.《〈包法利夫人〉作者的疏忽》，载1983年《社会科学战线》第1期。

2.《竹简精神》，李健吾遗作，载1983年《散文》第2期。

3.《夏衍的文学历程（序）》，载1983年《杭州大学学报》（哲学社会科学版））第2期。

4.《饱经沧桑话西安》，载1983年3月15日《陕西日报》。

5.《作家书简》，李健吾、吴伯箫，载1983年《山花》第4期。

6.《李健吾致蹇先艾》，载1983年《山花》第4期。

7.《王文显先生》，温源宁作，李健吾译，载1983年《新文学史料》第4期。

8.《王文显剧作选（后记）》，载1983年《新文学史料》第4期。

9.《梦里京华（跋）》，载1983年《新文学史料》第4期。

一九八九年

1.《铁窗吟草（后记）》，载1989年《运城文史资料》第1

辑《纪念李健吾专辑》。

2.《致王元化信》（五封），载 1989 年《文汇月刊》第 11 期。

一九九零年后

1.《李健吾致华铃书信九通》，钦鸿辑，载《文教资料》1995（6）。

按：凡李健吾用笔名处均已标出，凡未署名的均为本名李健吾。此年表整理过程中，参考了韩石山《李健吾年谱资料汇编》（打印稿 1994 年），特此致谢。在逐一核对的同时，进行了大量增补。就笔者所见，本表是目前李健吾原刊作品目录最为详细的一份，但是因为历史原因、现实条件等限制，李健吾还有不少作品，无法查到原始出处，只得留待日后再追寻。

主要参考文献

一、民国旧刊

1 《爝火》
2 《晨报副镌（刊）》
3 《北平晨报》
4 《清华周刊》
5 《清华文艺》
6 《清华中国文学会月刊》
7 《现代评论》
8 《文学周报》
9 《国风日报·学汇》
10 《东方杂志》
11 《认识周报》
12 《现代》
13 《新月》
14 《萧萧》
15 《一般》
16 《工余》
17 《妇女杂志》
18 《大公报》（天津、上海、香港）
19 《光明》
20 《紫晶》
21 《文学季刊》
22 《文学》
23 《文学月刊》
24 《文艺风景》

25	《学文月刊》
26	《水星》
27	《太白》
28	《文艺画报》
29	《申报月刊》
30	《自由中国》
31	《中学生》
32	《暨南学报》
33	《文讯》
34	《青年界》
35	《新诗》
36	《中国新诗》
37	《文学杂志》
38	《宇宙风》
39	《少年读物》
40	《大英夜报》
41	《文汇报》
42	《文艺杂志》
43	《文艺丛刊》
44	《万象》
45	《南风》
46	《鲁迅风》
47	《戏剧时代》
48	《上海文化》
49	《周报》
50	《铁报》

51 《交大话剧社公演特刊》
52 《文艺春秋》
53 《文艺复兴》
54 《电影杂志》
55 《人间世》

二、李健吾研究资料（按发表、出版年代排序）

1 滕沁华. 爱——呈先艾、健吾二兄. 文学周报，1928 - 07 - 01.

2 滕沁华. 三卷新的创作：一、蹇先艾君的《朝雾》；二、李健吾君的《西山之云》；三、赵景深君的《荷花》. 载文学周报，1928 - 12 - 16.

3 蹇先艾.《一个兵和他的老婆》——给作者的一封公开信. 华北日报副刊，1929 - 08 - 17.

4 窘羊（季羡林）.《梁允达》与《村长之家》. 大公报·文艺副刊（天津），1934 - 12 - 08.

5 常风. 福楼拜评传，《国闻周报》，1936 - 04 - 27.

6 吴达元. 李健吾，福楼拜评传. 清华大学学报（自然科学版），1936（4）.

7 雷霆兆. 从《母亲的梦》谈到基督教. 紫晶，1937 - 03 - 01.

8 谢德贞. 从基督徒的立场看《母亲的梦》. 紫晶，1937 - 03 - 01.

9 黄源.《母亲的梦》读后. 紫晶，1937 - 03 - 01.

10 胡仁安. 基督教当注意青年们的爱国情绪与迫切要求. 紫晶，1937 - 03 - 01.

11 陈新桂.《评母亲的梦》.紫晶，1937－03－01.

12 邬式唐.读书录——李健吾《母亲的梦》.紫晶，1937－03－01.

13 欧阳文辅.略评刘西渭先生的《咀华集》——印象主义的文艺批评.光明，1937－05－10.

14 仲彝、伯龙、刅之、端钧、于伶、幸之.《这不过是春天》观后谈.文汇报，1939－04－01.

15 董史.李健吾.万象·剧坛人物志，1942－06－01.

16 禾女.李健吾.话剧界，1942－08－12.

17 洪深、柯灵、凤子、阿湛等谈《和平颂》，文汇报，1946－01－11.

18 尤大.李健吾登台石挥削发.文汇报，1946－05－04.

19 田汉.剧艺大众化的道路－田汉致李健吾信.周报，1946－05－25.

20 郭天闻.论李健吾.上海文化（月刊），1946（6）.

21 李白凤.女人与和平.文汇报，1947－01－15.

22 朵梅.两出女人的戏.文汇报，1947－02－07.

23 徐杰.听过声音以后.文汇报，1947－03－09.

24 周彼.从《女人与和平》看不自由的作家.文汇报，1947－03－18.

25 丹尼.复李健吾书.人民日报，1956－07－21.

26 陈栾.评李健吾先生的科学对法兰西十九世纪现实主义小说艺术的影响.文学研究，1958（4）.

27 吴学海、谭凤亭.李健吾教授谈西欧文学与戏剧问题.辽宁日报，1962－10－19.

28 陈瘦竹.历史唯物主义与戏剧——论李健吾同志所谓

"经济制约对戏剧的影响". 江海学刊，1964（5）.

29　李慧中. 默默地为人民工作着——记剧作家李健吾. 剧本，1980（5）.

30　杨淑英. 李健吾与莫里哀. 文汇报，1980-11-15.

31　柯灵. 论李健吾的剧作. 文艺报，1981（22）.

32　李清安. 从舞台到书斋——记著名翻译家李健吾. 外国文学研究史料，1982（3）.

33　许国荣.《李健吾戏剧评论选》编后. 戏剧界，1982（3）.

34　作家、教材、教师：李健吾传略. 教学通讯（文科版），1982（11）.

35　宣. 著名剧作家李健吾逝世. 剧本，1982（12）.

36　陈圣生. 李健吾与中国现代戏剧. 文学研究动态，1982（23）.

37　著名戏剧家李健吾同志逝世. 中国戏剧，1983（1）.

38　辛安. 哭李健吾伏案长逝. 文艺报，1983（1）.

39　魏照风. 怀念李健吾同志. 上海戏剧，1983（2）.

40　李尤白. 悼念李健吾同志. 戏曲艺术，1983（2）.

41　邓牛顿. 关于李健吾的现代文学评论. 晋阳学刊，1983（2）.

42　蹇先艾. 我的老友和畏友——悼念李健吾同志. 新文学史料，1983（2）.

43　郭宏安. 读《福楼拜评传》为怀念我敬爱的老师李健吾先生而作. 读书，1983（2）.

44　徐士瑚. 李健吾的一生. 新文学史料，1983（3）.

45　武柏索. "乡音无改"情弥深——怀念李健吾先生. 山西

文学，1983（3）．

46　鱼讯.怀念李健吾同志.当代戏剧，1983（3）．

47　朱勇摘编.李健吾.新剧作，1983（5）．

48　白文.追忆李健吾.文学报，1983-07-14．

49　张大明.批评本身是一种艺术 读《李健吾文学评论选》．读书，1983（10）．

50　王卫国.试论李健吾三十年代的悲剧创作.中国现代文学研究丛刊，1984（1）．

51　王延龄.回忆李健吾在淮海剧院.艺谭，1984（2）．

52　唐湜.含咀英华——读《李健吾文学评论选》．读书，1984（3）．

53　贺新辉.一位正直的艺术家——怀念李健吾同志.戏友，1984（3）．

54　李郁.夏衍、曹禺、刘西渭.中国现代文学研究丛刊，1984（4）．

55　夏衍.忆健吾——《李健吾文集·戏剧卷》代序.文艺研究，1984（6）．

56　赵锐勇."陌生弟子"的怀念——忆恩师李健吾先生.文学报，1985-02-28．

57　刘锋杰.李健吾文学批评初论.安徽师范大学学报（人文社会科学版），1985（2）．

58　王延龄.回忆和李健吾先生相处岁月.山西文学，1985（2）．

59　庄浩然.试论李健吾的性格喜剧.福建师范大学学报（哲学社会科学版），1985（3）．

60　宁殿弼.李健吾的悲剧创作初论.社会科学辑刊，1985（5）．

61 刘锋杰.李健吾文学批评初论(摘要).中国现代文学研究丛刊,1986(2).

62 周音.李健吾评传(续完).丹东师专学报,1986(2).

63 宁殿弼.李健吾喜剧艺术初论.辽宁师范大学学报(社会科学版),1986(5).

64 焦海燕.李健吾的喜剧风格.山东师范大学学报(人文社会科学版),1986(6).

65 罗宗义.茅盾和李健吾在新文学批评史上的地位——兼评司马长风的《中国新文学史》对茅盾和李健吾的论述.昭乌达蒙族师专学报,1987(1).

66 丁亚平.论李健吾文学批评的审美个性.中国现代文学研究丛刊,1987(2).

67 王泽龙.再论李健吾文艺批评思想.长江大学学报(社会科学版),1987(2).

68 师陀.记一位"外圆内方"的老友(李健吾).新文学史料,1987(2).

69 宁殿弼.撰文得嵩衡气韵,行思至江海文章——李健吾的评论艺术.沈阳师范学院学报:社哲版,1987(2).

70 宁殿弼.李健吾悲剧创作的艺术特色.河南大学学报(社会科学版),1987(5).

71 唐湜.李健吾与《文艺复兴》.文艺报,1987-08-01.

72 尹琪.李健吾的喜剧创作.江汉论坛,1987(8).

73 刘玉凯、胡钢.李健吾著译书目.文教资料,1988(2).

74 刘玉凯.李健吾传略.文教资料,1988(2).

75 胡钢、刘玉凯.李健吾生平和文学活动大事记.文教资料,1988(2).

76 ［英］波拉德著. 李健吾与中国现代戏剧，张林杰编译. 文学研究参考，1988（3）.

77 张静河. 并峙于黑暗王国中的喜剧双峰——论抗战时期李健吾、杨绛的喜剧创作. 戏剧，1988（3）.

78 汪修荣. 试论李健吾的悲剧艺术. 山西大学学报（哲学社会科学版），1988年（4）.

79 陈孝英. 平静轻快的抑郁 似情似理的幻觉——李健吾《拿波里漫游短札》赏析. 名作欣赏，1988（6）.

80 杨苗燕. 李健吾的批评观念. 文学评论，1988（6）.

81 张大明. 死角淘金——读李健吾的小说. 求索，1988（6）.

82 中国人民政治协商会议运城市委员会文史资料研究会编. 运城文史资料——纪念李健吾专辑（第一辑，总第八辑），1989.

83 杨苗燕. 略论李健吾的批评系统. 中国现代文学研究丛刊，1990（1）.

84 宁殿弼. 论李健吾喜剧的艺术特色. 学习与探索，1990（1）.

85 汪修荣. 试论李健吾的喜剧艺术. 华东工学院学报（哲学社会科学版），1990（2）.

86 解. 李健吾论鉴赏. 名作欣赏，1990（3）.

87 卞之琳. 追忆李健吾的"快马". 新文学史料，1990（3）.

88 刘锋杰. 李健吾的"自我批评"论. 安徽师范大学学报（人文社会科学版），1990年（4）.

89 张大明. 含英咀华 独树一帜——漫议李健吾的文学批评. 天津师范大学学报（社会科学版），1990（6）.

90 韩石山. 纵横谁似李健吾. 山西文学，1991（1）.

91 王泽龙. 文艺批评：一门独立的艺术——李健吾文艺批评思

想初探. 湖北民族学院学报（哲学社会科学版），1991（1）.

92　蒋勤国. 科学性·判断力·艺术性——论李健吾的《福楼拜评传》. 晋阳学刊，199（2）.

93　蒋勤国. 初临的收获季节——李健吾30年代在北京的文学活动与创作评述. 运城学院学报，1991（2）.

94　王雪樵. 文坛巨子 艺苑风流——记著名文艺家李健吾. 运城学院学报，1991（3）.

95　王德禄. 评李健吾对莫里哀喜剧的研究. 晋阳学刊，1991（5）.

96　张爱剑. 论李健吾的文学批评. 湖北师范学院学报（哲学社会科学版），1992（2）.

97　刘玉凯. 李健吾笔名考（一）. 社会科学辑刊，1992（2）.

98　刘玉凯. 李健吾笔名考（二）. 社会科学辑刊，1992（3）.

99　刘玉凯. 李健吾笔名考（三）. 社会科学辑刊，1992年（4）.

100　刘玉凯. 李健吾笔名考（四）. 社会科学辑刊，1992（6）.

101　季桂起. 论李健吾的文学批评. 文学评论，1992（3）.

102　张健. 试论李健吾在中国现代风俗喜剧中的地位. 中国现代文学研究丛刊，1992（4）.

103　王宜文. 李健吾悲剧创作的独特类型. 渤海大学学报（哲学社会科学版），1993（1）.

104　温儒敏. "灵魂奇遇"与整体审美——论李健吾的文学批评. 中国现代文学研究丛刊，1993（2）.

105　寇显. 李健吾当代散文的风格特征. 渤海大学学报（哲学社会科学版），1993（2）.

106　唐湜. 忆李健吾先生：纪念李健吾逝世十周年. 文艺报，

1993-02-27.

107　胡星亮. 在探索中找寻自我：论李健吾早期戏剧创作. 南京大学学报（哲学社会科学版），1993（2）.

108　贝璋衡. 悼亡友李健吾. 太原日报，1994-05-30.

109　杨学民. 李健吾诗化小说美学思想探论. 昌潍师专学报（社会科学版），1994（2）.

110　徐敏. 李健吾与创作主体中心论的理论问题. 华中师范大学学报（哲学社会科学版），1994（3）.

111　温儒敏. 批评作为渡河之筏捕鱼之筌——论李健吾的随笔性批评文体. 天津社会科学，1994（4）.

112　李健吾先生. 火花，1994（11~12）.

113　韩石山. 李健吾与郑振铎. 晋阳学刊，1995（1）.

114　韩石山. 彼此的挚与畏——蹇先艾与李健吾. 山花，1995（2）.

115　韩石山. 李健吾与巴金. 黄河，1995（2）.

116　吴戈. 试谈李健吾的现代派诗论. 中国文学研究，1995（2）.

117　李俊国. 新鲜·犀利·灵动——谈李健吾的文学批评个性. 湖北大学学报（哲学社会科学版），1995（2）.

118　韩石山. 李健吾与郑振铎的情谊. 海峡，1995（6）.

119　钦鸿. 李健吾致华铃书信九通. 文教资料，1995（6）.

120　钦鸿. 李健吾与华铃的师生情谊. 文教资料，1995（6）.

121　钟业坤主编. 怀念良师李健吾先生，任明耀. 暨南人（第1集）. 广州：暨南大学出版社，1996.

122　韩石山. 彼此的挚与畏——李健吾与蹇先艾. 新文学史料，1996（3）.

123 惠转宁. 李健吾之批评观. 青海师范大学学报（哲学社会科学版），1996（3）.

124 张爱平. 有一颗金子般的心——巴金谈李健吾. 档案与史学，1996（4）.

125 韩石山. 孤岛上的煎熬——《李健吾传》之一章. 新文学史料，1996（4）.

126 韩石山. 我写《李健吾传》. 书与人，1996（5）.

127 任明耀. 怀念良师李健吾先生. 群言，1996（6）.

128 韩石山. 李健吾与阎逢春. 中国戏剧，1996（7）.

129 韩石山. 李健吾在"文革"中. 名人传记，1996（10）.

130 吴小如. 《李健吾文学评论选》序言. 博览群书，1996（12）.

131 庄浩然. 深厚的人性的波澜——李健吾性格喜剧的审美特征. 见：现代戏剧理论与实践. 福州：福建教育出版社，1997.

132 卞之琳. 李健吾的"快马". 新闻出版交流，1997（1）.

133 王延龄. 李健吾译书. 书城，1997（1）.

134 吴品云. 李健吾剧作中的人性形态及其内涵. 福建师范大学学报（哲学社会科学版），1997（3）.

135 古远清. 李健吾鉴赏式的批评特色. 武汉冶金管理干部学院学报，1997（4）.

136 周海波. 论李健吾的随笔体批评. 重庆三峡学院学报，1997（4）.

137 钱林森. 李健吾与法国文学. 文艺研究，1997（4）.

138 韩石山. 不该忘怀的李健吾. 文学报，1997-12-11.

139 韩石山. 李健吾，我心中的大师. 青年文学，1998（1）.

140　何春耕.论李健吾戏剧的审美艺术特征.广西师范大学学报（哲学社会科学版），1998（1）.

141　任鸿仪.高山安可仰　徒此揖清芬——李健吾先生事略.沧桑，1998（1）.

142　包燕.人性的光辉：在功利和唯美之间——李健吾戏剧批评观之批评.艺术百家，1998（4）.

143　黄振林.李健吾喜剧奥秘新探.艺术百家，1998（4）.

144　姜德明.过迟的感谢——一封李健吾的遗简.文学自由谈，1998（6）.

145　蒋勤国.李健吾传略.见：山西文史资料（第6卷第68辑），1999.

146　常风.追怀李健吾学长.见：山西文史资料（第6卷第68），1999.

147　李雪枫.大巧无工　至情无文——由《李健吾传》引发的关于传记文学的思考.山西大学学报（哲学社会科学版），1999（1）.

148　许霆.李健吾诗学批评的现代意义.常熟高专学报，1999（1）.

149　张健.论李健吾的喜剧观.北方论丛，1999（3）.

150　白岩.真情似火的李健吾.文艺报，1999-12-18.

151　王翠雁.心理视镜中的人性挣扎——李健吾剧作意蕴解读.运城高等专科学校学报，2000（2）.

152　张健.试论李健吾喜剧的人学基础及其在创作中的体现.北京师范大学学报（社会科学版），2000（2）.

153　孔焕周.论李健吾成熟期话剧创作.洛阳师范学院学报，2000（3）.

154 张健.试论李健吾喜剧的深层意象.文学评论,2000(3).

155 何春耕、戴绘林.论李健吾戏剧理论的建构特征.广西师范大学学报(哲学社会科学版),2001(1).

156 孔焕周.审视灵魂 剖析人生——李健吾话剧创作风格论之一.开封大学学报,2001(1).

157 马斌.他有一颗黄金般的心——现代作家李健吾其人其事.神州学人,2001(3).

158 陈政.李健吾文学批评新论.首都师范大学学报(社会科学版),2001(3).

159 郭汾阳.蹇先艾、李健吾在北京师大附中.贵州文史丛刊,2001(4).

160 许光华.法国文学在中国的译介(1894-1949).中国比较文学,2001(4).

161 苗得雨.李健吾写《山东好》那段时光.山东文学,2001(4).

162 钟林巧.一个自由灵魂的奇遇——论李健吾的批评观念.浙江师大学报(社会科学版),2001(6).

163 胡德才.论李健吾的喜剧创作.三峡大学学报(人文社会科学版),2001(6).

164 张健.李健吾喜剧论(上).戏剧,2002(1).

165 张健.李健吾喜剧论(下).戏剧,2002(2).

166 唐湜.忆李健吾先生.文史月刊,2002(2).

167 黄献文.论李健吾话剧创作的心路历程.江汉大学学报(人文社会科学版),2002(2).

168 黄献文.论李健吾话剧创作的心路历程.戏剧艺术,2002(3).

169　黄献文.李健吾话剧研究述评.太原师范学院学报（社会科学版），2002（4）.

170　马靖云：追忆李健吾先生.中国社会科学院院报，2002-08-16.

171　董希文.李健吾文学批评文体探析.东方论坛，2002（6）.

172　范华群.卓越的戏剧家李健吾——纪念李健吾逝世二十周年.上海戏剧，2002（12）.

173　陈学勇.也谈林徽因与冰心：答王炳根先生：《林徽因与李健吾》.山西文学，2002（12）.

174　范永康.论李健吾文学批评的两种诠释倾向.克山师专学报，2003（1）.

175　徐雁.李健吾的文学书评观.中国编辑，2003（1）.

176　董希文.灵魂在杰作中的冒险——论李健吾的文学批评观.烟台师范学院学报（哲学社会科学版），2003（1）.

177　李前平.酒神精神与日神梦幻——李健吾戏剧精神探魅黔.东南民族师范高等专科学校学报，2003（1）.

178　常丽洁.李健吾文学评论的特点.河北理工学院学报（社会科学版），2003（2）.

179　叶君.自由的心态与纯正的趣味——论李健吾的文学批评.晋东南师范专科学校学报，2003（3）.

180　勇慧.自由的心态与纯正的趣味——论李健吾的文学批评.湖北教育学院学报，2003（3）.

181　张殷.对李健吾中期创作剧目界定及文本的探究.中央戏剧学院学报，2003（4）.

182　赵凌河.一个中国式的现代文论典型范式——论李健吾的印象主义文学批评.社会科学辑刊，2003（4）.

183	董希文.李健吾文学批评文体探析.东方论坛,2003(6).	
184	徐雁.李健吾书评的文坛历险.中国图书评论,2003(9).	
185	黄献文.李健吾话剧研究述评.中南民族大学学报(人文社会科学版),2004(1).	
186	伍欣.试论李健吾早期文学批评的两种向度.康定民族师范高等专科学校学报,2004(2).	
187	任明耀.李健吾的二十四封信.新文学史料,2004(3).	
188	姜洪伟.简谈李健吾喜剧语言的修辞艺术.修辞学习,2004(3).	
189	詹冬华.以文论人:李健吾文学批评的理论模式.山西师大学报(社会科学版),2004(3).	
190	吴泰昌.听李健吾谈《围城》.出版史料,2004(3).	
191	乔春萍.人性 情境 戏剧冲突——浅析李健吾的剧作《梁允达》.吉林广播电视大学学报,2004(4).	
192	田慧霞.创新思维的体现——李健吾无标准的批评标准.华北水利水电学院学报(社科版),2004(4).	
193	沈广斌.对文学批评的多维审视与超越——评《中国现代新文学批评研究》.山东师范大学学报(人文社会科学版),2004(4).	
194	伍杰.李健吾与书评.中国图书评论,2004(7).	
195	王志勤.李健吾对中国古典文学批评的因袭传承.周口师范学院学报,2005(1).	
196	丁燕燕.灵魂在杰作间的奇遇——论李健吾的文学批评.和田师范专科学校学报,2005(1).	
197	孙倩.李健吾与他的随笔体文学批评.盐城师范学院学报(人文社会科学版),2005(2).

198 李志孝. "人性"标尺下的不同言说——李健吾梁实秋文艺思想比较. 延安大学学报（社会科学版）, 2005（2）.

199 刘纳. 在学术论文的大生产运动中想起李健吾. 首都师范大学学报（社会科学版）, 2005（3）.

200 刘艳. 我们这个时代的批评缺少什么. 西南师范大学学报（人文社会科学版）, 2005（4）.

201 李奇志. 印象背后的缤纷英华——李健吾印象主义批评论. 江汉论坛, 2005（5）.

202 魏东.《咀华二集》版本考. 山西文学, 2005（5）.

203 周黎燕. 在限制中自由——论李健吾对古代文论的承传与转化. 贵州大学学报（社会科学版）, 2005（5）.

204 吕薇. 批评是一种理解——李健吾的文学批评观. 和田师范专科学校学报, 2005（6）.

205 李奇志. "灵魂探险"中的印象之华——李健吾文学批评论. 湖北师范学院学报（哲学社会科学版）, 2005（6）.

206 姜洪伟. 传奇剧《贩马记》：南戏与话剧融合的果实——试论李健吾的话剧民族化改革. 阴山学刊, 2005（6）.

207 汪成法. 李健吾《咀华二集》出版时间质疑. 博览群书, 2005（10）.

208 丁文霞. 沟通中西的戏剧艺术——李健吾戏剧浅论. 戏剧文学, 2005（12）.

209 徐蕊. 富丽的人性, 自由的灵魂——浅谈李健吾的文学批评观. 襄樊职业技术学院学报, 2006（1）.

210 叶嘉新. 李健吾译屠格涅夫. 山西文学, 2006（2）.

211 杨婧. 论李健吾文艺批评的人性观. 柳州师专学报, 2006（2）.

212　孙晶. 李健吾与《咀华集》《咀华二集》. 小说评论, 2006 (2).

213　苗得雨. 华东文艺访问调查团与李健吾的《山东好》. 春秋, 2006 (3).

214　刘文辉. 论李健吾喜剧的场面营造艺术. 戏剧文学, 2006 (3).

215　黄晖. 论隐喻与文学的诗性批评——以京派文学批评为例. 浙江学刊, 2006 (3).

216　李岚. 现代中国式的唯艺术批评——三十年代印象主义文学批评中西比较论. 贵州师范大学学报（社会科学版）, 2006 (3).

217　刘俐俐. 李健吾评价《九十九度中》"最富有现代性"的原因探析. 内蒙古大学学报（人文社会科学版）, 2006 (4).

218　韩石山. 一代名家　李健吾. 江南, 2006 (4).

219　杨婧. 论李健吾文艺批评的人性观. 运城学院学报, 2006 (4).

220　李岫. 李健吾：中国式印象主义文艺批评的奠基人. 西南大学学报（人文社会科学版）, 2006 (5).

221　姜洪伟. 论李健吾戏剧美学的内涵与价值. 新疆大学学报（哲学人文社会科学版）, 2006 (6).

222　张琦. 期待着李健吾热的到来. 山西文学, 2006 (6).

223　韩石山. 李健吾传, 太原, 山西人民出版社, 2006.

224　韩石山. 你该知道李健吾（上）. 传记文学, 2006 (6).

225　韩石山. 你该知道李健吾（中）. 传记文学, 2006 (7).

226　韩石山. 你该知道李健吾（下）. 传记文学, 2006 (8).

227 刘丽娟.转型的《青春》——论李健吾向中国传统喜剧的回归.安徽文学（下半月），2006（11）.

228 任明耀.大家共同的事业——从李健吾的字迹难辨认想到的.民主，2006（12）.

229 祝涵杰.批评的随想——读《咀华集·跋》.翠苑，2007（1）.

230 张娜.论李健吾先生的文学批评.河北职业技术学院学报，2007（2）.

231 管兴平.李健吾文学批评的现代观.中国文学研究，2007（2）.

232 于阿丽."大众化"浪潮中的"纯诗"——李健吾在1938-1948年间的诗歌批评.北京工业大学学报（社会科学版），2007（3）.

233 过娜平.李健吾丁西林喜剧之比较.承德民族师专学报，2007（3）.

234 于阿丽."只是诗"的诗——李健吾的纯诗批评探析.西安石油大学学报（社会科学版），2007（3）.

235 赵建新.李健吾戏剧创作中的跨文化改编——以《王德明》、《金小玉》为例.剧作家，2007（4）

236 樊慧.浅谈李健吾喜剧的中心意象.河南商业高等专科学校学报，2007（4）.

237 王雪芹.生命悖论——李健吾及其三十年代戏剧创作.戏剧文学，2007（4）

238 田媛媛."京派"批评的"两翼"——试论沈从文与李健吾的文学批评观.绍兴文理学院学报（哲学社会科学版），2007（5）.

239　黄晖.李健吾小说批评审美风格论.江海学刊,2007(5).

240　雷艳.李健吾文学批评的特点.安徽文学(下半月),2007(7).

241　王若安.李健吾早中期独幕剧的艺术特征.戏剧文学,2007(10).

242　李琴.奇遇·表现·相对——李健吾及其文学批评.宜宾学院学报,2007(11).

243　龙子仲.想念和重读《咀华集》.广西文学,2007(11).

244　王志勇.从《咀华二集》说起.山西文学,2007(12).

245　向敬之.阳光底下的福楼拜性情——评李健吾《福楼拜评传》.全国新书目,2007(20).

246　任湘云.文学感受与批评之"根"——兼论李健吾的文学批评.海南大学学报(人文社会科学版),2008(1).

247　董慧芳.李健吾:将中国传统文学批评现代化的批评家.太原大学教育学院学报,2008(1).

248　蒋芳.李健吾对巴尔扎克的接受与传播.衡阳师范学院学报,2008(1).

249　刘亚琼."人性"旗帜下的不同言说——李健吾和沈从文文学批评比较.吕梁高等专科学校学报,2008(1).

250　梁光焰.作为意义的"坛子"——李健吾短篇小说《坛子》的意义生成.理论界,2008(1).

251　李建中.古典批评文体的现代复活——以三位京派批评家为例.中山大学学报(社会科学版),2008(1).

252　曹谦.追求艺术审美、坚守文学独立——京派文学观概论.江淮论坛,2008(2).

253　欧阳文风.一种准现代感悟诗学——论李健吾的印象主义

批评. 文学评论, 2008 (3).

254　詹冬华. 寻美与求疵: 李健吾文学批评的精神品格. 廊坊师范学院学报 (社会科学版), 2008 (3).

255　柳婷婷. 经典被发掘的意义. 鸡西大学学报, 2008 (4).

256　魏东. 被遗忘的《咀华二集》初版本. 中国现代文学研究丛刊, 2008 (6).

257　王衡. 论李健吾文学批评"论人"与"论文". 作家, 2008 (12).

三、中国现当代文献资料（按出版年代排序，同一作者按出版年代排序）

1　司马长风. 中国新文学史（三卷）, 香港: 香港昭明出版社, 1976, 1978, 1980.

2　何其芳. 何其芳文集. 北京: 人民文学出版社, 1982.

3　茅盾. 茅盾全集. 北京: 人民文学出版社, 1984~1993.

4　茅盾. 作家论. 北京: 人民文学出版社, 1984.

5　刘增杰编. 师陀研究资料. 北京: 北京出版社, 1984.

6　叶雪芬. 叶紫研究资料. 长沙, 湖南人民出版社, 1985.

7　赵园. 艰难的选择. 上海: 上海文艺出版社, 1985.

8　赵园. 论小说十家. 杭州: 浙江文艺出版社, 1987.

9　佘树森. 现代作家谈散文. 天津: 百花文艺出版社, 1986.

10　钱谷融, 鲁枢元主编. 文艺心理学教程. 上海: 华东师范大学出版社, 1988.

11　凌宇. 沈从文传. 北京: 北京十月文艺出版社, 1988.

12　林毓生. 中国意识的危机. 贵州: 贵州人民出版社, 1988.

13　林毓生. 中国传统的创造性转化. 北京: 三联书店, 1988.

14　朱光潜. 朱光潜全集. 合肥：安徽教育出版社，1989.

15　艾恺. 世界范围内的反现代化思潮——论文化守成主义. 贵阳：贵州人民出版社，1991.

16　程正民. 俄国作家创作心理研究. 天津：百花文艺出版社，1990.

17　程正民. 二十世纪俄苏文论. 天津：百花文艺出版社，1994.

18　程正民，程凯. 中国现代文学理论知识体系的建构. 北京：北京大学出版社，2005.

19　童庆炳. 文体与文体的创造. 昆明：云南人民出版社，1994.

20　童庆炳. 中国古代文论的现代意义. 北京：北京师范大学出版社，2001.

21　蓝棣之编选. 九叶派诗选. 北京：人民文学出版社，1992.

22　唐正序，陈厚诚. 20世纪中国文学与西方现代思潮. 成都：四川人民出版，1992.

23　废名. 田园小说. 吴中杰选编. 上海：上海文艺出版社，1993.

24　钱理群. 丰富的痛苦. 吉林：时代文艺出版社，1993.

25　温儒敏. 中国现代文学批评史. 北京：北京大学出版社，1993.

26　文汇报报史研究室编. 从风雨中走来—《文汇报》回忆录1. 上海：文汇出版社，1993.

27　中国现代文学运动史料编年（上、中、下）. 刘长鼎、陈秀华编著. 太原：山西高校联合出版社，1993.

28　韩石山编撰. 李健吾先生年谱资料汇编（打印第五稿），1996年4月。

29　王一川. 语言乌托邦. 昆明：云南人民出版社，1994.

30　王一川.修辞论美学.吉林：东北师范大学出版社，1997.

31　王一川.杂语沟通.石家庄：河北教育出版社，2000.

32　王一川.中国现代性体验的发生.北京：北京师范大学出版社，2001.

33　王一川.中国现代学引论.北京：北京大学出版社，2009.

34　刘锋杰.中国现代六大批评家.合肥：安徽文艺出版社，1995.

35　常风.逝水集.沈阳：辽宁教育出版社，1995.

36　文汇报笔会编辑部编.走过半个世纪—笔会文粹.上海：文汇出版社，1996.

37　夏中义.新潮学案.上海：生活·读书·新知三联书店，1996.

38　解志熙.美的偏执——中国现代唯美——颓废主义文学思潮研究.上海：上海文艺出版社，1997.

39　郭宏安，章国锋，王逢振.二十世纪西方文论研究.北京：中国社会科学出版社，1997.

40　陈平原等主编.二十世纪中国小说理论资料选（六卷）.北京：北京大学出版社，1997.

41　郭宏安.从阅读到批评——"日内瓦学派"的批评方法论初探.北京：商务印书馆，2007.

42　郭宏安.从蒙田到加缪——重建法国文学的阅读空间.北京：三联书店，2007.

43　卞之琳.中国现代文学百家·卞之琳代表作.北京：华夏出版社，1998.

44　李长之.李长之批评文集.郜元宝、李书编.珠海：珠海出版社，1998.

45	梁宗岱. 梁宗岱批评文集. 李振声编. 珠海：珠海出版社，1998.	
46	周作人. 周作人批评文集. 杨扬编. 珠海：珠海出版社，1998.	
47	梁实秋. 梁实秋批评文集. 徐静波编. 珠海：珠海出版社，1998.	
48	朱光潜. 朱光潜批评文集. 商金林编. 珠海：珠海出版社，1998.	
49	沈从文. 沈从文批评文集. 刘洪涛编. 珠海：珠海出版社，1998.	
50	沈从文. 沈从文全集. 太原：北岳文艺出版社，2002.	
51	凌宇编. 沈从文笔下的名人，名人笔下的沈从文. 上海：东方出版中心，1998.	
52	孙晶. 文化生活出版社与现代文学. 南宁：广西教育出版社，1999.	
53	林徽因. 林徽因文集·文学卷. 梁从诫编. 天津：百花文艺出版社，1999.	
54	蒋原伦，潘凯雄. 历史描述与逻辑演绎——文学批评文体论. 昆明，云南人民出版社，1999.	
55	谢泳. 逝去的年代——中国自由知识分子的命运. 北京：文化艺术出版社，1999.	
56	废名. 废名文集. 止庵编. 北京：东方出版社，2000.	
57	汪曾祺. 汪曾祺文集. 北京：华夏出版社，2000.	
58	汪曾祺. 汪曾祺短篇小说选. 北京：中国青年出版社，2000.	
59	萧乾. 萧乾文集. 北京：华夏出版社，2000.	
60	黄键. 京派文学批评研究. 上海：三联书店，2002.	

61　周海波. 中国现代文学批评史论. 上海：上海人民出版社，2002.

62　许道明. 中国现代文学批评史新编. 上海：复旦大学出版社，2002.

63　张灏. 张灏自选集. 上海：上海教育出版社，2002.

64　金冲及. 转折年代：中国的1947年. 北京：三联书店2002.

65　李济生编著. 巴金与文化生活出版社. 上海：上海文化出版社，2003.

66　刘淑玲. 大公报与中国现代文学. 石家庄：河北教育出版社，2004.

67　夏中义. 学人本色. 桂林：广西师范大学出版社，2004.

68　师陀. 师陀全集. 开封：河南大学出版社，2004.

69　鲁迅. 鲁迅全集. 北京：人民文学出版社，2005.

70　张清民. 话语与秩序. 北京：中国社会科学出版社，2005.

71　陈太胜. 象征主义与中国现代诗学. 北京：北京大学出版社，2005.

72　林伟民. 中国左翼文学思潮. 上海：华东师范大学出版社，2005.

73　张颐武编. 现代性中国. 开封：河南大学出版社，2005.

74　张颐武. 一个人的阅读史. 沈阳：辽宁人民出版社，2008.

75　赵勇. 整合与颠覆：大众文化的辩证法. 北京：北京大学出版社，2005.

76　李春青. 在审美与意识形态之间——中国当代文学理论研究反思. 北京：北京大学出版社，2006.

77　金冲及. 转折年代——中国的1947年. 北京：三联书店，2006.

78 邱运华.19~20世纪之交俄国马克思主义文学思想史论.北京：北京大学出版社，2006.
79 邱运华.文学批评方法与案例.北京：北京大学出版社，2006.
80 刘增人等.中国现代文学期刊史论.北京：新华出版社，2006.
81 夏中义.王国维：世纪苦魂.北京：北京大学出版社，2006.
82 张蕴艳.李长之学术——心路历程.北京：北京大学出版社，2006.
83 张健.中国现代喜剧史论.北京：北京大学出版社，2006.
84 陈丹青、艾未未.非艺术访谈.北京：人民文学出版社，2007.
85 柳鸣九.浪漫弹指间——我与法兰西文学.郑州：河南文艺出版社，2007.
86 陈学勇.旧痕新影说文人.北京：中华书局，2007.
87 艾晓明.中国左翼文学思潮探源.北京：北京大学出版社，2007.
88 许纪霖.知识分子心灵史：大时代中的知识人.北京：中华书局，2007.
89 刘恪.耳镜.开封：河南大学出版社，2008.
90 刘恪.词语诗学·空声.开封：河南大学出版社，2008.
91 刘恪.词语诗学·复眼.开封：河南大学出版社，2008.

四、中国古典文献资料（按出版年代）

1 王国维.人间词话.北京：中华书局，1955.
2 刘勰.文心雕龙.范文澜注本.北京：人民文学出版社，1958.

3　刘师培. 中国中古文学史·论文杂记. 北京：人民文学出版社, 1959.

4　况周颐. 蕙风词话. 北京：人民文学出版社, 1960.

5　郭绍虞. 中国文学批评史. 上海：上海古籍出版社, 1979.

6　叶燮. 原诗. 北京：人民文学出版社, 1979.

7　何文焕. 历代诗话. 北京：中华书局, 1981.

8　严羽. 沧浪诗话. 北京：中华书局, 1981.

9　陆机. 文赋. 张少康集释. 上海：上海古籍出版社, 1984.

10　罗根泽. 中国文学批评史. 上海：上海古籍出版社, 1984.

11　金圣叹. 金圣叹全集（五卷）. 南京：江苏古籍出版社, 1985.

12　任访秋主编. 中国近代文学史. 开封：河南大学出版社, 1988.

13　钱锺书. 谈艺录, 北京：中华书局, 1988.

14　张少康, 刘三富. 中国文学理论批评发展史. 北京：北京大学出版社, 1995.

15　罗宗强. 魏晋南北朝文学思想史. 北京：中华书局, 1996.

16　詹福瑞. 中古文学理论范畴. 保定：河北大学出版社, 1997.

17　朱维铮. 求索真文明：晚清学术史论. 上海：上海古籍出版社, 1996.

18　杨伯峻. 论语译注. 北京：中华书局, 2000.

19　朱东润. 中国文学批评史大纲. 上海：上海古籍出版社, 2001.

20　蒋寅. 古典诗学的现代诠释. 北京：中华书局, 2003.

21　郝经. 郝文忠公陵川文集. 太原：山西人民出版社, 2006.

五、西学文献资料及研究著作

（一）西文原始资料及工具书（按作者姓氏音序排列）

1　Bromwich, David. Hazlitt: The Mind of a Critic. Oxford: Oxford University Press, 1983.

2　Culler, Jonathan. Literary Theory: A Very Short Introduction. Oxford: Oxford University Press, 1997.

3　罗念生，水建馥主编.古希腊语汉语词典.北京：商务印书馆，2005.

（二）西文文献中译本（按作者姓氏音序排列，同一作者按出版年代排序）

1　［美］布鲁姆.影响的焦虑.徐文博译.上海：三联书店，1989.

2　［法］布迪厄.艺术的法则：文学场的生成和结构.刘晖译.北京：中央编译出版社，2001.

3　［比］布莱.批评意识.郭宏安译.南昌：百花洲文艺出版社，1993.

4　［德］本雅明.本雅明文选.陈永国，马海良编.北京：中国社会科学出版社，1999.

5　［法］蒂博代.六说文学批评.赵坚译.北京：三联书店2002.

6　［加］弗莱.批评的剖析.天津，陈慧等译.南昌：百花文艺出版社，1998.

7　［美］霍埃.批评的循环.兰金仁译.沈阳：辽宁人民出版社，1987.

8　［德］卡西尔.人论.甘阳译.上海：上海译文出版社，1985.

9　［美］卡勒.文学理论.李平译.沈阳：辽宁教育出版社/牛津

大学出版社，1998.

10 ［美］科恩.《文学理论的未来》序言. 北京：中国社会科学出版社，1993.

11 ［美］刘若愚. 中国文学理论. 杜国清译. 南京：江苏教育出版社，2006.

12 ［德］马尔库塞. 审美之维. 李小兵译. 桂林：广西师范大学出版社，2001.

13 ［法］马塞尔·雷蒙. 从波德莱尔到超现实主义. 邓丽丹译，开封：河南大学出版社，2008.

14 ［美］韦勒克. 近代文学批评史（1～8卷）. 杨岂深，杨自伍译. 上海：上海译文出版社，2009.

15 ［古希腊、古罗马］亚里士多德，贺拉斯. 诗学. 诗艺. 罗念生，杨周翰译. 北京：人民文学出版社，1962.

16 ［德］姚斯，［美］R. C. 霍拉勃. 接受美学与接受理论. 周宁译. 沈阳：辽宁人民出版社，1987.

17 ［德］姚斯. 审美经验与文学解释学. 顾建光等译. 上海：上海译文出版社，1997.

18 ［英］伊格尔顿. 二十世纪西方文学理论. 伍晓明译. 北京：北京大学出版社，2007.

19 ［德］伊瑟尔. 阅读活动——审美反应理论. 金元浦，周宁译. 北京：中国社会科学出版社，1991.

20 中国社会科学院外国文学研究所［世界文论］编辑委员会编. 波佩的面纱——日内瓦学派文论选. 北京：中国社会科学出版社，1995.

后 记

后　记

　　本书是在我的博士论文基础上修订而成的，借着后记，再说几句。

　　写作时，随着阅读的深入，我发现存在两个李健吾，一个是艺术至上，标榜为艺术而艺术的李健吾，从文学的自身的尺度出发；一个是为人生而艺术、为社会而艺术的有着强烈现实主义批判精神的李健吾。或者说，一个是全力追求"艺术化"的李健吾，一个是充满现实忧患意识的"现实化"的李健吾。这两个李健吾并不是截然分裂的，而是总处于相互矛盾和调和的境地。正是这种相互矛盾和调和，交织在李健吾文学批评的深层，构成了这种文学批评的基本特色。

　　李健吾坚持批评是一门独立的艺术，批评家也是艺术家。其蕴含的深层意义在于，把文学批评作为一种事业，一种人生存在的方式，这是李健吾批评所追求的境界。一种艺术化的气质弥漫于李健吾一生的文学批评和学术研究中，包括翻译方面的艺术化追求。但是，我们也要看到，李健吾所追求的这种批评的艺术化与人生的艺术化的交融境界，毕竟是一个理想的状态。20世纪中国社会历史风云变幻，批评独立自由的羽翼始终粘连着滞重的现实，而难以高翔于自由的天空。"五四"以来的现代批评家们始终"无法漠视日趋凋敝的社会现实，也最终无法摆脱传统中国知识者的文化心理规范。社会的混乱和政治的昏暗，并没有影响西方的人文主义者执著追求和呼号个体主义的自由、独立、平等，活跃在上世纪初期中国知识者在热衷宣扬西方个性主义学说的同时，几乎没有一个能够忘情或超然于社会现实。……中国现代批评家们难以改变自己作为中国知识者的立场，他们倾向于拥有某种关怀的批评心态。中国士大夫'以天下为己任'的传统,那种数千年来为适应环境而生存发展起来的实用理性精神,使他们习惯浸润于对国事民瘼的关怀和参与社会政治的热情之中"。❶

李健吾是"五四"新文化运动中成长起来的一代知识分子,时代造就了他的同时,也成为对他的限制。他所追求的"批评的艺术化"与"批评家的独立",是一个现代批评家的艰难超越。因而李健吾的文学批评也时时呈现出一种矛盾,一种批评的困境。为艺术而批评?还是为社会而批评?李健吾始终处于一种矛盾性的挣扎之中。他的文学批评,在侧重社会现实的时候,就表现出一种想通过文学批评参与社会文化生活的冲动,但这样的冲动显然是一种"有节制的冲动",因为还他还要兼顾"艺术的公平"。而他以笔名发表的大量杂文,嬉笑怒骂,颇有鲁迅遗风。他的社会批评正是他文学批评之外的一种"出位",一种文学批评中现实主义精神的补充,从根本上说,这是一个批评家在不断寻觅自我与文学、自我与世界的平衡关系。李健吾正是在这努力超越困境的过程中,造就了他的批评实绩,达到了中国现代文学批评史上一个中国文学批评家所能企及的高度。

时间是一种感觉。三年时光,转瞬而逝。2007年9月,我从"东京"开封来到另一座更大的古都——北京,投奔王一川先生门下,当初的一些情形,还历历在目。读博期间,王老师对我既宽容又严格,宽容的是我学术上的弱点与不

---

❶ 许道明:《中国现代文学批评史新编(导论)》,复旦大学出版社2002年版,第2页。

足,并予以耐心地指出,同时又严格要求,期待着我能够有更大的进步与提高。

论文的选题得益于一次在京西古城刘恪老师书房中的闲聊。刘恪老师提议我做李健吾的文学批评,他说在现代中国批评家当中,刘西渭的文字最为精彩,值得好好写一写。开题通过后,刚开始还没有多少感觉,后来逐渐进入了李健吾的精神世界,在大量查阅原始材料的基础上,摸清了目前的研究现状,心里也慢慢有了底气。几年以来,刘恪老师对我无论是从生活上,还是学习上,都给了极大的关心与帮助。最快乐的事情就是和刘老师一起逛书店。记得年前为了买一套现代文学方面的书,刘老师和我"远征"丰台西洪泰庄的西南图书物流中心,甚至步行了好几公里到书库取书。而刘老师只要在北京,每隔几天就要"扫描"一遍北京各大书店:盛世情、博雅堂、野草、万圣、豆瓣……每发现新书,必向我推荐。还有每次逛书店,常常请我们吃饭的叶子大姐,我知道她也是个地地道道的"书虫"。

我读硕士时期的老师金惠敏先生、耿占春先生、屠友祥先生、胡山林先生,在我读博期间也给予了很多的关心,我的每一点进步也和他们的帮助分不开。论文写作期间,还曾受到刘成纪老师的指点。刘老师为人质朴宽厚,酒量也好,希望以后能有更多的机会听刘老师"把酒论英雄"。诗人张枣老师,我读博士期间听说他去中央民族大学工作了,我和博超几次想去找他,却终究没有去成,留下了永远的遗憾!每当翻阅书架上的听课笔记或者他的诗集和随笔,张老师的面容就浮现在我眼前。

2009年暑假,为了更好地理解李健吾,我取道三门峡,去了趟李健吾的老家山西运城市北相镇西曲马村，实地走访了李健吾的出生地，参观了李健吾的父亲李岐山将军的陵墓，并巧遇李健吾的侄孙李社运大叔，他用黄河滩上出产的西瓜招待了我和朋友，西瓜大又甜，美好记忆永留心间。也是在2009年暑假，我完成了两个关于李健吾的访谈，分别在太原和北京采访了韩石山先生与郭宏安先生。

韩先生十分热情，不仅告诉我山西作协的具体地址，而且把附近的旅馆也告诉我，才让我一路顺利，直接找到他的住处。韩先生欣然接受我的采访，并慨然相赠他费时十多年、四易其稿的《李健吾年谱资料汇编》，这使得我论文的资料大大充实。当然，韩石山先生惠赠的著作和书法作品，成为我此次太原之行的一个恒久纪念。

作为李健吾的学生，郭先生是著名的翻译家和法国文学研究专家。访谈过程中，郭先生为我提供了大量的关于李健吾的知识线索，这无疑直接推动了我的论文写作。临别之时，拎着郭先生赠予的四册装帧优美、印刷精良的《波德莱尔文集》，也让我感到了学术沉甸甸的分量。

北京师范大学图书馆旧刊室藏有丰富的民国资料，感激几位耐心的老师，不厌其烦地带我去民国期刊库查找需要的期刊资料，那是新文学的现场。另外，一次偶然的机会，我看到赵国忠先生在他的博客上❶展示了李健吾编辑过的《北京文学》《文艺周刊》《华北日报·文艺周刊》及其他资料，这些首次发现的资料无疑更新了本书附录部分李健吾作品原

---

❶ 博客地址：http://blog.sina.com.cn/s/articlelist_1690664184_0_1.html。

刊目录索引的内容。谢谢从未谋面的赵先生。

  博士论文从开题报告，到论文完成，我的导师王一川先生操尽了心，大到论文整体构架，小到字句修改，可以说没有王老师的指导，就没有我的这本小书。同时，王老师严谨的治学态度、清晰的逻辑思辨，也深深影响了我，这将是我终生致用的宝贵的学术收获。首都师范大学邱运华教授、北京大学张颐武教授、北京师范大学文艺学中心的程正民教授、李春青教授、赵勇教授，感谢他们在论文答辩时对我论文提出的宝贵意见。

  博士论文的出版，有幸遇到无比细心的罗慧编辑，她的热心、耐心、责任心让我感动。

张新赞
二零一四年春日于北京